किर्चियाँ

(बांग्ला से अनूदित कहानियाँ)

किर्चियाँ

आशापूर्णा देवी

अनुवाद

डॉ. रणजीत साहा

भारतीय ज्ञानपीठ

राष्ट्रभारती
लोकोदय ग्रन्थमाला : ग्रन्थांक 483

ISBN 978-81-263-1980-0

प्रकाशक :
भारतीय ज्ञानपीठ
18, इन्स्टीट्यूशनल एरिया, लोदी रोड
नयी दिल्ली-110 003

मुद्रक : रेवाँ प्रिंटर्स, दिल्ली-110032

आवरण-सज्जा : अशोक भौमिक

KIRCHIYAN
(Short-stories)
by Ashapurna Devi

Published by
Bharatiya Jnanpith
18, Institutional Area, Lodi Road, New Delhi-110 003
Ph. : 011 24698417, 24626467; 23241619 (Daryaganj)
Mob. : 9350536020; e-mail : bjnanpith@gmail.com
sales@jnanpith.net, website : www.jnanpith.net

Seventh Edition : 2020
Price : Rs. 280

भूमिका

पिछले साठ सालों में अपनी एक सौ सत्तर से भी अधिक औपन्यासिक कृतियों द्वारा अपने सर्व भारतीय स्वरूप को निरन्तर परिष्कृत और गौरवान्वित करने वाली लेखिका श्रीमती आशापूर्णा देवी 8 जनवरी, 1990 को अपने सक्रिय जीवन के 80 वर्ष पूरे कर नौवें दशक में पदार्पण कर रही हैं। बंकिमचन्द्र, रवीन्द्रनाथ और शरत्चन्द्र के बाद बंगाल के अन्दर और बाहर तथा महिला लेखिकाओं में सर्वप्रथम लेखिका के रूप में आशापूर्णा का नाम ही एक ऐसा सुपरिचित नाम है जिसकी हर कृति पिछले पचास सालों में एक नयी अपेक्षा के साथ पढ़ी जाती रही है और जो अपने पाठक को एक नये अनुभव के आलोकवृत्त में ले जाती है। यह आलोक-वृत्त परिक्रम-मात्र नहीं होता, उसमें नयी प्रेरणा और दिशा भी होती है।

आशापूर्णा देवी की लेखिका का लेखन-संसार उनका अपना या निजी संसार नहीं है। वह हम सबके घर-संसार का ही विस्तार है। इस संसार को वह नयी-नयी जिज्ञासा के रूप में देखती रही हैं—कभी नन्ही-सी बिटिया बनकर तो कभी एक किशोरी बनकर, कभी नयी-नवेली दुलहन के रूप में तो कभी अपनी कोख में एक नयी-दुनिया लेकर ममतामयी माँ के रूप में, तो कभी बुआ-मौसी-मामी या चाची की भूमिका में...प्रौढ़ गृहिणी बनी घर-संसार का दायित्व सँभाले तो कभी...दादी...नानी और असहाय वृद्धा बनी किसी अभिशप्त काल-कोठरी में पड़ी सारे समाज के बदलाव को चुपचाप झेलती हुई।

आशापूर्णा की रचनाओं में ऐसी भी अनेकानेक लड़कियाँ, युवतियाँ, महिलाएँ और वृद्धाएँ हैं जो समाज में निर्विकार भाव से उपस्थित हैं...अपनी छोटी-सी गृहस्थी में सुखी या दुखी। एकदम सामान्य या तुच्छ दीख पड़ने वाली समस्याएँ या घटनाएँ, पात्र और परिस्थितियों के सहज या जटिल तालमेल से जीवन को नये ढंग से परिभाषित करती हैं। इन गुत्थियों को हर समर्थ कहानीकार सुलझाता है या उसे नया सन्दर्भ प्रदान करता है। लेकिन आशापूर्णा की विशेषता यह है कि वे इसके लिए अलग से कोई नाटकीय प्रयास नहीं करतीं। पात्रों के क्षण विशेष की ऊहा को, मर्म को या उनके उद्दीप्त क्षण को ही वे एकदम से पकड़ लेती हैं और उसे नया अर्थ-गौरव

देती हैं। जीवन अपने रचाव में एक अलिखित, अन्तहीन और अयाचित नाटक ही है। हमारे सारे सम्बन्ध किसी संयोग से निर्धारित हैं पर भूमिका अनिश्चित अस्पष्ट और अदृष्ट। ऐसे पात्रों की नामालूम-सी जिन्दगी और बेमतलब-बेवजह दीख पड़ने वाले पात्रों को सार्थकता देती हुई उनकी कहानियाँ जब यकायक सवाल बनकर कोंचने लगती हैं तो वे हमारे अवचेतन को ही नहीं झिंझोड़तीं हमारे समाज को भी आन्दोलित करती हैं। ऐसी ही कहानियों ने बंगाल के अनगिनत पाठकों को पिछली आधी शताब्दी से भी अधिक समय से चमत्कृत कर रखा है।

आशापूर्णा का बचपन और कैशोर्य कलकत्ता में ही बीता। विवाह के बाद वे दो वर्ष तक कृष्णनगर में रहीं। उनके पिता एक कलाकार थे और माँ साहित्य की जबरदस्त भक्त। उनके पास अपना कहने को एक छोटा-मोटा पुस्तकालय भी था। घर पर ही 'प्रवासी', 'भारतवर्ष', 'भारती', 'मानसी-ओ-मर्मबानी', 'अर्चना', 'साहित्य' और 'सबुज पत्र' जैसी पत्र-पत्रिकाएँ नियमित रूप से आती रहती थीं। साथ ही बंगाल साहित्य परिषद्, ज्ञान विकास लाइब्रेरी तथा चैतन्य पुस्तकालय से भी पुस्तकें आ जाती थीं। परिवार चूँकि कट्टरपन्थी था इसलिए आशापूर्णा को उनकी दूसरी बहनों के साथ स्कूली पढ़ाई की सुविधा प्राप्त नहीं हो सकी। लेकिन घर में उपलब्ध पुस्तकों को पढ़ने में कोई रोक-टोक न थी। माँ के साहित्यिक व्यक्तित्व का प्रभाव आशापूर्णा के कृतित्व पर सबसे अधिक पड़ा। उनकी रचनाओं में उनके बाल्य-जीवन की स्मृतियाँ कई रूपों में अंकित हुई हैं और परम्परा के मुकाबले आधुनिक भाव-बोध को समझने में इस परिवेश ने बड़ा योगदान दिया है। घर पर ही उन्होंने बसुमती साहित्य मन्दिर द्वारा प्रकाशित सारी कृतियों को पढ़ लिया था और कालिसिंह लिखित महाभारत का पारायण करती रही थीं। उन्होंने यह संकल्प भी किया था कि वे रवीन्द्रनाथ की सहस्राधिक कविताओं और गीतों को याद कर लेंगी। लेकिन यह एक असम्भव कार्य था।

आशापूर्णा देवी की आरम्भिक कहानियाँ द्वितीय महायुद्ध के दौरान लिखी गयी थीं। हालाँकि तब उनकी कहानियाँ किशोरवय के पाठकों के लिए होती थीं। प्रबुद्ध पाठकों के लिए जो पहली कहानी लिखी गयी थी वह 1937 ई. के शारदीया आनन्द बाजार पत्रिका में प्रकाशित हुई थी, जिसका शीर्षक था 'पत्नी को प्रेयसी'। नारी के इन दो अनिवार्य ध्रुवान्तों के बीच उठने वाले सवाल को पारिवारिक मर्यादा और बदलते सामाजिक सन्दर्भों में जितना आशापूर्णा देवी ने रखा है उतना सम्भवतः किसी ने भी नहीं रखा है। इसके साथ ही अन्य असंख्य नारी पात्रों—माँ, बहन, दादी, मौसी, दीदी, बुआ, घर के और भी सदस्य, नाते और रिश्तेदार यहाँ तक कि नौकर-चाकर की मनोदशा का सहज और प्रामाणिक अंकन उनकी कहानियों में हुआ है कि वे सभी हमारे ही प्रतिरूप नजर आने लगते हैं।

अपनी छोटी-बड़ी कहानियों में आशापूर्णा ने जीवन के सामान्य एवं विशिष्ट क्षणों और ज्ञात-अज्ञात पीड़ाओं को वाणी दी है और वाणी से कहीं ज्यादा दृष्टि दी है। इसलिए उनकी कहानियाँ पात्र, संवाद या घटनाबहुल न होती हुई भी जीवन की किसी अनकही व्याख्या को व्यंजित करती हैं और इस रूप में उनकी अलग पहचान है। आज से ठीक पचास साल पहले जब उनका पहला कहानी संकलन **'जल और आगुन'** 1940 ई. में प्रकाशित हुआ था तो यह कोई नहीं जानता था कि बाँग्ला ही नहीं भारतीय कथा-साहित्य के मंच पर एक ऐसे सितारे का पदार्पण हुआ है जो समय तक समाज की कुण्ठा और कुत्सा, संकट और संघर्ष, जुगुप्सा और लिप्सा—सबको समेटकर सामाजिक सम्बन्धों के हर्ष और उत्कर्ष को नया आकाश देगा।

पिछले पचास-साठ वर्षों में स्वाधीनता आन्दोलन की प्रेरणाओं, स्वतन्त्रता प्राप्ति, नयी-पुरानी सरकार, व्यवस्था परिवर्तन, नारी शिक्षा-स्वातन्त्र्य, कामकाजी महिलाएँ, नगरों का जीवन, मूल्य-संकट जैसे तमाम विषयों से जूझने वाली हजारों-लाखों कहानियाँ लिखी और पढ़ी जाती रही हैं। इन सारी कहानियों ने सामाजिक दबावों और ऐतिहासिक आवश्यकताओं के साथ-साथ पाठकों को एक नयी और निश्चित दिशा दी है। आशापूर्णा की कहानियाँ इस अर्थ में विशिष्ट और सजग हैं कि वे तमाम समस्याओं और छोटे-बड़े आन्दोलनों को पृष्ठभूमि के रूप में रखती हैं ताकि कहानियों की समसामयिकता बनी रहे। लेकिन उनका पहला और अन्तिम सत्य या लक्ष्य पात्र का आत्म-संघर्ष होता है—भले ही उसमें वह पराजित हो जाए। कहानियों के माध्यम से घटनाओं का स्थूल या सूक्ष्म अंकन फतवा या बयानबाजी नहीं होती। उनके पात्र अखबारी या चिकनी पत्रिकाओं के हैरतअंगेज कारनामों वाले पात्र नहीं होते—वे हमारे जीवन के अनखुले पृष्ठों और अनचीन्हे सन्दर्भों को खुलकर व्याख्यायित करते हैं। हम उन्हें पढ़कर अपने माहौल को और भी चौकस नजर से देखने लगते हैं। तब यह अनुभव होता है कि इस जानी-पहचानी दुनिया का एक बहुत बड़ा हिस्सा हमारी नजरों से ओझल है। इस दृष्टि से यह अनजाना संसार अवश्य ही रहस्यपूर्ण है कि हमारी इकतरफा या एकांगी आँखें इस अनजाने परिवृत्त को उसकी समग्रता में समेट पाने को अक्षम हैं। स्वयं कहानीकार एक ही स्थिति को कई-कई पात्रों और वक्तव्यों से भरने और घूरने की कोशिश करता है।

आशापूर्णा को विश्वविद्यालयी किताबों और ज्ञान-विज्ञान की दुनिया नहीं मिली। बचपन से ही, वे एक ऐसी अनजानी लेकिन जिज्ञासा और कौतूहल से भरी दुनिया का साक्षात्कार करती रही हैं, जो रोज एक नये रूप में—नये वातायन और वातावरण के साथ उनके सामने उपस्थित होता रहा और अपने अनोखे और अजूबे पात्रों का सँभार उनके लिए जुटाता रहा। लेकिन आशापूर्णा देवी ने चयन का अधिकार सुरक्षित रखा और एक स्त्री होने के नाते उन्होंने स्त्री पात्रों की मानसिकता

उसके नारी सुलभ स्वभाव, उसके दर्प, दम्भ, द्वन्द्व और उसकी दासता और अन्यमनस्कता का चित्रण आरम्भ किया। अपने अनगिनत पात्राओं के संसार द्वारा आशापूर्णा ने सामान्य किन्तु अविस्मरणीय पात्रों का एक ऐसा समानान्तर एवं जीवन्त संग्रहालय तैयार किया है जिनकी अबाध और जटिल यात्रा का पथ गरीबी, शोषण, कोलाहल, उन्माद, प्रेम-घृणा-अवसाद से परिपूर्ण है लेकिन जीवन और परिवेश के बीच एक संवाद चलता रहता है।

अपने को एक विनम्र और तुच्छ साहित्य-साधिका मानने वाली आशापूर्णा देवी एक लम्बे और विवादास्पद साहित्यिक दौर की साक्षी रही हैं। मूल्यों का संकट और पीढ़ियों का टकराव जैसी समस्याओं को आशापूर्णा ने अपनी विचार वयस्कता से देखा है और अप्रिय निर्णय भी दिये हैं। उन्होंने इस बात की कभी परवाह नहीं की है कि किसी समझौते को तात्कालिक सन्दर्भ में उपयुक्त माना जाए और बाद में वह गलत, अन्यायपूर्ण या अनुपयुक्त सिद्ध हो जाए। लेकिन सारी स्थापनाएँ भारतीय परिवेश, मर्यादा और स्वीकृत पारिवारिक ढाँचे के अनुरूप होती हैं। वे समाजशास्त्री, शिक्षाशास्त्री या दार्शनिकों की मुद्रा ओढ़कर बहुत आधुनिका या प्रगतिशील लेखिका होने का मुखौटा नहीं लगातीं। वे अपनी जमीन को और अपने सन्दर्भ को खूब अच्छी तरह जानती हैं लेकिन सम्बन्धों या सन्दर्भों की भावुकता को वे अन्यथा महत्त्व नहीं देतीं—जो कि बाँग्ला के अधिकांश लेखकों की कमजोरी रही है। ऐसा नहीं है कि किशोर-प्रेम, विवाह-पूर्व प्रेम या विवाहेतर प्रेम-सम्बन्धों और इनके विभिन्न प्रतिरूपों पर उन्होंने नहीं लिखा है लेकिन इस बहाने जीवन भर किसी अभिशाप की छाया की तरह इन्हें ढोते रहने और समाज में विशिष्ट बने रहने का ढोंग उन्हें पसन्द नहीं।

कहना न होगा, रवीन्द्रनाथ की रचनाओं का, उन दिनों जैसा स्वाभाविक ही था, उनके भी किशोर मन पर जबरदस्त प्रभाव पड़ा था। लेकिन बाद में समकालीन साहित्य और भावबोध के तरह-तरह के दबावों और अनुरोधों का सामना करना पड़ा और साहित्य के संकल्प और सरोकार भी बदलते चले गये। सामाजिक, परिवेशगत और मनोवैज्ञानिक परिवर्तनों के चलते साहित्यकारों का दायित्व बहुत बढ़ गया है क्योंकि उसकी सकारात्मक अवधारणाएँ ही साहित्य और समाज को नयी दिशा दे सकती हैं। लेखक का अनुभव-वृत्त जितना समृद्ध हुआ है, उसकी संवेदनशीलता का आकाश बहुत छोटा हो गया है। मानवीय संवेदना को जुगाये रखना आज बहुत जरूरी है। केवल विषय-वस्तु के प्रति न्याय या निर्वाह से या पाठक वर्ग विशेष के लिए लिखते रहने से ही उसके दायित्व की इतिश्री नहीं हो सकती। बदलते सामाजिक और राजनीतिक माहौल में, यह ठीक है कि अन्यान्य दबावों के चलते श्रेष्ठ साहित्यकार भी अपना दायित्व बखूबी निबाह नहीं पा रहे लेकिन आशापूर्णा इससे निराश नहीं हैं। उनका मानना है कि कोई 'जेनुइन' लेखक इस बात से आश्वस्त या कि सन्तुष्ट नहीं

हो सकता और अब सिर्फ साहित्य ही विरोध का एकमात्र हथियार नहीं रह गया। और न ही सामाजिक मनोरंजन या नैतिक मानदण्ड का। समाज के इस छटा रूप को उजागर करने के साथ-साथ उसके सुष्ठु और श्रेष्ठ मानवीय संस्कार को बनाये रखना भी बहुत जरूरी है। आशापूर्णा के शब्दों में ही, ''लम्बे समय तक साहित्य-सृजन के दौरान ऐसा भी हुआ है कि हताशा और निराशा मिली है लेकिन मैंने इस ह्रास और पतन को जीवन का अन्तिम वक्तव्य कभी नहीं माना। मैं जानती हूँ कि अतृप्ति के साथ-साथ पूर्णता भी है। यही समग्रता ही जीवन की रिक्तता और तिक्तता को पूर्णता प्रदान करती है।''

आशापूर्णा की स्त्री-पात्राओं के बारे में, विशेष तौर पर यह बताया जाता रहा है कि वे न तो असामान्या हैं और न ही 'विधाता की अनन्य सृष्टि' हैं। तो फिर क्या हैं ? क्या लेखिका की मानस प्रतिमा ? नहीं, वह भी नहीं। वे नितान्त और एकान्त रूप से हमारे आस-पास की बहू, बेटियाँ या माँ हैं। ऐसा नहीं है कि वे पर्दे में होती हैं, अन्तःपुर में कैद पड़ी रहती हैं या घर की चारदीवारी में बन्द रहती हैं। पर लेखिका की कोशिश यही रहती है कि वे पुरुषों की बनायी हुई दीवारों को तोड़ें और खुद को अपनी गुलामी से मुक्त करें। इनका प्रमुख स्वर सकारात्मक और विश्वसनीय विरोध है, तमाम सम्बन्धों की मर्यादा को बनाये रखने के साथ-साथ। ऐसी कोई भी पात्रा प्रत्यक्ष रूप से अगर आगे नहीं भी आती तो वह खुद अपने आपसे लड़ती है। उसकी यह लड़ाई व्यक्तिगत नहीं होती...केवल पति...प्रेमी...भाई या बेटे के साथ नहीं लड़ी जाती...मर्दों की निष्ठुर दुनिया के साथ लड़ी जाती है। लेखिका कहीं भी अपनी तरफ से हस्तक्षेप नहीं करती। वह संकेत भर करती है। जीवन और कहानी का उतना ही हिस्सा उनके लेखन का या कथा-न्यास का अंग बनता है, जितना कि प्रभाव के लिए आवश्यक है। इसलिए ये कहानियाँ अपने संक्षेप या विस्तार में, संवाद या विन्यास में छवियाँ प्रस्तुत करती हैं। उनका पक्ष स्पष्ट तौर पर उनके साथ रहता है जो सम्बन्धों की जड़ता या एकरसता को तोड़ती हैं। लेकिन आधुनिका होने के नाम पर उच्छृंखल या पारिवारिक मर्यादाओं की अनदेखी करने का न तो वे प्रस्ताव करती हैं और न ही ऐसा कोई आयोजन करती हैं जिससे अपनी बात को एक दलील के तौर पर कहना अधिक आसान हो। दरअसल आशापूर्णा की पात्राओं की दुनिया विरोध या बनामवाद से कहीं अधिक अपने रचाव पर विशेष बल देती है। इन पात्रों को पता है कि जो दुनिया उनके इर्द-गिर्द है, वह ठीक वैसी नहीं है, जैसी कि दीख रही है। स्वयं पुरुष जाति उन संस्कारों और अधिकारों से वंचित है, जो उन्हें मिलना चाहिए। अपनी कुण्ठाओं, अक्षमताओं और दुर्बलताओं को जब वे अपनी वामा या पत्नी पर आरोपित करना चाहते हैं तो स्वाभाविक है इस अन्याय का विरोध किया जाए। लेकिन ज्यादातर मामलों में ऐसा नहीं किया जाता ताकि घर की संरचना पुरुष केन्द्रित रहे

और रूढ़िगत मर्यादा का पालन होता रहे। आशापूर्णा मर्दों की इसी कुण्ठावृत्ति पर कुठाराघात करती हैं। सम्भव है, इससे जितना कुछ प्रत्यक्ष तौर पर टूटता नजर आता है वह आकस्मिक तौर पर वांछित न हो। लेकिन नारी का मनोबल और आत्म-गौरव जो अप्रत्यक्ष तौर पर टूटने से बचा लिया जाता है, लेखिका का वही अभिप्रेत या वांछित वक्तव्य होता है।

इसीलिए 'ऐश्वर्य' जैसी कहानी की प्रौढ़ा नायिका जो पारिवारिक अस्मिता से जुड़ी है पति और पत्नी के बीच के सम्न्बध और विश्वासपूर्ण सम्बन्ध में विघटन पैदा करने वाली कोशिश को न केवल नाकाम कर देती है बल्कि अपनी मर्यादाओं को बनाये रखते हुए कहीं भी अतिरिक्त नहीं प्रतीत होती। इस कहानी के अन्य पात्र मुखर होने के बावजूद एक-दूसरे के विरोधी नहीं। इसमें कोई किसी के विरुद्ध प्रतिकूल आचरण नहीं करता लेकिन अपनी सहजता से...सारी विकृतियों पर विजय प्राप्त कर लेती है। लेखिका ने पारिवारिक सौमनस्य को बनाये रखने के लिए परिवार के केन्द्र में स्थित पात्र को, वह स्त्री हो या पुरुष, हमेशा एक मजबूत सत्ता के रूप में देखना और रखना चाहा है। यदि यह नींव कमजोर हुई तो घर की दीवारें अपने-आप हिलने लगेंगी। और इसके लिए सबसे बड़ा गुण-धर्म है आत्मविश्वास। इसकी सबसे बड़ी कसौटी है—प्रतिकूल परिस्थिति। लेखिका ने यही जताया है कि ये अनाहूत परिस्थितियाँ कितनी भी प्रतिकूल हों...उनका मुकाबला अपने तईं करना है ताकि परनिर्भरता खत्म हो सके। 'डॉट पेन' कहानी में लीलावती जीवन के अन्तिम चरण में अपनी इस असहायता के खिलाफ बिना कुछ कहे-सुने पहल करती है और अपने अभियान में सफल होती है। एक छोटी-सी घटना के द्वारा लेखिका ने घर-परिवार की पारिभाषिकता को जो नाटकीयता प्रदान की है वह अपने शिल्प में तो अनूठी है ही, अपनी परिणति में भी अप्रतिम है। यही कारण है कि लेखिका कहानी की सामान्य और वांछित समाप्ति की औपचारिक घोषणा के बाद से डेढ़-दो पृष्ठों में और आगे बढ़ाती हैं ताकि कहानी किसी रसज्ञ रंजन कहानीकार की प्रदर्शन-प्रियता और लेखन-चारुता से आगे बढ़कर एक सर्जक के सरोकार से जुड़ सके...अपनी सामाजिक प्रतिबद्धता और स्वातन्त्र्यचेता मनीषा से एक नया प्रस्थान दे सके।

आशापूर्णा देवी ने विपुल लेखन किया है। पिछले पचास-साठ वर्षों से निरन्तर लिखती रही हैं। वे आज भी लिख रही हैं आगे भी लिखेंगी। वैसे स्वास्थ्य बहुत ठीक नहीं रहता। कहीं आतीं-जातीं नहीं। लेकिन हजारों पृष्ठों में फैली सामग्री में न तो उन्होंने अनावश्यक लिखा है और न अपने आपको दोहराया ही है। और जितना लिखा है उसका बहुलांश श्रेष्ठ साहित्य की कोटि का है और जो उनके अनगिनत पाठकों द्वारा खूब पढ़ा और सराहा जाता रहा है।

आशापूर्णा स्त्री को उसके चिरपरिचित नायिका रूप या नख-शिख सौन्दर्य रूप

में नहीं देखना चाहती हैं जैसाकि समाज की ही नहीं, लेखकों की भी प्राथमिकता रही है। इस दृष्टिकोण ने साहित्य और इसके पाठक को मानसिक तौर पर विकलांग कर दिया है। यही वजह है कि वह कोई निर्णय नहीं ले सकती। उसके मत्थे कर्तव्य और मर्यादा की तो ढेर-सी चीजें लाद दी गयी हैं लेकिन अपने तईं कोई भी निर्णय लेने का अधिकार वह चाहती भी नहीं, जो उसे दान, उपहार या पुरस्कार में मिले। अपने यथोचित अधिकार के लिए वह खुद लड़ेगी और अपने को इस योग्य साबित करेगी। अपने ढेर सारे उपन्यासों में आशापूर्णा ने, जिसमें 'प्रथम प्रतिश्रुति', 'बकुल कथा' और 'सुवर्णलता' को सर्वाधिक प्रसिद्धि मिली, वंचना-बोध और तिरस्कार झेलती नारी की इसी दुर्द्धर्ष यात्रा की लम्बी गाथा को उकेरा गया है, जिसमें तोप-तमंचे या तलवार का पराक्रम या राज्यों के उत्थान-पतन का बखान तो नहीं है लेकिन नारी की अस्मिता की नयी पहचान कराने का सकारात्मक और सामाजिक उपक्रम है।

इन रचनाओं ने, जैसा कि कहा गया बंकिम, रवीन्द्र और शरत् की त्रयी के बाद बंगाल के पाठक-वर्ग और आशापूर्णा देवी के मामले में, प्रबुद्ध महिला पाठकों को सर्वाधिक प्रभावित और समृद्ध किया है। 'प्रथम प्रतिश्रुति' की नायिका सत्यवती इसी अचलायतन को तोड़ना चाहती है।[1] वह आशापूर्णा देवी के शब्दों में ही "प्रतिवाद का प्रतीक है...जो स्त्री पात्र को भी पुरुष पात्र जैसी प्रतिष्ठा और गौरव प्रदान करना चाहती है।"

सत्यवती (प्रथम प्रतिश्रुति) का वैचारिक आग्रह एक दूसरे प्रकार के परिवेश के विरुद्ध था और वह एक नये समाज के निर्माण का आधार भी बना। जबकि 'सुवर्णलता' कहीं अधिक प्रौढ़ और गतिशील थी और वह स्वयं आशापूर्णा देवी के निजी जीवन और दर्शन को प्रतिकृत करती थी। इस पात्र (सुवर्णलता) के चरित्र की

---

1. भारतीय ज्ञानपीठ पुरस्कार से सम्मानित किये जाने के अवसर पर प्रकाशित स्मारिका में 'प्रथम प्रतिश्रुति' की संस्तुति में जो कुछ लिखा गया, उसका एक अंश उद्धृत करना यहाँ समीचीन जान पड़ता है–

"प्रथम प्रतिश्रुति में बंगीय नारी को उन्नीसवीं शताब्दी के प्रारम्भ से लेकर क्रमिक विमुक्ति के इतिवृत्त को उद्घाटित किया गया है। समूची कथा एक तेजस्वी उपन्यास के रूप से विकसित हो उठी है, जिसका केन्द्र बिन्दु कथा-नायिका सत्यवती है। उसका जीवन और संघर्ष है, और हैं वे उपाय-साधन जिनके द्वारा उसने क्रमशः उन्मुक्तता उपलब्ध की। कृति में तत्कालीन बाँग्ला नारी की मनोहारी छवियाँ ही नहीं उकेरी गयी हैं, लेखिका ने मानव स्वभाव पर ऐसी सटीक टिप्पणियाँ भी प्रस्तुत की हैं, जिनकी प्रासंगिकता बहुत व्यापक है। इसमें रूपायित हो आयी है वह प्रक्रिया जिससे भारतीय नारीत्व उचित गरिमा पा सकी है।"

विशेषताएँ बार-बार उनकी कृतियों में अलग-अलग पात्रों में निरूपित हुई हैं और इस धारावाहिकता में जीवन और जगत् के प्रति लेखिका के दृष्टिकोण की बार-बार पुनरावृत्ति भी हुई है। घटनाओं की तात्कालिकता और समस्याओं का सारा दबाव एक रचनाकार को निरन्तर झेलना पड़ता है और इस कार्य में सबसे अधिक सहायता लेखका को उसके अपने अर्जित अनुभव और जीवन के प्रति अपने विश्वास से मिलती है। यह ठीक है कि अपने-अपने अभिगम में सत्यवती और सुवर्णलता अलग-अलग ढंग से कार्यशील हैं लेकिन जीवन के श्रेयस के प्रति वे अपने दायित्व को खूब अच्छी तरह निबाहती हैं। उनकी सीमाओं में और परिस्थितियों के तात्कालिक दबाव में इससे अधिक की प्रत्याशा की जा सकती थी लेकिन तब उनकी भूमिका आरोपित और अविश्वसनीय हो जाती। रचनाकार या आलोचक अपनी मानसिक प्रौढ़ता या विचार-वयस्कता के नाते और अपने बोध, विचार, प्रत्यय या प्रतिबद्धता के अनुरूप अलग-अलग माँग रख सकते हैं और इस दृष्टि से किसी पात्र को 'सर्वतोभद्र' भी बनाया जा सकता है। लेकिन आये दिन हम जिन लोगों से मिलते-जुलते हैं या विशिष्ट चरित्रों के बारे में जानते हैं या जानना चाहते हैं—क्या उनकी तमाम विकृतियों से या कमजोरियों से परिचित हैं। जीवन की यह अस्पष्टता ही रचनाकार की पूँजी है और इस छायाभास को ही वह रूप और रंग, स्वर और तेवर प्रदान करता है। इसकी पारदर्शिता को बनाये रखते हुए जहाँ इसमें इन्द्रधनुषी रंगिमा भरता है वहीं इसकी स्वस्थ आलोचना भी करता है।

आम पात्रों की सोच, सूझ और समझ को साहित्यिक भाषा में निरूपित करना और भी कठिन है क्योंकि इन पात्रों की मानसिकता का अधिकांश अनुच्चारित होता है। भाषा या मुहावरे को तदनुरूप गढ़ पाना और संयोजित कर पाना एक कठिन रचनाकर्म है और इसमें अर्जित योग्यता ही लेखक या लेखिका की सफलता है। आशापूर्णा देवी ने समाज के विभिन्न स्तरों पर, ऐसे असंख्य पात्रों की मनोदशाओं का चित्रण किया है, जो अबोले हैं, बड़बोले हैं या जो स्वयं नहीं बोलते—दूसरे उनके बारे में हजार तरह की बातें करते हैं। आशापूर्णा ने भाव, भाषा, और मुहावरे के साथ-साथ संवाद के शिल्प को और कथा न्यास को एक नयी जमीन दी है। इस दृष्टि से वे रवीन्द्रनाथ ठाकुर, शरत्चन्द्र, विभूतिभूषण मुखोपाध्याय, माणिक बन्द्योपाध्याय, समरेश बसु, 'कालकूट' के समकक्ष जा ठहरती हैं—जिन्होंने भाषा को उसके खुरदरेपन में जीते हुए भी उसमें निहित कविता और छन्द को जुगाये रखा है। आशापूर्णाजी ने इस युक्ति को इतनी स्वाभाविकता से अपने कथा-न्यास में सँजोया है कि इस पर अलग से एक प्रबन्ध लिखा जा सकता है। अपनी कहानियों में पात्रों के संवाद को और उसकी आशा को वे एकवचन के साथ-साथ बहुवचन में परिणत कर देती हैं। तब किसी पात्र का कोई संवाद आत्म-कथन या उसका छोटा-सा अंश वामन से विराट में परिणत हो

जाता है। वह प्रश्न...वक्तव्य...जीवन-दर्शन...सत्य...प्रत्यय और मन्त्रधर्मा हो जाता है और साथ ही एक कविता का सच भी प्रतीत होता है। संवाद या कथन का यह उत्कर्ष उनकी रचनाधर्मिता की विशिष्ट पहचान है और इस संग्रह की बहुत-सी कहानियाँ इसकी साक्षी हैं।

बचपन से ही असंख्य छोटे-बड़े पात्रों से परिचय और वैचित्र्यपूर्ण व्यवहार, उनके दुख-दर्द, उनके संस्कार और सन्त्रास, उनके ताप और अनुताप की एक ऐसी दुनिया है जो उनकी रचना में अंकित होकर और भी प्रभावी हो जाती है। वे नगण्य और तुच्छ जान पड़ने वाली असंख्य पात्राएँ (और पात्र भी) आज, नये युग की तमाम सुविधाओं, समस्याओं और चुनौतियों के सामने खड़ी हैं। उन रचनाओं का एक अंश उस बीते समय की पिछवई है जब स्त्रियों को छोटी-छोटी बातों के लिए घर-बाहर का विरोध झेलना पड़ता था। यहाँ तक कि पढ़ाई-लिखाई जैसी न्यूनतम सुविधा प्राप्त करने के लिए भी स्त्री-समाज को बड़ी लम्बी प्रतीक्षा और परीक्षा से गुजरना पड़ता था। इस शताब्दी के अन्त तक भी उन सबको पढ़ने का अवसर मिलेगा—इस बात में सन्देह है। यह ठीक है कानून में न्याय सुविधा और अधिकार के क्षेत्र में स्त्री-पुरुष का भेद मिटा दिया गया है लेकिन हमारा समाज मानसिक रूप से इस बात के लिए तैयार नहीं हो पाया है। सुविधा प्राप्त तबका अपने वर्चस्व को बनाये रखने के लिए समाज के निम्न स्तर को वह सुविधा और सुरक्षा देने को तैयार नहीं, जिनकी अपेक्षा ही नहीं, आवश्यकता भी एक उदार समाज को है और होनी ही चाहिए।

इन स्थितियों के प्रतिकार के रूप में तब कई रचनाएँ प्रकाशित हुई थीं। इनका रचनाकार तब कोई और नहीं—स्वयं तत्कालीन समाज था। लेकिन तब भी अधिसंख्य साहित्यकार पुरुष पात्र केन्द्रित रचनाओं के लेखन में व्यस्त थे, जो उनकी दृष्टि से उचित भी था। महिला पात्रों की ओर ध्यान न दिया गया हो...ऐसा न था। लेकिन स्त्री को देवी, शक्ति या अनन्य प्रेयसी का दर्जा देने की होड़ में उसकी विश्वसनीयता कम होती जा रही थी या ज्यादा से ज्यादा वह किताबी बनकर रह गयी थी। वह सामाजिक नहीं समाजेतर बना दी गयी थी। सामाजिक परिवर्तन में उसकी अनिवार्य भूमिका को लोकोत्तर बनाकर प्रस्तुत किया जाता रहा—बंकिम और रवीन्द्र की आरम्भिक रचनाएँ भी इसके अपवाद नहीं। कहीं तो पुरुषोचित व्यवहार द्वारा और कहीं स्थितियों से पलायन द्वारा सामाजिक यथार्थ की अनदेखी की जा रही थी। आशापूर्णा ने अपने स्त्री पात्रों को अपने बीच से उठाया और सबके बीच रखा। उसे रसोई घर की दुनिया से बाहर निकालकर बृहत्तर परिवेश देना चाहा। लेकिन इसमें जहाँ इस नारी का माता-पत्नी और बेटीवाला रूप सुरक्षित रहा वहाँ सामाजिक बदलाव की भूमिका में भी सक्रिय योगदान दिया। ऐसा नहीं था कि सामाजिक परिवर्तन के इस दौर में स्त्री जाति को अपने अधिकार क्षेत्र में रखने या 'पैरों की जूती' बनानेवाला

पुरुष वर्ग इसके लिए तैयार रहता है। इस संकलन की कहानी 'जो नहीं है, वही' की नायिका गायत्री को उसका पति घर की दीवारों में जकड़कर रख देता है। यह उसकी मध्यकालीन कुण्ठा का परिचायक है, जिसमें औरत मात्र शैया-सुख के लिए पाली या खरीदकर हरम में डाल दी जाती थी। कहना न होगा, आज भी पुरुषों का एक वर्ग स्त्री के स्वाध्याय या अध्ययन, कलात्मक रुझान या सामाजिक कार्यों में उसकी हिस्सेदारी को फूटी आँखों नहीं देखना चाहता। और इस तरह विवाह या बाल-बच्चे हो जाने के बाद स्त्री के जीवन की सामाजिक सोद्देश्यता विनष्ट हो जाती है और वह कुलीन नौकरानी का जीवन जीने लगती है।

उक्त वक्तव्य क्रम में, इस संकलन की दो कहानियाँ ('इज्जत' और 'नागन की पूँछ') में से पहली कहानी उच्च वर्ग की एक महिला द्वारा समाज के निचले स्तर की एक बालिका को संरक्षण देने की मानसिकता से जुड़ी है तो दूसरी एक अधिकार सम्पन्न महिला द्वारा अनावश्यक छूट लेने से सम्बन्धित है। 'इज्जत' कहानी में उच्च और निम्न वर्ग के बीच प्रभुता और क्षमता के सामाजिक विनियोग का प्रश्न बड़ी नाटकीयता के साथ उठाया गया है। लेखिका ने उच्च स्तर के परिवारों में भी स्त्रियों की विवशता या दयनीयता का चित्रण किया है, जहाँ अब भी वे कोई निर्णय नहीं ले सकतीं। सामाजिक दृष्टि मानवीय समस्याओं के समाधान में आड़े आती है और यही कारण है कि उच्च वर्ग और निम्न वर्ग के बीच की खाई निरन्तर चौड़ी होती जा रही है और विश्वसनीयता के बदले टकराव का वातावरण पैदा हो गया है।

'नागन की पूँछ' में अपनी सदाशयता के बावजूद, एक बड़े अधिकारी के अधीनस्थ की पत्नी अपने घर का सुख-चैन गँवा बैठती है। लेखिका यह बताना चाहती है कि हमें इस बात का ज्ञान रहना चाहिए कि हम किसी की भलाई की बात कर रहे हैं और हमारी नैतिक सीमा क्या होनी चाहिए। इसी तरफ इशारा करती हैं नायक की निराशाभरी पंक्तियाँ, जो वह अपनी पत्नी (नायिका) को सम्बोधित कर कहता है, "तुमने किसी पराये का घर ठीक करना चाहा था पर खुद अपना ही घरौंदा मिटा दिया।"

संकलन की विशिष्ट कहानी 'किर्चियाँ' हमारे परिवारों में असहाय और अशक्त पड़ी वृद्धाओं की दयनीय अवस्था को बड़े मार्मिक ढंग से व्यंजित करती है। यह एक ऐसी विकट समस्या है जिसका सामना हर किसी को कभी-न-कभी करना है। अपनी आँखें खोकर केवल स्पर्श और आहट से आसपास की गतिविधियों को जान लेने वाली...यह नहीं समझ पाती कि अपने ही नाते-रिश्तेदार और घर के लोगों ने उसे कितना अनावश्यक समझ लिया है और तब उसे यह लगने लगता है कि कटुता को झेलने से अच्छा है उसकी सारी संवेदना छिन जाए ताकि वह क्रमशः अपरिचित और अमानवीय होती जानेवाली दुनिया से अपने को अलग कर सके। इस कहानी में

सर्वशक्तिमान ईश्वर और निरीह प्राणी के बीच के संवाद और दोतरफा सम्बन्ध को एक नयी अवधारणा दी है। यह दृष्टि हमें अपने चौगिर्द फैले अन्तःबाह्य परिवेश को समझने में बहुत सहायक हो सकती है :

"हे भगवान, अगर ऐसा ही होना है तो वह होकर रहे। मैं तुम पर व्यर्थ भरोसा किये बैठी रही। तुम्हारी दया का सचमुच कोई अन्त नहीं है। ढेर सारे अपमान से बचाने के लिए ही तुम अपने हाथों दान में दी गयी चीजें छीन लेते हो। कान हैं तभी मैं उनकी बातें सुन पाती हूँ अगर आँखें सलामत रहतीं तो मुँहफट ठहाकों से छितरे इन हँसोड़ और छिछोरे चेहरों को भी मुझे देखना पड़ता।"

इस संकलन में पूर्व प्रेम को आधार बनाकर जो कहानियाँ संकलित हैं उनमें ऐसी कई स्थितियाँ संकेतित हैं जबकि गलदश्रुता का सहारा लिया जा सकता था। लेकिन लेखिका ने समय-चक्र और क्रूर तथा कटु परिस्थितियों को ही सर्वोपरि माना है और पात्रों की मानसिकता में समयोचित संशोधन किये हैं।

'हथियार' कहानी में पूर्व प्रेमी की अनुपस्थिति लेकिन अनुग्रह का एक विशिष्ट रंग है। इसमें एक पूर्व-प्रेमिका जीविका से कहीं अधिक अपने ही पति की हास्यास्पद और कायरतापूर्ण पलायन का मुँहतोड़ उत्तर देती है। वह पति पर अपनी निर्भरता छोड़कर अपने पूर्व प्रसंग को एक नया और उपयोगी आयाम प्रदान करती है। इस पात्रा (नायिका असीमा) के माध्यम से लेखिका ने उन कामकाजी महिलाओं के आत्मविश्वास को जाग्रत किया है जो केवल रूप या सौन्दर्य से ही नहीं अपनी दक्षता से भी समाज में एक वांछित और उपयोगी भूमिका निबाह सकती हैं।

ये पात्र अपने सीधे-सादे, अनाकर्षक और सपाट चेहरों के बावजूद अपने स्वभावगत वैशिष्ट्य में कितने समृद्ध हैं और स्वयं अपने रचनाकार को उलझन में डाल सकते हैं, यह आशापूर्णा देवी की कहानियों में सहज ही देखा जा सकता है।

एक कथा-लेखिका के रूप में आशापूर्णा ने भी पात्रों की चित्त-वृत्तियों के ताने-बाने को, जो टूटे हुए मकड़े के जाल से भी बारीक होते हैं—अपने लेखन द्वारा समेटा है। इन कहानियों के लिखे जाने के बाद पता चलता है कि इन पात्रों को उनके परिवेश ने ही नहीं, खुद उनके मानसिक विन्यास ने भी असहाय और अभिशप्त बनाये रखा है। विशेषकर 'आहत पौरुष' कहानी में। 'आहत पौरुष' एक बौने कद के आदमी की काम चेतना और उससे जुड़ी उसकी मर्यादा की कहानी है। एक ब्राह्मण पुत्र होता हुआ भी वह दूसरों के जूठे भोजन और उतारे हुए कपड़े को स्वीकार कर लेता है लेकिन जब स्थिति उसके पौरुष को आँच देने लगती है तो उसकी आत्मा विद्रोह कर देती है। अवचेतन की अदृष्ट सत्ता पात्र के प्रत्यक्ष जगत् या चेतन सत्ता को किस हद तक प्रभावित करती है, यह उनकी लगभग सभी कहानियों में देखा जा सकता है। और इस दृष्टि से देखने पर पात्रों के बाहरी सारे ताम-झाम, उनके

ठाठ-बाट, उपस्कर, अधिकार, उपकरण और पद-मान-ओहदे और अलंकार सब पीछे रह जाते हैं या छूँछे नजर आने लगते हैं। तब अपनी स्वभावगत दुर्बलता के नाते ये पात्राएँ सामान्य से दयनीय और कातर जान पड़ती हैं। चाहे वह 'वहम' की कनक हो, जो पति को अपने घर की चारदीवारी के भीतर भले ही भला-बुरा कहे, उसकी काहिली के लिए जी भरकर कोसे लेकिन अपने और पति के सम्मान पर आँच नहीं आने देती। यहाँ तक कि भाई को भी वह दयनीय परेशानियों में शामिल नहीं करना चाहती। चरित्र-बल का सम्बल ही उसे सामान्य से विशिष्ट बनाता है। तब जान पड़ता है कि रक्त और मांस की ये पुतलियाँ अपनी खूबियों और खामियों के बावजूद, उस चरम-परम सत्ता की ही अमृत-सन्तान हैं, जो जीना चाहती हैं, अपनी ओर समाज की विकृतियों और विद्रूपताओं से जूझना चाहती हैं, और हारी हुई बाजी जीतना चाहती हैं...। जहाँ-जहाँ यह जीत अंकित हुई है—भले ही वह बहुत बड़ी न हो या घोषित करने योग्य न भी हो...तब भी वह किसी बड़ी लड़ाई या जरूरी बहस में शामिल है—यही उनकी सार्थकता है।

ये स्त्री पात्राएँ दरिद्रता के अभिशाप से लड़ती हैं, उच्चपदस्थ अधिकारियों की त्वचा-लिप्सा के आगे घुटने नहीं टेकतीं, अहंकारी पति के कायरतापूर्ण रवैये के खिलाफ जूझती हैं, जीवन के अन्तिम क्षण तक अपने अधिकार-बोध को नहीं जतातीं लेकिन आत्म-सम्मान के सवाल पर कभी समझौता नहीं करती हैं। वे समाज के घृणित कारोबार से खुद को और अपने परिवार जन को अलग रखना चाहती हैं—उस आधुनिक सोच या स्वीकार से बचाना चाहती हैं—जहाँ कुछ भी वर्ज्य या त्याज्य नहीं है।...इस भारतीय और मोटे तौर पर मानवीय दृष्टि ने आशापूर्णा देवी को स्पृहणीय प्रतिष्ठा दी है और उन्हें एक ऐसी लेखिका के रूप में पाया है, जो आदर्श और यथार्थ के समुचित तालमेल से भारतीय समाज को एक नया संस्कार और उसे इस मोटे प्रवाह-चक्र से उबारना चाहती है, जिसमें सभी क्रमशः पिता, पति और पुत्र की आश्रिता बनकर ही जीने को अभिशप्त हैं।

'बेआसरा' कहानी में अपने काहिल-जाहिल और जवान बेटे की मौत की खबर पाकर भी एक बेआसरा माँ अन्नपूर्णा या अन्ना मौसी अपने दूर के रिश्तेदार के यहाँ पड़ी रहती है। मौत जैसी खबर की अनसुनी कर। बाद में जब यह राज खुलता है तो वह इस तथ्य से इनकार नहीं करती और यह स्वीकार करती है कि उससे यह पाप हो गया है। यह कहानी एक निराश्रित नारी की स्थिति और नियति को उनकी पुत्र-शोक जैसी मर्मान्तक पीड़ा की घड़ी में रेखांकित करती है। जीवन में अपने किसी भी उद्देश्य में सफल न हो पाने की निराशा से भी अधिक महत्त्वपूर्ण होता है दो मुट्ठी दाना। और जब यह आसरा छिन जाए तो फिर क्या रह जाता है?

कोई भी लेखक स्वतन्त्र है कि वह पात्र एवं विषय-वस्तु का चयन अपने ढंग

से करे। लेकिन आशापूर्णा देवी की विशेषता यह है कि वे पात्रों को भी विषय-वस्तु के अनुरूप चुनती हैं। कभी पात्र विषय-वस्तु पर आरोपित नहीं लगते या कभी भी ऐसा नहीं जान पड़ता कि अनुभव के अभाव के चलते कथावस्तु की अनदेखी हो गयी है। यह तो एक तरह से तय ही होता है कि साधारण लोगों की साधारण-सी जिन्दगी का कोई छोटा-सा पक्ष या पर्व ही उनकी रचनाओं का आधार होता है। कभी-कभी तो ऐसा भी जान पड़ता है कि स्थूल घटना या स्थितियों के ताने-बाने के अभाव में भी इतनी सशक्त या सार्थक कहानी कैसे बन गयी। एक उबाऊ नीरस या घटनाहीन जीवन और जैसे-तैसे निर्वाह कर लेने वाला कोई पात्र भला किसी कहानी का कथाधार कैसे बन सकता है ? दारिद्र्य, गरीबी, शोषण, अभाव और दुश्चिन्ता के बीच जीता नारी-संसार तो वैसे भी एकरस होता है—और जहाँ मृत्यु या दुर्घटना जैसी स्थितियों के सिवा जीवन में ऐसा कुछ नहीं होता जिसे नाटकीय मोड़ देकर वांछित सनसनी पैदा की जा सके। घटना बहुल न होते हुए भी आशापूर्णा की कहानियाँ अचानक इतनी मुखर और नाटकीय हो उठती हैं कि उनकी संवेदना पर आश्चर्य होता है। आज का शहरी और बुद्धिजीवी साहित्यकार निम्नवर्गीय पात्रों के हाहाकार को अपनी कलम में उतारने को तैयार ही नहीं होता क्योंकि वहाँ कुछ चौंकाने जैसा नहीं होता। लेकिन मानवीय संकट और शोषण की दुनिया यहीं पलती-बढ़ती है।...

'इज्जत' कहानी में ऐसा ही एक प्रसंग है, जिसमें झुग्गी-झोंपड़ी में जवान होने वाली लड़कियों की समस्या को बड़ी गहराई से उकेरा गया है। इसमें अपनी बाध्यता या मजबूरी को अन्ततः स्वीकार करने के सिवा कोई चारा नहीं और यह विवशता ही इस कहानी की सबसे बड़ी शक्ति है। और लेखिका का यह असमंजस कि वस्तुतः कौन निरुपाय है, समाज के ऊँचे तबके की या नीचे तबके की स्त्रियाँ—कहानी का सटीक वक्तव्य। एक साथ सत्य और तथ्य—प्रतीत होता है।

ऐसी ही छोटी और न्यून घटना को और उसके अस्फुट वक्तव्य को संवादों में गढ़ते हुए और बीच-बीच में पात्रों की मानसिकता को पढ़ते हुए अपनी प्रतिक्रिया से 'जादुई कलम' में अभिव्यक्त किया है। यह कहानी निश्चय ही किसी परिचित हास्य-व्यंग्य लेखक की पाठकीय नियति को रेखांकित करती है। इस कहानी का कथाधार लगभग उसी प्रसिद्ध कहानी जैसा है—जिसमें सर्कस का एक हँसोड़ पात्र अपनी तमाम परेशानियों के बावजूद अपनी जीविका के निर्वाह के लिए हँसते-हँसाते रहने और दम तोड़ देने को अभिशप्त है। यहाँ तक कि वह इस खेल में अपनी जान भी दे देता है। ऐसी ही समानान्तर स्थिति में लेखिका ने प्रौढ़ प्रेम की संवेदना को पृष्ठभूमि में रखते हुए कथा-साहित्यकार सरोजाक्ष बाबू की उस व्यर्थचेष्टा को मार्मिक ढंग से व्यंजित किया है, जिसमें एक बार किसी पात्र या व्यक्ति की स्वीकृत भूमिका को बदला नहीं जा सकता। प्रेम जैसे गम्भीर विषय की अनदेखी करते हुए, प्रेमिका

के प्रस्ताव की अनसुनी करते हुए हास्य-व्यंग्य लेखक पर यह दबाव है कि वह प्रस्तावित विशेषांक के लिए जल्द-से-जल्द अपनी हास्य-कहानी तैयार कर भेज दें। यह विडम्बना, लेखक के जीवन की अभिशप्त परिभाषा बन जाती है और वह अपनी 'जादुई कलम' के हाथों एक बँधुआ मजदूर बनकर रह जाता है।

इसी तरह **'ठहरी हुई तसवीर'** कहानी माँ और पुत्र के सम्बन्ध को नये सिरे से और सर्वथा एक नये आयाम में प्रस्तुत करती है। हवाई दुर्घटना में मारे गये पुत्र की स्मृति को प्राणपण से जुगाये रखने के लिए एक माँ (शाश्वती) की तपस्या जब एक स्मृति-मन्दिर के रूप में आकार ग्रहण कर चुकी होती है और जब उसकी प्रतिष्ठा की शुभ घड़ी आ जाती है तब उसे यह सूचना मिलती है, उसका पुत्र जीवित है। अपने अपंग और अपाहिज हो गये बेटे के आगमन की सूचना पाकर वह आनन्दित नहीं बल्कि विचलित हो उठती है। उसे लगता है उसकी सारी प्रतीक्षा, पीड़ा और अब स्मृति मन्दिर की प्रतिष्ठा से पूरी होने वाली तपस्या को उसके पुत्र ने व्यर्थ कर दिया है। बड़े अप्रत्याशित ढंग से माँ की सत्ता और इयत्ता और माँ तथा पुत्र—दोनों के बीच के तनाव को उजागर करने वाली यह कहानी अपनी अन्विति में सर्वथा अनूठी और अछूती है।

पति-पत्नी के बीच आये दिन होने वाली तकरार और झड़पों को लेकर न जाने कितनी कहानियाँ लिखी गयी होंगी। इस संकलन में भी 'ऐश्वर्य', 'पद्मलता का सपना', 'जो नहीं है, वही', 'वहम', 'हथियार', 'सीमा-रेखा', और 'अभिनेत्री' जैसी कहानियाँ इस दृष्टि से महत्त्वपूर्ण हैं। आशापूर्णा देवी ने सामान्य नारियों की विशिष्ट मानसिकता को सामान्य सन्दर्भों में और प्रतिकूल परिस्थितियों में रखकर देखा है। 'ऐश्वर्य' कहानी में जहाँ पति पर स्नेह भरा अधिकार है वही उसके कदाचार की अनदेखी करते हुए, पारिवारिक स्थितियों पर और उसकी मर्यादा पर पर्याप्त अंकुश रखना भी नारी की जिम्मेदारी है। अगर संयुक्त परिवार के ढाँचे को बनाये रखना और उसे टूटने से बचाना है तो बाहरी हस्तक्षेप को बिना किसी प्रतिकार के, हँस-हँसकर झेलना होगा तभी 'ऐश्वर्य' की दूसरे शब्दों में, अपने सम्मान की रक्षा की जा सकती है।

उनकी आरम्भिक कहानियों में, जिनमें से एक 'अभिनेत्री' भी है, पारिवारिक रूढ़ियों का धारावाहिक अन्तर्द्वन्द्व देखा जा सकता है। स्त्री को एक ही पारिवारिक ढाँचे में कैसी-कैसी भूमिका निबाहनी पड़ती है, कभी प्रेयसी की, कभी गृहिणी की, कभी सास की और कभी अभिभावक की। इस उत्तरदायित्वपूर्ण अभिनय में भावनात्मक और व्यावहारिक सन्तुलन बनाये रखना पड़ता है। यह अभिनय जीवन में जितनी कुशलता और तटस्थता से, साथ ही स्वाभाविकता से निबाहा जाता है—पारिवारिक जीवन उतना ही सफल और सार्थक होता है। ऐसा नहीं कि कटुता के क्षण नहीं आते,

व्यक्तित्व की टकराहट आड़े नहीं आती लेकिन एक योग्य स्त्री, इन स्थितियों को बड़ी सहजता से जीती और झेलती है। एक किशोरी नवेली बहू से लेकर युवा माँ और फिर प्रौढ़ा माता तक के तीन प्रमुख पड़ावों से गुजरती हुई 'अभिनेत्री' कहानी नाटकीय ढंग से उन्हीं पात्रों की मानसी-यात्रा को रूपायित करती है। इस कहानी का रूप-न्यास भले ही शिथिल हो लेकिन जीवन का सच और उसके साथ प्रमुख पात्रा नाटकीय समझौता और तालमेल ही इस कहानी की विशिष्टता है।

इसी तरह 'सीमा-रेखा' की छवि का चरित्र भी सहज और सामान्य से अतिविशिष्ट हो उठता है। भाई के घर अपने नीमपागल पति के साथ रह रही छवि अपने आपको किसी तरह बहलाती रहती है। एक रात, भाई की बेटी के विवाह के मौके पर पति की अस्वाभाविक हरकत के चलते और उसके बुरी तरह दुतकार दिये जाने के कारण छवि हतप्रभ हो जाती है। यही अपमान उसके पति की जान का दुश्मन हो जाता है। अपने मृत पति के साथ अँधेरे बन्द कमरे में पड़ी छवि इस हादसे के बारे में तब तक मुँह नहीं खोलती जब तक कि बारात विदा नहीं हो जाती। कहानी खत्म होने के पहले जब यह गाँठ खुलती है तो यह विश्वास नहीं होता कि इतने अपमान और अवसाद के बीच इतनी सहजता और खामोशी से कोई पात्रा, अपनी अनुपस्थिति के बावजूद, उपस्थित रह सकती है।

दूसरी ओर 'पैदल सैनिक' (पदातिक) कहानी की जयन्ती, एक नयी पीढ़ी की युवती है। घर के काम-काज से जी चुरानेवाली, अपनी दुनिया में मस्त। दिन-भर खाना पकाने, बर्तन माँजने, कपड़े धोने और बच्चों की साज-सँवार में डूबी रहनेवाली माँ के प्रति किसी की दिलचस्पी नहीं। और वही माँ एक दिन अचानक देर रात को अचेत पड़ जाती है। घर-गृहस्थी का सारा ढाँचा चरमरा जाता है और लगता है सारी दुनिया ही थम-जम गयी। जयन्ती जब इस घर का एक छोटा-सा सिरा थामना चाहती है तो दूसरा छोर दिखाई नहीं पड़ता। और एक ही दिन में उसे पता चल जाता है कि घर की छोटी-सी दुनिया दफ्तर और पार्टी की बहसों में लम्बी-चौड़ी भागीदारी से नहीं चलती। वह उसकी माँ जैसी ही लाखों-करोड़ों माँओं के निरर्थक प्रतीत होनेवाले निरुद्देश्य और जीवन के चूल्हे-चौके में झोंके जाने पर उससे उत्पन्न होनेवाली ऊर्जा से चलती है। और तब उसे अपनी निरर्थकता का अहसास कोंचने लगता है।

आशापूर्णा की कहानियों के तीन प्रधान गुण बताये गये हैं, वक्तव्य प्रधान, समस्या प्रधान और आवेग प्रधान। लेकिन इन तीनों घटकों का अनुपात कुछ ऐसा मिला-जुला होता कि इन्हें सहज अलगाना आसान नहीं होता। इसी तरह जीवन के तिक्त, रिक्त और मधुसिक्त—तीनों ही प्रसंग ऐसे मिले-जुले रूपों में आते हैं कि हम जीवन को जिस रूप में जानते हैं और पा रहे होते हैं—उसकी एक प्रामाणिक झलक हमें मिल जाती है। लेकिन प्रश्न यह उठता है कि सभी साहित्यकार कमोबेश ऐसा ही

तो करते हैं—आशापूर्णा देवी का वैशिष्ट्य क्या है ? उत्तर होगा कि वे स्थितियों को या पात्राओं को गौरवान्वित या 'ग्लोरिफाई' नहीं करतीं। कहानी का निर्दिष्ट लक्ष्य या वक्तव्य आवेगपूर्ण प्रसंगों के आरोह-अवरोह में नहीं भटकता। अपनी अन्विति में उनकी कहानियों की तिर्यक् व्यंजना पाठकों में एक अपरिचित-सी तिलमिलाहट भर देती है। क्योंकि इन कहानियों का समापन किसी समाधान से नहीं, सवाल से होता है जो पाठकों को कोंचता और कुरेदता रहता है। और आलोचकों ने यह स्वीकारा है कि कभी-कभी यह अन्त मोपासाँ की कहानियों जैसा प्रतीत होता है। अपनी सहजता के चलते, अन्त चाहे जितना भी नाटकीय प्रतीत हो (**किर्चियाँ, डॉटपेन, हथियार, आहत पौरुष, ठहरी हुई तसवीर, नागन की पूँछ, वहम, ऐश्वर्य, पद्मलता का स्वप्न** और **ढाँचा** जैसी कहानियों में) वह विश्वसनीय और व्यंग्यपूर्ण जान पड़ती हैं।

यह सम्भव है कि पाठकों को चौथे दशक में लिखी गयी कहानी और आठवें दशक में लिखी गयी कहानियों में अन्तर नजर आए। यह स्वाभाविक ही है। आशापूर्णा की तब की कहानियाँ नारियों के जागरण-काल की रचनाएँ हैं जिनमें अशिक्षा, अज्ञान, रूढ़ियों, नारियों पर किये जानेवाले अत्याचारों की पृष्ठभूमि में नये समाज के निर्माण में नारी की भूमिका से सम्बन्धित हैं। जबकि परवर्ती कहानियाँ आर्थिक और सामाजिक दबावों से उत्पन्न स्थितियों में नारी के संघर्ष और अस्पष्ट होती जाती नैतिकता और मूल्यहीनता के सन्दर्भ में नारी द्वारा खुद बनाये गये सन्दर्भों और आदर्शों के बीच झेलती उसका असमंजस है। कहानियों में पात्रों की मानसिकता से अधिक स्थितियों की गत्यात्मकता पर जोर होता है और एक सामान्य पात्र भी किसी विशिष्ट क्षण में असामान्य प्रतीत होने लगता है। '**इज्जत**' की किशोरी हो या '**पद्मलता का स्वप्न**' की पद्मा, '**आहत पौरुष**' का बामन निताई, या फिर '**किर्चियाँ**' की बूढ़ी मौसी सरोजवासिनी,—सभी एक निर्णय पर पहुँचने के साथ ही एकबारगी विशिष्ट हो उठते हैं।

इस दृष्टि से **ढाँचा** शीर्षक कहानी का केशव राय अपने आप में और 'बेकसूर' का बलराम साहा की यात्रा एक नामालूम छोर से, या दूसरे शब्दों में, एक आम पात्र की तरह शुरू होती है और अपने इर्द-गिर्द के चक्रिल परिवेश से अचानक उनमें ऐसा परिवर्तन होता है कि एक नया मानवीय अर्थ उजागर हो जाता है। केशव राय अपने ही चक्रान्त में फँसकर अपनी तमाम जमीन-जायदाद के एक भागीदार, अपने से लगभग चालीस साल छोटे बालक की हत्या को उतारू हो जाता है। अपने कथा-न्यास-क्रम में यह कहानी पाठक की शिराओं में जबरदस्त आतंक भर देती है। यह मानवीय और पाशविक कथा-यात्रा अचानक मानवीय हो उठती है और तब जान पड़ता है कि जब तक दया और करुणा के बीज जीवित हैं, मानव दानवता पर विजय पाता रहेगा।

इसी खौलती हुई मानसिकता को रूपायित करनेवाली कहानी 'बेकसूर' में

बलराम साहा का चरित्र अपने-आप में आश्चर्यजनक रूप से अप्रत्याशित हो उठता है जब उसे यह पता चलता है कि उसकी एकमात्र बेटी की उसके सनकी दामाद ने हत्या कर दी है। साहा अपनी स्वाभाविक विकृतियों के साथ समधियाने पहुँचता है और अनाप-शनाप...जो मन में आता है...बकता रहता है। ऐसा प्रतीत होता है कि बदले की भावना और कोर्ट-कचहरी के फैसले के बीच ही सारी कहानी दम तोड़ देगी। लेकिन नाटकीय संवाद, एकालाप, स्वाभाविकता की रक्षा और पात्रोचित भाषा और मानसिकता के बावजूद और इनसे परे मानव-मन की विचित्रता का स्पष्ट संकेत तब मिलता है जब साहा कठघरे में खड़ा होकर ऐसा बयान दे डालता है जिससे वे अभियुक्त बरी हो जाते हैं, जिन पर उसने खुद मुकद्दमा दायर किया था।

हृदय-परिवर्तन की कहानियों में मानवीय दुर्बलता को नयी परिस्थितियों के आलोक में रखे जाने की योजना की जाती है। लेकिन उन्हीं स्थितियों के छोर पर एक ऐसा मुकाम आता है जहाँ ये पुरुष पात्र नारी पात्रों से सर्वथा अलग प्रतीत होते हैं। नारी हो या पुरुष—इन पात्रों का अलग-अलग संसार एक नये रूप में सामने आता है। और यह तय है कि इन कहानियों के पढ़े जाने के बाद, कोई भी पाठक अपने-आप में एक मानसिक बदलाव महसूस कर सकता है।

—रणजीत साहा

नयी दिल्ली,
26 जनवरी, 1990

अनुक्रम

ऐश्वर्य

श्रीकुमार के सीढ़ी से उतरकर बरामदे से गुजरते ही चारों तरफ कीमती सेण्ट की खुशबू फैल गयी। देह पर चुन्नटदार मलमल का कुरता और चुन्नट की हुई धोती का तहदार और लहराता सिरा जमीन पर लोट-लोट जाता था। पैरों में बेशकीमती ग्रेशियन जूती और चाँदी की मूठवाली छड़ी थामे श्रीकुमार तेजी से नीचे उतर गये।

वे रोज ही इसी तरह निकल जाते हैं।

पिछले अठारह सालों से जाते रहे हैं। लगातार।

और चाहे सारी दुनिया ही क्यों न बदल जाए, श्रीकुमार की चर्या बदल नहीं सकती। न तो इस नियम का उल्लंघन हुआ है और न सज-धज में कोई परिवर्तन। और इसमें बदलाव के बारे में किसी ने शायद कभी सोचा भी नहीं।

पच्चीस साल की उम्र से ही, वे इसी सज-धज के साथ, नियत समय पर और एक नियत ठिकाने पर हाजिरी बजा लाते हैं।

उनके घर से निकलने और घर वापस आने का समय भी घड़ी देखकर ही तय है जैसे। रात के आठ बजे से दस बजे तक। कुल मिलाकर दो घण्टे।

वे कहाँ जाते हैं, यह कोई दबी-छिपी बात नहीं लेकिन इस बारे में कोई कुछ कहता नहीं।

सभी इस बारे में जानते हैं लेकिन साफ-साफ कोई बताना नहीं चाहता।

शायद इसलिए बताया नहीं जाता ताकि घर के मालिक का सम्मान बना रहे और घर की मालकिन का भी। लेकिन सवाल यह है कि अपर्णा इस तरह की प्रचलित सम्मान-असम्मान से भरी दुनिया में रहती भी है ? यहाँ की जमीन पर खड़े होकर और हाथ बढ़ाकर उसका सिरा पा लेना क्या इतना ही आसान है ?

जबकि आभा ने तो असम्मान की पहल करके भी देख लिया।

श्रीकुमार के छोटे भाई सुकुमार की पत्नी आभा। वह उस दिन दालान के एक छोर पर बैठकर पान बना रही थी। जेठ जी के बाहर निकल जाते ही उसने सामने बैठी फुफेरी ननद नन्दा की ओर भँवें तिरछी कर देखा और हौले से मुस्करायी।

इस मुस्कान का मतलब था 'देख लिया न...जैसा बताया था ठीक वैसा ही

निकला न...?'

नन्दा ने गाल पर हाथ टिकाकर हैरानी दिखायी और जिस तरह की मुद्रा बनायी उसे शब्दों में बाँधा जाए तो कुछ इस तरह कहा जाएगा, 'ओ माँ...सचमुच...वैसा ही। अब भी...इस उमर में...ओ...हो...!'

नन्दा इस घर में बहुत दिनों के बाद आयी थी।

जब मामा-मामी जीवित थे तो वह प्रायः यहाँ आया करती थी। चूँकि वह बचपन में ही विधवा हो गयी थी इसलिए इस घर में उसका आदर और जतन किया जाता था। हालाँकि ममेरे भाइयों में उसके प्रति कोई विशेष उत्साह न था कि वे उसकी अगवानी यह कहकर करें कि 'आओ, लक्ष्मी बहना !' बल्कि 'जल्दी टले तो जान बचे' वाली बात ही उनके मन में रहती। इसलिए नन्दा भी उखड़े मन से ही यहाँ आया करती।

लेकिन अबकी बार वह चाहकर ही आयी है।

हालाँकि यहाँ आकर उसने घण्टा भर के लिए भी अपने को किसी नये मेहमान की तरह कोने में सहेज नहीं रखा। नन्दा जैसी फुर्तीली और मुखर स्त्रियों के लिए अपनी जगह बना लेने में कोई ज्यादा देर नहीं लगती।

आते ही भावजों की चुटकी लेते हुए कहती, "लोग ठीक ही कहते हैं, 'भाई का भात भावज के हाथ।' अरे बहूरानियो, तुम दोनों धन्य हो ! इस जनमजली ननद की खोज-खबर तक लेती हो कभी ? मेरे दोनों भोले-भाले भाइयों को आँचल में बाँध रखा है। कभी भूलकर भी...?"

भाई खाने को बैठे हों तो वह तपाक से वहाँ पहुँच जाती। फिर मीठी चुटकी लेती हुई आसमान सिर पर उठा लेती, "मैं क्या बके जा रही हूँ, सुन भी रहे हो, भले लोगो ! यह मुँहजली जिन्दा भी है कि मर-मरा गयी—एक बार भी कभी इस बारे में कोई खोज-खबर ली है ? कोई ऐसा भी पराया हो जाता है ? छीः...छीः...छीः...। अगर दो दिन के लिए तुम्हारे घर पसर भी गयी तो आखिर तुम्हारा कितना कुछ भकोस लूँगी। और इस घर पर भी हाल यह है कि एक वेला के लिए मुट्ठी भर अरवा चावल का भात तक नहीं जुटता।"

श्रीकुमार ने हँसते हुए उत्तर दिया था, "अरे भई...अब अरवा चावल जैसी चिकनी और महीन चीजें कहाँ मिलती हैं आजकल। अब यह तो नहीं हो सकता कि तुम्हें मान-सम्मान से बुलाकर फाका करने को मजबूर करें और तुम्हारी जान ही ले लें।"

"अच्छा, अरे बाबू लोगो ! दरअसल आदर और जतन करने की चाह होनी चाहिए। फिर तो घास की रोटी भी खायी-खिलायी जा सकती है...समझे ?"

"अच्छा", सरल स्वभाव वाले श्रीकुमार ठठाकर हँस पड़े, "तो फिर मैं चला घास के तिनके के जुगाड़ में...तेरे लिए सहेजकर रखना ही पड़ेगा।"

नन्दा ने अपनी सफेद समीज के अन्दर से एक छोटी-सी रुपहली डिबिया

निकाली। फिर उसका ढक्कन खोलकर सुगन्धित जर्दा की एक चुटकी फाँकते हुए छोटे भैया सुकुमार के पास अपनी दलील लेकर गयी, ''देखा तुमने सुकु दा, यह सब घर बुलाकर जान-बूझकर किया गया अपमान ही तो है। वह मुझे अब घास-पात खिलाएगा ?''

अपने बड़े भाई श्रीकुमार से सुकुमार का स्वभाव एकदम अलग है। उसकी प्रकृति गम्भीर और बातचीत पढ़े-लिखे समझदार लोगों जैसी है। पहनावा और चाल-ढाल घर के कर्त्ता-धर्ता की तरह। इस तरह की बेतुकी बहस या बेकार की हँसी-ठिठोली उसके गले नहीं उतरती। इसके अलावा उसने इधर जब से गुरु-मन्त्र की दीक्षा ली है वह और भी शान्त और चुप्पा-सा हो गया है।

वह अपने भैया के साथ सहन पर एक साथ खाने को बैठता तो जरूर था लेकिन साथ वाली कतार में नहीं। वह शुद्ध निरामिषभोजी था जबकि श्रीकुमार बिना मछली के मुँह में एक ग्रास तक नहीं रखते थे। सुकुमार भैया के सामिष भोजन वाले थाल की ओर एक बार घृणा और अवसाद भरी उदासीनता से देखते हुए वह आचमन कर खाने को बैठ जाता और भोजन के बाद, कुल्ला करने तक दोबारा कोई बात नहीं करता। यही वजह थी कि वह नन्दा की किसी बात का जवाब नहीं दे पाता था।

''लगता है बहू ने इसे आँचल से बाँधकर ही नहीं रख छोड़ा है, इसे गूँगा और बहरा भी बना डाला है।''—नन्दा हँस-हँसकर कहती।

और उधर रसोईघर में आभा जलती-भुनती रहती। एक तो उसे औरतों का इस तरह का बड़बोलापन पसन्द नहीं था, दूसरे सुकुमार के आचार-व्यवहार पर इस तरह ताने मारा जाना, उसे एकदम नहीं भाता था।

बड़ी जेठानी ने अपर्णा की ओर देखते हुए खीजभरे स्वर में कहा, ''दीदी, मुझे तो यही लगता है कि वह कभी सयानी नहीं होगी। होगी ? अब भी वैसी ही बेवकूफियाँ करती फिर रही है। जी जल उठता है मेरा। हर घड़ी चुहल सूझती रहती है।''

अपर्णा के होठों की बनावट कुछ खास ही थी। देखने वालों को हमेशा यही जान पड़ता कि कोई झीनी-सी मुस्कान बाहर फूट पड़ने के लिए झाँक रही है। लेकिन वह मुस्कान व्यंग्य से भरी होती थी।

बनावट तो बनावट ही है लेकिन आभा को यही जान पड़ा कि उसके उत्तर में वही तीखी मुस्कान मुखर हो गयी है। लेकिन ऐसा नहीं था। जवाब उसने बड़े सहज ढंग से ही दिया था। बोली, ''किसी का स्वभाव भी बदलता है, छोटी बहू ? ऐसा होता तो सारे शास्त्र झूठे हो जाते।''

आभा ने मन-ही-मन कहा, ''हाँ, ऐसा तो तुम्हीं कह सकती हो। और चारा भी क्या है ?''

हालाँकि यह सब नन्दा के यहाँ आने के पहले दिन की गाथा थी। इसके बाद

के अगले दस दिन भी बीत चुके हैं और पता नहीं पाँसे की ऐसी कौन-सी चाल थी कि मुँहफट और बेहया नन्दा के साथ भली-चंगी आभा की गोटी कैसे फिट हो गयी ? वह नन्दा से उम्र में कितनी भी कम हो, आठ-नौ साल छोटी थी, और उम्र में भले ही छोटी हो—मान-सम्मान में तो कुछ कम नहीं थी ? और यही वजह थी कि दोनों पलड़े का तालमेल ठीक बैठ गया।

हर घड़ी हँसी-मजाक, फुसफुसाहट भरी बातों और गुनगुनाहट में कोई कमी नहीं थी। साथ जुड़ी नहीं कि पान खाने और सुपारी काटने में सारा समय बीत जाता। नन्दा चबर-चबर पान चबाती रहती और दिन में पाँच-सात बार पनबट्टा खोलकर बैठे बिना उसे चैन नहीं पड़ता। इस काम में छोटी बहू भी कुछ कम नहीं थी। आज भी वह पान पसारे बैठी थी और नन्दा भी हाथ में सरौता लिये, पाँव फैलाये सुपारी काट रही थी। दोनों के चेहरे पर टेढ़ी मुस्कान खेल रही थी। श्रीकुमार के बाहर निकल जाते ही उन दोनों ने आँखों में ही एक-दूसरे को जो इशारा किया, गनीमत है इसे किसी ने देखा नहीं।

जेठजी के कारनामों और करतूतों की चर्चा कर घड़ी भर जी बहलाने को तो कोई मिला। आभा के लिए यही राहत की बात थी।

पति के साथ जेठजी के बारे में दो-एक बातें होती जरूर थीं। लेकिन उस निन्दा या चुहल में कोई रस नहीं होता था। दो-दो नौकरानियाँ थीं लेकिन सूखी और सपाट। वे इस तरह के इशारों का ककहरा तक समझ नहीं पाती थीं। बड़े बाबू की बात चली नहीं कि उनका भक्ति-भाव उमड़ने लगता। और ऐसा क्यों न हो भला ! जो आदमी घर में सुबह-शाम घण्टा-घण्टा भर सन्ध्या-पूजा-ध्यान किये बिना जल तक ग्रहण नहीं करता, प्रतिदिन गंगास्नान करता है और नियम-उपवास के बीच स्त्रियों का मुँह तक नहीं देखता। इतना ही नहीं, बर्तन-भाँड़े और घर-द्वार की सफाई और रख-रखाव के बारे में सुकुमार को कोई कम परवाह रहती है ? भैया की तरह अपनी सज-धज बनाये रखना उसे नहीं आता।

लेकिन देह में आग लगने का कारण सिर्फ यही नहीं है।

तो क्या अपर्णा है ?

या अपर्णा के होठों के कोने की वह खास बनावट। आखिर ऐसी क्या बात है कि आभा उससे अच्छी तरह आँखें नहीं मिला सकती ? क्यों अपर्णा के सामने खड़े होने पर उसे अपना कद बौना नजर आता है। और हाँ, यह बात मन की ओट नहीं ले पाती क्योंकि हीनता का यह अहसास भी मन में ही होता।

और जहाँ अपर्णा की लोग हँसी उड़ा पाते, वहाँ अपर्णा ही लोग-बागों की बराबर खिल्ली उड़ाती रहती थी—अपनी उस अदृश्य हँसी की धारदार कटार से।

भाग्य की विडम्बना के चलते जिससे स्त्री का धूल में मिल जाना तय था, उस

कलंक की छाया तक अपर्णा के चेहरे पर नहीं है। यह देखकर देह में आग नहीं लगे भला ?

आखिर उसे किस बात की खुशी है ? उसकी इस प्रसन्नता का राज क्या है ?

यह सब सोच-सोचकर आभा विचलित और उद्विग्न हो उठती है।...बात क्या है ? क्या अपर्णा यह समझती है कि उसके पति की करतूत के बारे में किसी को नहीं मालूम ? क्या सारी दुनिया के लोग इतने बेवकूफ हैं ? हाँ, इतना जरूर है कि डंके की चोट पर कोई इस बात की घोषणा नहीं करता। वह इसलिए कि इससे तुम्हारी इज्जत में बट्टा न लगे।

खैर, इतने दिनों के बाद एक श्रोता तो मिला जिसके सामने जहर उगलकर अपनी भड़ास कम की जा सके। हालाँकि बीच-बीच में नन्दा के फूहड़पने पर आभा सिर से पैर तक सुलग उठती लेकिन वह यह सब सहन कर लेती। इसकी वजह और चाहे जो हो नन्दा को...करना तो नहीं पड़ता।

हाथ का सरौता समेटती हुई नन्दा ने अपनी छोटी-सी रुपहली डिबिया खोल ली और बोली, "अरी बहू, थोड़ी-सी लोगी ?"

"ओ...गाँ", आभा ने चिहुँकते हुए कहा, "उस दिन इसे खाने के बाद कैसी दुर्गत हुई थी। अच्छा...बस...जौ भर देना। कहीं ऐसा न हो कि तुम्हारे भाई से दोबारा झिड़की खानी पड़े।"

"अरे काहे की झिड़की..." नन्दा ने डिबिया को अपने कलेजे से लगा लिया और फिर होठ बिचकाकर बोली—"देखना, तुम्हें यह जर्दा खिलाकर, भाई से सोने की डिबिया गढ़वाऊँगी और तभी मैं यहाँ से जाऊँगी।"

"फिर तो हो गया",...कहते-कहते आभा थम गयी।

अपर्णा आ रही थी।

बाभन रसोइये की...के बाद, थोड़ी देर के लिए उसे छुट्टी मिली है।

"यह क्या बड़ी बहू ?" नन्दा ने छूटते ही कहा, "अब जाकर काम पूरा हुआ है तुम्हारा ? अगर चौबीसों घण्टे रसोईघर में पड़ी सड़ती रहोगी तो आखिर यह रसोइया किस काम का है भला ! क्या उसे खाना पकाना नहीं आता ?"

"नहीं, पकाना क्यों नहीं आएगा भला ? बस मुझे ही पड़ी रहती है।" यह कहते हुए अपर्णा मुस्करायी। और सीढ़ी की ओर चल पड़ी।

यह समय वह ऊपर अपने कमरे में ही बिताती—किताबें या पत्रिकाएँ पढ़कर। इसके बाद वह रात को दस बजे नीचे उतरेगी। तब तक श्रीकुमार वापस आ जाएँगे और बच्चों के मास्टर विदा होंगे। सुकुमार का पूजा-पाठ सम्पन्न होगा और इसके साथ ही खाने-पीने की गहमा-गहमी शुरू होगी।

अचानक दोनों सखियों की आँखों में बिजली-सी दौड़ गयी। इस बिजली में

और कुछ नहीं किसी षड्यन्त्र का संकेत था।

नन्दा ने तभी एक गहरी उसाँस भरी और मीठी चुटकी लेते हुए कहा, "अभी ऊपर कमरे में जाकर क्या करोगी, बहू ?"

आभा अपना मुँह झुकाये पनबट्टे में पता नहीं क्या ढूँढ़ती रही।

अपर्णा ननद के इस सवाल को सुनकर घड़ी भर चुप रही—फिर बोली, "और करूँगी भी क्या ? अट्टा गोटी खेलूँगी।"

"हाँ, ठीक ही कहा तुमने। कुमार भैया की भी यह कैसी मति-गति है कि साँझ ढली नहीं कि घर से गायब।"

उसकी झीनी-सी मुस्कान अब बहुत दबी-छिपी नहीं थी। लेकिन आभा अपनी आँखें ऊपर उठाती तो कैसे ? वह पान-मसाला ही ढूँढ़ती रही।

"और दीदी, यह सब तुम पहली ही बार देख रही हो...है न ?"

अपर्णा ने तो बड़ी घाघ बुद्धि से सवाल को उलट दिया।

नन्दा का चेहरा फक पड़ गया लेकिन उस पर बनावटी मुस्कान लाती हुई वह बोली, "अब वह पहले वाली बात जाने दो। जवानी के दिनों की बात और है। तब इस तरह के मौज-मस्ती के अड्डे छोकरे लोग जमाया करते ही हैं। घर-संसार का बोझ कन्धे पर है। अब यही देखो न, इतने-इतने रुपये लुटाकर बच्चों के लिए घर में मास्टर बहाल करना। ठीक है, घर में ढेर सारा रुपया है लेकिन माँ लक्ष्मी तो इस तरह लुटायी जाने वाली चीज नहीं हैं। वह अगर शाम को बच्चों की पढ़ाई-लिखाई खुद देख ले तो इस लूट को रोका जा सकता है कि नहीं।"

अपर्णा को राह चलते-चलते ही जैसे कोई खजाना मिल गया हो। उसने बड़े उत्साह से कहा, "ओ माँ, तुमने ठीक ही बताया, दीदी ! इतने दिनों से होने वाले घाटे पर तो कभी नजर पड़ी ही नहीं। ठीक है और ही कुछ तय करना पड़ेगा।"

"ठीक है लेकिन इसमें मेरा नाम-धाम मत लेना।"

"दिमाग खराब हुआ है, मैं भला ऐसा क्यों करने लगी ?"

नन्दा अचानक जैसे अबोध बालिका हो गयी। बड़े ही भोलेपन से उसने पूछा, "भले ही सारी दुनिया उलट-पलट जाए लेकिन यह नियम नहीं टूटता। आखिर कुमार भैया जाते कहाँ हैं ?"

"ओ माँ, तुम अब तक यह भी नहीं जान पायी ? हाय ! तो फिर इतने दिनों से यहाँ आते-जाते देखा क्या ? अभिसार को जाते हैं...और कहाँ ?"

आभा अब तक पनबट्टे में से इलायची ही ढूँढ़ रही थी जो उसे अब तक मिल नहीं पायी थी। और अपर्णा के सामने रहने पर वह मिलती भी कैसे ? उसे पता था होठों के कोने पर तेज नुकीली और चमकीली धार की एक-एक किरच अपर्णा के चेहरे से फूट पड़ेगी।

नन्दा ने फिर भी बड़ी मिठास से पूछा, "मजाक छोड़ो बहू, सच-सच बताओ।"

"मैंने ठीक ही तो कहा, दीदी ! और तुम्हारे भैया कोई बूढ़े तो नहीं हुए। एक दिन उनकी तरफ ठीक से देखो तो सही। मुझे तो यही जान पड़ता है कि अगर जो कहीं वे किसी दूसरे के पति हो जाते तो मैं बेहोश ही पड़ी रहती।"

"लो और सुनो," कहती हुई नन्दा ने उसे बड़ी हैरानी से देखा और चुप हो गयी। उस जैसी बड़बोली को तत्काल कोई जवाब न सूझा।

अपर्णा के दोतल्ले के ऊपर जाते ही आभा ने अपना मुँह ऊपर उठाया और चुटकी लेती हुई बोली, "देख लिया न नन्दा दी ? मैंने कहा था न...तोड़ना तो दूर रहा, उसे तो मोड़ना भी मुश्किल है।"

"दीख तो ऐसा ही रहा है। शाम ढलने के पहले इन्हीं मुई आँखों ने तो उसे अपने हाथों नक्काशीदार कुरता, चुन्नटदार धोती, जूते, छड़ी, तेल-फुलेल, सेण्ट-पाउडर सहेजकर रखते देखा था।"

"तो फिर मैं कह क्या रही थी ? तैयारी देखकर तो ऐसा ही लगता है कि किसी राजदरबार में जा रहे हैं और तभी सिपहर से ही सारी तैयारी शुरू हो जाती है। और क्यों न हो भला ! सैंया जी बाईजी का मुजरा सुनने को जो तशरीफ ले जाएँगे। अब मैं क्या बताऊँ, नन्दा दीदी ! अगर मैं उसकी जगह होती न...तो दिन-दहाड़े गले में दो-दो बार फन्दा चढ़ाकर झूल गयी होती।"

एक बार गले में फन्दा डालने के बाद क्या दोबार फन्दा डालना मुमकिन भी है—नन्दा ने उससे यह सवाल नहीं पूछा। धन्य है ऐसी नारी !

सचमुच, धन्य है ! रात को खाने के समय अपर्णा अपने पति से सहन में नन्दा और सुकुमार की उपस्थिति में—सबके सामने ही नन्दा द्वारा उठायी गयी बात पर बड़े खुले मन से चर्चा कर बैठी। इस बात को बड़ी गम्भीरता से उठाते हुए उसने कहा, "सुनो, मास्टर साहब को कल से जवाब दे दो।"

"मास्टर साहब को ? क्यों, ऐसा क्या हो गया ?" श्रीकुमार चौंके।

"खामखाह हमारे इतने रुपये बर्बाद हो रहे हैं। आखिर यह काम खुद भी तो कर सकते हो।"

"मैं ?" श्रीकुमार जैसे आकाश से गिर पड़े। "मैं पढ़ाऊँगा बच्चों को ? यह भी कोई बात हुई ? तुमसे किसने कहा यह सब ?"

"कहेगा कौन ? मैं कह रही हूँ," दूध का कटोरा थाल के और निकट सरकाते हुए अपर्णा ने आगे जोड़ा, "इसमें इतना हैरान होने की क्या बात है ? तुमने भी तो बी. ए. की पढ़ाई पास की है।"

श्रीकुमार हैरान थे। उन्होंने उत्तेजित होते हुए कहा, "क्या पढ़ा-लिखा था वह सब याद है अब ? क्या बात कही है ?"

"अच्छा, याद नहीं है," अपर्णा जैसे हताश होती हुई बोली, "फिर तो बेकार ही गया। मैंने सोचा, तुम्हारी सहायता से गृहस्थी का खर्च कुछ कम हो जाएगा।"

इतनी देर बाद, श्रीकुमार को यह जान पड़ा कि उनके साथ अच्छा मजाक किया गया। बात यह थी कि गृहस्थी का सारा खर्च श्रीकुमार अकेले ही उठा रहे थे। इसलिए सारा दायित्व उन पर ही था।

अपर्णा के मजाक करने का ढंग कुछ ऐसा ही था–संयत और गम्भीर। जबकि आभा जानबूझकर कुछ ऐसा करना चाह रही थी कि बात आगे बढ़े। नन्दा तो जैसे माटी में पड़ गयी। सुकुमार सामान्य बना रहा। वह हाथ-मुँह धोकर खाने को बैठा था इसलिए हाँ...हूँ...तक नहीं कर पाया।

रात को पति-पत्नी दोनों बैठे थे...पलँग पर पाँव लटकाये। श्रीकुमार ने पत्नी का चेहरा अपनी ओर मोड़कर कहा, "मुझे काम का आदमी बनाने की कोशिश क्यों की जा रही है ?"

"ठीक ही तो किया। निकम्मे का भी कोई मान है भला ?"

"कोई दे न दे...एक ने जो मान दिया है वही बहुत है।"

"अरे वाह...वह भी क्यों मान देने लगा ? आखिर उसका भी क्या सम्मान है ? और इतना कहकर वह अपमान की आग में..."

"क्या हुआ ?" श्रीकुमार हैरान रह गये, "आखिर रुक क्यों गयी तुम...बात क्या है ?"

"कुछ भी नहीं। चलो, उधर हटो, सोना है।"

श्रीकुमार ने थोड़ा सरकते हुए जगह बना दी। लगभग एक मिनट की चुप्पी के बाद उन्होंने गम्भीर स्वर में पुकारा, "अपर्णा...!"

उसको हाथ लगाने का साहस जुटा न पाये इसीलिए अपर्णा के माथे पर हाथ रखकर फिर पुकारा, "अपर्णा...!"

"हुँ...उ"

"सच बताना अपर्णा, क्या तुम अपने को अपमानित महसूस करती हो ? तो फिर इस बारे में तुमने कभी कुछ कहा क्यों नहीं ? मैं तो न जाने कितने दिनों से नशे की इस बुरी लत को छोड़ना चाह रहा था लेकिन तुम इस बात को हँसकर उड़ाती रहीं। यही नहीं, खुद अपने हाथों से मुझे सजा-सँवार, उस तरफ झोंक देती हो। आखिर तुम ऐसा क्यों करती हो ? क्यों सँवारती हो मुझे इतना ?"

"क्या कह रहे हो ?"

अपर्णा सोने का बहाना छोड़कर उठ बैठती है। उसके होठों पर वही अनदेखी धार चमक उठती है। उसने कहा, "क्यों करती हूँ यह सब ? यह तुम पूछ रहे हो ? जीवों पर दया किया करो–लोग ऐसा कहते हैं कि नहीं..."

"दया...? अच्छा...!" श्रीकुमार ने तिलमिलाते हुए लेकिन धीमे स्वर में कहा, "तो फिर मेरे ऊपर तरस खाकर ही..."

"नहीं। अब तुमसे मैं बहस नहीं कर पाऊँगी। मैं तंग आ चुकी हूँ इन सबसे। तुम क्या मेरे लिए एक जीव मात्र हो ? या मेरे शिद हो। बताओ। तरस खाती हूँ उस बेचारी के ऊपर...तुम्हारी वही प्राण चातकी विरहिनी चिराश्रय-प्रार्थिनी पर...और भी न जाने ढेर सारी प्यारी-दुलारी सब...बताते क्यों नहीं अब ! क्या याद नहीं आ रहीं वे सब-की-सब, जो तुम्हारी चाह में आँखें फाड़े राह ताक रही हैं ?"

बहुत पहले, नये-नये ब्याह के तुरन्त बाद ही, संयोगवश, इसी आशय का एक पत्र अपर्णा के हाथ लगा था। और वह आसमान से सीधे जमीन पर आ गिरी थी।

लेकिन तब भी, अपर्णा ने इस बात को सबसे छिपाये रखा। उसने सारे मामले को अपनी मुट्ठी से बाहर फिसलने नहीं दिया।

पिछले अठारह वर्षों से उसी अनुशासन में, श्रीकुमार की सारी चर्या ढल गयी है। वे सुखी, सन्तुष्ट और आभारी हैं। उन्हें इसका ध्यान नहीं कि उनकी उम्र इतनी आगे खिसक चुकी है या उनके बारे में कोई सोचता रहा है।

लेकिन उस चिट्ठी का एक-एक शब्द आज भी अपर्णा के कानों में बज उठता है और वह अब भी उसके प्रति चौकस बनी हुई है। और जब भी जरूरत पड़ती है, उसका हवाला देकर पति को परेशान किया करती है।

श्रीकुमार एक मिनट तक चुप रहे होंगे। लेकिन उन्होंने फिर गम्भीर स्वर में पूछा, "क्या तुम समझती हो अपर्णा, कि मैं तुम्हें सचमुच कष्ट पहुँचाना चाहता हूँ ? तुम्हें इस बात का विश्वास होता है कि मैं तुम्हारा जी दुखाकर यह सब करना चाहता हूँ ?"

"अब आधी रात को तुम्हें पागलपन का दौरा पड़ा है।"

"नहीं ! तुम अब बात को छिपाओ मत। ठीक-ठीक बताओ कि आखिर क्या..."

अचानक अपर्णा के होठों का रचाव बदल गया। सचमुच ? वे इतने तरल और कँपते हुए क्यों दीख रहे हैं !

"विश्वास हो जाएगा...क्या इस पर तुम्हें विश्वास है ?"

"नहीं। और तभी तो तुम्हारी ओर से इतना निश्चिन्त रहा हूँ, अपर्णा ! लेकिन तुम मुझ पर बीच-बीच में दबाव क्यों नहीं डालतीं ? क्यों नहीं तुम मुझ पर पूरी तौर से अपना अधिकार जताये रखना चाहती हो ? आखिर मुझ पर तुम्हारा पूरा हक है।"

"अच्छी मुसीबत है ! क्या मैं जान-बूझकर यह पागलपन कर रही हूँ ? श्रीमान जी, किसी पेड़ के ऊपर अपना हक जताने के लिए उसकी जड़ों को खोद डालना बुद्धिमानी की बात है ? मैं सारा कुछ अपनी मुट्ठियों में भींच लूँ, ऐसी राक्षसी भूख मेरी नहीं।...लेकिन यह सब सोचकर क्या होगा आज ? सोना-वोना नहीं है आज

क्या ? कल सुबह महराजिन नहीं आएगी। अब छोड़िए भी श्रीमान जी और सो जाइए...बहुत काम है।''

यानी कि इन सारी बातों पर अभी मिट्टी डालो। लेकिन श्रीकुमार आज कुछ ज्यादा ही विचलित हो उठे थे। वे इतनी जल्दी सारा कुछ निपटाने के पक्ष में नहीं थे। तनिक उत्तेजित स्वर में बोले—''अपर्णा, मैं इस बात से अनजान नहीं कि मेरा आचरण तुम्हारे लिए अपमानजनक रहा है। ठीक है लेकिन तुम्हारे द्वारा शह दिये जाने की बात की भी मैं अनदेखी नहीं कर सकता। मुझे यह ठीक ही जान पड़ता है कि इस रवैये में थोड़ा-बहुत बदलाव आना ही चाहिए।''

अपर्णा ने छूटते हुए लेकिन बुझे स्वर में कहा, ''मुझे भी यही सही जान पड़ता है। सोच रही हूँ अगली बार जब दर्जी घर आएगा तो तुम्हारे कुरते के बदले कुछेक बनियान सिल देने को कहूँगी।''

''तो फिर ऐसी बात का मतलब ?'' श्रीकुमार ने हैरानी से पूछा।

''मतलब यह है जनाब कि थोड़ा-बहुत बदलाव तो आना ही चाहिए।''

''फिर तुम्हारा वही मजाक ? क्या तुम यह सोचती हो कि मेरे लिए कंचन को छोड़ पाना...।''

''छी...छी...''

अपर्णा की इस तीखी फटकार से श्रीकुमार अपनी बात पूरी नहीं कर पाये। उनका चेहरा मुरझा गया। लेकिन पति के उस फीके चेहरे की ओर अपर्णा देखती रही और धीरे-धीरे उसका मुखमण्डल चमक उठा। उसने अपने स्वाभाविक तेवर में कहा, ''मेरी यह बात तुम उससे कहते तो होगे कि मेरे लिए वह सौत नहीं काँटा है, जिसके मर जाने पर सिक्के लुटाऊँगी।...क्या कहती है यह सब सुनकर तुम्हारी इकलौती 'चिराश्रिता' दासी ?''

सुकुमार अपने सोनेवाले कमरे में था। तहकर चौकोर किये गये एक कम्बल पर 'अध्यात्म रामायण' का पहला काण्ड या फिर ऐसी ही कोई लम्बी-चौड़ी पोथी के पन्ने उलट रहा था। तभी आभा कमरे में आती दीख पड़ी और उससे पूछ बैठी, ''यह मास्टर साहब को छुड़वाने की बात मेरी समझ में नहीं आयी।''

सुकुमार ने कुछ कहा नहीं। शायद सुना भी नहीं।

''सब ढोंग है ढोंग,'' आभा ने होठों को बिचकाते हुए शाम को घटी घटना के बारे में संक्षेप में बता दिया। ''पहली बार इसी घर में आकर देखा कि पति की बुरी लत को किस तरह बहादुरी का दर्जा दिया जाता है।''

''मेरा तो यह सब सोचकर ही सिर चकराने लगता है। क्या कहूँ...क्या करूँ...बड़े भैया हैं, लाचारी है...! गुरु देव...गुरु देव,'' यह कहते हुए सुकुमार ने कमली आसन को लम्बा किया और उसी का बिछावन बनाकर सो गया। आज

रविवार का दिन था—व्रत, उपवास और कठोर चर्या का दिन। आज वह आरामदायक पलँग पर नहीं सोएगा।

यह ठीक है कि घर-गृहस्थी का इतना बड़ा दायित्व पूरी तरह अपने सिर पर न लेते तो भी उम्र के हिसाब से श्रीकुमार घर के बड़े बुजुर्ग थे। और अगर ऐसा न होता तो पता नहीं सुकुमार आज कितना निरुपाय होता।

'अब चली',... 'तब चली' करते-करते नन्दा कुछ दिन और रुक गयी। तय यह हुआ था कि उसका देवर आएगा और उसे लिवा ले जाएगा। उसका कोई अता-पता नहीं था। आखिरकार नन्दा खुद जाने को तैयार हो गयी। तब वह रह-रहकर यही कहा करती, "अरे कहाँ गये सब...भई, अब इस आफत को विदा करने की तैयारी करो।"

सुकुमार किसी भी मामले या झमेले में चुप्पी साधे रहता। न इधर, न उधर।

"बात क्या है ?" श्रीकुमार ने पूछा, "वह कहीं जेल में तो नहीं बन्द है। जब वह बेटा लेने नहीं आया तब तू अपने मन से वहाँ क्यों जाएगी ? कुछ दिन और रुक जा।"

उधर भण्डार-घर में बैठी आभा दाँत पीसती और मन मारे बैठ गयी। मन-ही-मन बोली, 'हाँ, रहेगी कैसे नहीं यहाँ ? ऐसी पनखौकी, बेपरवाह और दिल्लगी करने वाली तुम लोगों के ही घर में पड़ी रह सकती है। पता नहीं क्या मजबूरी है ? मेरे बस की बात होती तो में झाड़ू मारकर बाहर निकाल देती।'

सखी भाव की मुँहलगी सरसता बहुत पहले ही सूख चुकी थी। बातचीत में कोई नयी बात रह नहीं गयी थी। इसीलिए युवती-सी दीखने वाली नन्दा की भरी-पूरी सेहत और बेमतलब जान पड़ने वाली चंचलता आभा की आँखों को आजकल तनिक नहीं भाता। उसका जी उसे देखते ही जल उठता। नन्दा ने भी जब यह देखा कि कहीं घास नहीं डाली जा रही तो वह भी एक किनारे हो गयी। शायद यह भी एक कारण था जिसके चलते वह इस घर से फूट जाना चाहती थी। उसने यह भी सुन रखा था कि छोटी देवरानी की तबीयत ठीक नहीं। ऐसी नाजुक घड़ी में अगर वह वहाँ नहीं गयी तो पता नहीं बाद में क्या कुछ सुनना पड़े ?

अन्त में, अपर्णा ने ही कथा का श्रीगणेश किया। उसने कहा, "हमारी छोटी ननदजी बड़ी परेशान हैं इन दिनों। परसों रविवार है, उसे श्रीरामपुर तक छोड़ आओ।"

"किससे कह रही हो", श्रीकुमार ने मुँह में कौर रखते हुए पूछा, "मुझसे ?"

"पागल हो गये हो ! भला तुम्हें क्यों कहने लगी ? मैं तो बूढ़े बाभन महाराज से कह रही थी।" अपर्णा का स्वर तीखा हो गया।

"अच्छी मुसीबत है। क्या उसे कोई लिवा जाने के लिए नहीं आएगा ?"

"कोई आया भी तो नहीं।" अपर्णा ने आगे जोड़ा, खैर, "तुम्हीं पहुँचा आओ। बड़ी परेशान है बेचारी।"

"ठीक है, जाना कब है ? मेरा मतलब है गाड़ी कितने बजे की है ?"—श्रीकुमार ने बड़ी सादगी से यह सवाल किया था।

"डरने की कोई बात नहीं," अपर्णा ने अपनी धारदार मुस्कान को दबाते हुए कहा, "शाम होने तक लौट आओगे।"

उधर आभा ने जब यह बात सुनी तो वह न केवल हैरान थी बल्कि उसे अचरज भी हुआ। अपर्णा का यह दुस्साहस ! इस निरंकुश दुस्साहस का अधिकार आखिर उसे किसने सौंपा है ? इसके अलावा, वह किसी दूसरे व्यक्ति की अनुपस्थिति में, नन्दा के साथ अपने पति के जाने की बात की कल्पना तक नहीं कर सकती। आखिर अपर्णा इतना साहस कहाँ से जुटा लेती है ! और जिस साहस के बूते पर वह अपने पति को शेरनी के बाड़े के अन्दर भेज देने या फन काढ़े नागिन के सामने खड़ा कर देने से भी नहीं झिझकती। आखिर क्या बात है उसमें ?

लेकिन उसके लिए अब भी राहत की बात यही थी कि बड़ी जेठानी ने सुकुमार के पास यह प्रस्ताव खुद नहीं रखा था। भगवान ने अब तक उसकी रक्षा की थी।

लेकिन स्वयं भगवान भी उसकी रक्षा बहुत देर तक नहीं कर सका। उसने अपना वह रूप छिपा लिया और इसके साथ ही आभा के साथ जैसे विश्वासघात हो गया। इस बात की सम्भावना तो किसी को नहीं थी कि रात को श्रीकुमार अचानक ज्वरग्रस्त हो जाएँगे। वह श्रीकुमार, जिसने कभी सिरदर्द तक की शिकायत न की हो।

यह क्रूर विधाता का षड्यन्त्र ही तो था।

"देवर जी, ऐसा करो कि अब तुम्हीं श्रीरामपुर चले जाओ...।"

अपर्णा ने श्रीकुमार के ज्वरग्रस्त हो जाने की सूचना के साथ ही बड़े सहज ढंग से प्रस्ताव रखा था। उसके लिए यह कोई खास बात न थी। शेफाली बिटिया के स्कूल तक पहुँचा देने जैसी मामूली-सी बात।

इधर आभा सर से पाँव तक विचलित हो उठी थी। काश, अपर्णा की इस सहज मूर्ति को वह चूर-चूर कर पाती। सादगी से भरी उसकी प्रतिभा को ढहा देने वाला कोई मन्त्र !...ओह...क्या करे वह ?

सुकुमार ने आभा की ओर ताकते हुए आनाकानी भरे स्वर में कहा, "मैं...। मैं भला कैसे...मैंने तो कभी सोचा..."

"कैसी मुसीबत गले पड़ी है। और क्या...? अभी यही नौ बजे वाली गाड़ी से..." कहते-कहते आभा के शरीर का सारा खून जैसे कलेजे में जाकर जम गया और चेहरा तमतमा उठा। आखिर उसके जी की जलन जुबान तक आ ही गयी, "वह कैसे जा पाएगा, दीदी ! आज उसका रविवार का व्रत जो ठहरा।"

"ठीक है। फिर वह ऐसा करे कि जल्दी तैयार होकर भात का प्रसाद पा ले और दूसरी गाड़ी से चला जाए। श्रीरामपुर जाने वाली गाड़ी तो हर घण्टे-आध घण्टे पर

मिलती रहती है।"

अपर्णा के लिए तो ले-देकर बस गाड़ी की ही सुविधा-असुविधा है। और इधर भात-प्रसाद की तैयारी में आभा परेशान हो उठी है।

"ऐसा नहीं हो सकता कि...," आभा ने कलेजे पर पड़ा पत्थर हटाते हुए कह ही दिया, "...नन्दा की रवानगी दो दिनों के लिए टल जाए। आज के दिन उसका जाना इतना ही जरूरी है ? इतने दिनों तक तो पड़ी रही। दो दिन और रह गयी तो क्या महाभारत हो जायगा ?" आभा ने अपर्णा की ओर बिना आँखें उठाये ही यह सब कहा। अपर्णा के होठों पर आहिस्ता-आहिस्ता फूट पड़ने वाली मुस्कान की अनदेखी कर। लेकिन यह क्या ? अपर्णा मुस्करा नहीं रही बल्कि हैरान खड़ी है और कह रही है, "तू इस मामूली-सी बात का बतंगड़ बनाने पर क्यों तुली है, छोटी बहू ? दो-चार घण्टे की ही तो बात है। देवरजी शाम तक वापस लौट आएँगे और अपनी सन्ध्या-पूजा कर ले सकेंगे। इसमें परेशानी की क्या बात है भला ! नन्दा के घरवालों को चिट्ठी लिखी जा चुकी है। अगर वह नहीं पहुँच सकेगी तो उन्हें अच्छा लगेगा ? है कि नहीं, देवरजी ? उन्हें यह बात बुरी नहीं लगेगी क्या।"

इधर देवर है कि कुछ समझ नहीं पा रहा। अपनी गर्दन हिलाकर क्या कहे...हाँ कि ना।

और आभा ? उसके हृदय का एक-एक तार एक साथ झनझनाकर जो कुछ कहना चाह रहा था, उसे वह अपने होठों पर ला नहीं सकती थी। इसलिए वह तेज कदमों से कमरे से बाहर निकल गयी।

हे नारायण ! क्या तुम एक बार भी अपना मुँह ऊपर उठाकर देखोगे नहीं। ऐसा नहीं हो सकता कि सुकुमार को भी इसी घड़ी तेजी से बुखार आए और उसे दबोच ले। एक सौ चार...पाँच और भी ज्यादा। या फिर नल के नीचे नहाते हुए उसका पाँव फिसले और वह दुर्घटनाग्रस्त हो जाए। ऐसा भी तो होता है कि बिला किसी वजह सिर चकरा जाता है और आदमी धड़ाम से गिर पड़ता है। चाहे जैसे भी हो, ऐसी कोई विपदा टूट पड़े तो उसकी जान बचे। क्या ऐसा नहीं होगा ? आये दिन होने वाली दुर्घटना क्या इतनी दुर्लभ वस्तु है ? तो फिर आभा क्या करे, कहाँ जाए !

अपने समस्त 'फल-जल' हविष्यान्न और पूजा-पाठ का सारा ताम-झाम बेकार करके यह रविवार का दिन कहाँ गायब हो जाता है। आखिर किस पर भरोसा कर पाएगी आभा ?

रेल का एकान्त डिब्बा और किसी तीसरे आदमी की अनुपस्थिति—इस बात की कल्पना से ही उसका बदन सिहर उठता था। उसकी इच्छा हुई कि वह दीवार पर अपना सिर दे मारे और वहीं जान दे दे।

आखिर अपने पति के बारे में उससे ज्यादा और कौन जान सकता था भला !

पद्मलता का स्वप्न

पति के घर से अपने पिता के घर—दूसरे शब्दों में, ससुराल से मैके आने की इच्छा—अस्वाभाविक नहीं है। और फिर एक ही जगह रहते-रहते पैदा हुई ऊब को दूर करने के लिए भी लड़कियाँ अपने पिता के घर आना चाहती हैं।

नये ढंग से कुछ दिन जी लेने और मुक्ति की साँस लेने।

बाप के जिन्दा न रहने पर वे भाई के घर भी आती हैं। लेकिन जिसके न तो बाप जीवित हो और न कोई भाई ही हो—ऐसी पद्मलता क्या दोबारा अपने गाँव सोनापलाशी की धरती पर पाँव नहीं रख पाएगी ? सोनापलाशी—जहाँ उसके बचपन और जवानी के दिन बीते थे।

भले ही सुख और शान्ति या कि बड़े सम्मान के साथ ये दिन बीते हों लेकिन दुख और अपमान भरे दिनों की स्मृतियों का भी आकर्षण कम नहीं होता। यह भी हो सकता है कि अपनी पहचान को एक बार फिर से पा लेने की या लोगों के बीच स्वयं को प्रतिष्ठित करने की प्रबल लेकिन दबी इच्छा पिछले सात वर्षों से पद्मलता के मन में रही हो।

सोनापलाशी के लोग जदु लाहिड़ी के घर की गरीब ब्राह्मणी महराजिन की बेटी 'पदि' को अचानक पद्मलतादेवी के रूप में देखकर हैरान रह जाएँगे। और यही देख पाने की इच्छा उसने अपने मन में सँजो रखी है। पिछले सात सालों से, दिन हो या रात, तिल-तिल कर इस पौध को इतना भरा-पूरा और हरा रखा है उसने। इसे अपने खयालों में बसा रखा है। कितने ही रंगों और उल्लास की छटाओं से इस चित्र को अंकित करती रही है।

इस प्रसन्नता के अलावा पद्मलता के जीवन में और किसी चीज की साध या सार्थकता नहीं रह गयी है। इसीलिए काफी कोशिशों और चिरौरियों के बाद पति की अनुमति प्राप्त कर वह इतने सालों बाद सोनापलाशी घूमने आयी है।

...और उसका यहाँ आना अकारण नहीं गया है। उसे अपने बीच देखकर सभी सचमुच हैरान रह गये हैं। इतने दिनों बाद, उसके यहाँ इस गाँव में आने पर नहीं बल्कि उसके बात-व्यवहार पर गाँववाले हैरान हैं। हैरान ही नहीं, कहना चाहिए कि

एकदम ठगे-से रह गये हैं।

गुदड़ी में लाल कहावत तो बड़ी ही आम है—जिसे पद्मावती पर पूरी तरह लागू कहा जा सकता है। इसमें सन्देह की जरा भी गुंजाइश नहीं। लड़ाई का जमाना है यह—युद्ध-युग। इस युग के शब्दकोश में असम्भव या नामुमकिन जैसा कोई शब्द नहीं। सब कुछ सम्भव है...मुमकिन है। लड़ाई की इस हवाई आँधी में बहुतों के चेहरों से चिपका मुखौटा उतर गया है। इस झंझा में उनके मनसूबी किले और हौसले पत्तों की तरह उड़ गये हैं।

किसी गोबर बीनने वाली को रातों-रात राजरानी होता देखकर मैं एक बार गहरी साँस लेकर हैरान तो होऊँगी लेकिन इस बात पर विश्वास न करने का कोई कारण नहीं है। इसीलिए जदु लाहिड़ी की गरीब ब्राह्मणी महराजिन की बिटिया 'पदि' अचानक 'सोने की चिड़िया' बनकर अगर सिर्फ लाल और मोती चुगने लगे तो इसमें भला हैरानी की क्या बात हो सकती है !

ऐसी सुखद स्थिति में, जो उससे स्नेह रखते हैं, अभिभूत ही होंगे।

पद्मलता का बिन्दास स्कूल मास्टर पति अगर 'मिलटरी ठेके' की सुनहरी सीढ़ियाँ चढ़कर एक स्वर्ग जैसा पक्का दालान बना सकता है तो क्या वह गाँव के दो-चार अनाथ लड़कों के लिए नौकरी का जुगाड़ नहीं कर सकता ? और क्या पद्मलता स्वयं दो-एक असहाय विधवाओं की बेटी का उद्धार नहीं कर सकती। जो गाँव के पास वाले स्टेशन पर उतरने के साथ ही दोनों हाथों से पैसे लुटाते-लुटाते आ रही थी, उसे यहाँ आये अभी दो ही दिन तो हुए हैं लेकिन इस बीच गाड़ीवान रतन से लेकर कालीबाड़ी के पुरोहित भट्टाचार्य तक उसके गुणों का बखान करते नहीं थकते।...ऐसी उदार दृष्टि इस संसार में सचमुच बहुत दुर्लभ है।

पद्मलता की हँसी कैसी अनुपम है, उसकी बातें कितनी मीठी हैं और उसके व्यवहार की तो जैसे कोई सानी ही नहीं है। यह आज की ही बात नहीं, बचपन से ही उसके बात-बर्ताव की कोई तुलना नहीं और इस बात को कौन नहीं जानता ? आज उसी पद्मलता को लेकर छीना-झपटी मच जाएगी, यह स्वाभाविक ही था।

गिने हुए चार दिनों के पहरे पर आयी पद्मलता के लिए यह बहुत ही कठिन हो गया है कि वह किसका निमन्त्रण स्वीकार करे और किसके यहाँ न जाए ?...इतने दिनों के बाद लाहिड़ी परिवार में कैसी धूम मची है ? आने वालों का ताँता लगा हुआ है। अपनी सहज मुस्कान और साथ ही चुस्त और चौकस मेहमाननवाजी से पद्मलता उन्हें खिला-पिला रही है। ऐसा जान पड़ता है कि वही इस घर की मालकिन है।

जदु लाहिड़ी के गुजर जाने के बाद, परिवार के लोगों के बीच बोलचाल तक बन्द हो गयी थी। पद्मलता के आने पर उनका मन-मुटाव दूर हुआ और प्रेम के मीठे बोल फूटे।

जब लोग उठने को हुए तो प्रणामी में मिले रुपये को आँचल में बाँधते हुए सत्यबाला ने अपने स्वर में शहद घोलकर और गद्गद कण्ठ से पद्मलता से अनुरोध किया, "कल मेरे यहाँ आकर भी, बस कहने के लिए ही सही...मछली-भात खा जाना, पद्मा रानी ! मैं कोई बहाना नहीं सुनूँगी। हाँ !"

"लेकिन रायबाड़ी की ताई तो मुझे पहले से ही कह गयी हैं, बुआ !" पद्मलता का उत्तर भी विनय की चाशनी में लिपटा हुआ था, "अगर वहाँ नहीं जा पायी तो बुरा नहीं मान जाएँगे ? तुम्हीं बताओ ?"

"लो...यह रायबाड़ी की ताई हमारे बीच कहाँ से आ टपकी भला ! ओ...वही मुकुन्द राय की भावज...। अब समझी ! दावत खिलाने के बहाने खुशामद करने पर उतर आयी है वह। देखो बेटी, मैं तो खरी बात कहूँगी, हाँ ! बुरा मानो या भला !"

"नहीं बुआ, यह आप क्या कह रही हैं ?" पद्मा ने आगे कहा, "मैं कहाँ की लाट हूँ कि कोई मेरी खुशामद करने लगा...नहीं बुआ। ताई बहुत जोर देकर कह गयी हैं इसीलिए मैं कह रही..."

"हाँ बेटी, हम लोग तो बहुत जोर देकर तुम्हें कह भी नहीं सकते ? लेकिन यह भी सुन लो बेटी कि हम बहुत बढ़ा-चढ़ाकर तुम्हें कहें भी क्यों ? क्या तुम परायी हो ? लेकिन इन सबसे पहले तुम पर मेरा अधिकार है, यह बता देती हूँ। शायद तुम्हें याद हो न हो...तेरी माँ मुझ पर कितनी श्रद्धा-भक्ति रखती थी ? सत्या दीदी...सत्या दीदी...की रट लगाये रहती थी। बोलते-बोलते बेहोश हो जाती थी। सारी आपसी बातों को अब खोलकर या खोदकर कहाँ तक बताया-बुझाया जा सकता है...!"

लेकिन यह सारा बुझौवल बुझाने की जरूरत भी क्या है ?

पद्मलता सोलह साल की उम्र तक इस गाँव का दाना-पानी पाती रही है।

न जाने कितने अपमान भरे घूँट और अवसाद के क्षण !

वह भला कैसे भूल सकती है ? उसकी माँ सत्यबाला बुआ की जुबान से टपकता जहर कितनी खामोशी से पीती रही थी–इस 'श्रद्धा-भक्ति' के नाम पर। पद्मा की याददाश्त क्या इतनी ही कमजोर है कि वह यह सब कुछ भूल जाएगी ?

अपनी माँ के लिए पद्मलता को बहुत दुख नहीं होता। उसकी याद आने पर उसकी स्मृतियों के समुद्र में जैसे ज्वार-भाटा-सा उठने लगता है। हाँ, इसे याद है, लाहिड़ी परिवार के इसी दालान में, सर्दी की ठिठुरती रात में, हड्डियों में सुइयाँ चुभोती बर्फीली हवा झेलती एक दुबली-पतली और बीमार विधवा लगातार खाँसती चली जा रही है। यह मुई खाँसी बारह महीने जिसके पीछे लगी रहती है। लट्ठे की मोटी धोती का आँचल बार-बार अपने सीने पर खींचकर ठण्ड से बचने की असफल-सी कोशिश करती...और फिर इसके साथ ही घर-संसार के अगले दिन के तमाम कामों को सहेजने-समेटने लगती है। लेकिन इन ढेर सारे कामों के बीच एक चीज जो लगातार

उसके साथ लगी रहती है, वह है उसकी खाँसी। उसकी खाँसी की ठन-ठन अब भी इस दालान के मेहराबों और छज्जों से चिपकी हुई है और अब भी जब रात गहरा जाती है तो ऐसा जान पड़ता है कि उसके खाँसने की आवाज सुनाई पड़ने लगेगी।

उसी औरत के पीछे-पीछे एक छोटी-सी लड़की चक्कर काटती रहती है। उसकी देह पर भी कोई गर्म कपड़ा नहीं है। वह जदु लाहिड़ी की नातिनों-पोतिनों में से किसी की उतरन पहने है जिसमें ढेर सारे पैबन्द लगे हैं। चीथड़ों और कतरनों से भरे मोटे कपड़े का घाघरा पहनकर वह डोल रही है।

अपनी माँ से अपने सीने को सटाकर थोड़ी-बहुत गर्मी महसूस की जा सकती है लेकिन गर्दन को रेतने वाली कटार की तेज धार को झेलते-झेलते ऐसा भी होता है कि वह इस तरफ से उदासीन हो जाती है।...तब शायद सर्दी का अहसास नहीं रहता। शरीर की दो-एक जगहों पर चिनचिनाती चिकोटी काटे जाते रहने के अहसास के अलावा। परेशानी होती है इन दोनों हाथों को लेकर। बरफ के टुकड़ों की तरह छोटे-छोटे हाथों से माँ के कामों में, जहाँ तक सम्भव हो सकता है, हाथ बँटाती है...पानी में काम करते हुए जब उँगलियाँ अचानक अक़ड़ जाती हैं...ऐसे मौके पर उसकी माँ का काम दुगुना हो जाता है। तब लालटेन के माथे पर आँचल रखकर वह बिटिया के छोटे-छोटे हाथ-पांव सेंक देती है...उसे अपनी गोद में खींचकर उरारो बकती-झकती है। उसे मीठी झिड़की पिलाती हुई कहती है, "तू इस काटती ठण्ड में क्यों दौड़ती-भागती रहती है, बिटिया ! देख अभी कितना सारा काम बाकी रह गया है।...मैं यहाँ खाना पकाने के लिए रखी गयी हूँ रे !"...लेकिन खाना पकाने का काम खतम हो जाने पर भी उसे छुट्टी नहीं मिलती है। उसे पता है कि किसी अबोध बालिका के लिए दो मुट्ठी भात जुटाना कितना मुश्किल है ! भले ही वह छोटे-मोटे कामों में उसकी सहायता कर दिया करे।

...तभी वह बार-बार अपनी बिटिया को बिछौने पर सो जाने को कहती है। लेकिन अँधेरे और बुझे कमरे की खाली चारपाई पर बिछे बासी बिछौने की याद से ही बेचारी के रोंगटे खड़े हो जाते हैं। उसके चीकट तकिये पर पता नहीं कौन, पानी उँड़ेल जाता है।...वह माँ के नरम-गरम कलेजे में दुबककर न सोए तो फिर और कहाँ जाए ? यही नहीं, दुनिया भर के तमाम भूत-प्रेत, दैत्य-दानव क्या उसके इर्द-गिर्द झुण्ड बाँधे...अपने अंजर-पंजर छितराये और मुँह बाये इस कमरे की पलस्तर उधड़ी दीवारों से सटे-घुप्प अँधेरे कोने में खड़े नहीं ?

जदु लाहिड़ी की बीमार पत्नी अपने आप उठकर बैठ नहीं सकती। लेकिन दुनिया भर की खबरें उसके कानों तक कैसे पहुँच जाती हैं, यह सचमुच हैरानी की बात है।...दीये का लोभ दिखाकर और आँचल की ओट में पद्मा को बिछावन तक ले जाने के बीच भी लाहिड़ी की पत्नी की उखड़ी-उखड़ी लेकिन खीजभरी आवाज

कानों में पड़ती रहती..."अरी ओ नवाब की शहजादी...बेटी को लाड़-दुलारकर इतना सर पर मत चढ़ाओ...दीये का तेल कोई हराम का नहीं आता।...दिमाग में कोई बात टिक पाती तो मेरी बक-झक भी कम होती। और दो-दो लोगों के खाने-पीने...कपड़े-लत्ते का जुगाड़ कोई बच्चों का खेल नहीं। पता नहीं, घर में ऐसा कितना काम है कि माँ-बेटी...दोनों की दोनों...दिन-दोपहर-साँझ-रात डोलती फिरती हैं...आखिर करती क्या रहती हो...? अपने आराम के लिए दिन का काम रात में और रात का काम दिन में...है न ! बाम्हन की बेटी हो...कभी फुरसत मिले तो बैठकर हिसाब लगाना कि इन महीनों में कितना किरासन तेल फूँका गया ?...हाँ...दूसरे का पैसा है तो कलेजे में पीर कैसी ? वो कहावत है न...'मोल-तोल किस बात की जब मिले मुफत में माल।' तुम दोनों का बस यही हाल है।...और मैं भी ऐसी दुर्गत में पड़ी हूँ कि तुम जैसी बेईमान को पालना पड़ रहा है...।"

जदु लाहिड़ी की पत्नी बोलना शुरू करती है तो थमती नहीं।

दीये की लौ तब तक दम तोड़ चुकी है।...भूत और प्रेत का भय और चाहे किसी को जितना भी सताए...लाहिड़ी की घरवाली का इससे कुछ आता-जाता नहीं।...बारिश के दिनों में पानी में छपछप करते और घुटने तक कीचड़ में लिथड़े, माँ के साथ-साथ पोखर के घाट तक जाने और फिर वापस लौटने की यादें सुख और दुख दोनों से भरी हैं। कभी-कभी तो इसमें बड़ा मजा आता। लेकिन जब माँ की खाँसी बढ़ जाती तो फिर बड़ी परेशानी होती। उस दिन जी में यही आता कि माँ और बेटी रात और दिन चीथड़े पर लेटकर ही बिता देंगी। भात खाने की भी क्या जरूरत है ? दो-चार दिन नहीं खाएँगे तो क्या हो जाएगा ? लेकिन जरूरत नहीं है...ऐसा कह देने से ही तो जरूरत नहीं मिट जाती।...तो भी एक नन्ही-सी जान को उसने यह जता दिया था।...

ऐसी ही परिस्थितियों के बीच एक और दृश्य उसे याद आता है...यही तो वह घर और दालान था...लेकिन वे दोनों जैसे कोई और थीं।...ताँबई रंग, दुबले-पतले हाथ-पाँव, फटी-चिटी फ्रॉक वाली वह लड़की अब नये यौवनागम के साथ सुडौल और स्वस्थ युवती में परिवर्तित हो गयी थी...एक अदद साड़ी में अब उसकी लाज नहीं ढँक पाती...काटती ठण्ड से बच पाने की अपेक्षा कहीं अधिक कष्टकर है छोटी बहर और अरज की साड़ी से अपनी लाज ढँक पाने की चेष्टा। लेकिन तो भी सिमटते-सकुचाते वह घर-संसार का सारा काम करती है। अपनी बीमार विधवा माँ पर उसकी प्यार भरी देखभाल का कोई अन्त नहीं है। लेकिन माँ है कि उसे भोर हो जाने के बावजूद लोरी सुनाती रहती है। बिटिया माँ की ओर देखकर हँसती है और झिड़कती है, "क्यों...तुम अकेली क्यों नहीं जा सकती...मैं भी तो सुनूँ ? डर लगता है ? क्या तुम्हें कोई भूत भकोस लेगा ?"

माँ उसे किस तरह समझाए कि भूत-प्रेत से नहीं उसे अपनी नवयौवना बेटी से डर लगने लगा है। एक असहाय विधवा की बेटी की उमर का तेजी से बढ़ना ही अपने आप में एक अपराध है और ऊपर से यह रूप। बेटी अनमने ढंग से चलती-फिरती-डोलती है और माँ मुग्ध मन से उसे हेरा करती है। हाँ, उसका पद्मा नाम रखा जाना एकदम सार्थक हुआ है। दोनों पाँव कमल के जुड़वाँ फूल की तरह खिले हैं। लेकिन उसके शरीर की बाढ़ इतनी क्यों है भला ? अपमान और दुतकार से मिले अन्न का ऐसा जोर और ज्वार ?

जदु लाहिड़ी की पत्नी अब चाहे गुस्सा करे या न करे। उसकी दोनों नातिनें मलेरिया की चपेट में फँसकर अस्थिपंजर जैसी दीख पड़ती हैं...काली चमगादड़ जैसी...चमड़े से मढ़ी। और इधर यह लड़की पद्मा...चौदह साल की उम्र में ही ऐसी निखर गयी है कि उस पर आँख नहीं ठहरती। सुनने में भले ही उसे बुरा लगे तो लगे...लेकिन बुढ़िया उसे उलाहना देती हुई कहती, ''अरी ओ पद्मा...सुन रही है न...भात थोड़ा कम ही भकोसा कर...पराया माल समझकर सब कुछ डकार मत जाया कर। दिनों-दिन हाथिन की तरह फैलती-डोलती जा रही है और यह सब देख-देखकर ही तेरी माँ की देह का सारा खून पानी होता जा रहा है... ।''

तब अपमान का इतना सारा जहर पीकर भी, पद्मा ने हँसते हुए कहा था, ''माँ की देह में अब खून है भी कहाँ, नानी... ? सब पानी हो गया है।'' लेकिन इतना सुनना था कि बुढ़िया नानी ने पद्मा के बड़बोलेपन और शेखी की दुहाई देते हुए सारा आसमान ही सर पर उठा लिया था। अगर वह ऐसा न करती तो लोग सारा दोष लाहिड़ी की घरवाली के ही सिर मढ़ देते।

लेकिन बात लाहिड़ी की घरवाली की ही नहीं थी। पास-पड़ोस के सभी लोगों को पद्मा के बारे में अपनी राय दिये बिना चैन न था। जैसे यही उनका मुख-रोचक था...

—''पद्मा का रूप आँखों को सालता रहता है...उसकी चाल-ढाल से चिढ़ होती है। उसके उभारों को देखकर देह में आग-सी लग जाती है...''

—''पद्मा का चाल-चलन ठीक नहीं है...और उसका बात-व्यवहार...खैर, जाने भी दो...यह वह पद्मा नहीं है जो...वह तो कब की मर चुकी... ।''

जितने मुँह उतनी बातें।

लेकिन 'पद्मलता' को पा लेने में किसी को आपत्ति नहीं है।

जदु लाहिड़ी की घरवाली, मोतियाबिन्द वाली आँखों के सामने से धुँधला-सा पर्दा हटाती और जैसे चीख पड़ती, ''अरे यह कोई छोरी-वोरी नहीं है, साक्षात् लक्ष्मी की छाया है...बचपन से ही तो देख रही हूँ... । इसके रूप-गुण...कोई ओर-छोर नहीं। नसीब का कैसा खेल है कि इसकी माँ ने पहले ही आँखें मूँद लीं। अरे तेरी माँ नहीं

रही...लेकिन हम लोग तो नहीं मर गये...अरे साल-छह महीने में आती रहना! एकदम बिसरा ही मत देना। आखिर मेरी कमली और विमली से तू कोई अलग थोड़े ही है... ।"

उसे पता था कि वह इन दोनों से बहुत अलग है। कमला और विमला की तरह पद्मा नानी को 'कलमुँही' नहीं कहती।...

और उसी पद्मलता ने बिस्तर पर पड़ी बुढ़िया नानी को तीरथ पर जाने के लिए अभी-अभी तीन सौ रुपये दिये हैं—नकद।

राय परिवार के यहाँ निमन्त्रण पर जाना एक और यादगार घटना है।

यह कोई आज की बात नहीं, अतीत का इतिहास है। मुकुन्द राय की माँ के व्रत-उद्यापन से जुड़ी घटना। लाहिड़ी घराने के भी सारे लोग वहाँ मौजूद थे।...इसलिए पद्मा की माँ भी वहाँ काम-काज करने के लिए बुलायी गयी थी। और तभी इन सबके बीच, भोजन परोसने वाले एक लड़के ने पद्मा को भी ब्राह्मण कन्याओं की पाँत में बिठा दिया था। यह लड़का दूसरा कोई नहीं, सान्याल परिवार का मुरारि था। इस बात को लेकर पास-पड़ोस के लोग आपस में गाहे-ब-गाहे चुगली तो खाते ही थे, दोनों को खासा बदनाम करते रहते थे।...सदा सच बोलनेवाली सत्यबाला पद्मा की माँ को ऐसा पाठ पढ़ाती रही कि बेचारी के पाँव के नीचे से धरती खिसकती जान पड़ी।...रास्ते या घाट पर अगर कच्ची उमर की लड़की और लड़के में बातचीत हो गयी या हँसी-ठट्ठा हो गया तो फिर बाकी क्या बचा...?

गनीमत है कि यह सब कुछ सिर्फ सत्यबाला ने ही देखा है। अगर किसी और ने देखा होता तो बेटी के हाथ पीले कर पाना बड़ा मुश्किल हो जाता। है कि नहीं... लोगों से पूछ लो...!

लेकिन ऐसी कोई परेशानी सामने नहीं आयी।...उसी महीने कुछेक शुभचिन्तकों की सहायता से पद्मा का विवाह सम्पन्न हो गया। लड़का मैट्रिक पास था। एक नामालूम-से गाँव में स्कूल मास्टर था। तीस रुपये माहवार पर। तरक्की मिलती गयी तो सत्तर रुपये मिलेंगे। लेकिन अभी उस बात को जाने दें। पद्मा के विवाह से इस घटना का कुछ लेना-देना नहीं। अभी तो राय-बाड़ी दावत की यादें ही मुखर हो चली हैं।...

...कतार में उसे बैठने नहीं दिया...हाथ पकड़कर उठा दिया गया था। इशारों, संकेतों और फब्तियों की आँधी-सी उठी थी...और इसी हंगामे के दौरान मुकुन्द राय की बड़ी बेटी निभाननी अचानक उठ खड़ी हुई थी और उसने तब जो कुछ कहा था वह बहुत गलत नहीं था।..."सच ही तो है...दूसरे के घर की रसोई तैयार करनेवाली की बेटी को ब्राह्मण-कन्याओं के बीच बिठाकर ऐसा आदर दिया जाने लगा तो बेचारे तिलचट्टे का क्या कसूर है? उसे भी पंछी का दर्जा दे दिया जाना चाहिए।"...

सीढ़ियों से ऊपर दोतल्ले के दालान पर पाँव रखते हुए सात-आठ साल पहले वाली घटना उसके मानस में गूँज पैदा कर रही थी लेकिन...तभी उसका ध्यान मुकुन्द राय की पतोहू ने अपनी ओर खींचा और मुस्कराती हुई बोली, "आओ ननद...चलो, तुम्हें इस बात की सुध तो आयी कि तुम्हारी कोई भावज भी है...यहाँ आकर भी एक बार हमारी तरफ रुख तक नहीं किया तुमने ?"

"क्या बताऊँ, भौजी...यहाँ पिछले तीन दिनों से घूमती ही तो रही हूँ।...बस ले-देकर चार दिनों के लिए आना हो पाया है। किसी से अच्छी तरह भेंट तक नहीं कर पायी।"

"बहाने मत बनाओ, बहना ! इतने दिनों के बाद आयी हो...वो भी चार दिनों के लिए ? अपने पति को चिट्ठी लिख भेजो कि इतने दिनों तक खूब मजे उड़ा लिये...अब कुछ दिन हमारे लिए भी रख छोड़ें। और फिर वे तो दुनिया भर के कामों में फँसे रहते हैं, अपने कारोबार में मस्त...फिर यह बीवी-बीवी की रट कैसी ?"

"अरी इसी परेशानी के चलते तो आ नहीं पाती कभी ! उनकी सारी देखभाल करनी पड़ती है। अकेले आदमी हैं !"

ऐसा कहते हुए पद्मा के होठों पर खिंच जाती उसके ऐश्वर्य और रागृद्धि की रेखा...एक चमकीली मुस्कान बनकर।

थोड़ी देर तक इधर-उधर की बातें करने के बाद असली बात बहू की जुबान पर आ ही गयी, "ननद जी, लगता है तुम देह पर कोई ज्यादा जेवर-जेवरात डालना पसन्द नहीं करती हो...है न...?"

सवाल सचमुच बहुत टेढ़ा था। और पद्मलता ने थोड़े-बहुत जो आभूषण पहन रखे थे वे उसकी पद-मर्यादा के मुकाबले कुछ कम थे। यह आपत्ति पिछले तीन दिनों में अब तक क्यों न उठायी गयी थी, सचमुच आश्चर्य की बात थी ! चाँदी की उजली आभा में सोने का अभाव अब तक लोगों की आँखों में नहीं पड़ा था।

चाँदी की औकात को नीची निगाह से देखने पर वह सोने के मुकाबले अवश्य ही अपराधन बन जाती है। इस बात को सभी जानते हैं।

पद्मलता के चेहरे पर सन्तोष की आभा चमक उठी। वह मधुर मुस्कान के साथ बोली, "अरे क्या बताऊँ...तुम्हारे ननदोई साहब ने सारे गहने अलग उठा रखे हैं !..."

"यह भी कोई बात हुई...दुर्गा-दुर्गा...। क्या कह रही हो तुम ?"

"अब और क्या बताऊँ बहना...मेरे पति का मानना है कि गाँव और कस्बों में चोर-उचक्के और डाकुओं का बहुत जोर होता है। देह पर भारी गहना देखकर वे इसे पहननेवाली को ही उठाकर चम्पत न हो जाएँ। तभी उन्होंने कहा, 'रुपये-पैसे चाहे जितने ले जाओ लेकिन जेवरात...एकदम नहीं।...' इसी डर से और एक सुहागिन के

लिए जितना जरूरी है, हाथ-पाँव, नाक-कान में थोड़ा-बहुत डाल रखा है...और क्या ! हाँ...तो मैं क्या कह रही थी भाभी, वह गिरि वाला ताँतन अब है कि नहीं ?''

''हाँ, जिन्दा है लेकिन साड़ियों का दाम इतना ज्यादा बढ़ गया है कि कुछ न पूछो।''

''दाम चाहे जो भी हो...अच्छी किनारी वाली पन्द्रह-बीस साड़ियाँ मिल जाएँगी न...!''

''पन्द्रह-बीस साड़ियाँ...? इन्हें एक-साथ ही डालना है क्या ?'' बहू की आँखें फटी रह गयीं।

''नहीं, सब अपने लिए नहीं। दरअसल इतने दिनों के बाद यहाँ आयी हूँ। तुम लोगों को प्रणामी भी न दूँ...तो मुझे अच्छा लगेगा ?''

''इन सबको...। अड़ोस-पड़ोस में सबको !''

''यह सब तुम्हारा आशीर्वाद है, भाभी !''

इसके बाद जेवरों की कमी के बारे में अब किसी तरह का सन्देह करने की गुंजाइश कैसे रह सकती थी भला ? मुकुन्द राय की बड़ी भावज के पास उसे बिठाकर और उसे बड़े प्यार से खिलाने-पिलाने के बाद, इतने कम समय के लिए मैके आने की बात पर उसने उसे जी भरकर कोसा।

लेकिन पद्मलता को इस बात का कोई पछतावा न था।

जदु लाहिड़ी के यहाँ खाना पकानेवाली की बेटी 'पदमिया' को फूँक-तापकर सोनापलाशी ग्राम में एक नयी पद्मलता को प्रतिष्ठित करने वाला और कोई नहीं था—सिवा मुरारि के।

अब इस बात का अहसास कैसे नहीं होता भला !

मुरारि, जिसने एक दिन उसका मजाक उड़ाया था और कहा था...''तुझे क्या लगता है, मैं तेरे से बियाह कर लूँगा ? किस खुशफहमी में है तू ? मेरी माँ तुझे सूप में हल्दी, पान और घी का दीया जलाकर चुमौना करने के लिए नहीं आएगी। ऐसा न हो कि मुझे भी सूप की हवा से दूर झटक दे।''

बात ही बात में उसने मुरारि के बारे में जान लेना चाहा। उसे कोई झिझक नहीं हुई।

पास-पड़ोस की खोज-खबर लेने के बहाने ही उसने बड़े इतमीनान से पूछा, ''हाँ तो बड़ी ताई...मुरारि भैया का क्या हाल-चाल है ? गाँव में ही हैं न...?''

राय घराने की ताई ने शिकायत के स्वर में कहा, ''अरे रे...रे...उस लड़के के बारे में कुछ न पूछ, बेटी...। बेचारा बीमारी से जूझ रहा है। सूखकर काँटा हो गया है। एक पैसे का रोजगार नहीं। घर-द्वार सब गिरवी पड़ा है। हाँ, बातें बड़ी लम्बी-लम्बी बनाया करता है। बीवी-बच्चे भी वैसे ही राम-भरोसे हैं।''

अच्छा...तो बातें अब भी बनाया करता है ? उसकी कतरनी-सी चलनेवाली जुबान का इलाज पद्मलता जानती है। क्या वह इस पर अमल कर देखे।

बार्ली का कटोरा अपने मुँह से अलग करते हुए मुरारि का चेहरा विकृत हो गया था। वह अपनी पत्नी को एक लौंग दे जाने को कहने ही वाला था कि ड्योढ़ी के सामने लगे किवाड़ को अन्दर की तरफ ठेलकर पद्मलता भीतर दाखिल हुई।

मुरारि अपने बिचके हुए चेहरे को समेटकर मुस्कराने की कोशिश में लगा ही था कि पद्मलता ने हैरानी से पूछा—"क्या बात है ? क्या गटक रहे थे ? साबूदाना ?"

मुरारि ने अपनी दोनों हथेलियों को उल्टा छितरा दिया और फिर मजाक के स्वर में बोला, "हरे कृष्ण...। साबूदाना ? यह तो पिछले जनम का सपना है। गले से बार्ली उतार रहा था—खाँटी मण्डल बार्ली।"

"क्या हुआ है ?"

"बीमारी और क्या...। कोई एक अदद बीमारी है ? गरीबी, दुश्चिन्ता, साहूकार का डर, घरवाली, आये दिन झगड़ा, पीलिया, बुखार...डिस्पे...फिया..."

"अच्छा-अच्छा...बस भी करो," पद्मलता ने उसे झिड़कते हुए कहा, "इस खुर्रे को ज्यादा लम्बी करने की कोई जरूरत नहीं है। तुम्हारी घरवाली कहाँ है ?"

"आस-पास ही होगी कहीं !"

"और बड़े भैया...बड़ी भाभी ?"

"वे लोग...? वे सब तो बहुत पहले ही गाँव छोड़कर चले गये। माँ-बाप के गुजर जाने के बाद।..."

"तभी तुम्हारा यह हाल है !"

मुरारि ने अपनी कमजोर और बीमार देह पर नजर दौड़ायी और फिर तीखे स्वर में बोला, "इसमें बुरा ही क्या है ? अब सबके नसीब में सोने का कदलीवन तो लिखा नहीं होता।"

"कदलीवन न हो...बेंत का वन तो होता है !" पद्मलता ने छूटते ही कहा।

"अरे रोना तो इसी बात का है कि बड़े लोगों की खाल पर इस बेंत का कोई असर नहीं होता," कहते-कहते मुरारि हँस पड़ा।

उसके इस मजाक पर कोई ध्यान न देते हुए पद्मलता पास रखे एक मोढ़े पर बैठ गयी और बोली, "अब तुम बैठने को तो कहोगे नहीं। बड़ी अकड़फूँ वाले हो। लो, मैं तो बिना कहे जम गयी। अरी कहाँ चली गयी, ओ घर की मालकिन !...कोई अता-पता नहीं।"

घर की मालकिन तब अपनी रूखी-सूखी धज को सहेजने में ही लगी थी। सब कुछ अस्त-व्यस्त पड़ा था। यहाँ तक कि किसी के सामने निकल पाना भी मुश्किल हो जाता है। दोनों बच्चे भी बाबा आदम की औलाद बने फिर रहे हैं। कैसे सँभाले वह

यह सब !

पद्मलता सारी बातें समझती है इसलिए वह उसे पुकारना छोड़कर मुरारि के साथ ही बतियाने लगी है।

''देख रही हूँ, बातें तो तुम पहले की तरह ही बड़ी लम्बी-लम्बी हाँक रहे हो।...लेकिन घर-गिरस्ती का हाल तो बड़ा खस्ता बना रखा है...घर का जो हुलिया देख रही हूँ...''

''घर ?'' मुरारि के मुँह का स्वाद ही जैसे बिगड़ गया, ''थू...दूसरे के घर पर अब कैसा मोह ?''

पद्मलता अबूझ बनी रही। फिर बोली, ''दूसरे का घर ? मैं समझी नहीं।''

''इसमें समझना-समझाना क्या है ? गले तक कर्जे तले डूबा हूँ। घर-द्वार, खेत-खलिहान सब बन्धक है। क्यों, तुमने यह दिलचस्प खबर अब तक नहीं सुनी ?''

''यह तुमने क्या किया ? घर को भी रेहन रख दिया ? यह क्या कह रहे हो तुम ? छीः-छीः अपने बाप-दादा का नाम कैसा रोशन कर रहे हो तुम ?'' पद्मलता यह कहते-कहते सचमुच बहुत कातर हो उठी।

मुरारि हौले-से मुस्कराया। फिर बोला, ''अरे अपना नसीब खोटा न होता तो तुझे मुझ पर तरस खाने का मौका कहाँ से मिलता ? लेकिन तेरा यह रोब-दाब देखकर तो मुझे बड़ी हँसी आ रही है, पदमिया ! याद है...मुकुन्द राय की बेटी ने क्या कहा था...'तिलचट्टा भी चिड़िया हो गया...' कैसी जुगत भिड़ायी थी...है न !''

पद्मलता को पता है कि उसे जान-बूझकर अपमानित किया जा रहा है। और यह उसी अपमान का बदला है। शायद ऐसा ही होता है जब कोई मधुर सम्बन्ध अचानक कड़वा हो उठता है। तब दोनों ही पक्ष एक-दूसरे को नीचा दिखाने के मद में चूर हो रहते हैं।

लेकिन अभी पद्मलता के नाराज होने से तो बात ही बिगड़ जाती। उसने हँसते हुए कहा, ''वैसे तुम्हारी याददाश्त तो बड़ी तेज है, मुरारि भैया ! चलो...गाँव-जवार में कोई तो है जो उस 'पदमिया' को याद रखे हुए है। वर्ना यहाँ तो अब भी वही पद्मा...पद्मा...की रट लगी हुई है। और बताओ...क्या हाल-चाल हैं...?''

''मेरा अब क्या हाल और चाल ! बस...सब डूबने ही वाला है। कहते हैं न...भूत का भी कोई जन्मदिन होता है भला ?'' मुरारि थोड़ी देर रुका फिर उसने धीरे-से पूछा, ''हाँ रे, मैंने सुना है तू तो बड़ी पैसेवाली हो गयी है। दोनों हाथों से रुपये उलीच रही है। क्या बात है ?''

''तुमने तो अब तक मेरा मुँह नहीं देखा, फिर तुम्हें यह सब कैसे मालूम ?''

''लो...। पिछले तीन दिनों से तुम्हारे नाम का जो संकीर्तन चल रहा है...उसे सुन-सुनकर तो कान ही पक गये। पाठशाला के लिए चन्दा, पंचायत-घर के लिए

चन्दा, चापाकल के लिए दान, काली थान की मरम्मत के लिए चन्दा...चन्दा न हुआ...हरि-लूट हो गया। तुम्हारी बेवकूफी पर तो...बस तरस ही खा सकता हूँ। लेकिन नाम का डंका भी तो पिटना चाहिए !"

पद्मलता ने उसकी बातों पर ध्यान न देते हुए कहा, "मेरा भाग्य ही ऐसा है। ऐसा क्या कुछ दे दिया कि बड़ा नाम हो गया ? मेरे मन में जो कुछ था...उसे मैं कहाँ पूरा कर पायी। वह सब तो जी में ही रह गया। जल्दबाजी में कुछ भी नहीं समेट सकी। थोड़ा-बहुत जो कुछ था वही ले-लिवा लायी। मेरे पास हजार एक रुपये थे वह लायी थी, पति ने हाथ-खर्च के लिए आठ-एक सौ रुपये दिये थे और...दो-एक सौ छुट्टे रुपये हों तो हों। इनमें किसका काम और कैसा नाम ? पड़ोसवाली मानी बुआ की नतनी की शादी नहीं हो पा रही है। हाथ में पैसे हों तब न। यह सब सुना तो जी मसोसकर रह गया। वापस जाते ही कुछ रुपये भिजवा दूँगी...और क्या ?"

"अरे बाप रे...! अच्छा यह तो बता, अविनाश ने कितने लाख जोड़ लिये हैं...किन-किन चीजों की सप्लाई का ठेका लिया था उसने...चावल का...गेहूँ का...गाय-बकरियों का या फिर छोकरियों का...?" यह कहते-कहते मुरारि की नाक का अगला सिरा और भी टेढ़ा हो गया...घृणा और व्यंग्य से। होठों के कोने पर धारदार मुस्कान खेलने लगी थी।

लेकिन पद्मलता भी यहाँ कोई हारने के लिए नहीं आयी थी। वह आयी थी जीतने। इसलिए उसने बड़े सहज ढंग से कहा, "किसे पता है कि किन-किन चीजों का कारोबार करता है वह। और मुझे यह सब जानने की जरूरत भी क्या है ? मुझे तो इतने से ही गरज है कि मैं जितना चाहूँ उतने रुपये मुझे मिल जाएँ। लेकिन तुम्हारे लिए तो मुझे मरकर भी चैन नहीं मिलेगा। अपने घर तक को गिरवी रख दिया और पैसे खा गये। और अगर इसे छुड़ा न पाए तो ? आखिर कितने रुपये में गिरवी रखा है इसे ?"

"पाँच सौ में। क्यों, तू देगी मुझे रुपये ?"

"और नहीं तो क्या ? थोड़े-से रुपयों के लिए बाबा-दादा की रही-सही थाती बेच खाओगे ?" इतना कहकर पद्मलता अपनी साड़ी के आँचल में बँधी गाँठ खोलने लगी।

"क्या बात है, पदमिया ! तू पाँच-सात सौ रुपये हमेशा अपने पल्लू से बाँधकर ही घर से बाहर निकलती है क्या ?"

"तो फिर और क्या करती, मुरारि भैया ?" और बोली, "लाहिड़ी नानी ने इन रुपयों को अपने पास रखने से मना कर दिया। जो कुछ लायी थी, वह पल्लू में ही बँधा है। खैर, रुपये तो खर्च करने के लिए ही होते हैं। वापसी का किराया साथ रहे, यही बहुत है ?"

इसके बाद उसने बड़े आकार के पाँच नोटों को एक-एक कर गिना और उसे जमीन पर रखा। लेकिन इस बीच मुरारि यकायक गम्भीर हो गया। उसने भरे गले से कहा, "देख पदमी, तिलचट्टे का पंछी हो जाना तो ठीक है लेकिन वह एक बारगी गरुड़ हो जाए, ऐसा दिखावा मत करना।"

"लेकिन..." पद्मा कहती गयी, "भले ही तुम मुझे जी भरकर अपमानित कर लो...लेकिन ये रुपये तो तुम्हें लेने ही पड़ेंगे। इन थोड़े-से रुपयों के लिए मैं तुम्हें अपनी ही मड़ैया से बेदखल होने नहीं दूँगी।"

"लेकिन मैं तेरे पैसे क्यों लेने लगा? बड़ी पैसेवाली आयी है! पैसे का रोब डालकर तू मानी बुआ जैसी औरतों का सिर अपनी झोली में डाल ले। तू मुझ पर अपना जाल मत फैला!" इतना कहकर मुरारि ने रुपयों को आगे खिसका दिया। लेकिन तभी उसकी नजर अपनी पत्नी पर पड़ी जो इतनी देर तक गायब रहने के बाद सामने आ खड़ी थी। उसने उससे चिढ़कर कहा, "कब से एक लौंग माँग रहा हूँ...क्या हुआ? सब-के-सब कहाँ मर गये?"

मुरारि की घरवाली इतनी देर तक शायद अपने को सहेज रही थी और अब सबके सामने थी। लेकिन जब उसने देखा कि बात रुपये-पैसे की चल रही है तो वह फिर आड़ में चली गयी थी। अचानक पति के बुलाने पर वह रंगमंच पर अवतरित हुई और झूँझल भरे स्वर में बोली, "मर-खप जाती तभी जी को चैन मिलता! तुम्हारे हाथ से छुटकारा तो मिलता। मुआ मेरा नसीब ही जला-भुना है। अब आप ही देखिए दीदी, जब से आप आयी हैं यह कैसी जली-कटी सुना रहा है?"

"देख रही हूँ। इस आदमी का दिमाग खराब हो गया है। भाभी, ये थोड़े-बहुत रुपये हैं, उठाकर रख लो। आखिर इस-घर को छुड़ाना भी तो है। वर्ना रहोगी कहाँ?"

घरवाली ने हालाँकि सब कुछ सुन रखा था और वह रुपयों की तरफ ललचायी नजर से देख भी रही थी तो भी उसने कहा, "इस आदमी को तुम इतने सारे रुपये उधार दे रही हो, दीदी? इस जनम में वह इन्हें चुका भी पाएगा?"

"अरे नहीं, पगली...इन्हें चुकाने की कोई जरूरत नहीं। तुम्हारी शादी पर मैंने तुम्हें कुछ नहीं दिया था। वही समझ लेना। लो, इन्हें रख ले। और अपने बाल-गोपाल को तुमने किस लोहे की सन्दूक में बन्द कर रखा है भला...! दीख नहीं रहे।"

मुरारि की पत्नी ने पलक झपते उन रुपयों को उठाकर पल्लू में बाँधा और बड़े उत्साह से बच्चों को पुकारने लगी, "अरी ओ पुष्पा...मुन्ना...झुन्ना...चलो, यहाँ आ जाओ सबके सब और बुआ जी को प्रणाम करो..."

मुरारि ने जलती हुई निगाहों से अपनी पत्नी को समझाने की कोशिश की लेकिन जब उसने इसकी अनदेखी कर दी तो वह आपे से बाहर हो गया। "रुपये वापस कर दो छोटी बहू...मैं कहे दे रहा हूँ...मैं नहीं ले पाऊँगा...।"

लेकिन पल्लू में बँधी किसी चीज को वैसे ही गँवा दे, छोटी बहू इतनी मूरख न थी। इसीलिए उसने बड़े उत्साह से कहा, ''हाँ...हाँ...दूँगी क्यों नहीं ? एक दिन बाद को ही जब बच्चों के हाथ पकड़कर पेड़ के नीचे खड़ा रहना पड़ेगा। वापस कर दूँ ? और रानी दीदी हमारे लिए परायी तो नहीं ? बताइए न रानी दीदी, मैं ठीक कह रही हूँ न...!''

रानी दीदी ने अब तक पुष्पा के नन्हे हाथों में दो का नोट थमा दिया था। और वह गोद वाले बच्चे की मुट्ठी ढूँढ़ रही थीं।

नहीं, पद्मलता को अब सचमुच कोई अफसोस या बेचैनी नहीं थी। उसने अपने जीवन में और किसी चीज की चाह नहीं की थी। वह इन क्षणों की सार्थकता को, इनके सुख को अपनी दोनों मुट्ठियों में बाँध लेना चाहती थी।

ठीक इसी समय...कबूतर की कोलखी जैसे सँकरे, बुसे और अँधेरे कमरे में एक मरियल-सी चारपाई पर औंधा पड़ा अविनाश, चिट्ठी लिख रहा था। चार दिनों के विरह में ही इतना लम्बा पत्र ? लेकिन इसके सिवा चारा भी क्या था ? वह कैसे अपने मन की बेचैनी प्रकट करे ! हालाँकि उसे पता था कि अगले ही दिन उसकी घरवाली आने वाली है। उसने लिखा :

''प्रिय पद्मा,

मेरा सारा कुछ लुट गया। मैंने पटना में जिस नौकरी के लिए आवेदन दिया था—उसे मैं इस जीवन में पा भी सकूँगा, इसकी उम्मीद नहीं।...मैंने सोचा था अगर मुझे यह नौकरी मिल गयी तो हम जीवन का बाकी हिस्सा किसी तरह चैन से बिता सकेंगे। लेकिन विधाता ने हमारे साथ बड़ा भारी मजाक किया है। मैंने सब कुछ...घर-द्वार माल-असबाब बेच-बाचकर सिक्यूरिटी के लिए दो हजार की जो रकम जमा की थी—वह सब लुट गया। तुम तो जानती ही थी कि चोर या उचक्के के डर से मैंने उन रुपयों को बक्से में नहीं...बल्कि रजाई के अन्दर एक छोटी-सी थैली में छुपाकर रखा था। लेकिन चोर की नजर वहाँ भी कैसे पड़ गयी—यह सचमुच हैरानी की बात है।

मुझे यही जान पड़ता है कि यह किसी ऐसे आदमी का काम है जो इस बारे में जानता था। अब मैं किससे क्या कहूँ ? मैं तो एकदम तबाह ही हो गया। मुझे आगे के लिए भी कोई उम्मीद नहीं रही। मैं तो यही समझ लूँगा कि मैंने बड़ा भारी गुनाह किया है। मुझे बार-बार इस बात का पछतावा होता रहता है कि मैं तुम्हें भेजने को राजी कैसे हो गया। घर की लक्ष्मी घर में रहती तो यह दुर्दशा न होती। खैर, जो हो गया...हो गया। अब चिट्ठी पढ़ना खत्म होते ही आने की तैयारी करना। मैं तुम्हें लिवा लाने की स्थिति में नहीं...और अब मैं तो तुम्हें अपना मुँह भी नहीं दिखा पाऊँगा शायद।''

बेआसरा

उँगलियों में घूम रही जप-माला को एक तरफ फेंककर अन्नपूर्णा मौसी चटख गये रंग वाले टिन के बक्से को सहेजने बैठ गयी। वह चुप्पी साधे अपना कोई काम करने वाली नहीं। उनकी जुबान भी साथ-साथ कैंची की तरह चलती रहती है...पूरे दम-खम से।

वह अब इस घर में एक पल के लिए नहीं रहेगी। और इस घर की चौखट लाँघने के पहले एक चुल्लू पानी तक मुँह में नहीं डालेगी। अपने इस पुराने संकल्प को जोर-जोर से दोहराते हुए मौसी ने बक्से के अन्दर महीनों से आँखें मूँद लेने वाली नामावली और मटका चादर निकाल लिया। इसके बाद पुरानी भारी साड़ी और कम्बल को बड़ी बेरहमी से झटके के साथ बाहर निकाला और फिर उन्हें तहाने लगी।

"बहुत हुआ...बाप रे बाप...अब और नहीं...बहन की बेटी के घर आकर बड़ा सुख पाया रे...। मरते दम तक याद रहेगा।...जब तक मौत गले पर सवार न हो...कोई अपनी सौतेली माँ की बेटी या उसके भतार के घर अपनी जान देने नहीं जाती। मुझे पागल कुत्ते ने काटा था जो मैं यहाँ आयी थी...ठीक ही हुआ...अच्छी सजा मिली। अब मेरी जान छोड़ो बाबा...यहाँ से निकल पाऊँ तो जान बचे... ।"

उसकी बातों का यह नमूना भर था।

कई रूपों में और कई रंगों में अन्ना मौसी अपने स्वर और तेवर को बदल-बदलकर बकती-झकती रही। उसकी बातों को सुनकर यह सहज ही समझा जा सकता था कि इस घर के लोगों ने अपने मतलब के लिए मौसी को छेक रखा है। इसीलिए मौसी आज यहाँ से जाने को उतावली हो उठी हैं। और आज के दिन तो ऐसी एक दुर्घटना हो गयी है कि उसके लिए एक पल को यहाँ ठहर पाना मुश्किल है !

लेकिन इस घटना के ठीक दो दिन बाद ही जो स्थिति आने वाली होगी—उसे देखकर यही जान पड़ेगा कि मामला कुछ और ही रहा होगा।

इस चटखे हुए रंग वाले टिन के बक्से में रखी चीजों को सहेजना मौसी की दिनचर्या का एक अभिन्न और अपरिहार्य अंग है। लेकिन उसने अब भी अपने दिमाग को पूरी तरह खराब होने नहीं दिया है और तभी तो वह बहन-बेटी के घर-संसार को

उजड़ता हुआ देखकर आनन-फानन जाना नहीं चाहती! अब क्या करे बेचारी? अपमान का घूँट पीकर रह जाना पड़ता है उसे और इसी घर का दाना-पानी स्वीकार करना होता है उसे...और झक मारकर...मन मसोसकर उस दिन रह जाना भी पड़ता है।

लेकिन उसके भतीजे की पुत्रवधू रमोला क्या सचमुच में कोई ऐसी-वैसी औरत है जो मौसी को बराबर तंग करती रहती है। और तभी उसके लिए घर में टिकना मुश्किल हो जाता है। नहीं, ऐसा नहीं है। पढ़ी-लिखी औरत है। नौकर-चाकर से भी कभी 'तू-तड़ाक' कर बातें नहीं करती। अपनी मौसिया सास को उसने कभी भी, बुरा-भला कहा हो—ऐसा नहीं जान पड़ता। कोई है जो यह साबित कर सके?

नहीं, कैसे नहीं भला! और यही सब तो झेला नहीं जा सकता। जो कहना है मुँह पर कह दो। एकदम साफ-साफ। जो सहज है, स्वाभाविक है और समझ में आ जाए—ऐसी बात। इससे कुछ तो पल्ले पड़ता है। और बात का जवाब भी दिया जा सकता है। और बातों को बतंगड़ बनाने वाली इस सीधी-सादी दीख पड़ने वाली लड़ाई में और कोई जीते या न जीते...अन्ना मौसी की जीत सोलह आने तय है।

लेकिन यह क्या?

दूसरे को मुँहतोड़ जवाब देने के बदले रमोला के चेहरे पर हर घड़ी एक बेजुबान-सी कड़वाहट और तिक्तता क्यों तैरती रहती है? यह उसका बड़ा निष्ठुर खेल है। उसके चेहरे पर तिरने वाली एक-एक भाव-रेखा जैसी बड़ी झूँझल और विरक्ति भरी अवमानना से प्रश्न किया करती, "कौन है तू...? यहाँ क्यूँ है भला तू! सारी जिन्दगी यहीं टिके रहने की आस लगाये बैठी है?"

अन्ना मौसी भले ही अनपढ़ हो लेकिन वह इस भाषा को पढ़ सकती है। पर वह यह नहीं जानती कि इस भाषा में छुपे सवालों का जवाब वह कैसे दे? इन दबे-छिपे हमलों के सामने अपनी हार स्वीकार करने के सिवा उसके पास और कोई चारा नहीं है।

तभी तो इतनी जलन है उसके सीने में।

और यही वजह है कि जाने-अनजाने या किसी नौकर-नौकरानी या घर के नन्हे-मुन्नों से हो गयी किसी चूक या गलती के बहाने उसे यह तूफान खड़ा करना पड़ता है। इस जंग लगे पुराने बक्से के सिवा अन्ना मौसी के पास और भला है भी क्या? किसी मुठभेड़ के आधुनिक हथियार से वह अपने को कैसे लैस कर सकती है? और आज जब अचानक एक नटखट बच्चे का पाँव उसके ऊपर पड़ गया तो वह अपने को बड़ा आहत महसूस कर रही है और घण्टे भर से चीख-चिल्ला रही है।

"अरे मेरे गले में फन्दा डाल दे रे।...अरे बहन-बेटी दामाद के घर पर पड़ी-पड़ी मैं मलाई और रबड़ी उड़ा रही हूँ रे...। लेकिन अब और नहीं बाबा...। इन

नौकर-चाकरों की लात मैं खा नहीं पाऊँगी रे...। अरे विभूति कहाँ चला गया रे ? अभी तुरत जाकर मेरे किष्टो को तार दे दो—वह मुझे लिवा ले जाएगा। वह बेकार हो...कँगला हो, मेरी कोख का जाया तो है...उसका दाना-पानी हराम का तो नहीं है। इस मलाई-रबड़ी से मुझ अभागन का क्या काम। मैं बेटे के घर में खुद्दी उबालकर खा लूँगी। तू जा और जल्दी से तार भेज दे रे, विभूति...।"

विभूति कमरे के अन्दर चुप बैठा किसी मुवक्किल की फाइलें उलट रहा था। उसे देखकर यह नहीं जान पड़ा कि बात उसके कान में पड़ी भी है। लेकिन रमोला के कान में कोई पिघला हुआ सीसा नहीं डाला कि वह यह सुनकर भी सह ले।

वह तमतमाती हुई कमरे में दाखिल हुई और फट पड़ी, "आखिर ऐसा कब तक चलता रहेगा ?"

विभूति जैसे असहाय-सा जान पड़ा। उसने बड़ी बेबसी से कहा, "तो फिर किया ही क्या जा सकता है ?"

"नहीं, कुछ नहीं किया जा सकता। है न ! बस चुपचाप बैठे-बैठे इस गाली-गलौज को सहन करते रहो। क्या बात है ?"

विभूति ने उत्तर में जो कुछ कहा, वह टालने वाला ही था, "ऐसा करो कि उसके साथ थोड़ा निबाह कर ही चलो। ऐसा करने पर..."

"निबाह कर...? ओ...फिर तो बादल और मिण्टू को लेकर मुझे इस घर-संसार से विदा होना पड़ेगा। इसके सिवा उससे निबाह कर पाने का और कोई चारा नहीं। लेकिन इतना तो मुँह से फूटो कि मैं किस खुशी में हमेशा इतनी अशान्ति झेलती रहूँ।"

विभूति ने झुँझलाकर कहा, "जरा धीरे बोलो। अच्छा, यह तो बताओ कि क्या किया जा सकता है ? किसी का स्वभाव तो नहीं बदला जा सकता। अब बीच में समझाने-बुझाने की कोशिश तो करता हूँ।"

"हाँ, काम तो तुम हमेशा समझदारी का ही करते हो...ठीक है...तो फिर यह नौटंकी चलती रहे। वे जी भरकर हमें कोसती रहें...जो चाहें बकती-झकती रहें, दिन में पाँच बार तुम्हारे घर से चले जाने का ढोंग रचती रहें और तुम उनकी 'तुम्हीं हो माता-पिता...' कहकर आरती उतारते रहो।"

विभूति ने आहत हँसी के साथ पूछा, "तो फिर क्या करूँ ? मैं यह तो नहीं कह सकता कि 'ठीक है चली जा।' और तुम तो अच्छी तरह जानती हो रमोला, कि हम लोगों के सिवा उसका कोई दूसरा ठौर-ठिकाना भी तो नहीं।"

रमोला ने खीज-भरे स्वर में कहा, "जानती कैसे नहीं भला ! खूब अच्छी तरह जानती हूँ। तभी तो इतने दिनों से सब कुछ चुपचाप सहन करती जा रही हूँ। लेकिन जिसे इस बात का होश रहना चाहिए था उसे यह सब बताये बिना एक नकली दुनिया

रचकर और कितने दिनों तक यह सब चलता रहेगा ? आखिर कब तक ? मैं यह समझ नहीं पाती कि एक गलत बात का ढोल कब तक पीटा जा सकता है। हर किसी को अपनी हालत और हैसियत के बारे में पूरी तरह चाक-चौकस रहना चाहिए। किसी पराये का आसरा मिले, इस बात की झूठी कल्पना से और झूठ के सहारे बार-बार और इतनी बुरी तरह किसी सच को कोसा नहीं जा सकता। यह तो अजीब बात है। जो लड़का छह महीने पहले मर गया और भूत हो गया—उसका इतना रोब ?''

''ओ हो...रमोला...तुम क्या कोई बात आहिस्ता से नहीं बोल सकती !''

''आहिस्ता से...भला क्यों बोलूँ ? मैं कोई गूँगी तो नहीं।'' रमोला कहती गयी, ''मैं तुम लोगों की तरह फालतू के सेण्टिमेण्ट में पड़ी रहना नहीं चाहती, और मरने की खबर सुनकर किसी का हार्ट फेल होते हुए भी मैंने नहीं देखा। हो सकता है, तुम्हारी इस प्राण-प्यारी मौसी का हो जाए। लेकिन याद रखना...मैं बताये देती हूँ, मैं ज्यादा दिनों तक इस लुका-छिपी वाला खेल नहीं खेल पाऊँगी।''

''तुम यह सब उसके मुँह पर कह सकोगी ?''

रमोला ने उखड़े स्वर में कहा, ''इसमें कह सकने और न कह सकने की क्या बात है ? इस बात को हमेशा के लिए थोड़े न छुपाया जा सकता है ?''

''जितने दिन तक सम्भव हो। और फिर इसमें हमारा नुकसान ही क्या है, रमोला ?''

''बात नफा-नुकसान की नहीं है। लेकिन झूठ आखिरकार झूठ ही है। अगर उसके हक में कोई बात नहीं जाती तो नहीं जाती। और ऐसा न होता तो फिर 'दुःसंवाद या बुरी खबर' जैसी कोई बात ही नहीं होती। दो दिन रोएगी-चिल्लाएगी... हाथ-पाँव पटकेगी...और क्या ? इसके बाद सब ठीक हो जाएगा। यह तो समझ जाएगी कि मैं आखिर किस जमीन पर खड़ी हूँ।...तुम्हारा यह फालतू का सेण्टिमेण्ट... एकदम बेमानी है।''

यह कहकर रमोला पाँव पटकती हुई कमरे से बाहर निकल गयी। और इधर विभूति खुले दरवाजे की तरफ फटी आँखों से देखता रहा। उसके मन में रमोला की बातें घुमड़ती रही थीं। सचमुच...उसकी ही बातें।...

रमोला पढ़ी-लिखी है। अपनी साफ-सुथरी और खरी जुबान में चाहे जो भी कहे, जैसे भी घुमा-फिराकर कहे...विभूति के लिए उसकी बातों का मतलब एकदम साफ है। ठेठ बोली में जिसे कह सकते हैं कि वह बड़बोली मौसिया सास को एकदम ढेर कर देना चाहती है।...चारों खाने चित...

और वह आखिर ऐसा क्यों न चाहे ? जो उसके अधीन है—उसका ऐसा रोब-दाब वह कैसे सहन कर सकती है भला ? और जबकि उसके सारे अहंकार को मटियामेट करने का अचूक मन्त्र उसकी मुट्ठी में बन्द है।

विभूति की यही तो एक कमजोरी है। एक तरह की अस्वाभाविक भावुकता। और क्या ? उसने पिछले छह महीनों से किष्टो के मरने की खबर को अपने सीने में छुपा रखा है। इस बारे में अन्ना मौसी को कुछ कह पाने का साहस नहीं जुटा पाता। उसके दिन में दस-दस बार यह चिरौरी करने पर भी नहीं...कि किष्टो को तार भेज दो।

हालाँकि इस बात को दोहराना गलत ही होगा कि किष्टो नामक सपूत पर अन्ना मौसी को बड़ा भरोसा था। वह तो थोड़े दिनों के लिए अपनी सेहत सुधारने के लिए बहन-बेटी के घर चली आयी थी।

अपने होनहार बेटे के लिए दो जून अन्न पाने की तनिक भी उम्मीद नहीं थी अन्ना मौसी को। दरअसल उसके बेटे का ठौर-ठिकाना गाँव के बाहर एक पिछड़ी बस्ती में ही था। जब कभी उसे रुपये-पैसे की जरूरत पड़ती, वह घर आ धमकता और माँ से अनाप-शनाप बक-झक करता रहता और अगर उसे पैसे न मिले तो वह बर्तन-भाँड़े लेकर गायब हो जाता और फिर कुछ दिनों तक पता नहीं कहाँ पड़ा रहता !...अपने बेटे से पूरी तरह निराश हो जाने के बाद ही मौसी ने अपनी मड़ैया पर साँकल चढ़ा ताला लगा दिया और अब यहाँ जमाई के घर डेरा डाले बैठी थी। बेटी-जमाई द्वारा भेजे गये माहवारीखर्चे पर ही जब सारा कुछ निर्भर था तो उनके पास जाकर रहना ही कहीं ज्यादा अच्छा था।

कुछ साल वहाँ बिताने के बाद अन्ना मौसी की खूबियों की बदौलत बेटी भगवान को प्यारी हो गयी। यह बताने की जरूरत नहीं कि उसके गुजर जाने के बाद उस घर में टिके रहना मुश्किल ही था। अपनी पत्नी के नाते बड़बोली सास को झेलना जहाँ तक सम्भव था वहाँ तक जमाई बाबू ने झेला ही था। पत्नी के मर जाने पर इसकी कोई जरूरत नहीं रह गयी थी। इसलिए एक दिन जमाई के घर में झाड़ू मारकर, जंग खाये टिन का बक्सा उठाये अन्ना मौसी चली आयी अपनी बहन के जमाई विभूति के घर। इस बात को आज साल भर तो हो ही गया होगा।

उस समय रमोला की बात तो जाने भी दें—विभूति ने अन्ना मौसी के आगमन को बड़े उत्साह से लिया था—ऐसी बात न थी। थोड़े दिनों की बात है, यही समझकर चुप ही रहा। लेकिन अन्ना मौसी यहाँ से जल्दी ही टलने वाली है, ऐसा कोई संकेत उसे नहीं दीख पड़ा। उसने यहाँ कदम रखते ही इस 'नवाबी ठाठ-बाट' वाली गृहस्थी का सिरा थाम लेना चाहा। पत्नी, बेटे और दुनिया भर के नौकर-चाकर सभी बेचारे विभूति का बेड़ा गर्क करने पर तुले हैं—इसे उसकी आँखों ने दो ही दिनों में ताड़ लिया। और जैसा कि कहा भी गया है, 'माँ-मौसी एक जान'—उसी नाते क्या अन्ना मौसी मझधार में डूब रहे इन बच्चों को बचाने की कोशिश नहीं करेगी।

—"लो...इस छोटी-मोटी गृहस्थी में पचास ठो नौकर-चाकर भला काहे के

लिए ? इनको देखकर तो मेरे तन-मन में आग लग जाती है।"

—"तीस रुपये महीने पर एक बाभन रसोइया ? आखिर काहे के लिए। घर की बहू दो मुट्ठी चावल नहीं सिझा सकती ?...चौबीस घण्टे सूई-पोकर लिये बैठी न जाने क्या निहाल करती रहती है ?"

—"और बाल-बच्चों को इस तरह का नवाबी खाना खिलाने की क्या जरूरत है भला ? दूध, मलाई, माखन, मिसरी के बिना कलेवा गले से नीचे नहीं उतरता ? दो-दो ठो पराठे सेंक दो और अचार डालकर सामने रखो...इतना भी नहीं होता ?"

—"विभूति जैसा मौगड़ा आदमी ही यह सब सहन कर सकता है। अरे कोई दूसरा बच्चा होता न...तो जूते मार-मारकर सारा जहर उतार देता।"

अन्ना मौसी जब पहले-पहल यहाँ आयी थी तभी उनके मुँह से जो उद्गार फूटे थे—ये उनके कुछ नमूने भर हैं। लेकिन रमोला ने अपनी चुप्पी, जलती हुई निगाह और बिना किसी प्रतिक्रिया के सारी चोट को सह पाने की तैयारी के साथ उस दौर को झेला था। इसमें उसे कोई ज्यादा वक्त नहीं लगा। इसके बाद आया छोटे-छोटे अधिकार और अभियान का जमाना। इस दौर में अन्ना मौसी ने बड़े ताम-झाम के साथ यह ऐलान किया कि आखिर वह इस घर-रांरार गें कौन होती हैं—वह नौकर-चाकर की लम्बी कतार में तो शामिल नहीं हैं। क्या जरूरत है उन्हें इस बारे में बार-बार कहने की ?

रमोला की सर्द खामोशी और उदासीनता से मान और अभिमान का वह दौर भी खत्म हुआ। अब ऐसा होने लगा कि सारे लौंडे-लपाड़े, नौकर-नौकरानी जान-बूझकर मौसी को अपमानित करने पर तुले हैं। और लाख चाहने पर भी उसका रमोला के साथ सीधे झगड़ा करना मुमकिन नहीं हो पा रहा है। और इस अपमान से आहत अन्ना मौसी इसीलिए रह-रहकर किष्टो को तार देने पर जोर देती रहती है। और ये लोग उसके बार-बार कहे जाने पर भी उसके जाने का कोई इन्तजाम नहीं कर रहे, इस बात को उसने पूरे मोहल्ले भर में प्रचारित कर रखा है।

इन सारी बातों के बीच जो जरूरी खबर है वह यह है कि कुछ महीने पहले अन्ना मौसी के गाँव से मुकुन्द नाम का एक छोकरा—किष्टो के उसी ताड़ी वाले अड्डे का मारा—आया था।...आया और घर के बाहर बैठा रहा। बाद में विभूति से मिलकर गया था। वैसे घण्टे भर से ज्यादा नहीं रुका।

पता नहीं उस लड़के के आने के बाद विभूति के मन में ऐसी कौन-सी करुणा का संचार हुआ कि उसने इस बात को अन्ना मौसी से छुपाये रखा और आज तक उसे प्रकट नहीं कर सका। बात न तो अन्ना मौसी की धृष्टता की थी और न रमोला के उत्पीड़न की। विभूति यही सोचता रहा कि अन्ना मौसी की बकझक में छिपी पीड़ा की जो ग्रन्थि है उस ओर से रमोला ने अपनी आँखें क्यों मूँद रखी हैं ? अगर वह उस

पर तरस नहीं खा सकती तो कम-से-कम उसे अपमानित तो न करे। आखिर रमोला में ऐसी उदारता क्यों नहीं है ? अगर किष्टो की मौत की खबर उसे न भी हो तो बहन-जमाई के घर में दो मुट्ठी भात पाने का जो लालच है उससे भी वंचित होकर वह आखिर जाएगी कहाँ ? अपने उसी गाँव में...जहाँ उपवास रखने के सिवा और कोई चारा नहीं। क्या रमोला इस छोटी-सी बात को समझ नहीं पाती ? ये औरतें एक असहाय वृद्धा को भला किस तरह अपमानित कर सकती हैं ? जो आश्रित है उसी से कुढ़ती-चिढ़ती हैं।

लेकिन रमोला पर ही दोष मढ़ने से क्या होगा ? वे जो किसी के भरोसे रहते हैं उन्हें भी तो दैन्य भाव से अधीनता स्वीकार करनी चाहिए। यह तो होता नहीं, उल्टे वह विभूति के पास दौड़ी आएगी और रो-रोकर बोलेगी, "अरे बेटा, और कितने दिनों तक तेरी गृहस्थी में झाड़ू और लात खाकर गुजारा करूँगी। तू ही कोई रास्ता निकाल, बेटा !"

अन्ना मौसी के अचानक टपक पड़ने और उसकी दुहाई सुनते हुए विभूति ने हैरानी से चारों ओर देखा। आस-पास ही कहीं रमोला तो नहीं ? यह जिस तरह घबरा उठी है, उससे बड़ा डर लगता है। वैसे अन्ना मौसी का जैसा रवैया है, रमोला ठीक ही डरी हुई है। आँखों से भले ही दीख न पड़े, कानों को इस बारे में सारी खबर है। यह तो विभूति का आग्रह ही था, जिसकी रक्षा करने के लिए ही अन्ना मौसी ने अपने घर जाना मुल्तवी कर दिया—और इस बात को अगर रमोला ही नहीं जान पायी तो फिर इसका क्या फायदा ?

अब चाहे जो भी हो, ओट में रहना ही सुविधाजनक है...जानकर विभूति ने बड़े सहज भाव से कहा, "अच्छा...अच्छा, सब हो जाएगा। इतनी जल्दी भी क्या है ? आखिर किसने क्या कह दिया ? मैं उसे अभी बुलाकर डपट देता हूँ...ये छोकरे सभी बड़े पाजी हो गये हैं।"

अन्ना मौसी की आँखें अब तक छलछला उठीं। वह बोली, "किसी का कोई दोष नहीं है बेटा...मैं ही सारी आफत की जड़ हूँ। इस पापन को आखिर कब तक पोसते रहोगे, बेटा ! इस आफत-बलाय को धक्के देकर निकलवाने के लिए कुछ तो करो।"

"अच्छी मुसीबत है...!" विभूति ने पूछा, "तुम क्या अभी इसी घड़ी निकल जाओगी ? अगले महीने बादला का उपनयन संस्कार होना है। तुम्हारे न रहने पर यह सब कैसे होगा भला ?"

"मैं भला किस गिनती में हूँ बेटा कि मेरे न होने से सारा काम रुक जाएगा।...तू भी क्या कह रहा है ?" कहती हुई मौसी ने चैन की एक साँस ली और फिर उठ खड़ी हुई। इसके बाद गर्दन ऊँची कर बोली, "मैं भी यही चाह रही थी कि

बच्चे के गले में मोटी जनेऊ पहनाकर ही जाऊँगी। अब तुम्हारी बात पर रुकना ही पड़ेगा। बहूरानी ठहरी पढ़ी-लिखी...उसको इन सारी रीत-नीत वाली बातों से क्या लेना-देना ? लेकिन याद रहे इसके बाद एक दिन के लिए भी नहीं रुकूँगी। पहले ही बोल बता दिया...हाँ...।"

और इस बात को कोई नहीं जानता कि विभूति की आँखें क्यों छलछला उठी हैं।

च्च...। बस थोड़े-से ही सन्तुष्ट हो जाती है बेचारी...इन लोगों के लिए थोड़ा-सा सम्मान इतना अधिक मूल्यवान हो उठता है ? और इस सम्मान के लिए अगर थोड़ा-सा दिखावा भी करना पड़े तो इसमें क्या आता-जाता है ? आखिर छोटी-मोटी सहानुभूति दिखाने में भी आदमी इतनी कंजूसी क्यों करता है भला ? उसने मौसी से भरे गले से कहा, "अच्छा, तब की तब देखी जाएगी। अभी के लिए तो निश्चिन्त हुआ बाबा। उस जेल में रहना कोई बच्चों का खेल है। अब तुम लोगों ने जितना कुछ जान रखा है...ठीक वैसा होता नहीं है...अच्छा, आज तुम्हारी निरामिष रसोई में क्या कुछ बनेगा, बताओ तो ? बहुत दिनों से बड़ी खाने को नहीं मिली और केले के मोचे की सब्जी...वह सब क्यों नहीं ?"

अन्ना मौसी ने पोपली हँसी हँसते हुए कहा, "लो, सुनो इस पगले की बात ! केले के मोचे की सब्जी क्या मुँह से निकली बात की तरह बन जाती है ? उसे रात में ही काट-कूटकर पानी में भिगोना नहीं पड़ता ? अब आज तो बन नहीं पाएगी। और...कल है मंगलवार...इस दिन मोचा नहीं खाते। अब तो परसों ही बनेगी।"

विभूति ने निराश होकर कहा, "हाय रे मेरा नसीब ! अब परसों किसने देखा है ?"

"माँ षष्ठी...तेरी सहाय हों...। तू भी...जो मुँह में अल्ल-बल्ल आता है...बक देता है..." ऐसा कहते और असीसते हुए अन्ना मौसी बड़े प्रसन्न मन से निरामिष रसोईघर की ओर बढ़ गयी...चूल्हा सुलगाने के लिए।

लेकिन वह पास ही, दालान में जल रहे चूल्हे से भी कहीं अधिक दाह लिये और भीतर से भरी बैठी रमोला की ओर तीखी नजरों से तकना नहीं भूली।

आये दिन इस तरह की घटनाएँ घटती ही रहती थीं।

रमोला आखिर इस मौसिया सास को किस तरह सबक सिखाए ! जब उसका पति ही इस मामले में उस पर पाबन्दियाँ लगाने को उतारू है और मजे की बात यह है कि वह मन-ही-मन अपने पति से डरती भी है। अपनी जुबान से वह भले ही चाहे जो कह ले उसके मन में डर तो बैठा ही रहता है।

लेकिन जैसा कि कहा भी गया है, चोर के सौ दिन तो साधु का एक दिन। पता नहीं, रमोला के लिए कभी वह दिन आएगा भी या नहीं !

तभी अपने एक मुवक्किल के काम से विभूति को तीन दिनों के लिए आसनसोल जाना पड़ा। अन्ना मौसी के बारे में उसकी चिन्ता ने उसे परेशान न किया हो, ऐसी बात नहीं। लेकिन इस बारे में साफतौर पर अपनी पत्नी को यह कह सके कि मेरे न रहने पर मौसी के साथ कोई बुरा सलूक न करना, बताना भूल गया।

चार दिनों के बाद जब वह लौटा तो अपनी दूसरी व्यस्तताओं के चलते मौसी की खोज-खबर लेने की फुरसत नहीं मिली। उसे जब इस बात का खयाल आया तो उसने हँसी-हँसी में कहा, ''अरे भाई, बात क्या है ? मिण्टू और अन्ना मौसी की आवाज सुनाई नहीं पड़ रही। लगता है घर को लखवा मार गया है।''

मिण्टू ने डरकर अपना चेहरा एक बार ऊपर उठाया और फिर नीचे झुका लिया। ग्यारह-बारह साल की बड़ी ही होशियार लड़की...दुनियादारी की बहुत-सी बातों को समझने वाली।...उसने एक बार अपनी माँ की ओर देखा और फिर अपनी आँखें नीचे कर लीं।

''बात क्या है ? माँ-बेटी एक-दूसरे का मुँह क्यों ताक रही हैं ?''

विभूति की झुंझलाहट छिप न सकी। और बाप की इस परेशानी के डर से नहीं, बल्कि बाप के प्यार के भरोसे ही मिण्टू ने जल्दी से बात उगल दी, ''अन्ना दादी किष्टो चाचा की मौत की खबर सुनने के बाद...दो दिनों से गुम-सुम बैठी हैं। अपने कमरे में। चोर की तरह।''

विभूति लगभग एक मिनट तक घरवाली की ओर चुपचाप देखता रहा। उसके होठों पर फिर एक कुटिल मुस्कान खिंच गयी। उसने पूछा, ''इतना अच्छा मौका तुम भला छोड़ भी कैसी सकती थी...है न ?''

रमोला ने तिरस्कार का उत्तर तो पहले से ही तैयार कर रखा था लेकिन वह इस व्यंग्य के लिए तैयार न थी। वह एक बार तो सकते में आ गयी लेकिन दूसरी बार जैसे सुलग उठी। विषबुझे स्वर में बोली, ''ज्यादा घबराने की जरूरत नहीं है। अचानक उस खबर के बारे में जानकर वह कोई पागल नहीं हो गयी। यह ठीक है कि वह दो दिन से चुप्पी साधे बैठी है लेकिन अपनी बेहयाई छिपाने के लिए। और मौत की यह खबर उसके लिए कोई नयी बात नहीं थी, उसने ठीक मौके पर ही सब कुछ सुन लिया था। लेकिन तुम्हारी इन जैसी मौसियों और बुआओं के श्रीचरणों में कोटि-कोटि बार नमस्कार करने को जी चाहता है। अपने इकलौते और जवान बेटे की मौत की खबर तक को एक सिरे से हजम कर जाने वाली और पिछले छह महीनों से उसी बेटे का नाम ले-लेकर जो औरत नौटंकी कर सकती है उसे और कहीं नहीं—तुम्हारे ही घर में देखा है मैंने।''

विभूति को ये सारी बातें बड़ी अजीब-सी जान पड़ीं। लेकिन रमोला के कुटिल और विद्रूप तेवर को देखकर उसे दूसरा कोई सवाल करने की इच्छा नहीं हुई...लेकिन

उस चेहरे को तकते रहने पर उसके मन में अचानक बात जरूर कौंध गयी—ऐसे चेहरे और तेवर वाली औरत के साथ वह पिछले उन्नीस वर्षों से घर-संसार चलाता आ रहा है ! बड़ी हैरानी की बात है ! सचमुच !

लेकिन थोड़ी देर पहले सुनी कहानी भी कम आश्चर्य में डालने वाली नहीं है। और इस रहस्य का पर्दा अन्ना मौसी के सिवा कौन उठा सकता है भला !

...पहले तो वह कमरे में नजर ही नहीं आयी।...फिर बाद में वह उसी जंग खाये और उधड़े रंग वाले बक्से के पीछे दीख पड़ी। जहाँ तक सम्भव हो...अपने आपको सबकी निगाह से बचाती हुई।...चोर की तरह। विभूति को देखते ही उसने अपने आपको और भी सिकोड़ लिया।

विभूति उसी बक्से पर ही बैठ गया। उसने बिना भूमिका के कहा, "अपने घर जाओगी, मौसी ?"

"घर ?"...अचानक मौसी को जैसे तिनके का सहारा मिला। उसने बड़ी बेचैनी से चिरौरी-भरे स्वर में कहा, "हाँ बाबा...वहीं जाऊँगी। दो दिनों से सोचती रही रे...पर कुछ तय नहीं कर पायी। वही कर...जैसे भी हो...मुझे मेरे घर भिजवाने का कोई इन्तजाम कर दे।...वहाँ जाकर किष्टो के नाम गला फाड़-फाड़कर थोड़ा रो तो लूँ।...मैं महापापिनी हूँ रे...बेटे की मौत का दुख हजम करके...पिछले छह महीनों से हँड़िया भर-भर भात भकोस रही हूँ रे...और यह सब देखकर ऊपर बैठा किष्टो कैसे खिल-खिलाकर हँस रहा होगा। अपनी टूटी मड़ैया में छाती कूट-कूटकर मैं उस पाप का प्रायश्चित्त करूँगी रे... ।"

विभूति ने आस-पास देखते हुए कहा, "लेकिन क्या तुम्हें इस बारे में पता था, मौसी ?"

अन्ना मौसी एकदम बिखर गयी...इस सवाल पर। उसने अपने टूटे स्वर में धीरे-धीरे कहना शुरू किया, "हाँ बेटा, पता कैसे नहीं था ! माँ की आत्मा क्या ऐसी खबरों से अनजान रहती है ? मन ही सब बता देता है। मुकुन्द उस दिन तुमसे मिलने आया था और तुमसे मिलकर बाहर-ही-बाहर चला गया—तभी मुझे इस बात का अन्देसा हो गया था रे ! तभी मैं समझ गयी थी कि वह कौन-सी खबर लेकर आया है। मैं जान-बूझकर ही मुँह बन्द किये रही। किसी से कुछ पूछने का साहस नहीं जुटा पायी रे..."

विभूति के होठों से अनजाने में शायद फूट पड़ा, "भला क्यों ?"

"क्यों...," अन्ना मौसी ने अपना मुँह ऊपर उठाया और बोली, "तू पूछ रहा, मैंने ऐसा क्यों किया ? मैं यह सोच रही थी कि शराबी, कबाबी हो या जुआरी...आखिर है तो कोख का जाया। उसका आसरा ऐसा था जिस पर अपना जोर था रे। अब जब कि वह नाम-धाम सब मिट-मिटा गया, अब मुझे तीनों लोकों में भी कहाँ ठौर मिलने

वाला है कि मैं अपना मुँह छिपा सकूँ। बेसहारा और बेआसरा होकर किसी पराये घर में पड़े रहना तो डूब मरने वाली बात है।...तू गुस्सा मत होना बेटा...बात यह है कि बहूरानी बड़ी निर्दय है...और बड़ा गुमान भी है उसे अपने पर...वह आदमी को आदमी नहीं समझती। उसकी छाँव में अपने को बहुत छोटा बनाकर ही रहना पड़ता है।...और मैं इस बात को मानने के लिए तैयार नहीं थी कि मैं उसके पास पूरी तरह से बेसहारा होकर पड़ी रहूँ।...और इसीलिए माँ होकर भी...मैं पिछले छह महीनों से बेटे की मौत का दुख कलेजे में दबाये..."

और आज छह महीने बाद अन्ना मौसी का पुत्र-शोक उसकी आँखों से बह निकला।

यह भी सम्भव है कि बेटे की मौत के चलते ही ये आँसू न बह रहे हों...बल्कि इसलिए कि इतने दिनों बाद वह सचमुच बेआसरा हो गयी है और इसे सहन नहीं कर पा रही है। घासफूस और तिनके बटोरकर उसने जो घोंसला बनाया था और जिस झूठी दीवार के सहारे वह इतने दिनों तक टिकी बैठी थी—रमोला की एक ही फुफकार से वह रहा-सहा आसरा भी धूल में मिल गया।

और अब किसके बूते अन्ना मौसी वहाँ टिकी रहेगी ?

जो नहीं है : वही

गायत्री ने काफी देर तक अपने को आईने के सामने खड़े होकर निहारा...सामने से...पास से। आखिर उसके चेहरे में ऐसा क्या है? ऐसी क्या खूबी है कि जिसके चलते उसे संसार के सारे मर्द उसकी ओर ललचायी नजर से देखते रहते हैं--कम-से-कम श्रीपति की तो यही धारणा है।

इस धारणा को क्या बदला नहीं जा सकता, जिसके चलते श्रीपति को न तो तनिक चैन है और न गायत्री को टुक आराम?

अवश्य ही बदला जा सकता है! मर्द जात की आँखों में सचमुच लुभावना बने रहने की इच्छा होने पर एक तरह के गौरव का बोध तो होता ही है। इस बात को स्वीकार करने पर अपनी हेठी जरूर होती है लेकिन इसे पूरी तरह झुठलाना भी गलत होगा। लेकिन गायत्री इस तरह का दावा करनेवाली सुन्दरी नहीं है और उसे इस बात का पूरा अहसास भी है।

क्या श्रीपति को इसकी जानकारी नहीं है? वह कोई अन्धा तो नहीं?

तो फिर कहीं ऐसा तो नहीं है कि जो पति ऐसी सुन्दरी पत्नी के साथ घर-गृहस्थी चलाते हैं, उनके हृदय में जंगल की आग दहकती रहती है?

इस बात पर गायत्री को गुस्सा तो आता ही है, अपमान और दुख से भी वह सुलगती रहती है।

इस बेसिर-पैर की आग में जल-जलकर श्रीपति खाक हो जाएगा? घर में किसी परिचित पुरुष के मिलने आते ही उसका सारा काम-काज ठप्प हो जाता है। चाहे वह काम कितना भी जरूरी क्यों न हो? मिलने आने वाले आदमी की उम्र के बारे में भी कुछ विचार करने की सुध-बुध तक खो बैठता है, ऐसा सनकी है वह।

अभी उस दिन की ही तो बात है। वह अपनी आँखों की जाँच करवाने डॉक्टर के यहाँ जा रहा था कि इसी समय ममेरे बहनोई राजेन आ गये। अपनी बेटी के विवाह का निमन्त्रण-पत्र देने। श्रीपति वहीं रुक गया।

राजेन ठहरे बातूनी किस्म के आदमी। लड़कों के मोल-तोल और बाजार-भाव के बारे में कहते चले गये। रुकने का नाम नहीं और उठने की जरूरत नहीं। श्रीपति

भी नहीं हिले। हालाँकि डॉक्टर के साथ मिलने का समय पहले से तय था।

आखिरकार श्रीपति का डॉक्टर के यहाँ जा पाना सम्भव न हुआ। भाड़ में जाएँ आँखें ? आँखों की पुतली को अपनी आँखों से अलग कर पाने का कोई चारा भी तो नहीं था उसके पास। और ऐसी स्थिति में जबकि एक जोड़ी बेहया और लालची आँखें 'उसे' निगल जाने को तैयार बैठी हों ?

गायत्री के मैके के यहाँ से, उसके पिता और भाई को छोड़कर इस घर में और किसी का प्रवेश एक तरह से मना है। ऐसा किसी लिखित कानून में तो नहीं है लेकिन अलिखित तौर पर इसका पालन होता रहा है। विवाह के बाद एक-से-एक नये चेहरे आ टपकते थे। अब कोई नहीं आता। उन लोगों ने जिस वजह से आना छोड़ दिया है वह है श्रीपति के चेहरे पर टँगी हुई गर्दन में धक्का मारकर बाहर निकाल देने वाली खामोश नोटिस।

यह सब सहती चली आयी है गायत्री। और यह बात सभी मन-ही-मन समझ गये थे। श्रीपति के मन में बैठी यह विषबुझी बात इस तरह से कभी उजागर नहीं हुई थी, जैसी कि कल हो गयी।

लेकिन आज भी उसी नाटक को दोहराया जा रहा है।

बात यह है कि अपनी स्कूली पढ़ाई के दौरान गायत्री की नृत्य और गीत में बड़ी साख थी। अपनी किशोरावस्था में उसने खूब नाचा था, खूब गाया था। वही गायत्री अब जैसे किसी कब्रगाह में दफन हो गयी थी। अब आठ साल के बाद एक अनजानी-सी मण्डली ने उसकी कब्र को खोदकर उसे फिर से निकालने का संकल्प लिया है।

इस मण्डली ने ढेर सारा काम पूरा कर लिया है और इसके सदस्य यह बता गये हैं कि वे कल फिर आएँगे...धरना देंगे। ये छोकरे गायत्री के मैके वाले मोहल्ले से हैं।

गायत्री की शादी के समय ये शोहदे हाफ पैण्ट पहनकर कंचे खेला करते थे। अब सब-के-सब बड़े क्या हो गये हैं, बड़े लायक हो गये हैं और उन्होंने एक समिति बना ली है। पता नहीं क्या नाम है बड़ा लम्बा-चौड़ा-सा...कोई सूखा राहत या बाढ़ पीड़ित कल्याण समिति बनी है। उसी समिति के तत्त्वावधान में 'भूखे लोगों की भूख' मिटाने का जोरदार अभियान शुरू किया गया है और रंगारंग कार्यक्रम का आयोजन किया जा रहा है। पता नहीं, इसमें टिकट लगाकर क्या सफेद-स्याह होगा और खाक तमाशा होगा। टिकट से मिला पैसा दान-पुण्य के मद में जाएगा।

खैर, यहाँ तक तो ठीक था। रुपये उगाहने के लिए वे टिकट की एक गड्डी गायत्री को सौंप जाते तो इससे भी कोई फर्क नहीं पड़ने वाला था। श्रीपति न तो गरीब है और न ही कंजूस। लेकिन बात इतने पर ही नहीं थमी। उनकी तो माँग ही कुछ और थी। वे गायत्री को चाहे थे। कहने लगे, गायत्री की आवाज चन्दे की मोटी

रकम से कहीं ज्यादा कीमती है।

इसीलिए सारे आयोजन की कर्ता-धर्ता रेखा दीदी को भी वे सब साथ लिवा लाये थे और धरना देकर बैठ गये।

उनका प्रस्ताव सुनकर गायत्री पहले तो खूब हँसती रही। फिर बोली, "मैं अब गाना-वाना क्या गाऊँगी भला ! यह तो गनीमत है कि तुम लोगों ने नाचने को नहीं कहा। आखिर यह भी तो था तुम लोगों के प्रोग्राम में ? अब गाना-वाना सब भूल-भाल गयी हूँ रे !"

"यह क्या कह रही हैं आप ? सीखी हुई चीज भी भला भूलता है कोई ?"

"क्यों नहीं भूलता। बूढ़ी हो जाने पर सब भूल जाता है।"

लड़कों की मण्डली ठठाकर हँस पड़ी। "बूढ़ी और आप ? अगर आप बूढ़ी हैं तो फिर रेखा दी क्या हैं...स्थविर या कि भिक्षुणी ?"

"रेखा दी ?" रेखा दीदी की ओर ताककर गायत्री ने मुस्कराते हुए कहा, "रेखा दी की बात जाने भी दो। वे तो चिरतरुणी हैं।"

लम्बी-चौड़ी और चौकोर काया वाली रेखा दीदी एक कुर्सी में किसी तरह खप गयी थीं और अब तक हाँफ रही थीं। अब उनके बोलने की बारी थी, "ऐसा भला कैसे सम्भव है ? लेकिन तेरी तरह बे-वक्त बुढ़ा तो नहीं गयी। और तू किसके गले मढ़ गयी रे ? हाँ। शादी तो हर किसी की होती है लेकिन सब तेरी तरह तो डूब नहीं जाते कि सारी दुनिया को भूलकर बस 'तुम और मैं' ही करते रहें।"

"ओह रेखा दी, तुम अपनी आदत से बाज नहीं आओगी ?"

"क्यों न कहूँ...सौ बार कहूँगी। मैं तेरी तरह रंग-ढंग बदलने वाली नहीं !" रेखा दी ने फिर नरम पड़ते हुए कहा, "अच्छा, यह सब छोड़... । अब चल तो सही।"

गायत्री यह सब सुनकर हँसती रही। बोली, "मैं साथ चलूँ...क्या कह रही हो ? और अभी, इसी वक्त...कहाँ ?"

"जहन्नुम में...और कहाँ ?" रेखा ऊँची पड़ी, "तेरी बात सुनकर तो देह में आग लग जाती है। इन लड़कों ने ठीक ही कहा था कि हमारे कहने से वह आएँगी भी ? और तभी मैं मर-खपकर यहाँ तक आयी। और इस बार हम सब कसम खाकर आये हैं कि अगर बाल खींचते हुए घसीटकर भी तुझे ले जाना पड़े तो हम वैसा ही करेंगे।...तय है।"

बाहर कहीं निकलने के बारे में तो गायत्री सोच भी नहीं सकती थी।

श्रीपति की अनुपस्थिति में श्रीमती गायत्री का जवान लड़कों के झुण्ड के साथ भटकते रहना और उनकी समिति के दफ्तर जाना ? बाप रे ! इसके बाद वह अपने घर वापस लौट भी पाएगी ? लेकिन इस कड़वे सच को सबके सामने वह बता नहीं सकती इसीलिए उसने मजाक करते हुए कहा, "भई, याद रखना कि इस घर के

मालिक ठहरे वकील। तुम लोगों के नाम अनधिकार प्रवेश, बल-प्रयोग पूर्वक, लूट-मार और अपहरण जैसे मामलों में शामिल होने के लिए चार्ज शीट तैयार कर दिया जाएगा।''

''तू अपना वकील अपनी छाती से लगाये रख...'' रेखा दी तनिक उत्तेजित होकर बोली, ''हाथी-घोड़े बिला गये सब और मेढक पूछे कितना पानी...। रेखा भट्टाचार्य हाई कोर्ट के जज तक को एक हाट में बेच सकती है तो दूसरे हाट से खरीद सकती है। विजय...तू जा गाड़ी स्टार्ट कर तो...। गायत्री चल...फटाफट...। मैं तुझे एक मिनट का समय दे सकती हूँ...। इतनी देर में साड़ी-वाड़ी बदल ले और चाहे तो जूड़ा कसे ले...बस !''

गायत्री जो भी बहाने ढूँढ़-ढूँढ़कर जुटा रही थी वह रेखा दी की बातों की बाढ़ में तिनके की तरह बह जाते थे। घर से दो-तीन घण्टे के लिए बाहर निकलना इतना मुश्किल है—वह इस बात को मानने के लिए अभी और कभी तैयार न थी।

''तू भी एक नम्बर की घर-घुसरी हो गयी है रे ! तभी तो घर से बाहर निकलने की जरूरत है।''...रेखा ने आगे जोड़ा, ''बड़ी भारी गिरस्थी है तेरी। मियाँ और बीवी...और उसका ऐसा रोना। अरे तुझे तो चौबीसों घण्टे नाचते रहना चाहिए...ता ता...धिन धिन...। और दूसरी तरफ मेरा घर...जहाँ सुलताना डाकू के चार-चार जेबी संस्करण हमेशा ठाँय...ठाँय और ढिशुंग...ढिशुंग करते रहते हैं...वहाँ भी मैं सिर उठाकर खड़ी हूँ और तेरे मुकाबले तो सचमुच बहुत आजाद हूँ।''

गायत्री उससे और कहाँ तक जूझती ? फिर भी उसने एक बार कोशिश कर देखा, ''बात मियाँ-बीवी को लेकर ही तो है। जब वे घर पर आएँगे और देखेंगे कि पंछी पिंजरा छोड़कर उड़ गया तो वे बेहोश ही हो जाएँगे।''

''अरे जाने भी दे...बहुत सुन चुकी हूँ वह सब ! घर वापास आकर आँचल की हवा कर देना। एकबारगी ढेर सारा पुण्य कमा सकेगी। मैं कोई जान-बूझकर यह बात नहीं कह रही। लेकिन सच तो यह है कि तू शादी के बाद एकदम जाम हो गयी है। ये पति-वति...स्साले...किसी के नहीं होते और न तो अपनी बीवियों को प्यार ही करते हैं...समझ ले...हाँ...!'' रेखा दी ने अपनी मोटी गर्दन किसी तरह घुमायी और कहा, ''अरी कहाँ मर गयी तेरी वह नौकरानी ? अभी तलक तो यहीं चक्कर काट रही थी। अरी सुन जरा...''

एक चौदह-पन्द्रह साल की लड़की आकर खड़ी हो गयी।

''अच्छा, तू है.. सुन ! तू क्या कहती है इसे...बहूरानी...राजमाता या भाभी श्री...? खैर, जो भी बोलती हो, मैं इसे दबोचकर ले जा रही हूँ। बाबू साहब जब घर पर आएँ तो कहना घर नें कुछ डाकू जबरदस्ती घुस आये थे। उनके साथ उनकी सरदारनी रेखा बाई भी थी। वे सब उन्हें पकड़कर ले गये।''

"न...तुम्हारे साथ बहस कौन करे ? अरे बाबा...अब आज कुछ तय तो है नहीं...कल निकल पड़ूँगी तुम लोगों के साथ।"

"अरी ओ मोलो...ले चल अब झटपट। तेरी कसम तो टूटने से बच गयी। कल से छोरियों को रिहर्सल भी दिलवाना है। चल...वही सब तय तमन्ना करें। किसको कैसे सजाना-धजाना है। और ये छोकरे सब...कम्बख्त अपने-अपने गलमुच्छों पर ताव देते फिरते हैं और यह कहकर मस्ती मारते हैं कि यह सब भार तो रेखा दी पर है। जैसे रेखा दी की ही सास मरी है।...और अब ले-देकर सिर्फ चार दिन हाथ में हैं।"

तो अब गायत्री क्या करे ?

खैर, वह इस शर्त पर कार में बैठी कि उसे शाम के पाँच बजे तक घर जरूर पहुँचा दिया जाएगा।

"हाँ बाबा...हाँ...," रेखा दी ने चुटकी ली, "ओह...तेरा भी खम्भा बड़ा भारी है रे...एकदम हिलता नहीं। मैं तो भगवान से यही मनाऊँगी कि अगले सात जनम तक किसी वकील के पल्ले न बँधना पड़े। क्या रोब है–दाब है !"

नौकरानी को हजार तरह से समझा-बुझाकर गायत्री घर से निकल पड़ी थी।

"आपको ले जाने में जितनी मेहनत करनी पड़ी है गायत्री दीदी...इसके मुकाबले गन्धमादन पर्वत को उठा ले आना कहीं ज्यादा आसान होता," अपनी सफलता पर खुश होते हुए एक लड़के ने सस्ती चुहल की।

"वैसे वीर हनुमानों के दल की क्षमता का पता तो चला," गायत्री ने फीकी मुस्कान के साथ कहा। लेकिन उसके सीने के अन्दर जैसे बार-बार हथौड़ी पटकी जा रही थी। उसे विश्वास था कि वह श्रीपति के आने के पहले ही घर लौट आएगी।

लेकिन उसका यह विश्वास भी न जाने कब...कैसे जाता रहा !

ऐसा ही होता है। 'सूखा राहत' के दुख से द्रवित ये महामानव जिस तरह से चौकड़ी जमाये बैठे थे, उससे यह जान पाना मुश्किल न था कि वे सब अपने किसी दोस्त की शादी में बाराती बनकर बैठे हैं। सबके सब अपनी-अपनी परिकल्पनाओं में डूबे थे। हवाई मनसूबे...रंगारंग झाड़-फानूस जैसे ढेरों कार्यक्रम जिनकी कोई गिनती न थी। इसके बाद सब में कतर-ब्योंत। आखिरकार...शाम की काली छाया जब और गहरा गयी तो गायत्री को खयाल आया कि पाँच तो कब के बज गये...पंचानवे मिनट पहले।

गायत्री एकदम असहाय हो गयी। वह उठ खड़ी हुई लेकिन चलने को तैयार होने के बावजूद पता नहीं और कितनी देर होगी !

अगले दिन आने का वादा लेकर ही सबने उसे छोड़ा।

"घर पहुँचाने कौन जा रहा है ?" रेखा दी ने पूछा।

जवाब में किसी ने कहा, "अपने शिवाजी भाई गाड़ी लेकर तैयार हैं।"

शिवाजी। यह कौन है भला ? गायत्री को ऐसे किसी आदमी के बारे में कुछ मालूम नहीं। क्या पता वह इन लोगों की उमर का है या इनसे बड़ा और बुजुर्ग है। जो भी हो, यह सब सोचकर गायत्री का कलेजा काँप गया। उसकी कहीं घनी मूँछ-दाढ़ी तो नहीं ? उसे मालूम है कि श्रीपति जब इन छोकरों को ही बर्दाश्त नहीं कर पाता तो इस शिवाजी भैया को कितना झेल पाएगा ?

एक तो शिवाजी और ऊपर से भैया।

सोने पर सोहागा ! गायत्री ने बेचैनी भरे स्वर में पूछा, ''क्यों, तुममें से कोई साथ क्यों नहीं चलता ? उस भले आदमी को क्यों मेरी खातिर परेशान कर रहे हो ?''

हाय रे अनजाने और अनदेखे ! गायत्री की बात खत्म होने के साथ ही बाहर से एक लड़का आया और सामने खड़ा हो गया। जिसे थोड़ी देर पहले भले आदमी का जामा पहनाया गया था उसने बताया कि जब तक काम पूरा नहीं हो जाता, उसे दिन में दो बार घर से ले आने और घर छोड़ आने का भार उसी पर है।

''आइए मैडम... ।'' उसने कहा, ''चिन्ता की कोई बात नहीं।''

उसने तो बेधड़क अन्दाज में गायत्री से निश्चिन्त होकर चलने का अनुरोध किया। लेकिन गायत्री की चिन्ता केवल उसकी भलमनसाहत को लेकर ही नहीं थी। बल्कि उस परेशानी को लेकर थी जो भद्रता की आड़ में सामने आती है।

रेखा दी का जीवन सचमुच कितना मुक्त है ? उससे तो केवल ईर्ष्या ही की जा सकती है।

उसके सामने गायत्री अपने जीवन के अपमानजनक पहलू पर भला खुलकर कैसे चर्चा कर सकती है ? उसे कैसे बता सकती है कि शिवाजी के साथ गाड़ी में अकेले जाने के प्रस्ताव को सुनकर उस पर जैसे आसमान ही टूटकर गिर पड़ा है।

नहीं, यह सब उसे नहीं बताया जा सकता। और आसमान के टूट पड़ने के भय को अपने मन से निकालकर वह बिना कुछ बोले कार में जा बैठी।

''कल आ रही है न तू ?'' रेखा दी के इस सवाल को टाल जाना गायत्री के लिए बड़ा मुश्किल था। उसने बनावटी गुस्से के साथ कहा, ''क्या होगा यहाँ आकर ? काम-काज तो कुछ होना नहीं है। ले-देकर वही अड्डेबाजी। मैं कल नहीं आ रही।''

''न आने पर आपको यूँ ही बख्श दिया जाएगा ?'' शिवाजी ने हँसकर कहा, ''सूखा राहत के लिए जी-जान लड़ाने वालों को ठगना या ठेंगा दिखाना इतना आसान नहीं !''

गायत्री को कोई अच्छा-सा उत्तर नहीं सूझ पड़ा। इसलिए वह चुप ही रही। उसकी मानसिकता अभी इस तरह की नहीं थी कि शब्दों को ठीक से नाप-तौलकर और सहेजकर रख सके।

पता नहीं...आज भाग्य में क्या बदा है। और शाम भी कम्बख्त वहीं ढलती है

जहाँ भूतराम का भय होता है।

गाड़ी से उतरते-न-उतरते ही वह श्रीपति के सामने खड़ी थी।

"रेखा दी खुद पहुँचा गयी," ऐसा ही कोई बहाना बनाकर वह आज की इस यात्रा को निरापद बना रखेगी...लेकिन इस बात की भी कोई गुंजाइश नहीं रही।

हालाँकि यह भी सच था कि शिवाजी कोई दैत्य या दानव नहीं था। एक साधारण-सा युवक ही था। उम्र में गायत्री से दो-चार महीने छोटा ही होगा।

श्रीपति घर के सामने पैदल टहल रहा था। घर आते ही...उसने नौकरानी के मुँह से गायत्री के गायब होने की सभी कहानी सुन रखी थी। और इसके बाद पिछले दो घण्टों से वह पिंजरे में बन्द भूखे शेर की तरह चल रहा था। उसने न तो हाथ-मुँह ही धोया था और न जलपान ही किया था।

"इस छोकरे को यार बनाकर कहाँ से पकड़ लायी ?"

गायत्री कुछ समझ न पायी।

"एकदम लोटन कबूतर जैसा लग रहा था।"

गायत्री ने तब तक थोड़ा साहस बटोर लिया था...मन-ही-मन में। उसने तिनककर कहा, "यह क्या उल्टा-सीधा बके जा रहे हो ! वह एक भला-सा लड़का है।"

"हाँ, एकदम दूध-पीता बच्चा ही जान पड़ा। खैर...कहाँ से आ रही हो ?"

'जहन्नुम से...' गायत्री के मन में आया कि यही कह दे लेकिन वह बोल न पायी। श्रीपति को कहाँ, कौन-सी बात खल गयी है, वही जाने। तभी उसने अपनी नाराजगी को छिपाते हुए कहा, "कुछ न पूछो। आज अचानक दोपहर को अच्छी-खासी मुसीबत गले आ पड़ी। पहले से न कुछ कहा, न कुछ बताया और रेखा दी आ टपकीं...और फिर जबरदस्ती गले पड़ गयीं। ढेरों बहाने बनाये कि टल जाएँ पर वे टस-से-मस हों तब न...।"

"टालने की इच्छा हो और गले पड़ी मुसीबत न टले...मैं ऐसा नहीं मानता," श्रीपति का तेवर वैसा ही बना रहा, "आखिर माजरा क्या था...जरा मैं भी तो सुनूँ। अचानक रेखा दी के प्यार में ज्वार कहाँ से आ गया...बासी कढ़ी में उबाल की तरह। आखिर कोई बात तो होगी ?"

गायत्री ने खिन्नता दिखायी।

"आखिर तुम किसकी इजाजत से दर्जन भर छोकरों के साथ हाय...हाय...करती हुई घर से बाहर निकल गयी ?" श्रीपति के स्वर में विषबुझा व्यंग्य था।

यह ठीक है कि श्रीपति इस तरह के कठोर शब्दों का इस्तेमाल नहीं करता था। और यह भी सही है कि ऐसा कुछ कहने का मौका भी गायत्री ने उसे कभी नहीं दिया। मौके-बे-मौके वह अपने मैके तक नहीं जाती। और न तो रास्ते पर आने-जाने वाले

रेड़ीवाले या फेरीवाले को ही कभी बुलाती है।

"मैं ठहरी एक खरीदी हुई दासी...यह मैं नहीं जानती थी..." कहती हुई गायत्री खिड़की के सामने खड़ी हो गयी ताकि थोड़ी खुली हवा मिल सके।

"और नहीं तो क्या हो ? बस गज भर लम्बी जुबान चलाती रहती हो। तुम्हें पता है कि मैं ऐसे लफड़े एकदम पसन्द नहीं करता। आखिर ऐसा क्या था कि रेखा दी को तुम्हारी ऐसी जरूरत पड़ गयी।...मैं भी तो सुनूँ ?"

गायत्री ने सब कुछ झेलते हुए एक गहरी साँस छोड़ते हुए कहा, "रेखा दी नहीं। मेरे मैके के इलाके के कुछ लड़के एक चैरिटी शो कर रहे हैं जिसमें मुझे गाना गाना है।"

"अच्छा...सिर्फ गाना गाने के लिए ?" एक कुटिल और काली मुस्कान के साथ श्रीपति ने कहा, "नाचने को नहीं कहा ? पूरे देश में और कोई गायिका नहीं मिली ? है न ?"

"शायद मुझ-जैसी कोई गायिका नहीं मिली होगी...," गायत्री के चेहरे पर गर्व का भाव था।

लेकिन श्रीपति की मानसिकता ऐसी न थी कि वह इन बातों को हँसी में उड़ा दे। उसने मुँह बिचका दिया और जहर उगल दिया, "रूप से रिझाना और गाने सुनाकर पैसे कमाना भले घर की बहू-बेटियों का काम नहीं...समझी ?"

"ऐसी उल्टी-सीधी बातें मत करो...समझ गये..." गायत्री ने भी उलटकर कहा, "वहाँ खड़ी नौकरानी मुँह बाये सब कुछ सुन रही है। और तुम यह किसे सुना रहे हो...? आजकल कौन नहीं यह सब करती है ?"

"जी हाँ...हर कोई करती है। फैशनेबुल घरों की दो-चार औरतों की बेहया हरकतें देख-देखकर तुम लोगों की आँखें चौंधिया गयी हैं...बस ! और यह बात गाँठ में बाँध लो और उन दुधमुँहे बच्चों को भी समझा दो कि यहाँ उनका खोटा सिक्का नहीं चलेगा।...स्सालों को और कोई जगह नहीं मिली।"

गायत्री ने संयत स्वर में कहा, "अब उनसे ऐसा कुछ कहा नहीं जा सकता। मैंने वादा किया है।"

"वादा किया है ? अच्छा ! फिर तो ऐसा लगता है कि तुम्हारा दिमाग ही फिर गया है। कल आएँ तो दो-टूक जवाब दे देना कि मेरे पति को यह सब पसन्द नहीं।"

"ऐसा भी कभी कहा जा सकता है ?"

यह सुनकर तो श्रीपति के आश्चर्य का ठिकाना नहीं रहा। वह फूट पड़ा, "यह बात नहीं कही जा सकती कि पति को यह सब पसन्द नहीं ? घर की बहू हजार-पाँच सौ लोगों के सामने स्टेज पर ठुमके लगाएगी, गाने गाएगी तो सबको बड़ा अच्छा लगेगा यह सब ?"

"कोई अगर इसे बुरा बताए तो बुरा ही जान पड़ेगा। मैं तो इसमें कोई बुराई नहीं देखती।" गायत्री ने अपने मन-प्राण की सारी शक्ति को बटोरकर कहा।

"तुम भले न देखो। मैं तो देख रहा हूँ...समझी ! और अब ज्यादा जुबान मत चलाओ।"

लेकिन सिर्फ कह देने से ही बात बन सकती है कहीं ! ताश के खेल की तरह एक पत्ते के बाद दूसरा पत्ता फेंका जाता है।

अगर बीवी ऐसी खूबसूरत हो तो ! पति के कलेजे में हमेशा जलती रहनेवाली जंगली आग-सा श्रीपति की बात का एक दूसरा सिरा फिर सुलग उठा, "किसी भले आदमी के घर में आने के लिए अच्छा समय निकाल लिया है...स्सालों ने। दोपहर के सन्नाटे में। दूध पीते बच्चे हैं...हैं न। अभी तक दूध के दाँत नहीं टूटे। मेरे सामने आते...ऐसा मजा चखाता...कि याद रखते।"

"कैसे...जरा मैं भी तो सुनूँ...धक्का मारकर बाहर निकाल देते ?"

"जरूरत पड़ने पर वह भी करता। और गर्दन पकड़कर बाहर खदेड़ देना तो कुछ भी नहीं है, उन शोहदों का सही इलाज है...चाबुक।"

घुमा-फिराकर वह ऐसी ही बातें करता रहा। श्रीपति को होश नहीं था कि वह क्या कुछ कहता जा रहा है। और आखिरी बात कहकर वह जो वाक्य जड़ देता था वह तो जैसे मर्म को और भी बुरी तरह छील देता था।

"पति को यह सब पसन्द नहीं," इस बात की रट लगानेवाली का सिर कैसे झुका दिया जाता है और ऐसी स्त्रियों का स्वभाव और चरित्र कितना ऊँचा होता है, श्रीपति को इस बारे में अच्छी तरह मालूम है। और उन्हें बस में करने का एक ही उपाय है...जूता।

और श्रीपति ने इसी से अपनी बात खत्म की। बात इस तरह खत्म की गयी थी कि गायत्री को आगे कुछ कहने का साहस नहीं हुआ।

आधी रात के बीत जाने पर भी वह जगी हुई थी और यह हिसाब लगा रही थी कि आधी बोतल स्पिरिट से देह की साड़ी अच्छी तरह भीग सकती भी है या नहीं ? या फिर...एक मोटी-सी रस्सी का जुगाड़ कहीं से किया जा सकता है या नहीं।...या कि दोतल्ले वाली मुँडेर से नीचे फुटपाथ की दूरी कहीं बहुत ज्यादा तो नहीं। और अगर रात के दूसरे पहर में, किसी को अचानक मौत को गले लगाने का जी करे तो वह क्या खाए कि उसे मुक्ति मिले...ऐसा ही कोई शर्तिया आइडिया।

हालाँकि यह सारे फितूर पिछले दिन की परेशानी से जुड़े थे। और तब तक परेशान करते रहे थे जब तक कि नींद न आ जाए और दिमाग की नसों में खौलता खून जब तक ठण्डा न हो जाए।

सुबह नींद खुलने पर हाथ-मुँह धुलने और नित्य कर्म में कोई कोताही नहीं हुई।

सिर पर काम भी कम नहीं। न तो कोई रसोइया है और न ही कोई नौकर। श्रीपति की अनर्थनैतिक असुविधाओं के चलते कोई अर्थनैतिक असुविधा नहीं है।

वह घर के सारे काम आषाढ़ के बादल वाले तेवर के साथ निपटा रही थी।...अब बरसी कि तब बरसी...उसने पूरी तरह सब कुछ तय कर रखा था...भाड़ में जाए यह दो कौड़ी की जिन्दगी। और इससे जुड़े तमाम सवाल। भले-बुरे कल कह दूँगी कि मेरा कहीं आना-जाना सम्भव नहीं...बस।

घर की नौकरानी...उसका साहस भी रातों-रात इतना बढ़ गया कि टपक पड़ी, "कल तो बाबू साहब ने बड़ा ही जुलुम ढाया भाभीजी पर। और कैसे नहीं ढाएँ ? इन मर्दों का शक बड़ा खराब है, भाभीजी ! तुम्हें मालूम नहीं, भाभी ! हम अपने ही घर की बात बताय रहे हैं...थोड़ा-सा भी शक हो गया तो मार-मार के पसली ढीली कर देत रहे। तुम लोगन तो बड़े घर की बहू-बेटी हो...तभी देह को कोई हाथ नहीं लगाता है।..."

अपमान का यह घूँट भी उसे खामोशी के साथ पीना पड़ा।

क्या करे वह ? विरोध करे...प्रतिवाद करे ? इससे तो उसे और भी अपमानित होना पड़ेगा।

सुबह से ही श्रीपति ने कुछ नहीं कहा है। गुस्से के चलते नहीं...बल्कि साहस की कमी की वजह से। उसने गायत्री के तेवर को भाँप लिया होगा। कल की झड़प सचमुच बड़ी तीखी हो गयी थी।

उसका जी बड़ा उखड़ा-उखड़ा-सा लग रहा था।

कम-से-कम उसके प्यार में कोई खोट तो न था। और जैसा था...सामने था।

कचहरी जाने के पहले उसने पता नहीं कहाँ से साहस बटोरा और बोला, "ये छोकरे आज भी तुम्हारा सिर खाने आएँगे। उनसे कह देना कि तबीयत खराब है...बस। अरी ओ सुखिया...चल...अन्दर से दरवाजा बन्द कर ले।"

श्रीपति के चले जाने के बाद गायत्री ने नौकरानी से कहा कि वह खाना खा ले। इसके बाद वह अपने कमरे में जाकर बिछावन पर लेट गयी।

थोड़ी देर बाद, उसकी नींद तब टूटी जब नौकरानी ने पास आकर कहा, "भाभीजी...खाना तो खा लो।"

"मैंने कहा था न...तू खा ले...!" इतना कहती हुई गायत्री उठ खड़ी हुई। तभी सामने आईने पर उसकी निगाह पड़ गयी। उसने आईने के सामने खड़े होकर काफी देर तक अपने को निहारा। बिलकुल पास से...मुड़कर...अगल से...बगल से।

आखिर उसके चेहरे में ऐसा क्या है ? ऐसी क्या खूबी है जिसके कारण श्रीपति मन-ही-मन सहमा रहता है ? उसे तनिक भी चैन नहीं।

इससे तो अच्छा था कि वह एक दुबली-पतली मरियल-सी औरत होती। श्रीपति

को इस डर से छुटकारा तो मिलता कि सारी दुनिया उसकी तरफ आँखें फाड़े या मुँह बाये देख रही है। और खुद गायत्री भी निश्चिन्त रहती।

मान लिया कि उसे चेचक हो जाए और उसका चेहरा मोटे-मोटे भद्दे दाग से भर जाए... ।

कड़...कड़...तकड़ंग...!

गायत्री की नितान्त अपनी दुश्चिन्ताओं के बीच तभी यह कैसा आघात हुआ।

कौन होगा ?

शिवाजी ही होगा।

इस समय उसके सिवा और कौन होगा ?

चेचक के दाग से कुरूप और हाड़-पंजर के रूप में कुत्सित हो जाने की तैयारी को स्थगित रखकर उसने जल्दी-जल्दी बालों पर कंघी फेरी और फिर पहनी हुई साड़ी उतारकर एक नयी डोरिया साड़ी निकाल ली। उसे पहनते-पहनते ही वह नीचे उतर आयी।

नौकरानी ने तब तक दरवाजा खोल दिया था।

सामने सिर्फ शिवाजी ही नहीं, रेखा दी भी खड़ी थी।

उन दोनों के सामने गायत्री को कहना था, 'मेरा जाना सम्भव नहीं। इसकी वजह यह है कि मेरे पति यह सब पसन्द नहीं करते।'

अगर उस समय गायत्री का गला भी काट दिया जाता तो क्या उसकी जुबान से यह बात निकलती।

गायत्री को देखा नहीं कि रेखा दी चालू हो गयी, "अच्छा...तो अब जाकर महारानी की नींद टूटी। वाह, क्या कहना है ! दरवाजे की कुण्डी हिलाते-हिलाते मेरी कलाई पर बल पड़ गये...हाय... । अब देखना है श्रीमती जी का चलने के बारे में क्या इरादा है ? चलोगी न !"

अच्छे बच्चे की तरह सिर हिलाकर एक भोली मुस्कान के साथ गायत्री ने कहा, "न जाने पर तुम लोग मेरी जान को थोड़े न बख्श दोगी ? दोपहर के समय थोड़ा आराम कर लेती थी उससे भी हाथ धोना पड़ा। पता नहीं, कल कैसे लुटेरों का हमला हुआ ?...कल रात घर लौटी तो देखा बीवी की गैरहाजिरी में मियाँ का मिजाज ही उखड़ा हुआ है। चाय नहीं पीनी, खाना नहीं खाऊँगा...तो...नहीं चाहिए...जरूरत नहीं...यही सब नखरे-तिल्ले... । आज तो मेरी किस्मत में मार ही लिखी है। और कुछ नहीं तो मुँह पर भड़ाम से दरवाजा ही बन्द हो जाएगा।"...गायत्री कह रही थी और हँस-हँसकर दोहरी भी हुई जा रही थी।

"चलो...जो नसीब में लिखा है...वह तो होकर रहेगा।"

गायत्री आगे बढ़ आयी और बोली, "सुखिया...दरवाजा बन्द कर ले... ।"

लेकिन इसी बन्द दरवाजे को खुलवाकर क्या वह इस घर के अन्दर आ पाएगी ? या कि यह दरवाजा इस जनम में फिर खुलेगा भी ? श्रीपति क्या उसे दोबारा अपने घर में घुसने भी देगा ? क्या पता, उसे मारे-पीटे ? इनमें से कुछ भी हो सकता है...सब सम्भव है। उसकी नौकरानी की यह धारणा कि बड़े घर की बहू-बेटी की देह को कोई हाथ नहीं लगाता, एकदम गलत है।

सिर्फ एक दिन के लिए नहीं...या फिर अचानक किसी खास दिन के लिए नहीं...हर दिन किसी-न-किसी बहाने भरी दोपहर को गायत्री घर से बाहर निकल जाएगी—गाने का रियाज करने और करवाने। और अन्त में वह स्टेज पर सज-धजकर गाना गाएगी जिसे सुनने के लिए वहाँ हजारों लोग इकट्ठा होंगे।

इस बात पर भी श्रीपति का दिमाग कैसे खराब न हो तो फिर किस बात के लिए हो।

गायत्री भी इस मामले में क्या करती ? उसने सुबह से ही, कई-कई बार कसमें खा रखी हैं कि कोई बुलाने आया तो वह साफ मुकर जाएगी। उन्हें खाली हाथ लौटा देगी और कहेगी, 'मैं लाचार हूँ...किसी की लौंडी हूँ...मेरे मालिक यह सब पसन्द नहीं करते।'

लेकिन वह यह सब नहीं कह पायी।

दूसरों के सामने अपना सिर कहीं इस तरह नीचा किया जा सकता है ? वह श्रीपति के हाथों भले ही पिट जाएगी लेकिन लोगों की निगाह में गिर नहीं सकती।...

हो सकता है, अपने जीवन को इसी तरह तबाह कर देना पड़े...दुतकार सहनी पड़े...फटकार झेलनी पड़े...और यह भी सम्भव है कि उसे जूते खाने पड़ें। लेकिन वह अपनी घिनौनी और बेहूदी घरेलू जिन्दगी के बारे में लोगों को तनिक भी संकेत नहीं देगी।...ऐसा होने को हुआ तो वह तमाम लोगों के सामने जी-जान से ऐसा चटख रंग-चढ़ाएगी...जिससे कि उनकी आँखें चौंधिया जाएँ।

इसके सिवा वह और कर भी क्या सकती है ? और सिवा इसके उपाय भी क्या है ?

तो क्या वह बगावत कर दे ?

पगली कहीं की ? आखिर वह कोई बच्ची नहीं रही। विद्रोह का झण्डा उठाकर और लोगों को अपने ऊपर हँसने का मौका देकर। श्रीपति को दस लोगों की नजरों से गिराकर आखिर वह किस बूते पर लोक-समाज के शिखर पर चढ़ पाएगी ?

एक ऐसी पत्नी के रूप में जो पति को अपने आँचल में बाँध न पायी। और जिस पर लोग-बाग तरस खाएँ या उसकी कोई कदर ही न करें।

...ऐसी स्थिति में अपने सूने आँचल की गाँठ को और भी बड़ा कर बाँध रखने और लोक-समाज के सामने उसे दिखाने से बचने का आखिर क्या उपाय है ?

वहम

"आखिर तुमको यह सब करने के लिए कहा किसने था ?" अपने हाथ में एक चिट्ठी लिये भूपाल ने जिस तेवर के साथ अपनी प्रियतमा से यह प्रश्न किया, उसे प्रेमालाप तो किसी भी मायने में नहीं कहा जा सकता।

कनक घबरा उठी। वह तेजी से रसोईघर से बाहर निकली लेकिन उसने डरते-डरते पूछा, "क्यों, मैंने क्या किया भला ?"

"मेरी नौकरी के लिए तुमने अपने भैया के पास चिट्ठी लिखी थी...है न...। खूब रो-धोकर और कलेजा पीटकर ?"

'मेरी' और अपने 'भैया' शब्दों पर भूपाल ने बड़ा जोर दिया था।

कनक मन-ही-मन आहत हुई या नहीं...कहा नहीं जा सकता। उसने बड़ी सहजता से उत्तर दिया—"अच्छा...तो यह बात थी। तभी तो मैं कह रही थी कि आखिर मुझसे कौन-सी चूक हो गयी ? और इसमें रोने-गाने और झींकने वाली ओछी बात भला कहाँ से आ गयी ? मैंने तो उन्हें बस इतना ही लिखा था कि आप इतने बड़े दफ्तर के अफसर हैं...ढेर सारी जगहें निकलती ही होंगी...एकाध जगह के बारे में जरा इधर का भी ध्यान रखें... ।...अगर ऐसा बता भी दिया तो ऐसा कौन-सा बड़ा भारी गुनाह हो गया ?"

"गुनाह ? तुम भला ऐसा कर भी कैसे सकती हो ? तुमने तो मुझ पर बड़ा भारी अहसान किया है। मुझे तो तुम्हारा अहसानमन्द होना चाहिए।"

भैया ने दो-टूक जवाब लिख भेजा है और वह भी अपने हाथ से...लो पढ़ना है तो पढ़ो।...और भैया को तो दोष दिया भी नहीं जा सकता। भूपाल की नौकरी चले जाने के बाद, सुनील भैया ने कई बार उससे कहा कि वह उनके दफ्तर आकर मिले। लेकिन भूपाल ने भी जैसे कसम खा रखी है—"अपने साला के अधीन काम नहीं कर सकूँगा।"

सुनील भैया भी आखिर क्या करें ?

और इसके बाद के आठ महीनों में किस तरह गुजर-बसर हुई है, इसे कनक ही जानती है।

कनक ने झाड़ू-पोंछा करने वाली नौकरानी को पहले ही हटा दिया था जबकि नौकर खुद काम छोड़कर चला गया था। कनक ने यह भी सोचा था कि धोबी का बँधा-बँधाया चक्कर हटा देने पर शायद कुछ बचत हो लेकिन साबुन और सोडा खरीद पाना भी बड़ा कठिन हो गया है।...धीरे-धीरे और एक-एक करके नाश्ता और जलपान...चाय और भात के संग-साथ जुड़े रहने वाले दूसरे उपकरण धीरे-धीरे गायब होते चले गये और अब सिर्फ दाल से ही गुजारा हो रहा है। गनीमत है कि अभी भी उसे 'दाल' कहा जा रहा है...अगर उसे 'जल' कहा जाता तो कोई गुस्ताखी न होती।

अपनी खातिर न सही लेकिन बच्चों के चेहरे की तरफ देखकर कनक के जी में आता है कि वह दीवार पर सिर पटककर अपनी जान दे दे।...चीख-चिल्लाकर रोया भी नहीं जा सकता। लोक-लाज का लिहाज न होता तो वह कभी-कभार बुक्का फाड़कर अवश्य ही रो लेती।

कैसा हो गया था यह...असहाय और अभिशप्त जीवन !

उसने इतनी पढ़ाई-लिखाई भी नहीं की थी कि अपने तईं कुछ कमाने-धमाने की कोशिश करती। निम्न मध्यवर्ग की घर-गृहस्थी जिस तरह चला करती है उसी तरह दिन कट रहे हैं। किशोरावस्था से लेकर जवानी तक और जवानी से...अधेड़ावस्था की ओर। शिल्पकला या दस्तकारी का काम भी उस स्तर तक नहीं सीख पायी कि उसकी बदौलत कोई सुविधा जुटा पाती। आखिर वह करे भी क्या ? उसमें काम करने या सीखने की जितनी क्षमता थी, वह सब वह पहले ही कर चुकी है...अब शंख की शाखा और प्लास्टिक की जुड़वाँ चूड़ियों को धो-धोकर पीने से कहीं किसी का पेट भरता है ?

तकलीफ के ये दिन कैसे भी नहीं कटते ! एक-एक दिन एक साल की तरह बीत रहे हैं। ऐसा नहीं है कि वह सिर पर सवार दिनों को बाल की लटों की तरह झटक दे। उसे एक-एक घण्टे और घण्टों में बँधे एक-एक मिनट और सेकेण्ड को झेलना था। स्कूल से वापस आते ही भात खाने देने का लालच दिखाकर बच्चों का मुँह सुखाये बैठे देखना भी वह किसी तरह झेल रही थी लेकिन जब स्कूल की फीस चुकाये न जाने के अपराध में उन्हें वहाँ अपमानित कर घर वापस भेजा जाने लगा तो वह जैसे तिलमिला उठी थी।

और तभी एकदम से कातर होकर उसने भैया को चिट्ठी लिखी थी।

अब इसमें बातें बढ़ा-चढ़ाकर या रो-धोकर भले ही न की गयी हों लेकिन उसमें हल्का-सा उलाहना तो था ही। भूपाल के साथ इस बारे में कोई सलाह-मशविरा करने का साहस भी वह जुटा न पायी थी। पता नहीं, सुनील भैया का क्या उत्तर आए ? अगर बात बन गयी या मौका मिला तो वह भूपाल से इस बारे में जरूर बताएगी।

इतनी परेशानियों के बाद भी क्या भूपाल नरम नहीं पड़ेगा ?

कम-से-कम कनक के सामने तो उसे शर्मिन्दा होना चाहिए। या फिर बच्चों की जिम्मेदारी की खातिर ही सही। इधर से तो एक तरह से निश्चिन्त हो चुकी थी कनक। उसे अगर कोई चिन्ता लगी थी तो वह थी सुनील की ओर से। अगर वह कहे कि नौकरी तो किसी की बाट नहीं जोहती कनक बहन...या पेड़ों पर नहीं फलती...तो वह कर भी क्या सकता है ? कहाँ से लाए वह ? वह तो यही कहेगा--"मैंने जब कहा था...?"

आखिरकार यही हुआ।

चिट्ठी भी किसी दूसरे ने नहीं, भूपाल ने ही खोली थी।

कनक ने बड़े कष्ट से अपनी स्वाभाविक भंगिमा को बनाये रखा। होठों पर जबरदस्ती मुस्कान लादकर और बनावटी भाषा-कौशल के सहारे। उसने नकली गुस्से के साथ कहा, "आखिर तुमने मेरी चिट्ठी को खोला ही क्यों था ?"

"कैसे नहीं खोलता, हुजूर सरकार ! वैसे इस चिट्ठी का इकलौता वारिस तो मैं ही था," भूपाल ने चुटकी ली, "तुम्हारे करुणावतार भैया ने तो बड़े स्नेह के साथ मुझे बताया है कि बाम्हन की गाय की तरह एक बड़ी ही शानदार नौकरी उनके हाथ में है। इसमें काम तो कुछ है ही नहीं लेकिन तनख्वाह बहुत अधिक है। बस...सारा कुछ मुझ पर निर्भर है कि मैं उन पर कृपा करूँ और उस खाली कुर्सी को सुशोभित करूँ।..."

"हे भगवान ! तो तुम अब तक विराजमान हो।"...

"तुमने कनक की लाज रख ली।"...

अगर भूपाल की बातों में इतना व्यंग्य न होता तो कनक की आँखों से खुशी के आँसू बह निकलते।...उसने बड़ी मुश्किल से अपनी उद्विग्नता को छिपाते हुए चुहल के अन्दाज में कहा, "तो फिर देर किस बात की है ? माँ दुर्गा का नाम लेकर निकल पड़ो।...किसे पता है कि देर हो जाने पर वह कुर्सी भी हाथ से खिसक जाए ?"

"अच्छा !" दुबले-पतले और नसीले हाथ को ऊपर उठाकर और मुट्ठी से अपने बालों को जोर से जकड़कर भूपाल ने कहा, "और तुम भी फूल, तुलसी दल और गंगाजल लेकर तैयार रहना।"

"फूल और तुलसी ?" कनक ने हैरानी से पूछा, "क्यों ?"

"क्यों नहीं भला ? मनोकामना पूरी होने पर इष्ट देवता को सन्तुष्ट करने की यही तो रीत है... । एकदम सीधी बात है, भैया की दया से रोटी और कपड़े की किल्लत जो दूर होगी।...भैया क्या हुए...भगवान के भूत और भभूत हो गये।"

कनक ने तिलमिलाकर कहा, "तो इसमें मजाक वाली ऐसी क्या बात हो गयी ? आखिर अपने लोगों और जान-पहचान वालों को लोग नौकरी में लगाते हैं कि नहीं ?

और अगर उन्हें नौकरी लगवायी जाती है तो क्या वे नौकरी लेना नहीं चाहते ?''

''लेंगे क्यों नहीं ? जरूर लेंगे...लेकिन इस बात का ध्यान रहे कि मैं तो उनका 'आत्मीय जन' हूँ...कोई ऐरा-गैरा दूर का रिश्तेदार नहीं। सारे नाते-रिश्तेदारों में सबसे नजदीकी... ।''

कनक ने इस मौके पर अपनी नाराजगी को दबाने या छिपाने की कोशिश नहीं की। उसने तीखे स्वर में कहा, ''तुम्हारे लिए भला वह आत्मीय जन क्यों होने लगा—वह तो सड़क पर चलता हुआ एक अनजाना-सा आदमी है। लेकिन याद रखना...कि वह मेरा सगा भाई है।''

''तो फिर तुम्हीं नौकरी कर लो न जाकर ?'' भूपाल कड़वी बातें नहीं बढ़ा रहा था...जहर उगलकर लौट रहा था। इस बीच उसके सिर में जोर का दर्द होने लगा था। उसे बातें करने में भी तकलीफ होने लगी थी।...भात न खाकर भी वह कुछ दिन गुजार सकता था लेकिन चाय के बिना वह रह नहीं सकता था।

तो भी...उसे चाय के बिना रहना तो पड़ ही रहा है। और तभी शरीर उससे बदला ले रहा है।

भूपाल अपने बिछावन पर पड़ जाना चाहता था लेकिन कनक ने रास्ता काटते हुए जले-भुने स्वर में पूछा—''तुम समझते हो...तुम्हारे मन में जो आएगा...तुम वही करोगे ? तुम्हें पता भी है कि घर-संसार कैसे चल रहा है...देख नहीं पा रहे... ?''

लेकिन भूपाल ने भी छूटते ही उत्तर दिया, ''यूँ ही देख भी कैसे सकता हूँ ? टपाटप राजभोग निगल रहा हूँ...किमखाब के गद्दे पर सो रहा हूँ...बाहर-भीतर क्या हो रहा है...कुछ पता नहीं चल रहा।''

''राजभोग तुम्हीं नहीं...सभी भकोस रहे हैं।'' कनक जैसे चीख पड़ी, ''बच्चों के सूखे चेहरे की तरफ कभी देखा भी है तुमने ? मैं ठहरी औरत जात...तो भी मेरे जी में यही आता रहता है कि बाहर सड़क पर निकल जाऊँ और छोटा-मोटा जो भी काम मिले, करूँ...उससे गुजारे लायक कुछ तो पैसे मिलेंगे। और एक तुम हो मर्द की औलाद...तुम्हें जरा शरम नहीं आती। सर-दर्द के बहाने तकिये पर तकिया चढ़ाये पड़े रहते हो।...और ऊपर से झूठा गुमान भी कैसा, 'साले के मातहत काम नहीं करूँगा... ।' अरे देख लेना उनके ही सामने तुम्हें हाथ फैलाना पड़ेगा।''

''वैसी नौबत आने के पहले मैं सड़क पर भीख माँगना पसन्द करूँगा,'' कहता हुआ भूपाल फिर अपने कमरे की तरफ बढ़ चला।

लेकिन कनक ने भी तय कर लिया था चाहे जो हो जाए...वह उसे आज इस तरह बख्शेगी नहीं। आज वह सारा आसमान सिर पर उठा लेगी।

आज का एक-एक पल कनक के लिए जहर की तरह है।...इस जहर से भूपाल का चेहरा नीला हो उठा है। सचमुच...वैसा ही अपमानजनक और मौत की तरह

भयानक...। सुनने में भले ही लगे लेकिन उसकी मन की आँखों के सामने सब कुछ साफ दीखता है। भूपाल का चेहरा देखते ही उसके रोम-रोम में जैसे आग सुलग उठती है।

क्यों...भला क्यों...चारों हाथ-पाँव सलामत रहने के बावजूद भूपाल इस तरह काहिलों की तरह क्यों पड़ा रहता है ?...भूपाल अपने तईं काहिल नहीं जान पड़ता...लेकिन कनक चाहती है कि भूपाल और भी कोशिश कर देखे। पास-पड़ोस से अखबार माँगकर पढ़ने और खाली जगहों के विज्ञापन देखने भर या कभी-कभार एकाध जगह पर साक्षात्कार देना ही काफी नहीं है। इससे भी बढ़कर कोशिश करने की जरूरत है।...रास्तों पर घूम-घूमकर...हाथ जोड़कर लोगों के पाँव पकड़कर...कुली या मोटिया का काम कर...रिक्शा खींचकर...जैसे भी हो...भूपाल को घर में दो पैसे कमाकर लाना है।...

पहले के दिनों में अपने पति के हताश और दयनीय चेहरे को देखकर कनक के सीने में करुणा का ज्वार-सा उमड़ा करता था...वह चाहती थी कि भूपाल घर-संसार की तमाम परेशानियों से मुक्त रहे। लेकिन अब उसके मन में ऐसी कोई सहानुभूति पैदा नहीं होती।

तब भूपाल के मुँह से किसी तरह की कोताही की बात सुनती थी तो वह उसे रोक दिया करती थी या हँसकर उड़ा देती थी। यहाँ तक कि शास्त्र वचन का हवाला देती हुई उसे दिलासा देती थी, "पुरुषों के मन की दस दशाएँ होती हैं..."

वही कनक आज मौके-बेमौके भूपाल की कोताही और लापरवाही को फटकार सुनाती रहती है। कोई बात चली नहीं कि उसे दुरदुरा देती है।

स्नेह, सहानुभूति, करुणा, प्रेम और ममता की सभी धाराएँ सूख गयी हैं। सूख गयी हैं...भूख से बिलबिलाते नीरू और नूपुर की गर्म उसाँसों की आँच में...और उसका मन कठोर हो गया है अपमानित सनतू और सुधीर की सूनी और फीकी नजरों की चाबुक से।

चार बच्चों की चार जुड़वाँ आँखों का मौन तिरस्कार कनक को लगातार बींध जाता था। बच्चों के स्नेह से भी अधिक जो बात उसके कलेजे को गहरे बींध जाती थी वह थी खुद अपनी ही आँखों में गिरा देने वाली शरम। उसके जी में यही आता कि कैसे वह जमीन में गड़ जाए...जब भात परोसकर फीकी दाल की कटोरी आगे बढ़ाने के सिवा उसके पास कुछ भी तो नहीं रहता। धरती फटे और उसमें वह कैसे समा जाए...! उसे एक के बाद दूसरे और आने वाले हर दिनों में 'तबीयत खराब है' का बहाना बनाना पड़ता है..."क्या करूँ बेटे...खाना ठीक से बना नहीं पायी।"

अगर ऐसी स्थिति में हाथ-पाँव में कहीं चोट या खरोंच लग जाए तो शायद 'आयोडिन' तक न मिले। पेट दुखने लगे तो सोंठ का पानी चाहिए...और वह सब भी

कहाँ से आए ? यह सब बताने की जरूरत पड़ सकती है...कनक को ऐसा बुरा सपना भी देखना पड़ सकता है, ऐसा उसने कब सोचा था ?

घर-गिरस्ती के काम आने वाली हर एक मौजूद चीज धीरे-धीरे गायब होती चली जा रही है और वह फिर दोबारा नहीं दीखती। कपड़े-लत्ते, जूते-मोजे सब धीरे-धीरे विदा हो रहे हैं...सारा रख-रखाव बिखर गया है।

भूपाल यह सब समझ नहीं पाता।

अगर बच्चों ने कभी किसी बात पर जरा-सा भी असन्तोष प्रकट किया तो उसका जी जल जाता। उसका तर्क भी कुछ अजीब-सा था। भूपाल कहा करता—"ये कोई पराये नहीं हैं...नाते-रिश्तेदार नहीं हैं, अरे घर के बच्चे हैं। अगर ये भी अपने बाप का दुख नहीं समझेंगे तो बाप को क्या पड़ी है कि इनकी आरती उतारता रहे। मैंने कोई इनकी तमाम जिम्मेदारियाँ उठाने का ठेका ले रखा है !"

कनक की बातों से भूपाल के तर्क का कोई ताल-मेल नहीं।

तभी, भूपाल की बात सुनकर कनक के तन-मन में आग-सी लग जाती है।

अपनी तीखी आवाज में ढेर सारी कड़वाहट घोलते हुए कनक बोली, "भीख माँगोगे ? फिर तो बड़ी मर्दानगी बची रहेगी ? है न ? सारी हेठी तो भैया के दफ्तर में काम करते ही होगी...? और भैया की नौकरी भी कैसी है...उनका पाँव जो दबाना है...उनके तलुए में तेल जो लगाना है।"

"कोई खास फर्क नहीं है।"

"तो फिर तुम नहीं करोगे नौकरी ?"

"नहीं।"

"तो फिर भैया को क्या जवाब दोगे ?"

"कोई जरूरी है उत्तर देना ? तुम चाहो तो जवाब दे देना। मुझे उसकी कोई खुशामद नहीं करनी है।"

कनक का चेहरा घृणा और गुस्से से विकृत हो गया। वह चिड़चिड़े स्वर में बोली, "मुझे पता है तुम भैया से इतना क्यों चिढ़ते हो। वे एक बड़े अफसर हैं, गाड़ी पर घूमते-फिरते हैं...तुम्हारा कलेजा सुलगता रहता है। लेकिन यह याद रखना...मैं अब तुम्हारे कहने में नहीं रहूँगी। अगर हुआ तो भैया के पास चली जाऊँगी या फिर किसी के यहाँ झाड़ू-पोंछा करूँगी। अब यही तो देखना है कि तुम्हारी अकड़ भला किस बात और बूते पर टिकी रहती है।"

भूपाल और कनक आज एक-दूसरे को काट खाने वाले खूँखार जानवर की तरह दीख रहे थे। वे एक-दूसरे को फाड़ खाने पर उतारू थे...वर्ना भूपाल की आँखों में ऐसी आग क्यों जल रही होती ? उसकी बोली में ऐसी कड़वाहट क्यों थी ?

"जब कमाई ही करनी है तो चाकरी करने क्यों जाओगी...और भी तो कई

तरीके हैं।''

''क्या कहा तुमने...क्या कहा ?''

''न...मैंने कुछ कहा नहीं...लेकिन भैया-भाभी की खुशामद करते हुए उनके यहाँ जाकर अड्डा जमाना भी कुछ बुरा नहीं होगा।...उनकी जूठन-कूटन से भी किसी-न-किसी तरह पेट भर ही जाएगा।''

''ठीक है...मैं वही करूँगी...अगर न किया तो मैं भी...'' कनक के होठों तक आकर एक कठोर और कड़वी कसम अटक गयी। क्योंकि ऐसी कसमें खाने का अभ्यास न था। उसका गला रुँध गया।

दूसरे दिन सुबह...भूपाल घर से बाहर निकल गया। शाम ढल गयी...रात हो आयी उसका कोई पता न था।

कनक गुस्से में भरी थी।

तभी नीरू दौड़ती-हाँफती माँ के पास पहुँची और बोली, ''माँ...बड़े मामा आ रहे हैं।''

''भैया... ।''

उसे अपने पाँवों के नीचे से जमीन खिसकती-सी लगी। आँखों के सामने अँधेरा-सा छाने लगा।...वह क्या जवाब देगी...क्या बहाने जुटाएगी ? वह भूपाल को धक्के मारकर तो उनके पास नहीं भेज सकती।...खुद जाकर तो वह नौकरी माँगने से रहा।...तो फिर क्या कहे...क्या करे ?

क्या वह भूपाल की बीमारी का बहाना बनाए ? या फिर उनसे यह कह दे कि...भैया...तुमको कुछ लिखकर बताना ही मेरी गलती थी।...उनकी तबीयत इन दिनों काफी बिगड़ गयी है। आजकल वह काम नहीं कर पाएँगे।

क्या सुनील भैया उसकी बात पर यकीन कर लेंगे। जो आदमी घर से बाहर निकल पड़ा है, उसको बीमार बताना इस मौके पर एक तरह का मजाक या बात का बतंगड़ विलास ही तो है। क्या उनकी नजर इस घर की बदहाली पर नहीं पड़ेगी ?

भैया के यहाँ आने पर, कनक में इतनी भी क्षमता नहीं है कि वह उन्हें एक कप चाय तक पिला सके। क्या उसके भैया सुनील इस बात को नहीं समझते ? ऐसा न होता तो कभी-कभार जब इधर आना हुआ तो वे छूटते ही कह देते हैं, ''तू खाने-पीने का कोई हंगामा खड़ा न करना कनक... । तुझे पता नहीं मेरा पेट...बड़ा ही अपसेट है।'' इसके बाद भी क्या अब भी अपना सड़ा-गला अहंकार लेकर पड़ा रहेगा भूपाल और क्या सुनील उसकी इस मानसिकता को समझ नहीं पाएगा।

वह क्या कहे भूपाल को...और किन शब्दों में उसे बुरा-भला कहे ? क्या वह भूपाल के बारे में जली-कटी सुनाकर उसे और भी जलील न करे ?

''अरी कनक...कहाँ है रे...तू...कैसी है ?''

भैया की स्नेहिल पुकार कनक के सीने में हथौड़ी की चोट की तरह पड़ी।

"भैया ?" अपने फटे आँचल को समेट उसे अपनी साड़ी की तहों के बीच छुपाते हुए वह आगे बढ़ आयी और बोली, "अरे भैया...तुम ! अबकी बार तो तुम बहुत दिनों के बाद आये।"

"समय ही कहाँ मिल पाता है रे ? और आजकल काम का इतना दबाव है कि..."। न आ पाने की वजह क्या हो सकती है, इसे अपनी भलमनसाहत के नाते छुपाते हुए भी वह जाहिर थी। भूपाल के स्वभाव से उखड़कर ही सुनील भैया ने इन दिनों आना-जाना कम कर दिया है।

"क्यों, आखिर काम इतना बढ़ कहाँ से गया ?" हालाँकि कनक को अपना यह सवाल खुद ही बेमतलब-सा जान पड़ा।

"अरे एक अफसर है...स्साला बम्बई जाकर जम गया है...! खैर, भूपाल को मेरी चिट्ठी तो मिली है न...?"

"तुम्हारी चिट्ठी ?" कनक जैसे आकाश से गिरी। तुमने उसे चिट्ठी भेजी थी ?" उसने हैरानी से पूछा।

"हाँ...रे...।" सुनील ने आक्षेप भरे स्वर में पूछा, "उसे नहीं मिली ? तभी मुझे शक हो रहा था। तू देख रही है न...यह आजकल डाक की क्या हालत हो गयी है ? दमदम से कलकत्ता...आखिर कितने दूर हैं दोनों...यही 15-20 किलोमीटर...और चिट्ठी आने में पाँच दिन लग जाएँगे ?"

"छी...छी...।" सुनील ने कुछ सोचते हुए फिर जोड़ा, "परसों शाम को ही चिट्ठी डलवायी है न...! खैर...मैं जरा घूम-फिर आऊँ। और हमारे बाबू साहब कहाँ हैं...उनकी मति-गति फिरी है ?"

"हाँ, भैया...और मैं भी यही बताना चाह रही थी...काफी भाग-दौड़ के बाद उन्हें एक काम मिला है...किसी बैंक में।"

"अच्छा...काम मिल गया है ?" सुनील की आँखें फटी रह गयीं... "भूपाल को नौकरी मिल गयी ?"

"हाँ, भैया...उन्होंने किसी जान-पहचान वाले को बता रखा था—जिस दिन मैंने तुम्हें लिखा था। उस दिन तक तो बात बनी नहीं थी लेकिन दूसरे ही दिन उन्होंने आकर बताया कि काम मिल गया है।"

सुनील ने निराशा के स्वर में कहा, "इतने दिनों तक बेकार बैठा रहा और ऐन वक्त पर उसे दूसरी नौकरी भी मिल गयी ? इधर मैं कितना परेशान रहा...कितनी मुश्किलों से उसके लिए एक अच्छी-सी नौकरी का जुगाड़ करा पाया।"

अबकी बार कनक के हैरान होने की बारी थी... "क्या...तुमने सचमुच उनके लिए नौकरी का बन्दोबस्त कर दिया ? और वह भी पलक झपकते ?...सचमुच ? मैं

तो कल ही हँसी-हँसी में उनसे कह रही थी...चलो नसीब ने पलटा तो खाया...और हो सकता है, भैया भी तुम्हारे लिए कोई-न-कोई नौकरी अवश्य जुटा देंगे...तो पता है उन्होंने क्या कहा, 'लगता है...नौकरी ऐसे ही पेड़ों पर फला करती है।...बस यही तो सात दिन पहले अर्जी दी थी और नौकरी मिल गयी।'...और सचमुच ऐसा ही हुआ, भैया ? अगर नौकरी इतनी आसानी से मिलनी थी तो वे काहिलों की तरह इतने दिनों तक घर में क्यों बैठे रहे ?''

कनक यह सब पूछकर बड़ी हैरानी से और बड़े भोलेपन से भैया की ओर ताकती रही...एक नन्ही बालिका की तरह। कुछ ऐसी मासूमियत से कि दीन-दुनिया के बारे में उसे कुछ नहीं मालूम ! उसे तो बस यही जान पड़ता था कि अगर मर्द घर में बेकार बैठा हो तो काहिल ही हो जाता है।

सुनील थोड़ी देर तक चुप बैठा रहा...फिर उसने कनक से पूछा, ''तू किस बैंक के बारे में बता रही थी ?''

''नाम तो मैं नहीं जानती भैया...लेकिन बता तो किसी बैंक के बारे में ही रहे थे। उनके किसी दोस्त के चाचा या ताऊ वहाँ कैशियर हैं। कह रहे थे पगार भी अच्छी ही मिलेगी...फिर तुमने जो इतना कुछ किया...उसका क्या होगा, भैया !''

''हाँ...थोड़ी-बहुत परेशानी तो होगी...और क्या ? वैसे बड़ी कोशिश की थी। और यह भी पता नहीं चल रहा है कि आखिर उसे वहाँ काम कैसा मिला ? वैसे यह काम सचमुच अच्छा था। आगे तरक्की मिलने की भी उम्मीद थी।''

''फिर तो यह तुम्हारे लिए बड़ी परेशानी की बात हुई ? ऐसा नहीं हो सकता कि तुम इसे किसी और को दे दो...हाँ...?'' कनक ने पूछा और आगे जोड़ा, ''वैसे ये भी जान-पहचान वाले हैं...दोस्त के चाचा... ।''

सुनील उठ खड़े हुए।

''यह क्या...? इतनी जल्दी जा रहे हो...ऐसा नहीं होगा...आज मुँह मीठा कराये बिना मैं तुम्हें जाने न दूँगी...अब जैसा भी है...खबर तो अच्छी है। अरे ओ सनत्...सुन तो बेटे...,'' कहती हुई वह अन्दर वाले कमरे में गयी और बेटे से बड़ी धीमी आवाज में गिड़गिड़ाते हुए बोली, ''सुन बेटे...दौड़कर जा और मामाजी के लिए दो बर्फी तो ले आ, पैसे मैं बाद में चुका दूँगी।...दूकानदार से कहना मैं हड़बड़ी में दौड़ा चला आया।''

''क्या फिर उधार लाना होगा...नहीं...भले ही तू मेरा गला काट दे...'' और यह कहकर सनत् ने खिड़की की तरफ मुँह फेर लिया।...''क्या पता मामाजी पढ़ाई-लिखाई के बारे में कुछ पूछ बैठें ? इसी डर से तो मैं अब तक बाहर नहीं निकला था।''

''इससे क्या हो गया बेटे'', कनक की आवाज धीरे-धीरे और भी धीमी और

फीकी पड़ गयी।...तुम लोगों ने तो जैसे कसम ही खा रखी है...। जरूरत पड़ने पर क्या मुहल्ले की दूकान से लोग सामान उधार नहीं लाते हैं ?''

''वही लाते हैं जो उधार चुका पाते हैं,'' सनत् ने खिड़की से बाहर ताकते हुए ही कहा।

''तो तुम यही कहना चाहते हो कि मैं उसका उधार नहीं चुकाती। ठीक है...मैं देखती हूँ, कहीं कुछ है।...आखिर बड़े बाप के बेटे जो ठहरे तुम !''

पिछवाड़े के दरवाजे से पीछे घूमकर कनक रसोईघर में आयी।

है...अभी भी एक रुपया बचा है। पौष-संक्रान्ति के दिन उसने एक रुपये के सिक्के के साथ 'बाउनी' बाँधा था...खुली छप्पर के नीचे जाले में वह पोटली आज भी बँधी हुई है। फूस से मढ़ा और सिन्दूर से पुता वह सिक्का...! अभाव के राक्षसी पंजे ने आज तक कम-से-कम उसकी तरफ हाथ नहीं बढ़ाया था। शायद उसने बढ़ाने का साहस किया भी न था।

कनक का हाथ वहाँ तक पहुँचेगा ? सहस्र बाहु की तरह अपना जाल फैलाये काल की सीमा में ?...

लेकिन इसके बिना चारा भी क्या है ?

बाहर वाले कमरे में भैया बैठे हैं। पति को नौकरी मिली है...इस खुशी में वह उनका मुँह मीठा कराएगी...ऐसा ही तो कहकर आयी है वह !

सिक्का में लगा सिन्दूर पोंछते-पोंछते उसके पुराने आँचल में छेद हो गया।...लेकिन तो भी उसे इस बात का सन्देह था...कि कहीं उसकी विवशता का अन्तिम चिह्न तो नहीं मिट गया...सिन्दूर का वह दाग...। कहीं दुकानदार इस बात को समझ तो नहीं जाएगा ?

और सनत्...कहीं सनत् इस बात को न समझ ले।

लक्ष्मी के नाम पर चढ़ाये गये रुपये से बरफी मँगाकर खिलाने के बारे में...वह कोई तर्क नहीं जुटा पायी।

लेकिन क्या कनक भी कोई दलील दे सकती थी इस बारे में।

...लपलपाती आग के हाथों से अपने को बचाने के लिए आदमी पानी में क्यों कूद पड़ता है भला ? और तब तैरना जानने और न जानने का सवाल ही कहाँ रह जाता है ?

क्या उस समय डूब जाने का डर होता है ?

पैदल सैनिक

अब और नहीं झेला जा सकता।

फिर शुरू हो गयी है सावित्री की वही एक जैसी बक-बक... । थकी-माँदी... । बकवास और धारदार बातों का एक अजीब-सा घालमेल !

"और सहा नहीं जाता रे...!"

"जान निकले तो जान बचे।"

"यह मुँहझौंसा जमराज कितनों को न्यौत-न्यौतकर ले गया...मुझे क्यों नहीं ले जाता रे...!"

बस यही उलाहना लगातार जारी रहता है... । सावित्री उस मुँहझौंसे जम को इसी बात के लिए जली-कटी सुनाती रहती है और अपनी बेबसी का रोना रोती रहती है। बस, उसकी आखिरी और इकलौती ख्वाहिश है मौत...और इस बात को वह ढिंढोरा पीट-पीटकर सारे मोहल्ले के लोगों को बताना चाहती है जिन्हें इस बारे में कुछ पता नहीं है।

जयन्ती को यह सब बड़ा ही बुरा और बेहूदा लगता है।

उसे अपनी माँ को 'माँ' कहकर बुलाना भी अच्छा नहीं लगता। किसी तरह दोनों वक्त का खाना और रात को सोने के लिए मिलनेवाली थोड़ी-सी जगह के सिवा धीरे-धीरे इस घर से उसका सारा लगाव ही जैसे खत्म होता चला गया है। और इस जुड़ाव को जान-बूझकर ही जयन्ती ने काटकर फेंक देना चाहा है।

उसके पास समय ही कहाँ है कि वह घड़ी देखकर सुबह, दोपहर, शाम और रात—चारों वेला घर आकर हाजिरी दे। अपने लिए भी उसके पास समय कहाँ है !

लेकिन तो भी...समय निकालकर उसे घर तो आना ही पड़ेगा ? अपने घर...सारे दिन काम-काज में डूबे रहने के बाद और अपने आपको निचोड़ देने के बाद खुद अपनी देह का हाथ पकड़कर जबरदस्ती बिछावन पर डाल देने के लिए।

और ठीक इसी समय शुरू हो जाती है सावित्री की बक-झक, आरोप और अभियोग... ।

इन बातों...दावों और दलीलों का सिलसिला शुरू हुआ नहीं कि दिन भर चलता

रहता है। जयन्ती घर में नहीं रहती इसलिए वह सब सुन नहीं पाती। ईश्वर ने उसे बचा लिया है वर्ना इतनी सारी बकवास सुनकर पागल हो गयी होती।

घर के दो-चार गिने-चुने सदस्यों के लिए भी खाना और नाश्ते का इन्तजाम करने और गृहस्थी सँभालने में भी सावित्री को इतनी झुंझलाहट होती है ? इतनी अकेली हो जाती है ? अगर उसके कन्धे पर घर भर के लिए खर्चा जुटाने का भार होता तो पता नहीं क्या होता ?

जयन्ती को यह सारा कुछ करने के लिए हाड़-तोड़ मेहनत करनी पड़ती है। इस बात को अब तक किसी ने सोचा भी है ?

माँ की स्नेहभरी दृष्टि से भले ही सम्भव न हो पाया हो एक सामान्य प्राणी की दृष्टि से भी क्या सावित्री यह सारा कुछ देख नहीं पाती है ? जिस लड़की ने सारी गृहस्थी को खड़ा करने के लिए अपने को पूरी तरह से निचोड़ दिया है, उसके कानों के पास ही ये सारे बेहूदे और बे-बुनियाद आरोप लगाये जाते हैं। विषैली फूत्कार और चीख-पुकार के साथ, एक ही सुर में कभी जमराज तो कभी भगवान को बुलाया जाता है...।

पता नहीं, उसका विवेक तो नहीं मर गया !

अगर उससे कुछ कहने को जाओ तो रो-पीटकर ऐसा तमाशा खड़ा कर देगी कि हाट-बाजार का-सा दृश्य खड़ा हो जाएगा।

इससे तो अच्छा है कि चुप ही रहा जाए।

इस चुप्पी की वजह से जयन्ती धीरे-धीरे दूर और दूरतर होती चली जा रही है। अचानक जब कभी भी बारिश उतरती है तो आजकल वह चुपचाप...बैठकर उसे निहारा करती है। अगर वह चाहे तो बड़े आराम से रस्सी पर गीले हो रहे कपड़ों को उठा सकती है।

अभाव की अभिशाप-छाया में पल रही इस छोटी-सी गृहस्थी में थोड़े-बहुत कपड़े-लत्ते के गीले हो जाने की चिन्ता जयन्ती को जरा भी विचलित नहीं कर पाती। आजकल...उसके मन में एक निर्मम आक्रोश कुण्डली मारकर बैठ गया है। भगवान के विरुद्ध नहीं, खुद अपनी माँ के खिलाफ।

अगर ऐसी ही दुर्दशा होनी है तो घर-गृहस्थी बसाने की जरूरत ही क्या है ? वैसे ही छोटे भाई-बहनों की दुर्दशा का अन्त नहीं है। देह पर एक कुरता नहीं, बालों में तेल और कंघी नहीं...समय पर खाना नहीं...हारी-बीमारी में दवा नहीं। गन्दी बस्ती के लड़कों की तरह धूल, कीचड़ और काई-कादो में खेलते रहते हैं।

दफ्तर जाने के समय जयन्ती और उसके पिताजी खाना खाने को बैठते हैं तो यही लगता है जैसे चोर हैं। लेकिन भोजन की महिमा का बखान कुछ कम नहीं होता। भात के साथ अगर किसी तरह दाल जुट गयी तो बहुत हुआ। जलती हुई आग की तरह आधा सीझे हुए चावल के दाने और दाल को सामने रखकर शर्मिन्दा होने की

बात तो दूर...सुबह-सुबह भात बनाने में क्या-क्या परेशानियाँ आती हैं, सावित्री उसकी लम्बी सूची दोहराती रहती है...अपने पति और बेटी के कानों में।...क्या मजाल कि एक भी बात उठा रखे...अगर वह चाहे तो इतनी देर में बड़े आराम से दो-दो सब्जियाँ बन सकती हैं। लेकिन उन्हें जली-कटी सुनाते रहने के सिवा...

ऐसा लगता है कि अगर पेट में दो ठो दाना चला गया तो बिजन बाबू बेटी के साथ जैसे स्वर्ग चले जाएँगे। सुबह से लेकर नौ बजे तक का समय जैसे बहुत ही कम होता है...जबकि वे मुँह-अँधेरे ही उठ जाती हैं...पता नहीं इतनी देर तक क्या करती रहती हैं। सचमुच बड़ी हैरानी होती है।

इस बीच...काफी देर बाद उठकर दो-दो जगह ट्यूशन भी कर आती है। बिजन बाबू भी ट्यूशन के साथ-साथ रोजमर्रा की जरूरत की तमाम चीजें सुबह की खरीददारी, राशन-पानी और कोयला वगैरा...ले आते हैं।

लेकिन वे तो कभी भी, सावित्री की तरह मरने की कामना नहीं किया करते।

लेकिन आज तो जयन्ती के मन में खाने की इच्छा भी नहीं रह गयी है।

घर घुसते-न-घुसते उन्होंने देखा कि सावित्री अपनी गोद के बेटे को पीट रही है और साथ ही अपनी मौत को भी न्यौत रही है। बच्चे ने क्या अपराध किया है, इस बारे में कुछ जान पाना मुश्किल है—क्या बच्चा कुछ बोल या बता पाने की स्थिति में नहीं है ?

जयन्ती मन-ही-मन यह हिसाब लगाती हुई कि दो साल के एक बच्चे के प्रति आखिर कितना निर्मम होते हुए उसे पीटा जा सकता है...अपने बिछावन पर जाकर पड़ गयी।

और...थोड़ी देर के बाद जब छोटी मिनु बड़े जतन से और आहिस्ता-आहिस्ता चाय का प्याला रख गयी तो उसने उसे धमक दिया "जा...जाकर बोल दे कि मैं कुछ खाऊँगी नहीं...ले जा यहाँ से चाय !"

अगर कोई दूसरा दिन होता तो रूठने-मनाने की एक पाली खेली जाती लेकिन पता नहीं क्यों आज किसी ने परेशान नहीं किया।

करेगा भी कौन ?

सावित्री के दिमाग का कोई ठिकाना है आज ?

लेकिन सोने के लिए पड़ जाते ही तो नींद नहीं आ जाती। बिछावन पर पड़े-पड़े ही वह सुन रही है सावित्री की चीख-पुकार...छोटे भाई-बहन का रोना-धोना और साथ ही खाना पकाने की 'छूयेंक...छूयेंक...की आवाज। बक-झक का शोर थमना नहीं चाहता। मुँहजोर सावित्री है कि जमराज से भिड़ी हुई है...सारे देवी-देवताओं को उलाहना सुना रही है और मुँहचोर पति और पढ़ी-लिखी...कमाऊ बेटी के खिलाफ कमर कसकर खड़ी है। कुल मिलाकर वह सारे संसार और सारी सृष्टि के विरुद्ध

अकेली लड़ रही है। वह चिल्ला-चिल्लाकर कह रही है, "अरे घर-गिरस्ती के काम में इतना खरच हो जाता है लेकिन पचास पैसे की दो हाथ लम्बी रस्सी कोई नहीं ला देता मुझे। आखिर क्यों ? कोई मुझे रस्सी लाकर दो ताकि इस मुए संसार से पिण्ड छूटे मेरा।...लेकिन कोई रस्सी लाकर दे भी क्यों...आखिर उसके हाथ में भी तो रस्सी बँध जाएगी—तभी तो तिल-तिलकर जला रहे हैं मुझे।...क्या हुआ ? फिर आ धमकी खाने को...चल निकल...दूर चली जा मेरी नजरों से...अच्छी मुसीबत गले पड़ी है...। नहीं तो ले...खा...खा ले मेरा माथा...अगर ऐसी ही राक्षसी भूख है तो इस दलिद्दर घर में मरने को क्यों आयी...कँगली...।"

सावित्री के मुँह से इसी तरह की बकवास और बेहूदी बातों का गन्दा नाला बह रहा है।

ऐसी बातों को झेल पाना सचमुच बड़ा मुश्किल है।

"पिताजी, अब यह सब सहन नहीं होता !"

जयन्ती सामने वाले कमरे के सामने आ खड़ी थी। "अब तो इस घर में किसी का टिक पाना बड़ा मुश्किल है।"

बिजन बाबू हैरान होकर उठ बैठे। उन्होंने बेटी के चेहरे की तरफ अचरज भरी दृष्टि से देखा।

"यह सब सुन-सुनकर तुम्हारी कानों में तो गिरह पड़ चुकी है लेकिन मैं यह सब नहीं झेल सकती। मेरे लिए इस घर में टिक पाना सम्भव नहीं...मैं यहाँ से चली जाऊँगी।"

"उसका दिमाग दिनोंदिन खराब होता जा रहा है।" बिजन बाबू का स्वर रुँध आया था, "वैसे काम भी बहुत बढ़ गया है। नौकरानी भी नहीं आ रही है।"

जयन्ती ने आहत स्वर में उत्तर दिया, "घर-बार चलाते हुए दाल-भात सिझाकर रख देना ही दुनिया का सबसे बड़ा काम नहीं है, पिताजी ! बिना मेहनत होने की भी एक सीमा होती है। आखिर वह कोई पागल नहीं है।"

बिजन बाबू पत्नी की बिगड़ती जा रही आदतों का हवाला देते हुए एकबारगी बुझ गये, "बात तो ठीक ही है। आजकल जीना सचमुच दूभर हो गया है। आखिर मैं करूँ भी तो क्या ? कुछ कहूँगा तो घर कुरुक्षेत्र हो जाएगा।"

"इसी डर से तो मैंने भी होठ सिल लिये हैं। लेकिन अब नहीं झेला जाता। कुछ-न-कुछ करने की जरूरत तो है।"

"कोई फायदा नहीं होगा...जब तक कि यह नासपीटी विदा न हो जाए !" सावित्री ने आगे जोड़ा, "मैं भी क्या करूँ ? मौत भी तो नहीं ले जाती मुझे," पता नहीं जयन्ती कब पीछे से आकर खड़ी हो गयी थी। दरवाजे की ओट से अँधेरे में से जैसे कुछ फूटा हो—"दिन-रात तो उसकी दुहाई देती रहती हूँ लेकिन मुँहझौंसा...काना

जमराज सुनता कहाँ है ?''

माँ की इस बेबात की बात और बेसिर-पैर के झगड़े से जयन्ती की देह में आग-सी लग जाती है। घृणा...जलन और खीज की मिली-जुली कौंध उसकी आँखों में चमक उठती है। लेकिन बिना कुछ कहे वह वहाँ से जाने को हुई कि सावित्री ने उसे पुकारकर कहा, ''क्यों, बात क्या है ? किस खुशी में आज खाना गले नहीं उतरेगा !''

बहुत ही तीखे स्वर में जयन्ती ने कुछ ऐसा सुलगता हुआ जवाब दिया कि बारूद धधक उठी, ''अब इस घर का एक भी दाना गले से उतारने की साध नहीं होती है, माँ !''

''क्या...क्या बताया...साध नहीं होती...मेरे हाथों का खाना खाने की इच्छा नहीं होती...भला क्यों...जरा मुँह से तो फूटो...तुम लोगों की तरह जूते-मोजे डालकर घर से बाहर निकल नहीं पाती...इसलिए...है न... !''

''बात ऐसी नहीं है, माँ !...लेकिन मैं तुम्हारे हाथ जोड़ती हूँ...आज के लिए मुझे माफ करो...मुझे शान्ति चाहिए। मैं ही यहाँ से चली जाऊँगी।''

टूटी-फूटी जुबान में इस बात को बोलकर जयन्ती अपने कमरे में वापस आ गयी और इस बात का इन्तजार करती रही कि खिन्न कर देने वाली कोई जोरदार आँधी-सी आएगी। लेकन उसे हैरानी हुई कि सारा घर किसी मन्त्र-बल से शान्त हो गया।...एक ऐसा घहराता चलता-फिरता यन्त्र...जैसे यकायक झटके से...बन्द हो गया हो।

जयन्ती बिछावन पर यूँ ही दुनिया भर की चिन्ता लिये बेचैन-सी पड़ी रही...कल उसके यूनियन की सभा है। सबका यही दबाव है कि वह भी कुछ बोले। अगर वह कोई वक्तव्य न देना चाहे तो लिखित तौर पर ही सही, कुछ पढ़ दे।...उसका ढाँचा रात को ही तैयार कर रखना जरूरी था...अब इस समय...इस भरे हुए दिमाग से क्या किया जाए ? गनीमत है कल शनिवार का दिन है। शाम को पाँच बजे सभा है। इस दौरान प्रारूप तैयार कर लिया जाएगा। अगर सम्भव हुआ तो वह सीधे उनके घर ही पहुँच जाएगी।...अपने घर में तो लंका-काण्ड चलता ही रहता है। वक्तव्य में रखी जाने वाली दो-चार बातों की ओर यूनियन के सचिव सलिल सेन ने इशारा तो कर ही दिया था। उनकी राय में, स्त्रियों के नेतृत्व में, काम कहीं ज्यादा होता है। इसीलिए उन्होंने जयन्ती से यह आग्रह किया था।

उसे जो कुछ कहना था...वह सारा कुछ उसके दिमाग में चक्कर काटता रहा।

बातें तो सारी वही हैं...बस उन्हें सजाकर रखने का ढंग ही कुछ नया होगा।...वही मालिक और मजदूर की लड़ाई।...वही स्थापित और विस्थापित...श्रेणीबद्ध और श्रेणीविहीन...सरमायादार और सर्वहारा की एक-दूसरे के खिलाफ लड़ाई। सवाल यह है कि ''आजादी की इस लड़ाई में बेहिसाब और बेशुमार सैनिक लड़े और मर मिटे...रसद और कुमक पहुँचाते रहे...क्या उनके जीवन का अँधेरा मिट सका ? उन्हें

याद रखने की जिम्मेदारी किन पर है ? इतिहास के गौरवशाली पृष्ठों पर सोने के अक्षरों में जिनका नाम लिखा होगा...अगली कतार में खड़े सेनापतियों के त्याग और निष्ठा की...ढेर सारी लड़ाइयों और लांछनाओं की कहानी को पढ़ते-पढ़ते क्या किसी का ध्यान इन अभागों की ओर जाता भी है ? जीवन की लड़ाई में हार गये और अपमानित किये गये पैदल सैनिकों की तरफ ?'' उमड़ते भावों की लम्बी-चौड़ी दलीलें बघारते चले जा रहे थे...वह सज्जन। दिमाग को शान्त रखकर और कागज-पेंसिल को हाथ में ले इन्हीं बातों को लिखते चले जाने पर ही बात बन सकती थी।

लेकिन जब तक दिमाग ठण्डा हो, तब तक उसे नींद आ गयी थी। कैसे घिनौने और बेहूदे माहौल में जयन्ती को रहना पड़ रहा है—इसे क्या सलिल सेन समझते हैं ?

आखिर कितनी देर तक सोती रही जयन्ती ?

यही कोई दो घण्टे...। दस घण्टे ? या पूरे एक युग तक...। ऐसा न होता तो बिजन बाबू इस तरह के दीन-कातर भाव से पुकार क्यों उठते, ''जया...जया बेटी...जल्दी उठ। देख तेरी माँ कैसे पड़ी है...हाथ-पैर कैसे सुन्न पड़े हैं...मैं जरा डॉक्टर को बुला लूँ...जया...उठ बैठो...तेरी माँ हाथ-पैर पटक रही है।''...

आखिर यह कैसी भाषा है ?

आखिर वह क्या कर रही है ?

जयन्ती हड़बड़ाकर उठ बैठी और बेवकूफों की तरह ताकती रही। गले में गंजी डालते हुए बिजन बाबू रुँधे स्वर में बोलते जा रहे थे, ''और अब डॉक्टर भी क्या कर लेगा ? सब खत्म हो गया होगा अब तक...। थोड़ी-सी भी हरकत नहीं...और नस-नाड़ी का तो पता ही नहीं चल रहा। बेटी...तू जरा साहस से काम ले और माँ के पास ही बैठ। मैं जरा देख आऊँ। डॉक्टर आना चाहेगा भी कि नहीं...भगवान ही जानता है। पानी पीने को उठी और बस गिरकर बेहोश हो गयी...मैं तो कुछ समझ ही न पाया।''

बिजन बाबू जूते डालना तक भूल गये और नंगे पाँव बाहर निकल गये।

गनीमत थी कि डॉक्टर साहब आ गये थे।

लेकिन वे इलाज किसका करते ? पत्थर के टुकड़े का भी कहीं इलाज हुआ है ? इसी बात पर तो विज्ञान आज तक पराजित है।

हाँ, डॉक्टर ने इतना जरूर बता दिया कि सावित्री का रक्तचाप एकबारगी कितना ज्यादा बढ़ गया था—आँकड़ों की सहायता से।

सावित्री की दुबली-पतली और पीली-सी देह में रक्त का दबाव इतना ज्यादा बढ़ गया था।...आखिर कब और कैसे ? अचानक फूट पड़े उस रक्त-प्रवाह ने दिमाग की नसों और रक्त कोशिकाओं को फाड़ डाला और किसी को—खुद सावित्री तक को—कुछ पता नहीं चला। पता चलता तो कोई-न-कोई उपाय तो किया ही जाता।

अजीब है यह बीमारी ?

चुपचाप और निरुपाय बैठे रहो और मौत की प्रतीक्षा करते रहो...बस। इधर-उधर भागने और हाय-तोबा मचाने की जरूरत नहीं। अगर यह किसी बड़े घर का मामला रहा होता तो बेवजह जमीन-आसमान को एक करने का नाटक जारी रहता लेकिन कंगालों को यह सब करना शोभा नहीं देता।

बिछावन के एक किनारे पड़े रहने के सिवा बिजन बाबू और कुछ करने की स्थिति में थे भी नहीं। सुबह होने पर...एक बार डॉक्टर को खबर दे देंगे...और इससे ज्यादा किया भी क्या जा सकता था !

सावित्री की सारी संवेदनाएँ मर चुकी हैं—यह सोचकर घर के सारे लोगों की अनुभूतियाँ खत्म हो गयीं।...सारी रात जगने के चलते दूसरे दिनों के मुकाबले चाय पीने की इच्छा बिजन बाबू के मन में और अधिक जग गयी थी। और यही हाल जयन्ती का भी था। छोटे बच्चों ने भी उठकर रोना-धोना शुरू कर दिया था। आज उनका रोना-कलपना पहले से कहीं ज्यादा ही था।

सारे घर का माहौल सबको बड़ा अजीब-सा लग रहा था।

ऐसी स्थिति में, बिजन बाबू ने अपनी शर्मिन्दगी को परे रखकर बेटी को पास बुलाया और कहा, "तू ऐसा कर बेटी, एक बार जाकर चूल्हा तो जला दे...इन बच्चों को तो कुछ खिलाना-पिलाना होगा। और थोड़ी-सी चाय भी बना ले।"

जयन्ती को नौकरी पर भी जाना है...आज यह बात उनके मन में आयी भी नहीं थी शायद।

जयन्ती मानो नींद से उठी—अच्छा तो आज से उसे ही यह सब करना होगा...ओह...!

लेकिन रसोईघर में आते ही बेचारी के पाँव जम गये।

वह कहाँ आग सुलगाए... ? अपनी साड़ी में ?—चूल्हे के गले तक तो राख की ढेर जमी थी—ठसाठस। इन सारी राख और जले कोयले का क्या होगा ? सारे रसोईघर में बर्तन-भाण्डे बिखरे थे, पीढ़े औंधे पड़े थे...मिनू और सानू की आपसी लड़ाई की निशानी के तौर पर पानी के गिलास इधर-उधर बिखरे थे।

लगता है पिछली रात यह सारा कुछ सावित्री धो-माँज नहीं पायी थी। हर रोज...हर रात जब सारा घर सो जाता है तब सावित्री के अगले दिन का काम शुरू हो जाया करता था।

बर्तन धोना-माँजना और घर की सफाई, चूल्हे की झाड़-पोंछ और कोयले तोड़ना, साग-सब्जी काटना-कूटना और मसाले पीसना—ये सारे काम चुपचाप किये जाना और वह सब भी इतनी कम रोशनी में। ताकि घर के लोगों की नींद न टूटे और न ही मिट्टी का तेल ही ज्यादा खर्च हो।

क्या जयन्ती ने आज तक देखा भी है कि सावित्री कब सोने गयी ?

लेकिन आज सावित्री के बारे में कुछ सोचने की जरूरत नहीं है। वह सारी दुनिया से आँखें मूँदकर सोयी हुई है। शायद जयन्ती को सबक सिखाने के लिए ही।

अब इस घड़ी जयन्ती क्या करे ?

जूठे और बासी पड़े बर्तनों को धोए ? पानी डाल-डालकर कमरों की सफाई करे। चूल्हे में अटी राख निकालकर फेंके और इसके बाद गोयठे, कोयले और लकड़ी से उसे सुलगाए ? जब वह आग पकड़ ले तब क्या करे ? चाय बनाए ? और सिर्फ चाय ही नहीं...भात और दाल भी...दूध और बार्ली भी...सुबह ? दोपहर ? शाम और रात को...? फिर अगले दिन...

चाय की आशा में बैठे-बैठे बिजन बाबू एक बार तो बुरी तरह निराश हो गये और बच्चों के लिए कुछ नाश्ता लाने के बहाने बाहर किसी दूकान से ही चाय पी आये।...सावित्री की हालत देखकर उनका मन-प्राण हाहाकार कर उठता लेकिन चाय की तलब तब भी बनी हुई थी।...अब और किसी भी दिन उस बड़े काँच के गिलास में, भाप उबलती गरमा-गरम और भरपूर चाय हाथ में लेकर सुबह के समय सावित्री उन्हें पुकारा नहीं करेगी...जिस पुकार को सुनकर उनकी नींद टूट जाया करती थी। इस बात को सोचते-सोचते वह अन्यमनस्क हो उठे और चाय की प्याली पी चुकने के बाद भी उन्होंने उसे एक बार होठों से लगा लिया।

"और एक प्याली चाय लीजिए न...!"

किसी सज्जन के ऐसा कहने पर उनका ध्यान टूटा।

"आजकल बारिश के दिनों में...अरे सुना नहीं तुमने...इधर एक प्याली चाय...!"

"नहीं...नहीं...रहने दीजिए," कहकर बिजन बाबू तेजी से उठ खड़े हुए।

लेकिन इस जयन्ती को क्या हो गया ?

मूढ़ी और चना-चबेना के बूते पर अपनी भूख दूर भगानेवाले चाँदू और खोका ने भात खाने की रट लगा रखी थी। बिजन बाबू अधीर हो चले थे। उन्होंने बेटी के पास जाकर चिरौरी की, "आखिर भात का क्या हुआ, जया ?...अगर बन गया हो तो ये दो कौर ख़ा तो लेंगे...दो चम्मच दूध डालकर। अब तो इन्हें सँभाल पाना सचमुच बड़ा मुश्किल है।"

"भात...?"

बिजन बाबू क्या कोई सपना देख रहे हैं ?

अभी-अभी तो बर्तन साफ करके उठी है जयन्ती। गन्दे कपड़े-लत्ते का अम्बार पड़ा है...और नल से पानी कब का गायब हो चुका है।

मिनू ने दादी पर तरस खाकर चूल्हे में आग सुलगायी थी। चूल्हे ने भी ढेर सारा धुआँ उगला लेकिन फिर पता नहीं ठण्डा क्यों पड़ गया, ईश्वर ही जाने।

इस बीच जयन्ती नहाकर आ चुकी थी और चूल्हे के मुँह पर हाथ से पंखा झल रही थी। उसका हाथ अकड़ गया था। बर्तनों में एक बूँद पानी नहीं भरा गया था... अगर चूल्हा सुलग गया तो वह उस पर भात वाली हाँड़ी आखिर क्योंकर चढ़ाएगी ?

"अरे भात बना कि नहीं ?" तभी बिजन बाबू ने सवाल दोहराया।

"भात आखिर बन जाएगा कैसे ?"

पिता की आपा-धापी से जयन्ती की देह में आग-सी लग जाती है लेकिन वह कहे भी तो क्या ? साढ़े दस बज चुके हैं, इस बात से भी आँखें नहीं मूँदी जा सकतीं।

अब कलकत्ता शहर में तालाब या पोखर तो है नहीं...लेकिन ट्यूबवेल लगे हुए हैं—यह भी सरकारी दया का ही नमूना है जो कि लड़ाई के दिनों की तैयारी की धुँधली-सी याद जगाती है।

छोटी-सी बाल्टी लेकर मिनू पानी लाती रही कम-से-कम पन्द्रह-एक बार।

किसी तरह लाज रह गयी।

सिर्फ भात और दाल की थाली-कटोरी सबके सामने रखते-रखते कब और किस तरह दिन के दो बज गये, इसे जयन्ती समझ ही नहीं पायी।

उसे अपना खाना समाप्त करते-करते तो तीन बज जाएँगे इस तरह। फिर सारा रसोईघर धोना होगा। सारे घर में झाड़-पोंछा लगाना बाकी है अभी। घर कल से बासी पड़ा है। बर्तन धोने हैं, दोनों वक्त के कपड़े धोना भी जरूरी है, जिनका ढेर पड़ा है—साड़ियाँ, कुरते, गंजी, कथरी, चीथड़े, दस्ती और न जाने क्या-क्या... ?

इन सबके बाद फिर चूल्हे से जूझना।

फिर वही भात और दाल।

इसके बाद फिर अगले दिन की तैयारी। अगर ऐसा न किया गया तो उसके अगले दिन फिर ऐसी ही हड़बोंग मचेगी और अफरातफरी होगी और कोई काम समय पर न होगा।

काम भी कोई इतना ही नहीं है। और भी ढेर सारे काम हैं, जिनके बारे में जयन्ती कुछ नहीं जानती।

कल...आज...कल...फिर परसों...उसके बाद भी आगे और अगले दिनों में भी सावित्री अब कभी भी काम का यह भार अपने कन्धे पर नहीं ढो पाएगी... । वह अपने पाँवों पर चलकर इन सारे सवालों से जूझ नहीं पाएगी...मिट्टी के खिलौने की तरह चुपचाप पड़ी रहेगी...और फिर देखते-देखते पथरा जाएगी...दूसरे के कन्धों पर चढ़कर ही अब वह विदा होगी ?

आखिर यह सब कौन करेगा ?

दिन की पाली सँभालने के बाद ही जयन्ती को यह लगने लगा कि अब क्या करे ? वह बिछावन पर जाकर पड़ जाए। या...फिर किसी जंगल की तरफ भाग जाए।

अपनी बेटी के चेहरे की तरफ देखकर बिजन बाबू के मन में जैसे दया का भाव उमड़ आया। दोपहर ढलने के बाद वे बेटी से बोले, "जया, सुन...अब इस वेला रसोई बनाने की जरूरत नहीं। दूकान से डबलरोटी मँगवा ली जायगी।...और तू ऐसा कर कि माँ के पास ही थोड़ी देर के लिए बैठ जा। मैं देखता हूँ चाय-वाय का क्या किया जा सकता है ?"

"तुम...आखिर तुम क्या करोगे ?" जयन्ती ने बुझे स्वर में पूछा।

"देखूँ...क्या कुछ है...हम दोनों ही तो इस मामले में अनाड़ी हैं। मिनू, चल तो...जरा मुझे दिखा तो सही...कहाँ क्या रखा है ?"

चूल्हे में ताव देते हुए भी जयन्ती चुपचाप पिताजी को देखती रही। आगे उन्हें मना करे उसमें ऐसा उत्साह न था। थोड़ी देर खड़ी रहने के बाद वह माँ के बिछावन के पास जाकर बैठ गयी।

सावित्री के चेहरे पर कोई भाव न था... । ऐसा लगता था मौत के पहले ही वह घर और संसार से अपने तमाम सम्बन्धों को तोड़ देना चाहती हो।

अपनी माँ पर होने वाले गुस्से के चलते ही लगता है उसकी आँखों में इतनी देर बाद आँसू उमड़ आये।

दुनिया भर के काम के साथ अपनी दुबली-पतली काया को घसीटती चली जा रही थी। दिन और रात...रात और दिन...। इस तरह किसी भी दिन डबलरोटी खरीदकर उन्हें रात नहीं बितानी पड़ी थी और न ही ट्यूबवेल से मिनू को पानी ढोकर लाना पड़ा था।

उसने देखा था कभी कि रसोईघर के फर्श पर औंधे पड़े बिजन बाबू चूल्हे के सामने पंखा झल रहे हैं ?

नौकरी मिलने के बाद एक बार के लिए भी कभी जयन्ती ने माँ के लिए पान का एक पत्ता भी सजाकर आगे बढ़ाया है ?

उसकी नौकरी से मिलने वाले ये थोड़े-से रुपयों की भला औकात भी क्या है ? या फिर उन रुपयों की चमक और चौंध इतनी ज्यादा है कि जयन्ती की आँखें चौंधिया गयी हैं।

तभी घड़ी ने टन...टन...टन...टन...टन...पाँच बजाये।

पाँच बजे...ठीक पाँच बजे उसे कोई जरूरी काम करना था...ओह...हाँ...सभा में जाना था। आज तो दफ्तर भी नहीं जा पायी थी वह। उसे तो कुछ याद भी नहीं रहा था। क्या तो कहना था जयन्ती को ? उसे ललितसेन का चेहरा भी ठीक से याद नहीं आ रहा...उसकी बातें रह-रहकर याद आती रहीं... । पैदल सैनिक...कौन हैं वे... ? सिर्फ लड़ाई के मैदान में लड़नेवाले सैनिक...या कारखाने में काम करने वाले मजदूर ?

हथियार

असीमा ने कभी सपने में भी नहीं सोचा था कि रणवीर एक ऐसा प्रस्ताव सामने रखेगा। थोड़ी देर तक चुप रहने के बाद वह बोली, ''ऐसा भी हो सकता है ?''

''एकदम नामुमकिन भी नहीं है ?'' रणवीर के स्वर में व्यंग्य के साथ तीखापन भी घुला था, ''क्यों...इससे क्या गर्दन कट जाएगी ?''

''बात गर्दन के कट जाने की नहीं हो रही है लेकिन...'' असीमा ने आगे जोड़ा, ''पिछले कई महीनों से भेंट-मुलाकात नहीं हुई है...अचानक इतने दिनों के बाद वहाँ जाकर ऐसा एक प्रस्ताव...''

''हो...हो...हो...'' रणवीर के स्वर में अब भी वही कड़वाहट घुली हुई थी। उसने कहा, ''अब ऐसा कौन है भला जो पति और बेटे को लेकर घर-गिरस्ती भी करे और 'प्रथम प्रेम' के द्वार पर रोज हाजिरी भी लगाए।...बोलो...!''

''बस करो...ऐसी बेहूदी बातें न करो तो अच्छा... ।''

''वाह...पहले तो मैं एक भले आदमी की तरह ही बातें कर रहा था। तुमने ही सारा कुछ तोड़-मरोड़ दिया और मेरा मूड खराब कर दिया। इसमें मुश्किल क्या है भला ?...कम उम्र में खेला जाने वाला 'नैनमटक्का' लोग आसानी से नहीं भूलते...यह तो तुम मानती हो न... ? घोषाल साहब भी अपने शुरू-शुरू के दिनों में तुम्हें प्यार भरी नजरों से देखा करते थे...अब अगर आज तुम उनसे कोई अनुरोध करो तो वे उसे पूरा कर खुश ही होंगे।''

असीमा गम्भीर हो गयी और बोली, ''आँखमटक्का के बारे में तुम्हारी जानकारी खासी तगड़ी है। खैर, इस बात को जाने दो...और मान लो वे खुश हो भी गये तो मैं भला क्योंकर खुश हो पाऊँगी ? तुमने मेरे मान-सम्मान के बारे में कभी सोचा भी है ?''

रणवीर को यह सब सुनकर बड़ी हैरानी हुई। वह उसी तेवर में कहता चला गया, ''इसमें सोचने-समझने की बात क्या है भला ? उस आदमी के हाथ में...हाँ...क्या कहते हैं उसे, 'ईश्वर की कृपा से'...बड़ी ताकत है। वह चाहे तो मेरे लिए एक अच्छी-सी नौकरी का जुगाड़ कर सकता है। बस, याद दिलाने भर की बात है। अब

इसे कहते हुए भी तुम अपने मान-सम्मान का रोना लेकर बैठ गयी। यह सब मेरी समझ में नहीं आता।..."

"तुम्हें कुछ समझाना तो और भी मुश्किल है..." कहती हुई असीमा खामख्वाह मेज पर पड़ी चीजों को सहेजने लगी।

रणवीर का जबड़ा और भी भिंच गया और माथे की त्योरियाँ चढ़ गयीं। उसने तीखे स्वर में कहा, "जिस मर्द को अपनी बीवी की खुशामद करनी पड़े उस पर लानत है...!"

"खुशामद...यह तुम मेरी खुशामद कर रहे हो ?" कहते-कहते असीमा का चेहरा लाल हो उठा।

"और नहीं तो क्या ?" रणवीर ने झुँझलाकर कहा, "इतनी देर से जो कर रहा हूँ उसे किसी भी जुबान में खुशामद ही कहेंगे।...तुम तो ऐसे बिदक रही हो जैसे कि मैं किसी के घर में आग लगाने को उकसा रहा हूँ। जबकि बात कुछ भी नहीं है। तुम्हारे साथ घोषाल साहब की पुरानी जान-पहचान है इसीलिए तुम उनके सामने बड़ी आसानी से मेरी बात रख सकती हो।...और तभी तो इतनी चिरौरी कर रहा हूँ।"

"अच्छा, इतना आसान है ?"

असीमा के होठों पर हल्की-सी मुस्कान खेल जाती है। सचमुच...मीठी मुस्कान की सतरें...।

इतना आसान है सब कुछ !

ग्यारह साल तक कोई भेंट-मुलाकात न होने के बाद, देवव्रत के घर जाकर उससे मिले...और अपने बेकार पति के लिए कोई नौकरी जुगाड़ कर देने का आग्रह करे। यह सब करना-धरना इतना आसान है ? रणवीर के हिसाब से तो यह बड़ा सहज जान पड़ता है। देवव्रत इतने दिनों तक असीमा का सहपाठी रहा है और उसके साथ असीमा की गाढ़ी छनती भी रही है...इसे रणवीर जानता है। उसका वही पुराना सहपाठी अब अपनी काबलियत के बलबूते पर भाग्यलक्ष्मी को अपनी मुट्ठी में कैद किये हुए है—इसकी सूचना भी रणवीर खुद लिये आया था। असीमा को सुनाने। 'घोषाल एण्ड कम्पनी' के लम्बे-चौड़े व्यापार और ताम-झाम के बारे में उसे जैसे ही पता चला, वह असीमा के पास दौड़ा चला आया।

असीमा ने इस बारे में कोई जिज्ञासा नहीं दिखायी बल्कि उसने नाराजगी दिखाते हुए कहा, "उसके ताम-झाम से मुझे क्या लेना-देना। जैसा है...उसका है...मेरे ठेंगे से..."

रणवीर ने अपना हाथ नचाकर, मुँह बिचकाकर और कन्धा उचकाकर हँसते-हँसते बताया, "अब चाहे जो हो...कभी तो उसके साथ बड़ा मधुर सम्बन्ध था। अब वह सातवें आसमान पर है...यह जानकर तुम्हें खुशी होगी...इसीलिए बता रहा हूँ।"

लेकिन वह जो बता रहा है, वह तो कोई और बात है।

और उससे जुड़ा जो संकट है...वह तो और भी भारी है। देवव्रत एक बहुत बड़ी कम्पनी का भागीदार है...अगर वह चाहे तो चुटकी बजाते किसी को भी नौकरी दे सकता है।...इसलिए उसके पास जाकर गिड़गिड़ाओ...कि मेरे पति को अपने अधीन बहाल कर लो। नौकरी न होने के कारण मैं बाल-बच्चों के साथ बड़ी मुसीबत में फँस गयी हूँ।

छी...छी...छी...!

असीमा ने संयत स्वर में कहा, "सहज बने रहने और झेलने का म.द्दा सबमें एक जैसा नहीं होता। वैसे मैं तुमसे ही पूछ रही हूँ...क्या तुम उसके मातहत काम कर सकोगे ?"

"क्यों नहीं...भला इसमें पूछने की ऐसी क्या बात है ? हूँ..." रणधीर ने अपना मुँह उल्लू की तरह फैला दिया और बोला, "भिखमंगे की भी कोई इज्जत होती है ? काम नहीं कर पाऊँगा...तुम ऐसा क्यों कह रही हो ? अब मैं उसके साथ कोई हाथापाई या मुठभेड़ के लिए तो नहीं जा रहा हूँ ? वह तो मुझे जानता भी नहीं। तभी तो मैं तुम्हें यह पट्टी पढ़ा रहा हूँ कि तुम उसके पास कुछ इस तरह जाना...जैसे कि चोरी-चोरी मिलने आयी हो। मैं, जैसा कि नियम है, पूरी औपचारिकता के साथ वहाँ नौकरी के लिए आवेदन दूँगा। तुम उसे मेरा नाम-पता बताकर मेरे मामले में थोड़ा ध्यान देने का अनुरोध कर आओगी...बस। बातों-बातों में बन गयी बात ! उसके बाद कौन किसको डालने जाता है घास ? और वह ठहरा खुद कम्पनी के मालिकों में एक...उसके सामने छोटे-मोटे कारिन्दों की क्या बिसात !"

असीमा ने गम्भीर स्वर में पूछा, "और अगर वह मुझे पहचान न पाया...तो ? बड़े लोगों का अपने गरीब दोस्तों को भूल जाना ही ज्यादा सुविधाजनक और स्वाभाविक होता है। मान लो, वह मुझे पहचान न पाए या पहचानने से मुकर जाए तो...?"

"तुम तो खामख्वाह बात का बतंगड़ बना रही हो..." रणवीर ने मुस्कराते हुए आगे जोड़ा, "तुम अच्छी तरह जानती हो कि वह तुम्हें पहचान लेगा। मैं भी इसे खूब जानता हूँ, जिसने तुम्हें एक बार देख लिया वह जिन्दगी भर भूल नहीं सकता।"

असीमा का चेहरा एक बार फिर लाल हो गया। लेकिन उसमें कोई उतावलापन नहीं था। उसने बड़ी शान्ति से ही कहा, "मान लो, उसने पहचान भी लिया...लेकिन इस बात की क्या गारण्टी है कि वह मेरा अनुरोध स्वीकार कर लेगा ? ऐसा न हुआ तो मेरी इज्जत तो मिल गयी माटी में !"

"अनुरोध रखेगा कि नहीं...इस बात की कोई गारण्टी नहीं..." रणवीर ने कुटिल हँसी के साथ कहा, "इसकी गारण्टी है...जरूर है ! सौ फीसदी है, मुझे

मालूम है।''

असीमा का चेहरा तमतमा उठा था, ऐसा लग रहा था कि वह अब अपनी जबान को काबू में रख नहीं पा रही है। तभी बोली, ''अगर तुम्हें मालूम है तो मुझे किस साहस के बूते पर वहाँ भेज रहे हो ?''

''अजीब परेशानी है...तुम मजाक तक नहीं समझती ?'' रणवीर एक बार फिर ठठाकर हँस पड़ा और फिर बोला, ''क्या तुम समझ नहीं पाती ? तुम्हीं हो मेरा साहस...मेरी शक्ति। मजाक की बात छोड़ो। घोषाल साहब पुरानी दोस्ती के नाते कभी 'न' नहीं कर पाएँगे, यह निश्चित है। अगर मैं भी उनकी जगह होता तो कभी 'न' नहीं कर पाता।''

''तो फिर ठीक है। मर्द ही मर्दों की बात समझ सकते हैं। लेकिन मैं यह सब नहीं कर पाऊँगी।''

''नहीं कर पाओगी...इतनी देर के बाद दो-टूक जवाब दे रही हो कि मैं नहीं कर पाऊँगी !''

''जवाब न दूँ तो और क्या करूँ ? जो कर नहीं सकती...''

''हाँ, तुम भला करोगी क्यों ?'' रणवीर ने उत्तेजित होते हुए कहा, ''तुम्हारी इज्जत मिट्टी में मिल नहीं जाएगी ? तुम्हारा सम्मान भला नहीं ढह जाएगा ! मैं पूछता हूँ, मान-सम्मान जैसी कोई चीज रह भी गयी है हमारे पास ? तुमने अपने चारों तरफ गौर से कभी देखा भी है ? घर-गिरस्ती के बारे में सोचा है...दोनों बच्चों की ओर तुम्हारा ध्यान जाता भी है ?''

पुराने तौर-तरीके वाले घर-संसार में, घर का अकेला कमाने-धमाने वाला ही अगर पिछले सत्रह महीनों से चुपचाप बैठा रहे और जिसे यह संसार चलाना पड़ता है, उसे यह सब जानने-समझने के लिए बाहर देखने की जरूरत कभी पड़ती भी है भला ?

तो भी...असीमा ने अपनी सूनी आँखों से एक बार सब कुछ निहारा और उसकी सूनी नजरें पति पर आकर टिक गयीं। उसने कहा, ''क्या मैं यह सब नहीं जानती ?''

''इसका कोई लक्षण तो मैं नहीं देखता। तुम तो अपना झूठा मान-सम्मान लेकर ही पड़ी हुई हो। अपने बच्चों के बारे में...उनके सुख-सन्तोष के बारे में कभी सोचा भी है ? पता है...पिछले कई दिनों से घर में दूध तक नहीं आया है ? कितने दिनों से...''

''रुको भी...!''

रणवीर यह सोच रहा था कि नारी का हृदय इन बातों को सुनकर पसीज उठता है। लेकिन असीमा के मुँह से 'रुको भी'...सुनकर उसका रहा-सहा विश्वास भी डिग गया।

लगता है...अब कोई दूसरा उपाय ढूँढ़ निकालना होगा।

इस बीच उसके चेहरे पर कई तरह के भाव आते-जाते रहे। अपने चेहरे को विकृत और कठोर बनाते हुए उसने अपनी बात को आगे बढ़ाया, "अच्छा...तो अब तुम्हारी डाँट भी खानी पड़ेगी। ठीक ही तो है...बेकार आदमी का कैसा मान-सम्मान...? अच्छा...तो अब भीख माँगकर ही गुजारा करूँगा। पति फुटपाथ पर खड़ा होकर भीख माँगेगा और बच्चे भूख से बिलबिलाकर चूहे की तरह मरते चले जाएँगे...पट...पट...। लेकिन इन सारी बातों से हमारी महारानी का क्या बिगड़ जाएगा? उनकी शान को कोई बट्टा न लगे।"

लगता है...इस बार रणवीर ने जबरदस्त जाल बिछाया था...अब की बार असीमा क्या बहाना करेगी। रणवीर दबी-छिपी नजरों से असीमा की ओर देख ले रहा था। वह यह जानना चाहता था कि उसकी इस चाल की उस पर क्या प्रतिक्रिया हुई है।...लेकिन वह ठीक से समझ न पाया।

असीमा के चेहरे पर, गुस्सा, अपमान, दुख या अभिमान का कोई भाव न था। हाँ, चेहरे पर एक तरह की कठोरता अवश्य आ गयी थी जैसा कि पत्थर की मूर्ति में होती है। यहाँ कोई भंगिमा नहीं थी...लाज की लालिमा नहीं थी, किसी तरह की फीकी या उदास तरलता भी नहीं थी...बस एक तरह बेजान कठोरता भर थी।

"ठीक है...चली जाऊँगी..." और इतना कहकर असीमा कमरे से बाहर निकल गयी।

रणवीर अब थोड़ा-बहुत निश्चिन्त रह सकता था। असीमा ने जब एक बार कह दिया तो वह अपने वादे से कभी पीछे नहीं हटेगी। अगर वह एक बार वहाँ चली गयी तो उसका काम जरूर हो जाएगा...रणवीर को इस बात का पक्का भरोसा है।

घोषाल साहब के साथ उसकी पुरानी जान-पहचान है, इस बात की आड़ में पति की नौकरी के लिए आवेदन करने का प्रस्ताव सुनते ही असीमा की आँखों में जो आग सुलग उठी थी—रणवीर ने उसे भी ताड़ लिया था...उस आग का रूप और रंग कैसा हो सकता है...उसे पहचानने में रणवीर से कोई गलती नहीं हो सकती। वह इतना बुद्धू भी नहीं है।

अपनी बदकिस्मती के चलते ही आज रणवीर की यह हालत है...वर्ना लिखाई-पढ़ाई में वह घोषाल से रत्ती भर कम नहीं। घोषाल भी तो एक ग्रेजुएट ही है।

बस...अपनी-अपनी तकदीर है।

पद और पैसे वालों की तरफ जलन से देखते रहने और किस्मत को कोसते रहने के सिवा इन काहिलों को कुछ आता भी है?

...न तो ये कोई मेहनत-मजूरी करेंगे...न तो इनमें कोई सोच-समझ होती है...और न ही कोई जोड़-जुगाड़। बस...ले-देकर किस्मत का रोना रोते रहते हैं।

लेकिन जो भी हो, असीमा को समय रहते समझा-बुझाकर रास्ते पर लाना होगा। इतने दिनों के बाद असीमा एक छोटा-सा अनुरोध लेकर घोषाल साहब के पास जाएगी तो वे उसे अवश्य कृतार्थ करेंगे। मर्दों का स्वभाव कैसा होता है, कम-से-कम रणवीर तो इतना जानता ही है।

घर-गिरस्ती में रोज-रोज पैदा होने वाली मुश्किलें, रसोईघर और भण्डार में कुण्डली मारकर बैठा अभाव जहाँ अट्टहास कर रहा होता है वहीं चारों ओर से 'नहीं है'...'कुछ नहीं है' की लगातार सुनाई देने वाली टेर सुनाई पड़ती है। लेकिन एक तरफ रख दिये गये बक्से में तड़क-भड़क वाले कपड़े तो अब भी पड़े हैं। जेवर वगैरह तो फिर भी और बड़ी आसानी से हाथ से निकल जाते हैं लेकिन कपड़े-लत्ते उनके मुकाबले कहीं ज्यादा दिनों तक साथ देते हैं। तभी कहीं बाहर जाते हुए मर्यादा की अब भी थोड़ी-बहुत रक्षा हो जाती है। इसीलिए असीमा सज-धजकर बाहर निकल गयी।

और जब लौटी...

...तो हाथ का बैनिटी बैग बिछावन के ऊपर फेंककर वहीं पलँग के एक कोने पर बैठ गयी। उसे इस बात का भी खयाल न रहा कि पहले अपनी कीमती रेशमी साड़ी को उतारकर ठीक से रख दे।

रणवीर खिड़की के पास ही रखी बेंत की एक कुर्सी पर चुपचाप बैठा था। असीमा को बाहर भेजने के बाद से ही वह बेचैनी, कुण्ठा, शर्म, उतावली और मन में न जाने क्या-क्या लिये बैठा था। बाहर जाने की तैयारी के समय असीमा ने जिस तरह की कठोर चुप्पी ओढ़ ली थी उससे रणवीर अपने तईं इतना भी साहस नहीं जुटा पाया था कि वह आगे बढ़कर उसका हौसला बनाये रखे।

असीमा के चले जाने के बाद वह अपने आपको समझा रहा था और अपनी सुरक्षा के लिए सारे तर्क जुटा रहा था। रणवीर कभी ऐसा तो न था ? क्या उसे अपने आत्म-सम्मान की सुध नहीं थी ? लेकिन वह करे भी तो क्या...? अभाव के चलते स्वभाव नष्ट हो जाता है।

रणवीर दो मिनट तक खामोश पड़ा रहा, यह जानने के लिए कि असीमा अपनी तरफ से क्या कहती-करती है ? उफ...एक अजीब-सा सन्नाटा था। एक-एक मिनट एक घण्टा जान पड़ रहा था। नहीं...अब नहीं सही जाएगी यह चुप्पी। इसलिए दो मिनट तक इन्तजार करते रहने के बाद उसने कुर्सी को थोड़ा-सा घुमाया और फिर झटके के साथ बोल उठा, "जैसा कि तुम्हारा डर था कहीं वही बात तो नहीं हुई ? तुम्हारा वह रईस दोस्त तुम्हें पहचान नहीं पाया ?"

असीमा उठ खड़ी हुई रणवीर के सामने तनकर। उसके होठों के कोने पर व्यंग्य भरी मुस्कान खेल रही थी..."भला...पहचान कैसे नहीं पाता ? जिसने भी मुझे एक

बार देख लिया है...वह भला कभी भूल सकता है मुझे ?"

रणवीर ने असीमा की तरफ देखा...सिर से पाँव तक। असीमा का वह तेवर कोई नयी बात नहीं है, बस भूली हुई-सी लगती है। महीनों हो गये असीमा का मेकअप से सजा-सँवरा और निखरा ऐसा खूबसूरत चेहरा देखा नहीं था। और...एक खास अदा के साथ रेशम की साड़ी में लिपटी उसकी यह सुडौल काया।

क्या इससे रणवीर को खुशी हुई ?

अगर ऐसा होता तो उसकी आँखें सुलग नहीं उठतीं इस तरह ? उसने अपना हाथ पिछले तीन-चार दिनों से गालों पर उग आयी दाढ़ी पर यूँ ही फिराया। इसके बाद बड़ी मुश्किल से उगायी गयी हँसी के साथ बोला, "मेरे ही हथियार से मेरा कत्ल किये जा रही हो ? तुम्हारे वहाँ जाने का क्या नतीजा निकला आखिर ? अपना उतरा चेहरा देख रही हो ?"

"तो और क्या करूँ ?" असीमा ने जैसे बड़ी हेठी के साथ होठों को भींचते हुए कहा, "दो सौ पचहत्तर रुपये की एक छोटी-सी नौकरी मिल भी गयी तो मारे खुशी के नाचने लगूँ ? कोई बात हुई ?"

दो सौ पचहत्तर ?

दो सौ पचहत्तर रुपये की नौकरी ?

रणवीर को उसकी पिछली नौकरी में भी कभी इतनी रकम नहीं मिलती थी। उसने बड़ी मुश्किल से होठों पर आती हँसी को कुचलते हुए पूछा, "बात क्या है ?...सच कहा तुमने...तुम मजाक तो नहीं कर रही हो ?"

"मुझे क्या पड़ी है कि मैं तुमसे मजाक करती रहूँ ?"

रणवीर के चेहरे पर एक तरह की निराशा और कातर आँखों में विचित्र लालसा-सी जाग उठी थी। नौकरी मल गयी, इससे बड़ी खुशी की बात और क्या है भला ? वैसे रुपये का आँकड़ा अवश्य ही उतावली पैदा कर देने वाला था। और जैसा बताया गया था ठीक वैसा ही हुआ। सचमुच, असीमा की अब भी कोई-न-कोई कीमत तो है। सिर्फ आँखों में ही नहीं, उसके सारे शरीर में एक नामालूम-आँच है।...रणवीर को जैसे इस बात की उम्मीद हो चली थी कि उसका काम नहीं होने वाला। और अगर बात बनी न होती तो उसे कहीं ज्यादा खुशी होती।

ज्यादा-से-ज्यादा यही होता कि कुछ और महीनों तक घर में दूध नहीं आता। बच्चों की देह पर उभर आनेवाली ऊबड़-खाबड़ हड्डियाँ कुछ और नुकीली हो जातीं।...यही होता न...

हाँ...हाँ., बहुत कुछ हो जाता..अप्रिय और अनिष्टकर..लेकिन रणवीर अपनी ही आँखों में इतना गिर तो न जाता। असीमा को जबरदस्ती बाहर भेज देने के पीछे जो ताकत काम कर रही थी...वह किसी नौकरी पाने की आशा से नहीं बल्कि नौकरी

पाने और न कर पाने की इच्छा से...।

लेकिन बात जो भी हो...बताना तो चाहिए।

घात लगाकर जानना पड़ेगा कि इसके लिए उसे क्या-कुछ कहना-करना पड़ा...कौन-सी जुगत भिड़ानी पड़ी। इस बीच अपने को तसल्ली देने का कोई बहाना मिल जाएगा।

''तो फिर जाते ही भेंट हो गयी थी उससे ?''

''मिलता नहीं तो मैं इतनी जल्दी लौट कैसे आती ?''

''मैंने तो सोचा था कि वह ठहरा तुम्हारा पुराना दोस्त...तुम्हें जल्दी छोड़ेगा नहीं...रोके रखेगा।''

रणवीर के धीरे-धीरे स्याह होते जाते मुँह की ओर आँखें फाड़कर देखते हुए असीमा ने अपनी खनकती आवाज में कहा, ''तुम्हारा सोचना कुछ गलत नहीं था। खाली और बीमार दिमाग शैतान का कारखाना होता है...इस बात को तो बच्चे भी जानते हैं।''

रणवीर अचानक कुर्सी से उठ खड़ा हुआ और उसे धमकाते हुए बोला, ''बातों-बातों में ही मत बहलाओ...वहाँ क्या हुआ...ठीक से बताओ !''

लेकिन असीमा न तो इस धमकी से तनिक भी विचलित हुई...और न ही उसके पाँव कँपे। उसने बड़ी स्थिरता से आहिस्ता-आहिस्ता बताना शुरू किया...बड़े आराम से, ''इसमें बताने को ऐसा है भी क्या ? वहाँ गयी...सब कुछ बताया और बात बन गयी। नियुक्ति-पत्र मिला और मैं कृतार्थ हो गयी। कल से ही जाना पड़ेगा।''

इतनी जल्दी...नियुक्ति-पत्र मिल गया...कल से ही जाना पड़ेगा ? मानो इतनी देर तक वह किसी तपती और पिघलती राह से गुजरता हुआ उसे पीछे छोड़ आया था। ''काम क्या है...इस बारे में तो मैं कुछ जान ही नहीं पाया। यह भी नहीं सोच पाया कि काम मेरे लायक है भी या नहीं ?...एकबारगी नियुक्ति-पत्र मिल गया...अगर मैं कल न जाऊँ तो... ?''

असीमा की हँसी अचानक उसके कानों में पड़ी...यह कोई साधारण हँसी नहीं थी...ऐसी हँसी शायद कभी इस घर में नहीं गूँजी थी—यह हँसी दीवार से टकराकर छत तक फैल गयी थी...किसी झरने की कल-कल की तरह...किसी घण्टी की ध्वनि की तरह...

''भला तुम्हारे जाने की क्या जरूरत है ? मैं अकेली ही चली जाया करूँगी। दफ्तर तो पास ही, धर्मतल्ला में ही है...वहाँ तक जाने में मैं कोई रास्ता नहीं भूल जाऊँगी...।''

''अच्छा, तो यह नौकरी तुम्हें मिली है...मुझे नहीं !'' रणवीर जैसा चीखना

चाहता था पर थम गया।

"और क्या ? मुझे यह अच्छी तरह मालूम था कि तुम इसके लिए मरते दम तक राजी नहीं होगे।...है न ! और तभी मैंने तुम्हारा नाम लिये बगैर...अपने बारे में ही बातें की थीं। मैंने कहा कि दूसरे के पैसे पर रोटियाँ तोड़ते-तोड़ते उकता-सी गयी हूँ। छोटी-मोटी कोई नौकरी मिल जाए तो करना चाहूँगी। उसने कहा, क्यों नहीं अभी ले लो...और मुझ पर कृपा करो।"

सुनने वालों के मुँह पर और भी स्याही फिर गयी थी। जान पड़ा कि वह जलकर काली ही हो गयी है। असीमा ने ऐसा करने में अपनी तरफ से कुछ उठा न रखा।

जो स्त्री अपने छोटे-से एकान्त और शान्त घर-संसार में आग लगाने को मजबूर की गयी थी, उसे अब एक पराये घर में आग लगाते हुए भला क्यों हिचक होती ? ऐसी भावुकता से उसने अपने आपको मुक्त कर लिया था।

ढाँचा

केशव राय को सबसे पहले यह खबर नीलकण्ठ से मिली। इसे सुनकर वे हैरान रह गये।

हाँ, यह सही है कि इसे सुनकर वे पहली बार कोई नाराज नहीं हुए थे। अचरज में अवश्य ही पड़ गये थे। अपनी नयी घरवाली की हेठी देखकर उन्हें जैसी हैरानी हुई थी—उसे वह झेल नहीं पा रहे थे और उन्होंने चुप्पी साध ली थी। लेकिन बाद में, गुस्से में आपे से बाहर हो गये थे। उन्होंने चीखते हुए कहा था, ''अच्छा...! तो वो हरामजादी अपने काले और कुबड़े भाई के भरोसे कोर्ट-कचहरी के खन्दक में कूद रही है। ठीक है...मैं भी उसे बता दूँगा कि मैं भी कोई ऐरा-गैरा नहीं, राघव राय का जना केशव राय हूँ ?''

केशव राय ने जिसे हरामजादी की मर्यादित उपाधि दी थी, वह उनकी नयी पत्नी भले में ही दर्ज हों कानूनी तौर पर वह केशव राय के लिए एक आदरणीय महिला थीं। वह केशव राय के पिता राघव राय की दूसरी पत्नी थीं। नाम था कदम। बात यह थी कि अपनी वृद्धावस्था में राघव राय अपनी किसी पौत्री के विवाह में अपने एक मित्र के यहाँ आमन्त्रित थे। माँ-बाप के मर जाने के कारण और कन्धे पर अपनी एक अनाथ भतीजी के बोझ को सँभाल न पाने के कारण राघव राय ने उस लड़की से शादी कर ली थी। इस तरह घर वालों को कुछ बताये बिना उसे घर लिवा लाये। अपनी पत्नी के मर जाने के लगभग अठारह साल बाद उनके विधुर जीवन के अधःपतन की यह शुरुआत भर थी।

उनके बेटे केशव राय के भी तब चार-पाँच बच्चे हो चुके थे। केशव के मुकाबले कदम कोई पन्द्रह-साल छोटी थी।

यह विवाह, सचमुच बड़ा ही अटपटा और विचित्र-सा था। बाद में यह भी सुना गया कि कदम का बाप राघव राय के घराने से कुल-गोत्र में निचले स्तर का था। और यही वजह थी कि केशव राय अपने बाप की बुड़भस को कभी भी ऊँची निगाह से नहीं देख पाते थे। उनके पिता माधव राय गाँव-कस्बे के एक छोर पर रहनेवाली और गाने-बजानेवाली स्त्रियों को जिस तरह तफरीह की नजर से देखा करते थे, केशव राय

के दिल में कदम की औकात लगभग वैसी ही थी।

लेकिन मुश्किल तब हुई थी जब राघव राय ने उसे घर के अन्तःपुर में ला बिठाया। इस बात से केशव राय और चिढ़ गये थे। उनके मन में इस औरत के प्रति घृणा का भाव और भी बढ़ गया।

बहुत सम्भव था कि बात यहाँ तक नहीं बढ़ती...अगर कदम विनम्र और सरल स्वभाव की होती...अपनी उड़ान के दौरान इस घोंसले को पाकर या अपनाकर मन-ही-मन इस कुण्ठा से शर्मिन्दा होती रहती कि उसने यहाँ अनधिकार प्रवेश किया है...या फिर केशव की पत्नी को सास की तरह सम्मान दिया होता...तो सम्भव है देर-अबेर केशव राय का भी मन पिघल जाता। लेकिन बात इसके ठीक उल्टी होती चली गयी।

कदम ने लगातार पचीस वर्षों तक मामा के घर अपमान का घूँट चुपचाप पीते हुए वहाँ का खाना गले के नीचे उतारा था। कभी तो उसका दिन भी आएगा। और तभी तो वह पाँच-पाँच नाती-पोते वाले बूढ़े के एक बार कहते ही उसके साथ शादी करने को राजी हो गयी थी। कभी तो वह सारा कुछ प्राप्त कर सकेगी। मामी ने भी अपनी भांजी को उसके पति के घर विदा करते हुए गहने और कपड़े जैसी बेकार की चीजें न देकर दो-चार तरह का भारी-भरकम उपदेश भर दिया था और अपनी जान छुड़ायी थी।

उन्हीं उपदेशों को माता अष्टमंगला का आशीर्वाद मानकर कदम पति के घर की नौकरानी, महाराजन और यहाँ के टुकड़े पर पलनेवाली स्त्रियों पर दया का भाव दिखाती हुई कहा करती थी, ''अरे तुम लोगों ने यह नयी बहू...नयी बहू...की क्या रट लगा रखी है...मैं इस घर की बहू थोड़े न हूँ...।''

''तो फिर तुम्हें नयी बहूरानी कहूँ?'' महाराजन ने घबराकर पूछा था।

''अरे बहू-बहू कहकर बुलाने की जरूरत भी क्या है ? मैंने तो सुना है कि तुम यहाँ बहुत दिनों से हो।...केशव की माँ—माने बाबू की पहली घरवाली को क्या कहा करते थे ?''

महाराजन की आँखें फटी रह गयी थीं। उसने बताया, ''उन्हें तो सभी मालकिन माँ कहा करते थे।''

''ठीक है, मुझे भी तुम लोग नयी गिन्नी[1] माँ या मालकिन माँ कहकर ही बुलाना।''

कहना न होगा, यह दिलचस्प मामला धीरे-धीरे बेहद दिलचस्प हो गया और सबकी जुबान पर इसकी चर्चा रहने लगी। इसके बाद मजाक-ही-मजाक में सही 'नयी

1. गिन्नी अर्थात् गृहिणी।

मालकिन...नयी मालकिन' का सम्बोधन उसके लिए रूढ़ हो गया। बात यह थी कि एकदम सामने पड़ जाने पर ही माँ शब्द जोड़कर लोग उसे पुकार लेते थे...वैसे नहीं।

लेकिन कदम ने भी इस बात की बहुत परवाह नहीं की।

उसने बिना किसी परेशानी या दुराव के केशव को 'केशव' और उसकी पत्नी को 'बहूरानी' कहकर अपनी पद-मर्यादा को बनाये रखा। केशव ने अपने जीते-जी कदम के साथ सीधे कोई बात नहीं की थी लेकिन अपनी उम्र से पाँच-सात साल छोटी सास को केशव की पत्नी ने एक दिन टोका था, "वे उमर में तुमसे इतने बड़े हैं उनका नाम लेते लाज नहीं आती तुम्हें ?"

कदम ने मुँह बिचकाकर जवाब दिया था, "इसमें लाज किस बात की ? जब इतने बड़े आदमी के बाप के कान पकड़कर उठाती-बिठाती हूँ तो उसके बेटे का नाम लेने में काहे की शरम ?"

इस जवाब को सुनकर बहूरानी के कान लाज से दिप उठे थे जिसे छिपाने के लिए वह वहाँ से भाग खड़ी हुई थी।

यहाँ इस बात का हवाला देना जरूरी नहीं है कि भण्डार-घर की चाबी को अपने आँचल से बाँध लेने में कदम को कोई खास देर नहीं हुई। उसके आचरण को देखकर किसी की समझ में भी आ सकता था कि वह तमाम हथियारों से लैस होकर लड़ाई के मैदान में उतरी है। और इन सारी बातों को भी सात-आठ साल बीत गये।

अब तो और भी बुरा हाल है।

राघव राय को गुजरे भी दो साल बीत चुके हैं। इसी के साथ कदम का सौभाग्य-सूर्य अस्त हो गया था। केशव की घरवाली अपने छिने हुए गौरव को प्राप्त करने में लग गयी थी। केशव भी यही सोचने लगे थे कि कदम को उसके पाँच साल के बेटे के साथ उसके ममेरे भाई के पास भेज दिया जाए...और हर महीने खाने-पीने का कोई इन्तजाम कर दिया जाए। ठीक ऐसी ही घड़ी में यह खबर उसके कानों में पड़ी थी जिसे सुनकर उसके तन में आग-सी लग गयी थी मानो बिच्छू ने काट खाया हो।

अपने नाबालिग बेटे के हक में कदम ने जमीन-जायदाद का मामला उठाया था। केशव राय के साथ रुपये में आठ आने का हिस्सा पाने के लिए।

आठ आना हिस्सा...? उस लड़के के लिए जिसकी नाक बहती रहती है, पेट में जोंक है, हाथ में कड़ा है, गले में बाघ का नाखून जड़ा है...केशव राय तो यह सुनते ही आग-बबूला हो उठे...बोले, "ठीक है, मैंने तो सोचा था कि हर महीने सारी व्यवस्था कर दूँगा। लेकिन अब...अब तो एक पैसा नहीं दूँगा। जरा मैं भी तो देखूँ गिन्नी की औकात। मैं कचहरी में यह साबित कर दूँगा कि राघव राय ने उससे कभी कोई विवाह किया ही नहीं था...बड़ी आयी रखैल कहीं की ? इस वंश में उस बात का कोई गवाह

है...कोई पुरोहित गया था वहाँ ? कोई देखा-सुनी हुई थी...कुछ भी नहीं और यह लड़का...राघव राय की अवैध...नाजायज सन्तान है।

केशव राय की घरवाली ने आँखें चौड़ी कर पूछा, "और इस घर में इतने सालों तक नयी गिन्नी रहकर गयी है...इसका कोई जवाब है तुम्हारे पास ?"

केशव राय ने उसके सवाल को अनदेखी करते हुए बोले, "आ...दुर...। तुम भी क्या कह रही हो ? मर्द का बच्चा जिन्दा रहता है तो ऐसी ढेर सारी कारस्तानी करता रहता है। लोग हाड़ी-बागदी की छोरियाँ लाकर घर में डाल लेते हैं...यह तो फिर भी ब्राह्मण थी।...और हर कोई तुम्हारे पति की तरह बेदाग चाँद तो होता भी नहीं ?"

इस निष्कलंक चाँद की महिमा सुनकर घरवाली और बिछल गयी और कृतार्थ भाव से बोली, "हाँ...सो तो है...लेकिन क्या अदालत में ही यह फैसला होगा कि उसका सचमुच हम पर कोई दावा नहीं है ?"

"और नहीं तो क्या ? ब्राह्मण होने पर भी वे लोग किस पाँत के ब्राह्मण हैं ? कर्मकाण्डी...आचारजी ब्राह्मण। उनके साथ हमारा कोई लेना-देना नहीं है...लो इतनी बड़ी गवाही तो मेरे ही हाथ में है। इसके अलावा सारे गाँव के लोग गवाह हैं...मेरे साथ हैं।"

केशव राय का घराना पिछली सात पीढ़ियों से मामला-मुकद्दमेबाज रहा है। और यही वजह थी कि कदम की आसमान से टकरा जानेवाली हेठी से केशव राय के तन-बदन में आग लग गयी थी। उन्हें कोई डर-वर नहीं था। लेकिन वक्त बदल गया है...कहते हैं...कानून भी अब कमजोरों का ही पक्ष लेता है।

धीरे-धीरे यह भी जान पड़ा कि केशव राय मामले की जितनी अनदेखी कर रहे थे और उसे जितना रफा-दफा करना चाह रहे थे...बात बन नहीं पा रही थी। केस भी आहिस्ता-आहिस्ता पेचीदा होता गया और इससे जुड़ी चीजें बद से बदतर होती चली गयीं।

इधर कदम का ममेरा भाई, उसका साला और उसका बहनोई किसी नाते-रिश्तेदार की तरह इस गृहस्थी में आकर शामिल हो गये। इस युवक ने अभी-अभी कानून की पढ़ाई पूरी की थी और वकालत शुरू की थी। अपनी तैयारी, उत्साह, हर काम में तेजी और मुस्तैदी से इस पक्ष की आँखों में वे बुरी तरह चुभते रहने लगे थे। घर का बँटवारा तो तब भी नहीं हुआ था लेकिन राघव राय के मरते-मरते चूल्हे-चौके अलग हो गये थे। साथ ही खिड़की और दरवाजे की सहायता से ही दोनों फरीक के बीच ऊँची दीवार खींचने का काम, जहाँ तक सम्भव था, लिया जा रहा था।

आजकल कचहरी से आते ही केशव राय बिछावन पर लुढ़क जाया करते थे। इस गर्मी से वहाँ जाते-आते उनके सिर में दर्द हो जाया करता था।

"हाँ जी...आज क्या-क्या हुआ ?" घरवाली छूटते ही पूछती।

"वह सब तुम नहीं समझोगी," केशव राय गम्भीर स्वर में कहते।

"कम-से-कम हार-जीत के बारे में तो जान सकती हूँ...आखिर कौन जीत रहा है और कौन हार रहा है ?"

"जब तक अन्तिम तौर पर फैसला नहीं हो जाता...यह सब कोई नहीं जान पाता। एक नया जज आया है...धर्म का अवतार बनता है साला...बस...इसी बात का डर है। और अगर वह कँगला...हरामजादा खून की उल्टी करके मर-मरा जाए तो हर तरफ से बात बन जाए।" इतना कहते-कहते केशव राय उठ जाते हैं।

कहना न होगा, यह कँगला और हरामजादा और कोई नहीं, कदम का पाँच साल का बेटा माणिक लाल है। माणिक केशव राय के पूज्य पिताजी का पुत्र है लेकिन उसका जिक्र जब कभी भी आ जाता है, केशव राय उक्त दोनों सभ्य और विशिष्ट विशेषण के सिवा और किसी शब्द का उच्चारण नहीं करते थे। और अगर बात कदम की हो रही हो तो वे इन दोनों शब्दों को ही स्त्रीलिंग में बदल दिया करते थे...बस। उन दोनों के बारे में इन खूबसूरत गालियों के सिवा उनके होठों पर और कोई शब्द कभी आते भी नहीं थे।

केशव राय की पत्नी, जो ढेर सारे बेटे-बेटियों की माँ भी थी, मन-ही-मन सिहर उठी थी...यह सब सुनते-सुनते। उसके होठों पर 'षाट...षाट...'[1] अनायास ही आ गया था। उसके बाद ठोढ़ी उठाकर बोली, "मामले की हार-जीत के साथ यह मरने-मारने की बात क्यों है ?"

"क्यों है...? है...तुम यह सब नहीं समझोगी। यह सब तुम्हारे मैके की ठिठोली नहीं है। कचहरी और कठघरे में खड़े होकर तुम्हें अपना ऊँचा सिर नीचे भी नहीं करना है," केशव राय तमककर बोलते।

"लेकिन तुम तो कह रहे थे उनको कुछ लेना-देना नहीं है ?"

"अरे एक बार कह दिया न...नहीं !" और केशव राय आँखें लाल किये घर के आँगन में टहलने लगते।

"तो वे वकील और बैरिस्टर न्याय-अन्याय के बारे में कुछ नहीं समझते-बूझते... ?"

"नहीं...नहीं समझते-बूझते...स्साले..." केशव राय जैसे फट पड़ते, "जिस बात को समझती नहीं हो उसमें अपनी टाँग मत घुसेड़ो। अब यही सोचकर अफसोस होता है कि जब वह छोरा...कँगला पैदा हुआ था तब उस हरामखोर बुढ़िया धाय से कह-सुनकर और उससे नमक चटवाकर मैंने मरवा क्यों नहीं डाला ?"

फिर भी...जब तक साँस तब तक आस।...

---

1. माँ षष्ठी के लिए लिया जाने वाला नाम।

बात चाहे रोग-बलायी की हो या मुकद्दमे की।

रोगी की हालत बिगड़ जाने पर लोग दूर-दराज से डॉक्टर बुलाने को दौड़ते हैं और केस बिगड़ जाता है तो उसकी पैरवी के लिए दूर-दूर से वकील और बैरिस्टर बुलाये जाते हैं। इसी तरह जब कस्बे के वकील से काम नहीं चला तो केशव राय ने कलकत्ता से एक वकील बुलाने की मन में ठान ली। लेकिन उन्हें कोई भी पूरी तरह से आश्वस्त नहीं कर पाया। कदम के साथ राघव राय का विवाह वैध साबित हो चुका था और ऐसा लग रहा था कि इस अबला विधवा और नाबालिग बच्चे के मामले में अदालत का रवैया सौ फीसदी सहानुभूतिपूर्ण है।

अदालती सहानुभूति बटोर लेने में कदम की ओर से जरा-सी भी कोताही नहीं हुई। अदालत में हाजिर होने के दिन वह सोडा लेकर अपने सिर के बाल धोती...कोई मटमैली-सी साड़ी पहनती और चेहरे का हाव-भाव, जहाँ तक सम्भव था, इतना कातर और दयनीय बना लेती थी कि फिर कुछ बताने की जरूरत ही नहीं पड़ती थी।

'जब तक साँस...आस' वाली कहावत के मुताबिक ही केशव राय एक बड़े कानूनी सलाहकार की सलाह लेने गये थे। डेढ़ बजेवाली गाड़ी से वापस लौटे। उनका जी बुरी तरह खट्टा था।

इधर सुबह से ही...टिपर...टिपर...बारिश हो रही थी और आकाश बादलों से भरा था। स्टेशन पर उतरे तो पाया कि बारिश और तेज हो गयी है। आसमान वैसा ही भरा-पूरा था। उन्होंने यह बताया नहीं था कि किस ट्रेन से लौटेंगे इसलिए स्टेशन पर गाड़ी का कोई इन्तजाम न था। उन्होंने सोचा, घर कोई खास दूर नहीं है, भाड़े पर गाड़ी नहीं लेंगे...पैदल ही चले जाएँगे। उन्हें इस घड़ी किसी की बात न तो अच्छी लग रही थी और न किसी के बारे में वह कुछ कहना-सुनना ही चाहते थे।

सामनेवाली आम सड़क छोड़कर वह घोष घराने की तालाब की साथ वाली पगडण्डी पर से चलने लगे। इसलिए नहीं कि यह रास्ता कहीं छोटा था बल्कि सूना था। अपनी ही धुन में चले जा रहे थे वह। अचानक उनकी नजर सामने पड़ी और वह हैरान रह गये। तालाब के एकदम पास ही कौन घूम रहा है...इस समय ? गोपला तो नहीं ? हाँ...वही तो है। यह तो अजीब बात है ? इन लोगों ने आखिर क्या समझ रखा है ? और आज के दिन...अपने बेटे को छोड़कर किस इतमीनान के साथ बैठी है। 'इन लोगों' से उनका मतलब था केशव की घरवाली। गोपला या गोपाल केशव का छोटा लड़का था। वह घर से यहाँ तक चलकर आखिर आया कैसे ?

केशव तेजी से आगे बढ़ आये बच्चे को पकड़ने के लिए। लेकिन उसके पास आते ही वह ठहर गये और एक अजीब तरह की विरक्ति और खीज भरी सिहरन से उनकी देह लरजने लगी।

उन्हें ऐसा लगा कि उन्होंने ढेर सारा केंचुआ देख लिया हो।

वह गोपाल नहीं था, मानिक था।

मानिक आँधी में पेड़ से गिरी कच्ची इमली बीन रहा था। आस-पास से गुजरने वालों से पूरी तरह बेखबर।

इस घृणाभरी सिहरन के साथ ही, केशव राय के तन-मन में आक्रोश की आग भी धधक उठी थी। यही...यही तो उनके मुकाबले खड़ा है। सारी जमीन-जायदाद का आधा दावेदार। उनके पिछले जनम का दुश्मन। उन्हें याद आया कि पिछले कई दिनों से उन्होंने उसे देखा नहीं है...। दूसरे शब्दों में, देखना नहीं चाहते। कदम अपने बेटे को अपने सबसे बड़े दुश्मन की बुरी निगाह से बचाकर रखना चाहती थी और सहमी रहती थी। उन्हें लगा कि उनके कलकत्ता जाने की खबर उस पक्ष को मिल गयी थी इसीलिए मानिक को घूमने की छूट मिली हुई थी। इसके अलावा एक दूसरा कारण भी था...मुकद्दमा जीतने की मनौती माँगने के लिए कदम माँ आनन्दमयी के आश्रम में फल-फूल चढ़ाने और होम चढ़ाने गयी हुई थी। अगर तीन दिन और तीन रात तक लगातार उस होम की आग को जलाया रखा जा सका तो इस बात में कोई सन्देह नहीं कि जीत उसकी ही होगी।

केशव राय को इन सारी बातों की खबर नहीं थी। उन्होंने तो बस इतना ही देखा कि वह लड़का पता नहीं कैसे अपनी माँ की घेरेबन्दी से छिटककर यहाँ तक आ गया है।

गीली बहती नाक...पेट में जोंक...बाँह पर तावीज और गले में बघनखा।

अचानक केशव राय के मन में एक खूँखार हिंस्र भाव पैदा हुआ। प्रतिशोध की यह आग गैर-कानूनी, सभ्यता-विरोधी और मानवता के सर्वथा विपरीत थी। गले में बघनखा डाले उसकी गौरैया जैसी गर्दन को अपने नाखूनी पंजों से दबोच लेने की एक अजीब-सी हवस उठी थी उनके मन में।

बस आधे मिनट का ही तो काम था।

सिर्फ तीस सेकेण्ड में उसका सबसे बड़ा शत्रु ढेर हो जाएगा।

केशव राय ने चारों तरफ देखा। बदली घिरी दुपहरिया और तेज चलती हवा ने गाँव-जवार के लोगों को घर के अन्दर बैठे रहने को मजबूर कर दिया था। आस-पास किसी आदमी की छाया तक नहीं थी। वह रास्ता वैसे भी सुनसान पड़ा रहता था और आज तो यहाँ से वहाँ तक एकदम खाली पड़ा था। केशव के जबड़े किटकिटाकर तालु से चिपक गये। उसके हाथों के साथ दसों उँगलियों के नाखूनों में एक अजीब-सी हरकत होने लगी। हथेलियों में मचल रही एक नामालूम बहशी ताकत धीरे-धीरे पूरे तन-बदन में फैल गयी और उस बच्चे की घिनौनी देह को मोड़-मचोड़कर पोखर के कंजे पानी में फेंक देने को तड़प उठी।

यही तो मौका था।

किसी को पता तक नहीं चलेगा।

इस केंचुए को एक ही झटके में कुचलकर पोखर में फेंक दिया जाए और वह लौटती ट्रेन से कलकत्ता लौट जाएँ तो कैसा रहे ? वहाँ किसी भरोसे के परिचित के यहाँ टिक जाएँ, यह बहाना बनाकर कि काम बहुत ज्यादा है और निपटाकर ही जाना है। बस...फिर क्या है...किला फतह।

इस बात की तो बहुत-से लोगों को खबर है कि वह सवेरे वाली गाड़ी से कहीं बाहर गये थे। दिन के बारह बजे तक तो वह वकील के यहाँ ही थे और सफाई में यही सबसे बड़ा सबूत होगा। शाम से अगली रात तक कहाँ थे, इस बात के लिए कोई चश्मदीद गवाह जुटा लें तो फिर तय है कि वह कृष्णनगर में थे ही नहीं।

अव्वल तो यह नौबत आएगी नहीं।

और ऐसा हो भी तो केशव राय को भला इस मामले में कौन फँसा सकेगा ?

इस कँगले...हरामजादे...स्साले के टेंटुए की तरफ केशव राय ने खड़े होकर ध्यान से देखा। वह कच्ची इमली चूस रहा था...सबसे बेखबर...।

केशव राय आहिस्ता-आहिस्ता उसकी तरफ बढ़ आये।

इसके बाद घटित होने वाले सारे दृश्य—एक-एक कर उनके दिमाग में उभरने लगे।

कलेजा पीटती हुई कदम बिलख रही है...बालों को नोच रही है। इसके बाद अपना-मुँह लिये वह चुपचाप सिर झुकाये अपने ममेरे भाई के साथ गाड़ी पर बैठने को जा रही है।

अगर वह नाबालिग लड़का ही आँखें मूँद ले तो वह अदालत में किसके लिए अपना दावा ठोंकेगी।

कदम का बुझा और उतरा हुआ चेहरा...हार की बदौलत उसकी नीचे झुकी हुई गर्दन की कल्पना कर केशव राय का जी बल्लियों उछलने लगा।...वह चुपचाप आगे बढ़े...एक-एक कदम नापकर और चार कदम।

लेकिन तभी जैसे बिजली के झटके के साथ उसके दिमाग में एक बात आ गयी...गला दबाने पर उँगलियों के गहरे निशान...ये तो बड़े खतरनाक साबित हो सकते हैं। उन निशानों की बुनियाद पर ये स्साले पुलिस वाले हत्यारे को पाताल से भी ढूँढ़ निकालते हैं।...इससे तो अच्छा है कि इस पोखर के पानी में ठेल-धकेल दिया जाए।

यही सबसे अच्छा तरीका होगा।...ठीक है।

पोखर के किनारे ही अभागा छोकरा खड़ा है। पीछे से हलका-सा धक्का लगाने की ही तो बात है...बस काम-तमाम। चूँ तक नहीं होगी और होगी भी तो कौन जान पाएगा ?

सब लोग यही कहेंगे कि असावधानी के चलते डूब मरा...और क्या...बस यही तो चाहिए। वाह...गजब हो गया।

केशव राय आगे बढ़ते गये।...नजदीक...और नजदीक...। उनकी साँसें तेज होती गयीं...छाती जोर-जोर से धड़कने लगी।..किसे पता है कि किसी की जान लेने पर उतारू हत्यारे का चेहरा कैसा होता है ? कोई नहीं जानता कि उस समय केशव राय की मुख-मुद्रा कैसी हो चली थी। यह भी नहीं कहा जा सकता कि तब उनके होठों से कोई शब्द फूटा भी था या नहीं ?

अचानक मानिक पोखर की तरफ से मुँह फिराकर खड़ा हो गया लेकिन सामने खड़ी यमराज की मूर्ति देखकर बुरी तरह डर गया और उसने पाँव पीछे हटाना शुरू किया।

एक-दो कदम हटाते हुए वह एकदम पोखर के धार तक चला आया था।

सचमुच...बड़े भैया को वह किसी यमराज की तरह ही देखता था और सहमा-सहमा रहता था।

और इधर...केशव राय ?

उसके एक-एक रोम में अजीब-सा रोमांच था...किसी की हत्या के मामले में नहीं फँसना पड़ेगा। इस लड़के ने उनका काम और भी आसान कर दिया। बस...दो-तीन कदम...और...

सिर्फ मुँह फाड़कर आतंकित करने भर की ही तो बात है।...फिर सारा खेल तमाम...। नहीं...चीखने या धमकाने की भी जरूरत नहीं। क्या पता यह हवा ही दुश्मन हो जाए।

...बस आँखें तरेरकर देखने से ही काम हो जाएगा। केशव राय की गिद्ध-दृष्टि को देखते ही मानिक की सुध-बुध वैसे ही गुम हो जाती है। यह सब जानी-सुनी-देखी बात है।

अलाव की तरह सुलगती आँखें फाड़कर केशव और भी आगे बढ़ते आये...और मानिक भी एक-एक कदम पीछे हटता गया...डरे से...।

दिन भर की बारिश की वजह से कीचड़ भरे पोखर के किनारे की गीली माटी भहरकर गिर पड़ी...और पलक झपकते केशव राय ने लड़के को एक झटके के साथ अपनी तरफ खींच लिया और उसके गाल पर एक चपत जमाते हुए उसे जोर से झिड़का, "तू किस चूल्हे में कूद रहा था हरामजादे...मरना है क्या ?"

शोक

दफ्तर जाने के लिए बाहर निकलकर फुटपाथ पर कदम रखते ही सामने डाकिया दीख गया। हाथ में चिट्ठी और पत्रिका। अपनी व्यस्तता के बावजूद उन्हें लेकर शक्तिपद को वापस लौटना पड़ा अन्दर की तरफ। इन्हें प्रतिमा के सामने पटक आना पड़ेगा। पत्रिका खोलकर देखने की जरूरत नहीं। जाहिर है कोई फिल्मी पत्रिका है...'छाया-कवि'–प्रतिमा के लिए उसके जी-जान से बढ़कर पत्रिका। हर बुधवार प्रकाशित होती है, बिला नागा।

चिट्ठी भी प्रतिमा के नाम है। पोस्टकार्ड। चार पाँच लाइनों में कुछ लिखा है...चिट्ठी उसके मैके से आयी है...वर्धमान से।

ऐसी अफरा-तफरी में चिट्ठी तक पढ़ने की फुरसत नहीं। लेकिन चलते-चलते ही आँखें उन काली सतरों पर चली ही गयीं...और इसके साथ ही शक्तिपद की दोनों आँखें जैसे पथरा गयीं। अपनी ठहरी और ठिठकी आँखों से ही उसने उन पंक्तियों को दोबारा पढ़ा...इसके बाद फिर एक बार पढ़ा।

नहीं...इस खबर में सन्देह करने जैसा कुछ नहीं है। बात सच है और थोड़े से शब्दों में ही लिखा है...। प्रतिमा के चाचा ने चिट्ठी लिखी है।

प्रतिमा की माँ नहीं रहीं।

चाचा ने तार भेजने की बात सपने में भी नहीं सोची थी।

चिट्ठी में लिखा था :

''पिछली रात तुम्हारी माँ स्वर्ग सिधार गयीं। दो-चार दिन के बुखार में ही वे हम सबको इस तरह छोड़कर चली जाएँगी, हमने कभी यह सोचा तक नहीं था। हम सभी तो अनाथ हो गये हैं। भैया नहीं थे, अब भाभी भी नहीं रहीं। अब ले-देकर तुम्हीं हमारे लिए सब कुछ हो। इसलिए पत्र पढ़ते ही चले आना और हमें धीरज बँधा जाना।''

शक्तिपद में बाद की दो-तीन आशीर्वादात्मक पंक्तियाँ पढ़ने का हौसला रह नहीं गया...। वह थोड़ी देर तक खड़ा रहा चुपचाप...क्या करे...क्या न करे...और ऐसी स्थिति में सिनेमा के पर्दे पर दौड़ने वाली तसवीरों की तरह ढेर सारी तसवीरें

उसकी मन की आँखों के सामने तैर गयीं। ये तसवीरें सामने देखी हुई नहीं थीं...कल्पना में घूमने वाली तसवीरें थीं... । कलेजे को बींध जाने वाली इस खबर से प्रतिमा पर क्या बीतेगी और फिर शक्तिपद को किन-किन परेशानियों में से गुजरना पड़ेगा—उसकी एक धारावाहिक लेकिन बेतरतीब चित्र-शृंखला।

यह बताने की जरूरत नहीं कि मलेरिया से आक्रान्त विधवा सास की मौत की खबर से शक्तिपद को कोई खास झटका नहीं लगा था लेकिन प्रतिमा, जिसके कि मन-प्राण ही उसकी माँ में अटके हों, इस संवाद को सुनकर वह कैसा हंगामा खड़ा करेगी, यह सोचकर ही उसकी जान सूख रही थी।

उसके दिमाग में सबसे पहली जो बात आयी थी, वह थी दफ्तर की चिन्ता। अब आज तो दफ्तर जाना वैसे ही मुल्तवी हो गया। और यह बदनसीबी ही कही जाएगी कि आज ही पहली तारीख भी है। शक्तिपद के दफ्तर में एक ऐसा बेहूदा नियम लागू है कि अगर कोई कर्मचारी पहली तारीख को न आए तो सात तारीख के पहले उसे पिछले महीने का वेतन नहीं मिलेगा। यह सब सोच-सोचकर उसकी रीढ़ में एक ठण्डी सनसनी-सी दौड़ गयी थी।

और इन सारी परेशानियों के बीच प्रतिमा को सँभालना।

प्रतिमा का मिजाज वैसे ही उखड़ा-उखड़ा रहता है। अब इसके साथ अपनी माँ का शोक उसे और भी तोड़ जाएगा। और यह सब देखकर तो उसकी हालत और भी पतली हो जाएगी।

प्रतिमा को माँ की मृत्यु का शोक। और वह भी आकस्मिक। इन सारी बातों पर न जाने क्या-क्या सोचते, विचार करते हुए इस भले आदमी की जैसे मति ही मारी गयी...कि वह क्या करे, क्या न करे ?

नहीं...अभी नहीं। अभी वह इस खबर के बारे में कुछ नहीं बताएगा। और इसके लिए अचानक जाकर समाचार देना सम्भव नहीं।

इससे तो अच्छा है कि वह चुपचाप खिसक जाए। वापस आकर जो होगा...सो होगा। यह कोई बात हुई भला...अभी इस समय जबकि ऐसी भाग-दौड़ मची हुई है। नहीं...शक्तिपद कहीं पागल तो नहीं हो गया। प्रतिमा की माँ के गुजर जाने की खबर पाकर भी शक्तिपद दफ्तर चला गया...और यह बात भी प्रतिमा को बताने वाली है नहीं ?

ऐसा नहीं होगा।

तो फिर।

तो यह चिट्ठी जेब में डाल ले...कुछ इस तरह कि दफ्तर जाने की हबड़-तबड़ में उसने गलती से इसे जेब में रख लिया और जब घर लौटा और कमीज उतारने लगा तो...उस समय...

नहीं...यह भी बड़ी ज्यादती होगी...बात जम नहीं रही।

वर्धमान से आयी यह चिट्ठी पढ़कर और दिन भर जेब में रखकर पूरी निश्चिन्तता के साथ क्या दफ्तर में काम किया जा सकता है ? नहीं...यह तो और भी बड़ा अपराध होगा...जिसे माफ नहीं किया जा सकता।

पिछले कई दिनों से प्रतिमा यह पूछती रही थी कि इन दिनों चिट्ठी नहीं आ रही कोई।

काफी देर तक सोचते रहने के बाद...अचानक उसके दिमाग में एक बात कौंध गयी...यह हुई न बात...आखिर इतनी देर तक यह बात उसके दिमाग में क्यों नहीं आयी ? लो, इस बात का क्या सबूत है भला, एक डाकिया उसके हाथ में कोई चिट्ठी दे भी गया है या नहीं। यह डाकिया अक्सर बाहर से अन्दर खिड़की की तरफ चिट्ठियाँ फेंक दिया करता है। आज भी वैसा ही करता...अगर शक्तिपद को उसने देखा नहीं होता। शक्तिपद आज अगर एक मिनट पहले घर से निकल गया होता तो ऐसी नौबत नहीं आती ? फिर दुनिया भर की चिन्ताओं से उसे इस तरह जूझना न पड़ता।

चलो। शक्तिपद भी वैसा ही करेगा...बाहर वाली खिड़की की तरफ से हाथ बढ़ाकर चिट्ठी अन्दर फेंक देगा।

उसने जैसा सोचा था...वैसा करने के पहले उसने फिर एक बार अच्छी तरह सोच लिया। नहीं...लगता है इससे भी बात बनेगी नहीं। मोहल्ले में ढेर सारे लोग हैं, किसी ने आते-जाते देख लिया तो...। वे क्या सोचेंगे...और जब इस खबर के बारे में उन्हें पता चलेगा तो और बावेला मचेगा। वे सब क्या सोचेंगे ? इससे तो अच्छा है कि वह खुद घर के अन्दर जाकर ही खिड़की के नीचे चिट्ठी डाल आए। यही ठीक रहेगा।

दबे पाँव...चुपचाप आगे बढ़ता हुआ शक्तिपद घर की बैठक के सामने चला आया। और फिर दम साधे खड़ा हो गया। इसी कमरे में तो डाकिया बाहर से चिट्ठियाँ फेंक जाता है।

प्रतिमा आखिर कहाँ है ? रसोईघर में होगी। करछल चलाने की आवाज आ रही है। साथ ही, मछली भूने जाने की सोंधी-सोंधी गन्ध। इसका मतलब है अभी...इधर...इतनी जल्दी नहीं आएगी।

उसने बहुत ही आहिस्ता से खिड़की के कोर्निश पर चिट्ठी और पत्रिका को रखा। पत्रिका के ऊपर ही यह चिट्ठी रहे। हाँ...ऐसे...। ठीक है। वर्ना छाया छवि पत्रिका देखते ही प्रतिमा सारा दुनिया-जहान भूल जाएगी...नीचे कुछ रखा है भी या नहीं, इसे उसकी कोई सुध भी नहीं रहेगी।

चिट्ठी ऊपर ही पड़ी रहे। जो कुछ लिखा है अपने सीने में सँजोये। अब उसमें

जो भी अच्छी-बुरी खबर है वह प्रतिमा को मिल ही जाएगी। एक हताश दूत की तरह अपने कर्तव्य के बोझ से शक्तिपद को मुक्ति तो मिले। रोने-धोने और छाती कूटने का सारा हंगामा शक्तिपद की आँखों से ओझल ही रहे। शक्ति-पद जब दफ्तर से वापस लौटेगा तब तक बहुत कुछ सामान्य हो चुका होगा।

लेकिन इतनी सारी बातों को सोचते हुए भी उसे इसमें कुछ ही सेकेण्ड लगे। चिन्ता तो हवा से भी अधिक तेज रफ्तार से चलती है।

'छाया-छवि' लिफाफे के ऊपर चिट्ठी रखकर जितनी खामोशी से शक्तिपद आया था उतनी ही खामोशी से वापस, बाहर चला गया। और घर से बाहर निकलकर उसने चैन की साँस ली...भरपूर।

आह...वह अपने आपको कितना हल्का महसूस कर रहा था। गनीमत थी कि दिमाग में एक बात तो सूझी।

लेकिन दफ्तर जाकर वह अपने को बड़ी बेचैनी के बीच पाता रहा। उसका मन अपराध के बोझ से भारी रहा। बार-बार उसके मन में यही आता रहा कि प्रतिमा अगर खूब रोती-पीटती रही, हाथ-पाँव पटकती रही तो बच्चे का क्या हाल होगा ? हो सकता है दिन भर उसको दूध तक नसीब न हो। कौन देखेगा उसे ?

उसके मन में कई-कई बार विचार आया कि वह जल्द ही घर लौट जाएगा लेकिन क्यों...यह दलील जुटा न पाया। आखिर वह घर इतनी जल्दी क्यों आ गया ? इस सवाल से बचने के लिए उसे आँख-कान मूँदकर दफ्तर में ही दिन काटना होगा।

उसने जो कुछ किया था...उसे भुगतना ही था। कोई चारा न था। भुनी हुई मछली को ठीक से रखकर और रसोईघर के दूसरे छोटे-मोटे काम निपटाकर प्रतिमा इधर आ गयी। उसका जी बेचैन था। शक्तिपद को दफ्तर गये काफी देर हो गयी थी। घर का बाहरी दरवाजा अब भी खुला होगा...गनीमत है बच्चा अब तक चुप था। दरवाजे की चिटखनी चढ़ाकर वह अन्दर लौट ही रही थी कि उसकी निगाह खिड़की पर रखी चिट्ठी और पत्रिका के लिफाफे पर पड़ी।...अच्छा...तो 'छाया-छवि' का नया अंक आ गया है ? इस हफ्ते तीन बड़ी अभिनेत्रियों के साथ पत्रिका के प्रतिनिधि साक्षात्कार ले रहे हैं...कई-कई मुद्दों पर।

कब आयी डाक ?

उस समय तो नहीं...जब शक्तिपद बाहर जाने के लिए कपड़े बदल रहे थे।

और लो...वर्धमान से भी चिट्ठी आ गयी है। लेकिन यह चिट्ठी चाचा जी ने क्यों लिखी है ? विजयादशमी के मौके पर ही वे हमें याद कर लेते हैं...बस। चाचा जी तो...कभी...माँ ठीक-ठाक हैं न...?

चिन्ता हवा से भी अधिक तेज रफ्तार से दौड़ती है।

चिट्ठी को हाथ में लेते-लेते ही उसने इतना कुछ सोच लिया था। और हाथ में उठाकर रखते-रखते ही उसने सारा कुछ एक साँस में पढ़ लिया था और दूसरे ही क्षण प्रतिमा चक्कर खाकर वहीं जमीन पर गिर पड़ी।

यह क्या...क्या हो गया।

पाँच पैसे का पोस्ट कार्ड आखिर ऐसी कौन-सी खबर के साथ पहुँचा ? माँ नहीं रहीं...प्रतिमा की माँ गुजर गयीं। और उसके चले जाने की खबर बस दो लाइनों में लिखी गयी इस चिट्ठी की मार्फत पहुँच गयी ?

प्रतिमा के माँ के गुजर जाने की खबर क्या वैसी ही साधारण है, जैसी कि आये दिन आने वाली चिट्ठियों में कुशल-मंगल दर्ज किये जाने वाले समाचार। उसे चुपचाप और अकेले यह जान लेना पड़ा कि उसकी माँ नहीं रहीं। दस मिनट पहले यह चिट्ठी नहीं आ सकती थी ? तब शक्तिपद भी इस बारे में जान पाता। प्रतिमा कितनी बुरी तरह शोक-सन्तप्त है, इसे देखने जानने वाला एक दर्शक। शक्तिपद पास होता तो वह अभी तक शोक में पागल प्रतिमा को साथ लेकर हावड़ा स्टेशन दौड़ पड़ता।

नहीं। अगर अभी किसी ट्रेन के रवाना होने का समय न होता तो वह ट्रेन का इन्तजार किये बिना दौड़कर जाती और टैक्सी बुला लाती। इस बारे में किसी की सलाह मानने का सवाल ही पैदा नहीं होता कि ट्रेन का इन्तजार कर लिया जाए। शक्तिपद भी इस बात पर राजी हो जाता। ऐसी हालत में जबकि प्रतिमा पर दुख का जैसा पहाड़ टूट पड़ा हो...शक्तिपद ऐसा पत्थर नहीं कि इस मामले में कोई कंजूसी करे ? टैक्सी से उतरते ही वह माँ के बिछावन पर औंधी जा पड़ती और अब उसे चाचा-चाची...मौसी-बुआ सभी सान्त्वना देते...सारे मोहल्ले के लोग उसे घेर लेते। माँ को गँवाकर प्रतिमा को कितना कष्ट हुआ है...इसे सभी देख लेते।

लेकिन यह क्या ? शोक-प्रदर्शन का सारा आयोजन धरा-का-धरा रह गया। वह जोर से चीत्कार कर उठे...उसका हृदय हाहाकार कर उठे...एक बारगी फट पड़े...ऐसी भी प्रेरणा नहीं रही कोई। अकेले...घर में पड़े-पड़े कहीं रोया-धोया जा सकता है भला !

बड़े लोग जो नहीं कर सकते हैं उसे छोटे बच्चे बड़ी आसानी से कर लेते हैं। तभी जोर-जोर से सारे पास-पड़ोस को सर पर उठाकर चिल्लाने लगा था दस महीने का खोकन। अभी-अभी तो वह बड़ी शान्ति से खेल रहा था अचानक यह क्या हो गया उसे ?

जब घर में कोई दूसरा न हो और बच्चा इस तरह चीख रहा हो तो वहाँ दौड़कर न जाने के सिवा चारा भी क्या है ? माँ की मौत की खबर मिलने के बावजूद।

वहाँ जाकर देखा तो पाया कि वहाँ एक काला चींटा है...जी-जान से चिपका है बेटे की सबसे छोटी-उँगली के पोर से। दस महीने के बच्चे के लिए यह काला चींटा

किसी केंकड़े या बिच्छू से कम नहीं। बेटे को चुप कराने में उसे अपनी माँ की मौत का दुख भूल जाना पड़ा। और बच्चे के उनींदे हो जाने पर अचानक उसे लगा कि सारे घर में किसी चीज के जलने की बू फैल गयी है और तब प्रतिमा को याद आया कि शाम के समय रसोई बनाने की मेहनत बचाने के लिए इसी समय चूल्हे पर चने की दाल चढ़ा आयी थी। अच्छा ही हुआ, उस दाल का मुँह काला हो गया। बुझती हुई चूल्हे की आग भी बुरे वक्त में ही बदला लेती है।

दाल भले ही जल जाए लेकिन चूल्हे पर चढ़ी देगची भी जल जाए, ऐसा सोच लेने पर तो नहीं चलेगा। अभी पिछले दिनों चार-पाँच पुरानी साड़ियों के बदले उसने इसे खरीदा था।

बच्चे को गोद में लिये-लिये ही उसने देगची को नीचे उतारा और रसोईघर पर साँकल चढ़ाकर वह वापस चिट्ठी के पास ही बैठ गयी। उसे फिर हाथ में इस तरह उठा लिया जैसे कि और कोई बात उसमें पढ़ने से रह तो नहीं गयी ! और अचानक पता चलेगा कि प्रतिमा अब तक कुछ गलत ही पढ़ती रही।

लेकिन नहीं तो...कहीं कोई गलती नहीं थी।

प्रतिमा की माँ सचमुच गुजर चुकी हैं। वर्धमान के उस घर में और यहाँ-वहाँ हर जगह ढूँढ़ते रहने के बावजूद अब प्रतिमा उन्हें फिर कभी देख नहीं पाएगी। पिताजी कब के...बचपन में ही स्वर्ग सिधार गये उसे याद नहीं।...ले-देकर माँ ही उसके लिए सब कुछ थीं।

तो फिर...सारा कुछ खत्म हो गया।

प्रतिमा के जीवन का यह सबसे पहला और सबसे बड़ा शोक था और वह शान्तचित्त दीख रही थी।

अब थोड़ी देर में उसे रोज की तरह उठना होगा और अभी थोड़ी देर में ही महरी आएगी और जब बकरी का दूध लेकर दूधवाला आएगा, उन्हें इस बारे में बताना होगा। कम-से-कम महरी को तो बताना ही पड़ेगा कि उसकी जिन्दगी में कितनी बड़ी और तकलीफदेह घटना घट गयी है। अपनी ही जुबान से बताना होगा। न बताया जाए तो एक साधारण जन की तरह व्यवहार करते रहना पड़ेगा। और करते रहने पर बाद में मालूम हो जाने पर महरी भला क्या सोचेगी ? और इस दुखदायी समाचार को सुनकर महरी अवश्य ही प्रतिमा के शोक में सहानुभूति जताने आएगी। इस मौके का सुयोग लेकर ही वह बड़ी अन्तरंगता के नाते पसीज जाएगी और तब उसकी पीठ...कन्धे और माथे को भी सहला देगी। सचमुच, बड़ा ही असह्य है यह दुख। और इतना सब कुछ हो जाने के बाद शक्तिपद देखेगा कि माँ के मरने की खबर पाने के बाद भी प्रतिमा चल-फिर रही है...घर के तमाम काम कर रही है...बच्चे को दूध पिला रही है।

काफी रोने-धोने के बाद बच्चा अपनी माँ की गोद में सो गया था। प्रतिमा अभी भी बैठी है गुमसुम...सोये बच्चे को गोद में लिये।

समय बीतता चला गया...तीन बज गये होंगे। बकरी का दूध लाने वाले ने घण्टी बजायी होगी...। प्रतिमा भी मन में कुछ ठानकर ही उठ खड़ी हुई।

पता नहीं...डाकिया कब आया और चिट्ठी डाल गया। प्रतिमा कुछ जान भी न पायी। वह तो बच्चे को सँभाल रही थी...उसे काले चींटे ने काट खाया था। यही वजह है कि घर-द्वार, दरवाजे-खिड़कियाँ...किसी भी तरफ देखने की उसे फुरसत तक नहीं मिली। इस बात की गवाह है यह पत्रिका 'छाया-छवि'...जिसका रैपर तक नहीं खोला गया। खिड़की के नीचे...ठीक जिस तरह डाकिया पत्र और पत्रिकाएँ फेंक जाया करता है, ठीक उसी तरह पत्रिका और चिट्ठी रखने के बाद प्रतिमा उठ खड़ी हो गयी। उसने एक छोटा-सा गिलास उठाया और दूधवाले से दूध लेने के लिए दरवाजा खोल दिया। दूध लेने के बाद उसने अभी-अभी रखी गयी दोनों चीजों की ओर ठहरकर देखा...चिट्ठी पत्रिका पास या ऊपर नहीं रखी है बल्कि पत्रिका इसके नीचे दबी रखी है...ठीक है...इसी तरह रहे। आने-जाने वालों की निगाह इन पर नहीं पड़े...ऐसा कहीं सम्भव है ? और चिट्ठी पर नजर पड़ते ही तो बेचैन या परेशान होना स्वाभाविक ही है...और तभी तो वर्धमान से चिट्ठी न आने की वजह पिछले दिनों से प्रतिमा सोचती रही थी।

और 'छाया-छवि ?' जैसी है...पड़ी रहे। ठीक ही है। बेटा जिस तरह सारे दिन सेरो-बिसूरकर परेशान करता रहा है...उसमें किसी सिने-पत्रिका के पन्ने उलटने तक की फुरसत मिल सकती है भला ?

प्रतिमा ने रसोईघर में अपने लिए खाना परोसकर रखा था...थाली में भात वैसे ही पड़ा था। महरी चिल्ला रही थी। प्रतिमा अब करे भी तो क्या ? दिन भर सिर-दर्द से वैसे ही परेशान रही है वह। सिर तक नहीं उठा पायी है। खाना कैसे खाती ! वह सारा भात महरी अपने बाल-बच्चों के लिए ले जाए।

रोज की तरह चूल्हे में आग जलायी गयी। रात का खाना तैयार किया जाने लगा। शक्तिपद हल्की-हल्की आँच पर परवल और आलू की बारीक कटी भुजिया और इसके साथ गरमागरम पूड़ियाँ बहुत पसन्द करता था। आज वही बननी चाहिए। प्रतिमा को कुछ नहीं हुआ है...वह तो ठीक-ठाक ही है।

घर के दरवाजे तक आकर शक्तिपद के पाँव ठिठक गये। अन्दर से रोने-धोने की आवाज तो नहीं आ रही ?

वह चौकन्ना खड़ा रहा यह सोचकर कि रोने की आवाज तो सुनने को मिलेगी ही। लेकिन उसे अपनी गलती का अहसास हुआ। तो फिर क्या हुआ ? कहीं प्रतिमा अपनी सनक या पिनक में वर्धमान तो नहीं चली गयी ?...नहीं...ऐसा होता तो घर

का दरवाजा अन्दर से बन्द क्यों होता ? लेकिन ऐसी चुप्पी क्यों है भला ? क्या बेहोश पड़ी है ?

क्या पता...प्रतिमा अन्दर बेहोश ही पड़ी हो ? या फिर बच्चा नीचे गिर पड़ा हो और उसका सिर फट गया हो...। छी...छी...शक्तिपद ने आज सुबह-सुबह कैसी बेवकूफी की है !

शक्तिपद ने धीरे-धीरे दरवाजे की कुण्डी को खड़खड़ाया...पहले आहिस्ता-आहिस्ता और इसके बाद कुछ जोर से और फिर और जोर से...अबकी बार दरवाजा खुल गया। दरवाजा खोलने वाली खुद प्रतिमा थी।

आज इतनी देर हो गयी, प्रतिमा ने आम दिनों की तरह ही पूछा था।

देर हो गयी...।

हाँ...थोड़ी देर तो हुई थी शक्तिपद को...घर के अन्दर पाँव रखते हुए उसे अपने अन्दर साहस बटोरने में थोड़ी देर हो गयी।

शक्तिपद की समझ में यह नहीं आया कि वह क्या जवाब दे। लेकिन इस बीच प्रतिमा ने एक दूसरा ही प्रसंग छेड़ दिया।

वह बोली, "आज जो घर में तमाशा हुआ है...पता है ? इधर तुम घर से दफ्तर को निकले और मैं भी रसोईघर में घुसी। यह सोचकर कि बाहर का दरवाजा बन्द कर दूँ...ठीक इसी समय मुन्ना जोर-जोर से चिल्ला उठा। मैं दौड़ी आयी...पता नहीं क्या हुआ ? ओ माँ...मेरी तो आँखें फटी-की-फटी रह गयीं। देखती हूँ कि एक बड़ा-सा काला चींटा इसके पाँव की उँगली से चिपका हुआ है, उसे काटता चला जा रहा है...छोड़ ही नहीं रहा है। थोड़ा-सा खून भी निकला। और तब से जो इसने रोना-धोना शुरू किया है, दिन भर रोता ही रहा है, पल भर को थमने का नाम ही नहीं ले रहा। मैं तो परेशान हो गयी। चारों तरफ देखो तो सही...घर-आँगन में झाड़ू-पोंछा तक नहीं लगा। बालों में कंघी तक नहीं कर पायी...सारा कुछ अस्त-व्यस्त है।...इतनी देर बाद अब यह हँस-खेल रहा है।

शक्तिपद कहीं और खोया-खोया था, उस पर उसकी नजर नहीं थी। बरामदे की खिड़की के नीचे फर्श से उसकी आँखें जैसे गोंद की तरह चिपक गयी थीं। फिर तो शक्तिपद का सारा खेल ही बिगड़ गया ?

क्या अब भी वह वहीं पड़ी है ? ठीक उसी हालत में ?

लेकिन यहाँ तो पत्रिका ही पड़ी है...चिट्ठी कहाँ है ?

...चिट्ठी कहाँ है ? इस बात की छान-बीन अभी नहीं की जा सकती। अचानक देखकर कोई उसे उठा ले, ऐसा कोई बच्चा भी घर में नहीं है। अभी तो मुन्ने और काले चींटे की काट-चाट का हंगामाखेज किस्सा बयान हो रहा है। और यही वजह थी कि उसे जल्दी से हाथ-मुँह धोकर मुन्ने को गोद में उठाकर प्यार करना पड़ा।

गरमा-गरम पराठे और उसकी मनभावन सब्जी ठण्डी हो जाएगी—प्रतिमा इस बात का डर भी उसे दिखाती रही। यह भी बताया कि काफी सारा खाना पड़ेगा वर्ना बनी-बनायी चीजें बर्बाद हो जाएँगी।

उसने अनमने ढंग से कुछ उठा लेने के लिए इधर-उधर देखा...पता नहीं डाकिया किस तरफ से कुछ डाल गया हो...ऐसी ही बहानेबाजी के साथ। लेकिन यह सब भी वह प्रतिमा के पीठपीछे की करता रहा।

आखिर चिट्ठी कहाँ गयी ?

चिट्ठी के लिए इधर-उधर ताक-झाँक करते रहने और बाद में पत्रिका के हटाने पर उसे वह चिट्ठी दीख पड़ी।

आश्चर्य है। शक्तिपद ने तो इसे अपने हाथ से पत्रिका के ऊपर रख छोड़ा था। अगर यह किसी के हाथ न लगी तो फिर पत्रिका के नीच कैसे चली गयी ? और चिट्ठी के कोने पर यह क्या लगा है...साफ नजर आ रहा है...कोई दाग है। लेकिन इन सारी बातों की तह तक जा पाने के लिए अभी समय नहीं है।

चिट्ठी को हाथ में लेकर शक्तिपद वहीं पत्थर की तरह जम गया, कुछ इस तरह कि मानो उस पर बिजली गिर पड़ी हो। वह भरे गले से चीख पड़ा—''अरी सुन रही हो...यह क्या है ? तुम्हारे चाचा ने यह सब क्या अनाप-शनाप लिख भेजा है...?''

प्रतिमा सामने आ खड़ी हुई...सहज भाव से...धीमे-धीमे चलती हुई। साधारण-सी जिज्ञासा थी उसके स्वर में, ''अच्छा, वर्धमान से चिट्ठी आयी है...चाचाजी ने लिखी है...अचानक उन्हें हमारी कैसे याद आ गयी ? बताओगे भी कि क्या लिखा है...? अरे तुम चुप क्यों खड़े हो ? बताओ तो सही कि क्या लिखा है ? सुना नहीं...तुमने ?''

प्रतिमा ने ये सारे सवाल कुछ इस तरह किये मानो शक्तिपद कोई अनपढ़ हो।

शक्तिपद वहीं जमीन पर ढेर हो गया। उसने हाथों से माथा पकड़कर हाँफते-हाँफते कहा, ''जो कुछ लिखा है उसे पढ़कर विश्वास नहीं होता...सच...यह मुमकिन है...नहीं।''

प्रतिमा भी बुरी तरह सहम गयी और जमीन पर बैठ गयी फिर कातर भाव से चीख उठी, ''साफ-साफ कहो न। मैं तो कुछ भी समझ नहीं पा रही। मेरी माँ को कुछ हो-हवा तो नहीं गया ?''

''हाँ...प्रतिमा,'' शक्तिपद ने बड़े दुखी और रुँधे स्वर में कहा, ''माँ...हमारी माँ हमें अनाथ कर चली गयीं।'' शक्तिपद सचमुच काँप रहा था और गहरी उसाँस भर रहा था।

इधर कलेजा दहला देने वाली चीत्कार के साथ जैसे आसमान हिलाती हुई प्रतिमा रोने-चीखने लगी, ''यह तुमने क्या सुनाया...मुझे। बिना बदली के यह कैसी

बिजली गिरी...हम पर...हाँ... ।''

इस चीत्कार के साथ ही, प्रतिमा चक्कर खाकर गिर पड़ी। और गिरे भी क्यों नहीं। पूरे दिन भर तो वह बेहोशी की ही हालत में पड़ी थी। शक्तिपद उसके मुँह पर सुराही का ठण्डा पानी छिड़कता रहा और बार-बार यही सोचता रहा कि चिट्ठी जिस जगह पर रखी थी...वहाँ से दूसरी जगह कैसे चली गयी ?

चिट्ठी के एक कोने में हल्दी का दाग भी लगा था...अँगूठे का, एकदम साफ तौर पर... ।

आहत पौरुष

दुबली-पतली और छोटी-सी वायनाकार देह।

रूखा-सूखा चेहरा, तेज नुकीली दाढ़ी-मूँछ और चमड़े से मढ़ा हाड़-पंजर। लेकिन आँखों में सारी दुनिया की पीड़ा और थकान। इस चेहरे को देखकर जवानी जैसे किसी शब्द को इसके नजदीक नहीं लाया जा सकता...और अगर लाया भी गया तो सिर्फ हँसी ही आएगी। छीछालेदर की इस सम्भावना के बावजूद उसने कहा था, "कोई भी काम जब मिलता ही नहीं है चाची...तब काम अच्छा है या बुरा, इस बात पर सोचना ही बेमानी है। नौकरों वाला काम ही करूँगा। गले में पडी जनेऊ खोलकर रख दूँगा...और क्या ? ब्राह्मण होने की झूठी अकड़ छोड़नी पड़ेगी। जवानी के दिनों में भी मामा के भरोसे कब तक बैठा-बैठा रोटी तोड़ता रहूँगा।"

तभी उसके मुँह से जवानी की दुहाई देनेवाली बातें सुनकर मैं हँस पड़ी थी। लेकिन दूसरे ही क्षण इसे बड़ी मुश्किल से दबाते हुए मैंने पूछा था, "तुम्हारी उमर कितनी है ?"

उसने जब बताया, "पच्चीस..." तो बेसाख्ता मेरी हँसी निकल पड़ी थी..."दो के ऊपर पाँच...कहीं इसका आँकड़ा उल्टा-पुल्टा तो नहीं हो गया ? कहीं पाँच के ऊपर तो दो नहीं ?"

सचमुच उसने पच्चीस के बदले अपनी उमर बावन बतायी होती तो मैं उस पर यकीन कर लेता। लेकिन मेरी हँसी देखकर वह थोड़ी देर के लिए ठिठक गया। लेकिन मेरे सवाल के पीछे छिपे संकेत को समझकर उसने सिर झुकाकर कहा, "खाने को दो ठो दाना तक नहीं जुटता चाची...इसीलिए शरीर की हालत इतनी खस्ता हो गयी है।...और मामा भी वैसे ही मक्खीचूस... ।"

अगर मैं उसकी सगी चाची रही होती तो उसकी बातों पर अवश्य ही शर्मिन्दा होती। लेकिन बात कुछ दूसरी ही थी। अपने गाँव-जवार का होने के नाते और पड़ोसी होने की सुविधा के चलते यह दरिद्र ब्राह्मण-सन्तान इस घर के मालिक को शुरू से ही चाचा और मुझे चाची कहता आया है। और तभी से एक नौकरी का जुगाड़ कर देने का विनम्र अनुरोध करता रहा है। उसे तो कुछ ऐसा ही जान पड़ता है कि कलकत्ता

महानगर एक कल्पवृक्ष है और उसमें नौकरी रूपी हजारों-लाखों पके और मीठे फल लटके हुए हैं...बस हाथ बढ़ाने की जरूरत है। और जो लोग इतनी ढेर सारी किताबें लिखते हैं उनके लिए किसी छापाखाने में एक नौकरी का बन्दोबस्त करवा देना कौन-सी मुश्किल बात है ? लेकिन यह काम मुश्किल ही नहीं...नामुमकिन है...यह उसकी समझ से परे है।

लेकिन किया क्या जा सकता है ?

किताबें लिख मारनेवाले लेखकों की साख और धाक कितनी होती है, इसे लेखक अच्छी तरह जानते हैं। अगर ऐसी कोई मजबूरी न होती तो उसके लिए नौकरी का जुगाड़ कर देना तो बहुत कुछ मेरे ही हक में होता।

अपने ही गाँव-जवार के और एक पड़ोसी होने के नाते इस छोकरे ने पिछले एक महीने से यहाँ खेमा डाला हुआ है। ऐसा भी नहीं जान पड़ता कि नौकरी न मिली तो वह अपने गाँव लौट जाएगा। इसलिए उसे नौकरी दिलाने की कोशिश में मैंने कोई कोताही नहीं की। लेकिन नौकरी की गुंजाइश भी तो हो कहीं ? दुखिया ब्राह्मण-घर की औरतों और मर्दों का काम है दूसरे के घरों का खाना पकाना और इसी में वे सन्तोष कर लेते हैं। नानी के घर में ही वह पला-बढ़ा है। मामा और मामियाँ भी हैं लेकिन वैसे रसोईघर में क्या कुछ पकता रहता है, कभी मुड़कर नहीं देखा होगा उसने। हमारा निताई भी इसी में राजी था।

तो फिर ?

तभी तो उसने यह तय किया है कि जनेऊ उतार दूँगा...और क्या ? "कहूँगा कि निचली जात का लड़का हूँ। जब नौकरी ही करनी है तो इन सारी बातों का रोना-गाना कैसा... ? जवानी तो ऐसे ही बीत चली... ।"

और तभी...एक नौकरी की खबर मिली थी। घर की चाकरी ही थी। टेलीफोन पर एक सहेली की बेटी ने बताया, "एक नौकर चाहिए मौसी...मिल जाएगा। नौकरानी नहीं...नौकर। जीना दूभर हो गया है..." और कहते-कहते उसका गला रुँध गया था।

निताई पास ही खड़ा था और मैंने रिसीवर पर जो कुछ कहा, वह सुन रहा था। मेरे रिसीवर रखने पर उसने छूटते ही कहा, "ठीक है चाची...मुझे भेज दीजिए।"

मैंने आनाकानी की थी। कहा, "देख निताई, ऐसा है कि उन्हें एक नौकर की जरूरत है। मोटा-मोटा काम करना पड़ेगा। वे तुम्हें जूते झाड़ने को कहेंगे...गन्दे कपड़े साफ करने..."

निताई ने गर्दन झुकाकर कहा था, "सो तो कहेंगे ही चाची...मैं तो यह सब जान-बूझकर ही स्वीकार कर रहा हूँ।"

"देखो बेटे...ऐसा न हो कि अपने मान-सम्मान की बात तुम्हें छू जाए और तुम

दुखी हो जाओ। समझ गये न... ?"

मैंने देखा कि निताई अपनी बात पर अड़ा है। उसने दृढ़ता से कहा, "अरे नहीं चाची...जब स्वीकार कर लिया तो पीछे क्यों हटने लगा भला ? मुझे पता है जूठे बर्तन भी उठाने पड़ेंगे, जूते चमकाने होंगे...सब करूँगा। दूसरे के गले पड़े रहने से यह काम कहीं कम ही अपमानजनक होगा...है न ?"

मैं कुछ कह नहीं सकी...क्या कहती भला ?

अपनी सहेली की बेटी के अनुरोध की रक्षा कर पाने की खुशी के साथ एक आदमी को खामखाह बिठाकर खिलाने के दायित्व से मुक्ति भी मिली। अपनी छोटी-मोटी पोटली में दो-एक कपड़े समेटकर उसने मुझसे वह पर्ची ले ली, जिस पर घर का नाम-पता लिखा था और काँकुलिया की तरफ रवाना हो गया।

थोड़ी देर के बाद ही मेरी सहेली की बेटी ने अपनी हँसी-खुशी का इजहार करते हुए टेलीफोन पर मुझे धन्यवाद दिया। बोली, "मैं आपका उपकार कैसे भूल सकती हूँ, मौसी... । मैं ही जानती हूँ कि मैं कितनी परेशान थी... ।"

मैं मन-ही-मन मुस्करा रही थी। दरअसल बड़े लोगों की तकलीफें भी कुछ ज्यादा ही बड़ी होती हैं। ऐसा न होता तो उसकी गृहस्थी में हैं ही कितने लोग...सिर्फ दो जने। खुद वह और उसका पति...बस। कोई बाल-बच्चा नहीं। लेकिन सुबह...दोपहर...शाम तीनों वेला कोई नौकर सामने न दीख पड़े तो आँखों के सामने अँधेरा-सा छा जाता है। हालाँकि वह चाहे तो डिफ्रिजेडर के भले के लिए ही सही एक दिन सौदा-सुलुफ करके पूरे सप्ताह भर आराम कर सकती है। एक दिन खाना पकाकर दो-तीन दिनों तक खा सकती है।...खाना थोड़ा गरम ही तो करना होगा।

"मैं उसे खाना पकाना सिखा दूँगी...चाची।" कुछ दिनों के बाद शीला की भारी-भरकम आवाज टेलीफोन के तार को झनझनाती गूँज पड़ी। "आपने तो बहुत ही बढ़िया आदमी भेज दिया है चाची... । जरा-सा ना-नुकुर नहीं...बेचारा बक दो...झक दो...चुप रहता है। वैसे इसकी जरूरत ही नहीं पड़ती। इसके पहले वाला तो बड़ा ही शैतान था।...बास्टर्ड..."

बीच-बीच में शीला का फोन आता रहता। शीला वैसे एक आधुनिका नारी है। कहना चाहिए जरूरत से ज्यादा आधुनिका है।

...और इस तरह के आधुनिक समाज में वह एकबारगी सबसे आगे दीख पड़ने की योग्यता भी रखती है। लेकिन माँ और मौसियों के मामले में उसका कुछ दूसरा ही नजरिया रहा है। वहाँ शीला का व्यक्तित्व उसे दूसरों से एकदम अलग कर देता था।

अपने पिछले नौकरों के बारे में उसने जिन-जिन विशेषणों का हवाला दिया उसे टेलीफोन के इस सिरे पर सुननेवाले मेरे कान एकदम दिप उठते थे।

गनीमत यह थी कि ईश्वर की कृपा से मैंने जिस आदमी को उसके पास भेजा था, उससे शीला खुश थी।

निताई भी कम खुश नहीं था।

दो दिनों बाद ही वह मिलने आया था मुझसे। उसकी देह पर हवाई शर्ट और गाढ़े का पायजामा था। हजामत बनी हुई थी और सफाचट चेहरे पर मुस्कान खेल रही थी।

''आपने तो बहुत ही अच्छी जगह काम दिलवा दिया चाचीजी...वे दोनों भी बड़े अच्छे लोग हैं।...और मैंने तो उन्हें कहा तक नहीं...तो भी उन्होंने खुद अपनी इच्छा से ये सारे कपड़े दिये हैं।''

मैं मन-ही-मन हँसती रही।

एक तरफ तो कोई भी छोटी-मोटी नौकरी पाने की चिन्ता में जनेऊ तक उतारकर रख देने की तैयारी और दूसरी तरफ ब्राह्मण का बेटा होने के बावजूद दूसरों के उतारे पुराने कपड़े पहन लेने में जरा भी शरम नहीं।

ठीक ही कहा गया है भात के आगे कैसी जात !

निताई के स्वर में उसकी खुशी झलक रही थी...''चाची माँ, क्या बताऊँ ? खाना-पीना सब एकदम फर्स्ट क्लास है। वे जो खुद खाते हैं, वही मुझे भी खिलाते हैं। इसे ही कहते हैं...ऊँचा आचार और ऊँचा व्यवहार। मैं भी यही सोचता हूँ कि जिन्हें हम अपने पिता या गुरु की तरह मानते हैं उनसे भला इतनी दूरी कैसी ? जात-पाँत का और छुए जाने का इतना विचार क्यों ? ऐसे कैसे चलेगा ? इससे तो हमारा भी नुकसान है और उनका भी। और वे दोनों खाते भी कितना हैं...बस दुनिया भर की अच्छी-अच्छी चीजें लाकर ढेर लगा देते हैं। ऐसा लगता है कि वे सामान लाते हैं...जमा करते हैं और फिर फेंक देते हैं या फिर मुझसे कहते हैं, निताई सुन...वह सब हम नहीं खाएँगे अगर तुझे खाना है तो खा ले।...केक...पेस्ट्री और न जाने क्या-क्या ? मैं तो उन सबके नाम भी नहीं जानता।''

मुझे उसकी बातें सुनकर हँसी भी आती और दुख भी होता। मैं यही सोचती कि जिसे ब्राह्मण वंश के होने का इतना गर्व था और जो यहाँ तक कह रहा था जनेऊ खोलकर रख दूँगा...वही...अब बिना किसी हिचक के जूते झाड़ रहा है...जूठा खा रहा है।

जाने भी दो...मुझे खामखाह के झमेलों में पड़ना न पड़े...यही बहुत है। लेकिन फिर भी मेरा जी कुछ उचाट-सा रहा।

''...ठीक है...जी लगाकर काम करना,'' मैंने कहा, ''बस दो ही तो प्राणी हैं। जो करना है तुझे ही करना है। बस इसी तरह...''

निताई ने ठहाका लगाते हुए कहा, ''आपको कहना न होगा चाची...भैया और

भाभी जी तो कभी भूलकर भी नहीं देखते। जो करता हूँ मैं ही करता हूँ।''

मुझे सन्तोष हुआ।

उधर शीला का सुरीला संवाद सुनने को मिलता रहता था, ''मैं तो आपको दोनों वेला प्रणाम करती रहती हूँ मौसी ! काम करने का सलीका हो तो ऐसा। मुझे तो अपनी गृहस्थी की तरफ नजर उठाकर देखने की जरूरत तक नहीं पड़ती। निताई ही सौदा-सुलुफ ले आता है, बाजार जाता है...आज खाने में क्या बनेगा...सब उसी के जिम्मे रहता है...''

मैं यही सोचती रही कि चलो कहीं तो कोई फर्क पड़ा। लोगों के लिए नौकर या रसोइये जुटा देना अथवा किसी के ब्याह के लिए कहीं कोई जुगाड़ भिड़ा देना तो आये दिन लगा ही रहता है लेकिन अब तक कहीं से किसी का धन्यवाद नसीब नहीं हुआ था। शिकायतें और उलाहने ही मिलते रहे हैं अब तक उपहार में। निताई की सादगी उसकी मजबूरी और थोड़े में ही खुश हो जाने की तैयारी ने मेरी इज्जत रख ली है।

निताई तो ऐसा ही था...लेकिन ऐसा रह नहीं पाया।

और मैं उसी बात पर आती हूँ।

आज दोपहर को...जब मैं खा-पीकर हाथ में कहानी की एक किताब लेकर पढ़ रही थी और लगा कि नींद आ रही थी...अचानक...मैंने देखा कि निताई अपने हाथ में अपनी वही पुरानी पोटली लेकर मेरे सामने आ खड़ा हुआ है।

''क्या बात है निताई...कैसे हो...?'' मैंने पूछा।

निताई की भोली-भाली सूरत और सहमी-सहमी आँखों में जैसे चिनगारियाँ फूट रही थीं। सिर झुकाकर खड़ा रहने और अँगूठे से जमीन कुरेदने वाली चिर-परिचित मुद्रा से अलग-थलग जान पड़नेवाला निताई आज एकदम सीधा खड़ा रहा।

''क्या हुआ ? सारे कपड़े-लत्ते लेकर चले आये तुम ?''

''मैं अब वहाँ काम नहीं करूँगा।'' उसने साफ-साफ बता दिया।

मैं हैरान। ऐसा जान पड़ा कि सरगम में बँधे सितार का एक तार अचानक झनझनाकर टूट गया और...सारे स्वर बिखर गये।

दोनों ही पक्ष के मन में परस्पर भरोसा और एक-दूसरे के लिए इतना आभार...यह अचानक क्या हुआ ?

मैंने उससे जानना चाहा।

पर निताई चुप रहा।

ऐसा जान पड़ा कि वह किसी कारणवश अपमानित हुआ है। नौकर-चाकर की जात ही ऐसी होती है। हजार बार अच्छा काम करो...बढ़िया स्वभाव बनाये रखो लेकिन जरा-सा गाँठ पड़ गयी कि नौकरी से जवाब। निताई कोई भूखा तो नहीं मर

रहा था लेकिन उसकी ऊबड़-खाबड़ हाड़-पंजर की खाल जरूर भर रही थी।

मैं अपनी झुँझल को रोक न पायी। मैंने फिर पूछा, ''आखिर हुआ क्या...? बक-झक। यह तो तुम्हें पता होना चाहिए बेटे कि अगर गलती करोगे तो झाड़ पड़नी-ही-पड़नी है। आखिर कौन है जो सब सहता जाएगा...आखिर तुम्हारे कोई सुरखाब का पर नहीं जड़ा। अभी उस दिन तो तुम बता रहे थे कि सब कुछ बड़ा शानदार है...और अचानक...कोई बात हो भी गयी तो...''

''नहीं चाची...'' निताई इस बार अपनी जुबान खोले बिना नहीं रह सका...''उनकी बातचीत का ढंग तो बहुत ही अच्छा है !''

''तो फिर ? क्या काम बहुत ज्यादा था...? घर-गिरस्ती का काम भी कहीं नाप-जोख से होता है...एक दिन कुछ कम होता है तो फिर दूसरे दिन ज्यादा भी हो जाता है...।''

निताई ने मुझे बीच में ही रोकते हुए कहा, ''बात यह नहीं थी चाची...काम कोई ज्यादा नहीं था। आपके आशीर्वाद से निताई इस कमजोर शरीर से भी घोड़े दौड़ा सकता है...।''

मैं हैरान थी। ''तो काम छोड़ने के पीछे बात क्या थी ?...'' मैंने पूछा।

सिर झुकाये निताई के चेहरे की मांस-पेशियाँ एक बार फिर उभर गयीं। उसकी आवाज जैसे खनक रही थी, ''वहाँ मेरी मान-मर्यादा को खतरा था।''

मान-मर्यादा ? मैं उसकी बात सुनकर सकते में आ गयी। कोई बक-झक नहीं तो फिर मान-मर्यादा जैसी वह कौन-सी चीज थी, जिसकी उँगली पकड़कर निताई भाग खड़ा हुआ। मैंने उसकी बात को दोहराते हुए कहा, ''तुम्हीं तो कह रहे हो कि ऐसी कोई बक-झक या झड़प नहीं हुई तो आखिर वह कौन-सी हवाई चिड़िया थी जिसके पंखों पर तुम्हारा सारा मान-सम्मान सवार होकर उड़ गया...फुर्र-से ?''

निताई फिर अपनी जानी-पहचानी मुद्रा में लौट गया। उसने सिर झुकाये-झुकाये ही कहा, ''मैं आपको नहीं बता सकता, चाची !''

नहीं बता सकता...यह भला क्या बात हुई।

मैं अपनी सहेली की बेटी शीला को जानती थी। यह ठीक है कि वह थोड़ी शोख है, जरा घमण्डी भी है लेकिन...। खैर...मैंने भी कुछ तय कर लिया था। मैंने उससे पूछा, ''देख निताई, बिना बताये तो बात बनेगी नहीं। अगर तुम किसी के सिर बेवजह कोई दोष मढ़ दो और काम छोड़ दो तो मैं शीला को क्या जवाब दूँगी ? मुझे तो अभी तुरत उससे पूछना पड़ेगा कि आखिर बात क्या हुई ?''

निताई ने अपनी गर्दन को सिकोड़े-सिकोड़े जवाब दिया, ''कह दीजिएगा, अचानक अपनी नानी के गुजर जाने की खबर पाकर वह गाँव चला गया।''

''वाह ! यह बात तो तुम्हीं उन्हें बताकर आ सकते थे। इसमें न बताने जैसी

कोई दबी-छिपी बात तो नहीं है।''

''तो फिर आपके जी में जो आए...वही कह दीजिएगा।''

मुझे बड़ा गुस्सा आ गया। मुझे सारी बातें मंजूर हैं, पर यह बहानेबाजी जरा भी पसन्द नहीं। मैंने उसे धमकाते हुए कहा, ''ये सब बेकार की बातें हैं। तुम्हारा लम्बा-चौड़ा और बेशकीमती मान-सम्मान आखिर किस बात से धूल में मिल गया...यह तुम्हें बताना ही होगा।''

निताई ने एक बार फिर आनाकानी की। ऐसा जान पड़ा कि उसके स्याह पड़ गये दोनों कमजोर होठ एक बार कँपे। उसकी आवाज सहमी हुई थी, ''वे दोनों बहुत ही अच्छे हैं चाची...बहुत ही अच्छे। लेकिन वे मुझे आदमी नहीं समझते शायद। मैं भले ही गरीब...अनाथ और मूरख हूँ लेकिन कोई बच्चा तो नहीं। आखिर पच्चीस साल का जवान आदमी हूँ...वे दोनों औरत-मर्द का सारा खेल मेरे सामने ही... ।''

कुछ बताने के पहले उसके होठ चुप हो गये। ऐसा लगा कि उसकी आवाज चुक गयी। मैं भी खामोश हो गयी। कहना चाहिए स्तब्ध रह गयी।

इस बीमार और कमजोर-सी लगनेवाली छोटी-सी बौनी आकृति से मैं आँख न मिला पायी। सारा कुछ बड़ा ही अजूबा और अनोखा जान पड़ा। अविश्वसनीय भी। लेकिन तो भी...मुझे यह जान पड़ा कि उसने कहीं कोई जख्म जरूर खाया है।

एक ब्राह्मण की सन्तान होते हुए भी वह नौकर का काम कर सकता है...जूठा खाना खा सकता है...दूसरों के उतारे पुराने कपड़े पहन सकता है...इसमें उसकी कोई मान-हानि नहीं होती...उसकी मर्यादा तो तब भंग होती है जब उसकी जवानी की अनदेखी और अवहेलना की जाती है।

अपने को एक जवान आदमी के रूप में प्रस्तुत कर पाने की निताई की कोशिश पर आज मेरी हँसी नहीं छूटी।...और मैं उसके आहत पौरुष की तरफ आँख उठाकर देख न पायी।

मुझे ऐसा जान पड़ा कि स्याह आँसू चुहचुहा रहे हैं...उसकी आँखों में...
सुलगते और...खौलते आँसू।

जादुई कलम

कृड़...ड़...कृड़...कृड़...ड़...घण्टी...घनघना रही है।

इसने सबर करना नहीं सीखा...किसी का इन्तजार करना यह नहीं जानती। जल्दी दौड़े चले आओ...जल्दी से पकड़ो...उठाओ इसे, वर्ना चैन नहीं है...कान में सूराख कर देती है। एक पाँव में चप्पल...दूसरा पाँव नंगा, धोती का अगला सिर जमीन में लोट रहा है...तो भी सरोजाक्ष दौड़े चले आये और उन्होंने चोंगा उठा लिया।

सरोजाक्ष घोषाल...बड़े ही रसिक वृत्ति के साहित्यकार।

जी हाँ...साहित्य-रसिक नहीं...रसिक साहित्यकार। यह कहना गलत होगा कि वे साहित्य रसिक नहीं हैं लेकिन उनकी प्रसिद्धि उनके रसिक साहित्यिक रूप को लेकर ही है। हास्य व्यंग्य के सम्राट् हैं। पत्र-पत्रिकाओं में लेखकों के बीच उनके नाम को देखकर सहज ही समझा जा सकता है कि ऐसी रचनाएँ निःसन्देह हास्य-व्यंग्य से परिपूर्ण होंगी। बड़ी मजेदार और कौतुकपूर्ण।

सरोजाक्ष घोषाल की बात चली नहीं कि छोटे-बड़े सभी लहालोट...। दूसरी तरफ सम्पादक भी उन्हें परेशान और व्यस्त क्यों न बनाये रखें भला ? और सरोजाक्ष बाबू की कमजोरी यह है कि वह सम्पादकों का अनुरोध कभी नहीं टालते। उनके मित्रगण उनसे बराबर कहा करते थे कि ये सारी कहानियाँ अब अपने पास ही रखो भाई...वह कोई हास्य कहानी थी...इसे कौन पढ़कर दुखी हो ? अरे भाई तुम्हारी तो पौ बारह है, गुड बॉय...खिल-खिल हँसे...मोती झरे। एक बूँद हँसी और मुट्ठी भर रुपया...वाह...भई...वाह...।

बाप रे...।

सरोजाक्ष बाबू के लिए, यह सब सुनने के बाद कुछ कहने को नहीं रह जाता। और अब तो हँसने-हँसाने की इच्छा नहीं होती। इस जीवन में कोई गम्भीर रचना दे न पाया।

यह बात उन्होंने किसी सम्पादक को कही थी शायद। उन्होंने उनसे एक गम्भीर कहानी छाप देने की इच्छा व्यक्त की थी।

और यह सुनना था कि भले आदमी ठठाकर हँस पड़े, "नहीं चाहेंगे...इसे कोई

भी पढ़ना नहीं चाहेगा...पाठक मुझे पकड़कर पीटेंगे।''

इसके बाद भला वह कैसे कहते...कि, ''आप क्या मेरी ही वजह से मार खाते हैं... ।'' ऐसा कहा जा सकता है भला ?

नहीं कहा जा सकता।

इसीलिए सरोजाक्ष बाबू की वह मोटी-सी पाण्डुलिपि जो न तो हँसी वाली थी और न रुलाई भरी, थी तो सिर्फ एकान्त निराशा और आनन्द से स्पन्दित और मुखर...वह कभी लोग-बाग की नजर में नहीं पड़ी। हालाँकि सविता ने कहा भी था एक दिन, ''कलम हाथ में लेकर यह आदमी हमेशा विदूषक की ही भूमिका निबाहता रहा। कभी हमारी कहानी क्यों नहीं लिखता !''

सरोजाक्ष ने कहा था, ''दुर पगली...। हम लोगों की चार आदमियों से जान-पहचान है...और तुम्हारे भी बाल-बच्चे हैं।''...

''रहा करें...इससे क्या आता-जाता है। तुम उनका कोई सही नाम और अता-पता तो नहीं लिखते ? नाम-धाम बदलकर अपने मन के मुताबिक लिख सकते हो तुम। हमारे-तुम्हारे सिवा दूसरे लोग क्या खाक समझेंगे... ?''

''तो इससे क्या फायदा ?''

इसे सुनकर सविता ने मीठी मुस्कान भरी थी।

सविता चालीस पार कर गयी थी लेकिन उसकी मुस्कान की रंगिमा अभी खो नहीं गयी। उसने उसी तरह ताजी और मीठी मुस्कान के साथ कहा था, ''फायदा क्यों नहीं ? तुम्हारे दिल में उस समय कैसी-कैसी भाव-तरंगें मचला करती थीं, तुमने कभी बताया भी था मुझे ? तुम्हारी कहानियों के नायकों के मनोवैज्ञानिक विश्लेषण के द्वारा ही उसका अन्दाजा लगे शायद। हालाँकि उनमें तुम इधर का भी बहुत कुछ जोड़ देती हो।''

''और नायिकाओं के मन में कौन-कौन-सा तूफान उठा करता है,'' सविता के होठों पर एक दबी-छिपी और शरारती मुस्कान खेल गयी थी, ''इसकी भी व्याख्या करना...मैं देखूँगी।...तभी पता चलेगा कि तुम कितने उस्ताद लिक्खाड़ हो।''

इतना कहकर सविता ने थोड़ी देर तक प्रतीक्षा की थी शायद। शायद वह वे तमाम पत्र-पत्रिकाएँ खरीदा करती थी, जिनमें सरोजाक्ष घोषाल की रचनाएँ छपा करती थीं। उन्हें खरीदती थी...पढ़ती थी और निराश हो जाया करती थी। सम्भव है, वह यह भी सोचती रही हो कि सरोज क्या इतना ही नादान है...इतना कुछ बताया...समझाया... ।

लेकिन कोई चारा न था... । बात बन नहीं रही थी।

सम्पादक स्वीकार नहीं करेंगे। प्रकाशक आड़े हाथ लेंगे।

इस बारे में कुछ कहते ही वे बीच में टपक पड़ते, ''उपन्यास...और वह भी गम्भीर...सीरियस ? आप भी अब गम्भीर उपन्यास लिखकर अपनी जात बिगाड़ने पर

तुले हुए हैं, महाराज। और फिर...उपन्यास लिखने वालों की तो कोई कमी है इस देश में ? और सबके सब...एक से बढ़कर एक सीरियस। इससे कम तो कोई सोचता ही नहीं। हम लोग हँसना-खिलखिलाना नहीं जानते...इसे हमारे साहित्यकारों ने एक तरह से साबित कर दिया है। और सच पूछिए तो इस क्षेत्र में आप ही हमारे हास्य-कौतुक-शिरोमणि हैं। अब आप अपनी रस-भरी कलम का रुख मत बदलिए।''

इसलिए सरोजाक्ष अपनी रसपूर्ण लेखनी की दिशा नहीं बदल रहे...अपनी जात से चिपके हुए हैं।

कभी-कभी उनके मन में आता है कि वे सारी सामग्री किसी छद्म नाम से छपवा लेंगे...भले ही उसमें अपने घर से पैसे खरचने पड़ें। लेकिन उनके मन में ऐसा कोई उत्साह टिक नहीं पाता था। 'अगर छप सके तो छप जाय' जैसा मनोभाव उनके अन्तर्मन के किसी कोने में अवश्य ही करवटें लेता रहता था।

बहुत सम्भव है उत्साह का अभाव सविता के उसी आदेश का परिणाम है।

और सचमुच...यह सविता का आदेश ही था।

''लेकिन एक आदेश या अंकुश...किसी भी तरह से तुम्हारी उस नायिका को विरहनी, दुखिया और प्रेमवंचित विवाह की तकलीफों से हमेशा के लिए चिर-विषादिनी नहीं बना सकेगी। ऐसा तुम नहीं कर पाओगे।''

''नहीं कर पाऊँगा ?''

''कभी नहीं...तुम्हारी नायिका होगी हर तरह से सुखी, सन्तुष्ट, हँसती-गाती-मुस्कराती और...''

सरोजाक्ष ने हँसते हुए कहा था, ''तो फिर लिखने का उद्देश्य ही क्या है ? प्लॉट की जरूरत ही क्या है।...एक बार एक लड़की और लड़के में प्यार हुआ...जबरदस्त प्यार...घमासान...और घनघोर प्यार। लेकिन जैसा कि होता आया है दोनों में शादी नहीं हुई। लड़की के बाप ने लड़के के बाप से कहा...''

''ओह...तो फिर इसे जैसा भी हो...जोड़-तोड़ कर लिखो न बाबू। और सब कुछ एकदम वैसा ही लिखना होगा...ऐसी तो कोई शर्त नहीं...पिताजी अब भी जीवित हैं'', सविता ने झनझनाती आवाज में कहा था।

''ठीक है फिर तो ऐसा ही है कि एक कल्पित कहानी ही गढ़ी गयी,'' सरोजाक्ष ने कहा था, ''शादी नहीं हुई—कहना तो यही था...है न...? मान लिया, दोनों में विवाह नहीं हुआ लेकिन लड़की की शादी कहीं और हो गयी...चट मँगनी और पट ब्याह। इधर उस अभागे और प्रेम में ठोकर खाये युवा प्रेमी ने गुस्से में आकर विवाह ही नहीं किया। दुनिया क्या है...एक मजाक है जैसी दार्शनिक मुद्रा ओढ़े उसने हास्य और व्यंग्य की कहानियाँ लिखना शुरू कर दिया।

''खबरदार...'' सविता ने बीच में टोक दिया था, ऐसा मत लिखना...फिर तो

रंगे हाथों पकड़े जाओगे...नायक को गायक...वादक जाति का प्राणी बनाना होगा...वर्ना...''

सरोजाक्ष ने मुस्कराते हुए कहा था, ''हाँ, गलत नहीं कहा तुमने...वैसा लिखने पर तो घुनाक्षरी जैसे लोगों को भी ऐसा सन्देह नहीं होगा। और नायक...जो भी हो...एक भले आदमी की तरह अपनी जिन्दगी बिताने लगा। लेकिन नायिका का...''

''नायिका पर भी जो कुछ बीती...उसे भी लिखना...'' सविता झुँझला उठी थी...''उसे क्या कहीं तुम गड्ढे में फेंक दोगे ?''

''जैसा भी हुआ...ठीक वैसा ही। वाह ! उसकी तो किसी दूसरे मर्द के साथ शादी हो गयी थी...ठीक है ? इसके बाद...पति के साथ काँटा फिट...माने खूब छनने लगी...''

''आह...हा...खूब छनने लगी...और काँटा फिट...यह भी कोई साहित्यिक भाषा हुई ? लिखोगे...दोनों का प्रेम प्रगाढ़ होता गया...ठीक है''...

''ऑल राइट...दोनों का प्यार बढ़ता गया। माँ लक्ष्मी की कृपा से घर-गृहस्थी में भी रौनक आयी। माँ षष्ठी ने भी कृपा बरसायी...इसके बाद ?''

सविता ने त्योरी चढ़ाकर सवाल पलट दिया, ''और इसके बाद...मैं ही सब कुछ कहूँगी ? ऐसा तय होता तो मैं ही सारी गाथा लिख न डालती !''

''क्यों, ऐसा क्या है...नायिका के बारे में सारी बातें बताओगी नहीं ? इसके बाद क्या हुआ...हो सकता है मैं कुछ समझ नहीं पा रहा।''

''मुझे जान-बूझकर मत छेड़ो। दूसरे-दूसरे लोगों के बारे में इतना कुछ जोड़-तोड़कर तुम सब लिखते रहते हो...और अब तुम्हें कुछ ढूँढ़े नहीं मिलता ?''

''मैं तो एक हास्य लेखक हूँ। विदूषक। फिर तो ऐसा है कि मैं तुम्हारी कहानी को अपने इलाके में खींच लाऊँगा। लिखूँगा...इसके बाद विदेशी-यात्रा के दौरान उन दोनों में एक बार फिर मुलाकात हुई। नायक को एक बगीचे...के माली के हाथों अधपका चावल और जली हुई दाल खाते देखकर नायिका का पुरातन प्यार मचलने लगा...उसने नायक को बार-बार बुलाना और सुबह, दोपहर, शाम, रात खिलाना शुरू किया और देखते-ही-देखते बेचारा मोटा-सोटा हो गया।...''

''...देखो, सब कुछ को मजाक बनाकर पेश करने की वजह से तुम्हारा लोक-परलोक ही नहीं, अगला जनम भी बिगड़ गया है। हमारी कहानी क्या हँसी-मजाक की चीज है ?''

सरोजाक्ष ने हँसते हुए कहा, ''मजाक की बात नहीं है...लेकिन इस पर जोर देकर कहना कुछ मुश्किल है। लेकिन यह सब दबी जुबान से कहा जा सकता है...इसमें सन्देह नहीं।''

सविता ने अपनी आँखें उठाकर कहा, ''तो फिर इसमें कलम का जादू कहाँ रह

गया...साधारण के ऊपर असाधारण...आम के बहाने खास की बात लिखने का अर्थ क्या रहा ? और फिर लेखक की सत्ता का मतलब ही क्या रह जाता है ? इतना कुछ तो किसी अखबार का खबरनवीस भी लिख सकता है। तिल जैसी छोटी-सी चीज की क्या बिसात है भला...लेकिन उसी से बनती है कोई तिलोत्तमा।"

सम्भव है इसके बाद से ही उस मोटी पाण्डुलिपि को पूरा करने में जुट गये थे सरोज बाबू। नहीं मालूम...उसमें ही साधारण को असाधारण बनाकर प्रस्तुत करने का कोई उदाहरण है भी या नहीं। और तिल-तिल जोड़कर सरोजाक्ष ने कौन-सी तिलोत्तमा का सृजन किया था ? क्या इसकी रूपरेखा सविता ने तैयार की थी ? इस प्रश्न का उत्तर 'हाँ' के सिवा और कुछ नहीं हो सकता।

उसने कहा था, "तुम तो किसी बात को मानने के लिए राजी नहीं... । लगता है तुम कोई आधार स्वीकार ही नहीं कर पाओगे...इस तरह से अलग-थलग हो। तो भी हमारी बड़ी इच्छा है कि हमारी कहानियाँ कच्ची से पक्की पाण्डुलिपि में अंकित हो जाएँ। अगर मैं खुद यह सारा कुछ लिख पाती...!"

"इन सारी बातों से क्या होगा...इस बुढ़ापे में..." सरोजाक्ष ने शायद ऐसा ही कुछ जोड़ा।

"लो, सुनो...हमारी और तुम्हारी उमर ही क्या हुई...कि बीच में बुढ़ापा आ टपका...इसलिए कि वे लोग बूढ़े हो गये। वे लोग तो अब भी वहीं हैं...जहाँ थे तेरह सौ तैंतालीस के दिसम्बर में...।"

"अरे जब उन्हें इतना ऊँचा उठा दिया है तो रहने भी दो। नीचे उतारा नहीं कि यही सोचकर झक मारते रहना होगा कि क्या कुछ था...क्या नहीं था...और अब क्या रहा...क्या गया...?"

"बिलकुल नहीं। लिखना, सब कुछ था...सारा कुछ है और सबका सब बना रहेगा।...लो, मैंने यह रूप-रेखा तैयार कर दी।"

"सब कुछ था...सब बना रहेगा ? सविता...तुम्हारा दिमाग खराब हो गया है ? रहने और न रहने का सारा हिसाब क्या किसी खास ढर्रे में लिखा जाता है ?"

सविता अड़ी हुई थी, "क्यों नहीं ? मेरा कहना है सुख भी रहेगा...प्यार भी रहेगा। पहला-पहला प्यार...यह प्रथम प्रेम...यह क्या खो जाने की चीज है ! नहीं बाबू साहब...नहीं ! यह तो एकदम आत्मा की तरह होती है।...यह न तो खोती है न खत्म होती है और न ही दम तोड़ देती है।...लेकिन प्यार है...प्रेम है इसलिए नसीब में सुख नहीं...और अगर सुख है तो प्यार-मोहब्बत नहीं...ये सारे पुराने और सड़े-गले विचार से बाज आओ तो तुम सब। नया कुछ गा-बजा-सुना नहीं सकते तुम लोग ? कोई नया सच...कोरा सच ?"

नया...कोरा...सच ?

सरोजाक्ष हँस पड़े थे। फिर बोले, "कई चीजें ऐसी हैं जो चिरन्तन हैं...शाश्वत हैं। अगर मैं ताल ठोंककर कोई नयी बात कहने लगूँ कि एक ही पात्र में पानी भी है और आग भी...तो ठीक है, रहा करे। ऐसा कहना बेतुका या हास्यकर न होगा ? आग और पानी एक ही ठौर नहीं रह सकते। या तो पानी के चलते आग बुझ जाएगी या फिर आग पानी को सुखा डालेगी।...यही सच जीवन का अमोघ सच है...जाना-पहचाना सच।"

"हाथी और पाँव अन्धों वाला सच," सविता ने तिलमिलाकर कहा था। कुछ वैसे ही जैसे कि घर की कोई झक्की बुआजी कहा करती हैं। उसने आगे जोड़ा, "जिन्दगी में सारा कुछ क्या साँचे में ढला होता है ? तुम जैसे लेखक ही खामखाह अकड़ते हैं...वे यही समझते हैं कि हमने सब कुछ जान लिया है...और जो समझना है...समझ चुके हैं। अब भला क्या बचा है ? मनोविज्ञान की तहों तक पहुँचकर सारी दुनिया को इसकी बारीकी सिखा रहे हो ? और इसकी तात्त्विक व्याख्या कितनी जटिल है...पता है ? ईश्वर की सत्ता पर विचार करते हुए भी तुम वैसा ही करोगे...उसे अंकगणित के आँकड़े में, साँचे में ढालकर कहोगे...ऐसा होने पर यह नहीं होता...और वैसा तो कभी नहीं होता। मैं कोई जान-बूझकर तुम्हें तीसमार खाँ नहीं कह रही। हमारे जो आधार हैं उन्हीं पर हमें अपनी कहानी लिखनी है...समझे कि नहीं ?"

"समझ गया..." सरोजाक्ष ने मीठी हँसी के साथ अपनी गर्दन घुमा ली थी।

"हाँ, तो फिर जो करना है बाबू साहब...कर गुजरो...मरने के पहले मैं भी आँखें जुड़ा लूँ !"

"मरने के पहले देख जाऊँ...वाह, क्या बात कही है !"

"क्यों नहीं कही जा सकती भला ?" सविता के चेहरे पर और आँखों में मुस्कान की बिजली-सी कौंध गयी थी। बोली, "जीवन क्या है...कमल-पत्र पर ओस की एक बूँद।...लेकिन कहानी पढ़े बिना मुझे मरकर भी चैन नहीं मिलेगा।"

"अरे अच्छी-खासी हो...मजे लूट रही हो," सरोजाक्ष ने मीठी चुटकी ली, "यह अचानक मरने-धरने की बात कहाँ से आ गयी ?"

"क्यों, मैंने अभी-अभी नहीं कहा कि जिन्दगी का कोई भरोसा नहीं !"

सविता इतनी सारी बातें तब कह पायी थी जबकि पिछली बार हजारीबाग घूमने गयी थी। सरोजाक्ष पूजा-अवकाश के बाद अपनी थकान मिटाने वहाँ गये थे। एक हास्य-व्यंग्य लेखक को भी थकान का सामना करना पड़ता है भला ? क्यों नहीं...कम-से-कम सरोजाक्ष घोषाल तो इसके शिकार हो ही जाते हैं।

हजारीबाग में एक मित्र का मकान खाली पड़ा रहता है। माली भी है जो खाना भी बना लेता है...ऐसा मित्र ने बताया था। हमारे लेखक महोदय आश्वस्त हुए थे। उन्होंने वहाँ जाकर देखा तो पाया कि पास वाली कोठी में ही सविता वगैरह टिकी

हैं...बेटे-बेटियाँ, पति-देवर, नौकर-रसोइया...सारा ताम-झाम लिये। सरोजाक्ष को देखकर और भी चहक उठीं, "तुम उस माली के हाथ का बना खाना खाओगे और मैं आँखें फाड़-फाड़कर देखूँगी ? इससे तो अच्छा है जहाँ से आये हो...सीधे वहाँ का टिकट कटाओ। और अगर रुपये-पैसे न हों तो मुझे बताओ।"

सरोजाक्ष हँस पड़े थे। बोले, "तुम यह क्यों नहीं समझती कि मैं एक अजनबी की हैसियत से यहाँ चुपचाप टिका हुआ हूँ...मेरे बारे में तुम्हें परेशान होने की कोई जरूरत नहीं... ।"

सविता ने तब कुछ कहा नहीं था...कोई हंगामा खड़ा करने के बदले अपने चेहरे और आँखों से फूटने वाली एक खास तरह की चमक से खनक पैदा करते हुए कहा था, "तुम्हारा ऐसा कहना कोई नयी बात नहीं है। ऐसे उपदेश मैं बराबर सुनती और साधती रही हूँ। बहुत दिनों से यह जरूर सोचती रही थी कि इधर किसी ग्वाल-बाल के साथ मेरी मुलाकात नहीं हुई है। लग रहा था कि मैं चरवाहे का हिज्जे तक भूल गयी हूँ...बस यही एक साधना बाकी बची थी जो मैं चाहकर भी पूरा न कर पायी। तो फिर ऐसे झूठे मनसूबों से क्या लेना-देना ? उससे तो कहीं बड़ा सच सुख है कि तुम और हम आमने-सामने खड़े हैं। अब भी अगर तुमने माली के हाथों खाना खाने की कसम खा रखी है...और वहीं टिके रहने की जिद ठान रखी है तो फिर मुझे यहाँ से विदा होना होगा।"

और फिर हुआ यही कि दोनों ही जमे रहे।

सरोजाक्ष ने तब एक महीन-सा हिसाब लगाकर देखा था...सविता की उम्र क्या होगी...यही चालीस के आस-पास होगी...दो-चार महीने इधर या चार-छह महीने उधर... । बाल-बच्चे बड़े हो चुके हैं और यह सब बता देने का समय भी सविता को तभी मिल गया था।

सविता के पति ने भी कहा था, "अरे महाशय...आप लोग ठहरे गुणी-मानी लोग। आप लोगों के साथ मिलना-जुलना तो बड़े नसीब से होता है। आपकी बचपन की बान्धवी ने हौसला न बढ़ाया होता तो...मैं कहाँ आगे बढ़ पाता !"

सविता के देवर ने भी आगे बढ़कर कहा, "लीजिए...भाभी के साथ आपकी इतनी पुरानी जान-पहचान है...आश्चर्य है ! और आपकी रचनाएँ पढ़कर तो हम सब हँसते-हँसते लोट-पोट..." कहते-कहते रुक गया था बेचारा। शायद यह सोचकर कि ऐसा कहना शायद ठीक नहीं हुआ।

उस दिन...शाम को उस पत्थर के चबूतरे पर ही...बातें करते-करते सविता ने बताया था, "हँसी-मजाक तो करते ही हैं...खूब हँसते हैं और क्यों न हँसें... ?"

"सारी जिन्दगी तो तुम विदूषक की भूमिका ही निबाहते रहे... ।" सविता ने टोका था।

"तो फिर उपाय क्या था...? जीवन के शुरुआती दौर में अपनी भूमिका जो जिस तरह चुन लेता है...उससे उसे रिहाई मिलती है भला कभी ?" सरोजाक्ष ने सफाई दी थी।

इस बात में जरा भी सचाई न थी।

ऐसा होता तो...जिसे कहते हैं...उदे बादलों से पटा आकाश...पचास के पेठे में पड़े जी को उदास कर देने वाली चंचल बहार...के साथ ही दूरभाष पर बार-बार दूर-सन्देश आ रहे हैं, "हमारी कहानी तैयार नहीं हुई ? क्या कर रहे हैं...जनाब...। हमारा तो भट्ठा ही बैठ जाएगा। पूरा कर डालिए...खत्म कर डालिए। आपकी कलम तो जादुई कलम है...बस थामने भर की ही देर है।...बस यही ख्याल रखिएगा कि भरपूर हास्य हो...पाठकों को खूब गुदगुदाये...माने आप जैसा लिखते रहे हैं..."

इस तरह अपने अलसाये चित्त को फिर सहेजना पड़ा था।

ऐसी ही हँसी से भरपूर एक कहानी का प्लॉट तैयार करने के लिए वह कलम लेकर बैठ गये थे। सम्पादक महोदय ने एकदम सही फतवा दिया था कि बस कलम पकड़ने भर की देर है...कहानी अपने आप पन्ने पर उतरती चली जाएगी।...ऐसी ही घडी में एक प्याली चाय की मिल जाती तो...

इस बारे में कुछ कहना चाह ही रहे थे कि तभी टेलीफोन की घण्टी झनझना उठी...क्रिड्...क्रिड्...ड्...। यह सब बड़ा ही बेहूदा लगता है। जी उचाट हो आया...कलम पर ढक्कन चढ़ाये बिना ही सरोजाक्ष बाबू उठ खड़े हुए।

"जी, कौन...?" उन्होंने पूछा।

इसके बाद आगे कुछ बोल न पाये।

नहीं...कुछ भी नहीं।

दूसरी तरफ से आवाज आती रही।

आखिर उधर से क्या कहा जा रहा था ?

ऐसा जान पड़ा कि सरोजाक्ष उधर से सुन पड़नेवाली बातों को ठीक से समझ नहीं पा रहे हैं।

अगर ठीक से सुन या समझ पा रहे थे तो उनके पास कहने को ऐसा कुछ नहीं था...जो बोल सकें।...चुप ही रहे।

काफी देर के बाद बोले, "ठीक है...मैं आ रहा हूँ।" और चोंगे को हौले से नीचे रख दिया। इसके बाद आहिस्ता से बुदबुदाये, "ठीक है...आया।"

ऐसा उन्होंने किससे कहा आखिर ?

नहीं...किसी को भी नहीं कहा।

कमरे में या आस-पास तो कोई नहीं था। शायद ऐसे ही बुदबुदा बैठे थे।

खुली कलम वैसी-की-वैसी पड़ी रही। देह पर कुरता डालकर वह बाहर निकल

आये। उन्होंने और भी धीरे-से...जैसे अपने आपसे फुसफुसाकर कहा, "फिर तो यही लगता है कि कहानी पढ़ी नहीं ?"

सविता के बाल-बच्चे जोर-जोर से रो रहे थे। सविता के पति चौकी पर पत्थर की तरह खामोश बैठे थे। सविता के देवर ने कहा, "हाँ...फोन मैंने ही किया था। भाभी आपको बहुत याद करती रहती थीं। वैसे कुछ हुआ नहीं था। कुछ भी नहीं। सुबह उठकर चाय पी...सब्जी काट-कूटकर रखी। इसके बाद इतना ही कहा 'तबीयत ठीक नहीं लग रही।'...और बस ! सारा खेल खत्म। आपके साथ हजारीबाग में आखिरी बार मुलाकात हुई थी...कितना मजा आया था...कैसी नोंक-झोंक होती रही..."

थोड़ी देर तक चुप रहने और सुबक लेने के बाद उसने आगे बताया, "भैया की तरफ देखने का तो साहस तक नहीं जुटा पाता...आप अगर आखिरी घड़ी में... ।"

सरोजाक्ष ने उसे रोक दिया।

"मैं रहूँगा," इतना ही कहा उन्होंने...बहुत ही धीमे से। वह मन-ही-मन जैसे दोहरा रहे थे...जीवन क्या है...कमल-पत्र पर ओस की एक बूँद... । आखिर तुम ऐसी बातें क्यों कहती रही, सविता ? क्या यह सब मजाक था...?

धुएँ से आँखें चुन-चुना रही थीं...आग की लपटें झुलसा देना चाहती थीं। सरोजाक्ष थोड़ा पीछे हट गये। उन्होंने देखा सविता के पति आग के बहुत पास खड़े हैं। सविता के देवर ने उनके पास जाकर कहा, "भैया...तनिक इधर चले आओ।"

वह नहीं हिले। बोले, "ठीक है...!"

बहुत देर के बाद श्मशान से वापस लौटते हुए सविता के पति सरोजाक्ष के एकदम पास आकर खड़े हुए। आँखों में अजीब-सा सूनापन लिये बोले, "मैंने सविता को जो वचन दिया था...उसे निभा न पाया। उसने कहा था...चाहे जैसे भी हो...और चाहे जहाँ भी रहें...उसकी मृत्यु के समय आपको खबर जरूर भिजवा दी जाए। नहीं हो पाया। समय नहीं मिला। अपने आखिरी क्षणों में भी वह मुझ पर यही दोष मढ़ गयी। मरते समय उसने यही कहा था...

"तुमने मेरी बात नहीं रखी...न...?"

सरोजाक्ष चौंक पड़े थे। ऐसा लगा किसी के सवाल ने अचानक उन्हें पीछे से आगे धकेल दिया।

किसे ? आखिर सविता ने किस पर यह दोष मढ़ा था।

"उसने क्या इस बात को समझा होगा कि सचमुच समय नहीं मिला," सविता के पति ने एक बार फिर कहा।

समय नहीं मिला... । समय मिल न पाया...यही तो अन्तिम सत्य है। समय नहीं मिलता...वह किसी को नहीं बख्शता...इस बात को कौन याद रखता है ?

सरोजाक्ष ने मन-ही-मन कहा, 'मैंने भी कहाँ याद रखा...तुम्हारी बातों को भी याद नहीं रख पाया।...मैं तुम्हें पढ़ने को दे नहीं पाया तुम्हारी कहानी...मेरी कहानी...हम दोनों की कहानी। मैं तो हमेशा यही सोचता रहा कि अगर हमारी वह कहानी लिखी भी गयी तो वह भी साधारण-सी होगी...एकदम औसत दर्जे की हलकी-फुलकी।'

हालाँकि तुम जी-जान से उसकी जाँच-परख करती और फिर निराश हो जाती। तुम्हारी उसी हताशा भरी तसवीर की बात सोच-सोचकर मैंने अपनी उस कहानी को परे हटाकर रख दिया था बल्कि एक तरह से निकाल ही फेंका था।

...लेकिन अब कैसा लग रहा है...पता है तुम्हें ? अब जान पड़ रहा है कि वह कोई ऐसी साधारण भी नहीं होती। तुमने जो खरा अनुभव दिया है उससे वह कहानी सचमुच असाधारण हो उठती।...

हाँ, सविता...। तुम्हारे पति तुमसे किया गया वायद निभा नहीं पाये इसलिए वह दुःखी हैं। लेकिन मुझे ऐसा लगता है कि इस तरह अफसोस करना किसके प्रति है ?

सविता के देवर ने धीरे-से कहा, "आप हमारे साथ ही चलिए न...थोड़ा-सा शरबत पी लीजिएगा...।"

सरोजाक्ष ने माफी माँग ली थी।

"तो श्मशान से सीधे घर चले जाएँगे ?"

सरोज हौले-से मुस्कराये, "हाँ, वहीं तो वापस जा रहा हूँ। श्मशान से कहीं लौट पाना मुमकिन भी है ?"

नहीं। उनके मन में रुक जाने की तनिक भी इच्छा नहीं। घर जाकर बिस्तर पर पड़ जाना चाहते हैं...देर तक सो जाना चाहते हैं। उनकी इच्छा यही हो रही है कि वह अकेले में सविता से चुपचाप पूछ सकें, "सविता...तुम किससे क्या कहना चाहती थी...?"

लेकिन चाहने से ही क्या वह पूरी हो जाती है ?

जीवन की तमाम यन्त्रणाओं में एक और यन्त्रणा है यह निष्ठुर दूरभाष यन्त्र ! है कि नहीं ? उसके भीतर से अनाप-शनाप बातें कानों में पड़ रही हैं..."क्या कहा...अब तक नहीं बनी ?...बात बन नहीं रही ? क्या कह रहे हैं आप ? आपने सुबह ही बताया था...क्या पूरी नहीं हो पाएगी ?...आपकी तबीयत ठीक नहीं ?...बाहर निकल गये थे ? ओह...बादल और बारिश के इस हंगामे में आप बाहर निकले ही क्यों ?...लेकिन मेरी हालत पर भी तरस खाइए जरा...प्रेस के तगादों ने तो मुझे कहीं का नहीं रख छोड़ा ? ऐसा कीजिए...सर...अदरक की गरमा-गरम चाय पीकर बैठ जाइए। अगर सामग्री नहीं मिली तो रेल के पहिये के नीचे मुझे अपनी गर्दन को रख आना पड़ेगा। आप समझ नहीं रहे हैं...सितम्बर की पहली तारीख को विशेषांक नहीं

निकला तो...लिख रहे हैं...। ठीक है...आपने तो मेरी जान बचा ली। तो फिर कल सुबह ही मिल रहा हूँ...। सचमुच...आपने मेरी जान बचा ली।...थैंक्स...।''

सरोजाक्ष घोषाल के पास इतनी क्षमता है कि वह किसी को बचा सकते हैं।...अभी समय है कि अपना वादा निभा सकें।

वह मेज के इस किनारे बैठ गये। देखा...सुबह से खुली पड़ी कलम की निब पर स्याही बुरी तरह सूखकर पत्थर की तरह जम गयी है। उन्होंने कलम में दोबारा ताजी स्याही भरी और अधूरी पड़ी कहानी को सामने खींचकर बैठ गये। हास्य और व्यंग्य से भरपूर कहानी। थोड़ी-सी लिखी जा चुकी है...बड़ी आसानी से और तेजी से आगे बढ़ती चली जाएगी। प्लॉट भी याद आ गया। बड़ी ही मजेदार कहानी है। तय है कि इसे पढ़कर सुधी पाठक-समुदाय के पेट में हँसते-हँसते बल पड़ जाएँगे।

कहानी आगे बढ़ती चली गयी...

आखिर जादुई कलम जो ठहरी।

ठहरी हुई तसवीर

तेरह नवम्बर उन्नीस सौ अठहत्तर को दमदम हवाई अड्डे से उड़ान भरते हुए जो हवाई जहाज श्रीलंका जा रहा था, वह आकाश में उड़ते-उड़ते अचानक पंखों में खराबी की वजह से जलते-जलते हिन्द महासागर में जा गिरा था। उसमें सवार जितने भी नामी-गिरामी व्यक्ति थे सबको एक साथ जल-समाधि लेनी पड़ी थी। उन्हीं में से एक थे डी. के. सेन यानी दिव्यकुमार सेन—एक युवा इंजीनियर...।

एक बहुत बड़े सार्वजनिक उपक्रम में कुछ समय पहले ही दिव्यकुमार सेन नियुक्त हुए थे। प्रतिष्ठान के नियमानुसार वह विदेश से उच्च डिग्री भी प्राप्त कर आये थे और कम्पनी के काम से ही वह उस मनहूस तेरह तारीख को श्रीलंका जा रहे थे।

उनकी यह यात्रा दूसरों के साथ ही महायात्रा में बदल गयी।

हालाँकि आजकल ऐसी घटनाएँ आये दिन होती रहती हैं, लेकिन इसी कारण इनकी भयावहता तो कम नहीं हो जाती। एक विमान के ध्वस्त हो जाने का मतलब है कितने ही परिवारों का नष्ट हो जाना, कितने ही घरों-घरानों और सपनों की तबाही। किस व्यक्ति का जीवन मूल्यवान नहीं है ?

अखबारों की दुनिया सिर्फ दुर्घटना में 'मृतकों' की संख्या ही याद रखती है लेकिन इन मृतकों के पीछे कितने ही मरने वाले और होते हैं, इसका हिसाब कौन रखता है ? इसी तेरह नवम्बर की घटना की खबर पढ़ते ही शाश्वती सेन नामक स्त्री इस तरह एक खामोश बुत में तब्दील हो गयी, कि उसे किसी भी तरह अब जीवन-धारा में वापस नहीं लौटा पा रहे।

मालव्य सेन भी जैसे निरुपाय हैं। उन्हें अपने पैरों में चक्का बाँधकर दौड़-धूप करनी पड़ रही है, मृत युवा इंजीनियर डी. के. सेन उन्हीं के पुत्र हैं, इसको प्रमाणित करना होगा...किसी भी तरह। प्रमाणित तो करने की जरूरत पड़ेगी ही लेकिन उसकी शिनाख्त करने का क्या उपाय है ? सब कुछ तो समुद्र के गहरे तल में समा गया।

इसलिए उस पुरानी सन्दूक से, जिसमें जीवन-भर कुछ-न-कुछ जमा होता रहा है, दिव्यकुमार के पुराने प्रमाण-पत्र निकाले जा रहे हैं। जन्म-दिन वाली पहली तसवीर के साथ ही अब तक की अधूरी जिन्दगी की अलग-अलग उम्र की तसवीरें उनके सभी

तरह के प्रमाण-पत्रों और सनदों को निकालना पड़ रहा है क्योंकि सिर्फ पढ़ने-लिखने में ही नहीं, खेल-कूद में भी उनका विशिष्ट स्थान था। उनकी विदेश-यात्रा, नौकरी-प्राप्ति आदि के जो भी प्रमाण-पत्र हो सकते हैं उन्हें जमा करने पर ही वह उपक्रम डी. के. सेन के परिवार को एक लाख रुपये देगा, क्षतिपूर्ति के रूप में। फिर कार्यकाल में मृत्यु होने की वजह से भी कम्पनी कोई अनुग्रह राशि दे दे।...अविवाहित तरुण दिव्यकुमार सेन के परिवार में सिर्फ श्रीमती शाश्वती सेन और श्री मालव्य सेन ही हैं।

उनकी माँ और पिता।

सारे प्रमाण-पत्र जुटाने में और कम्पनी की बहानेबाजी में काफी दिन निकल गये हैं। जान पड़ता है, इस बार मालव्य सेन की दौड़धूप खत्म हुई, लेकिन रास्ता जहाँ खत्म होता है वहीं एक बड़ा पत्थर रास्ता रोके खड़ा रहता है।

इस अकाल मृत्यु की क्षतिपूर्ति के लिए जो कुछ मिलेगा उसकी प्राप्ति पर दम्पती के हस्ताक्षर चाहिए लेकिन शाश्वती से हस्ताक्षर कराएगा कौन ? वह तो यह मानने को ही तैयार नहीं है कि उसका बेटा अब इस दुनिया में नहीं रहा। लड़का मर चुका है। लेकिन उसका कहना है—"मेरा बेटा समन्दर तैरकर बच जाएगा। वह धरती के किसी-न-किसी कोने में कहीं-न-कहीं जरूर है...वह एक दिन लौट आएगा।"

शाश्वती जैसे एक अलग चेतना के साथ सबसे दूर खड़ी हो गयी है, कुछ भी उसके मन-मानस में प्रवेश नहीं करता। वह अगर खुद कुछ कहती भी है तो जैसे अवचेतन मन से लेकिन मालव्य सेन को तो सारी सच्चाई का सामना करना पड़ रहा है।

निरुपम इस दायित्व को उठाने के लिए तैयार हुआ। उसने कहा, "ठीक है...मैं देखता हूँ।" वह इसी घर में आ गया। प्रायः आता भी रहा है। उसका घर पास ही है लेकिन बहन की थाह अब भी उसे नहीं मिलती। "भैया खबरदार, भाग मत जाना। तुम्हारे लिए कचौड़ी बना रही हूँ।" कहकर भी वह अब उसके सामने नहीं आती। वह अब यह भी नहीं देखती कि किसी ने भैया को एक कप चाय बनाकर भी दी है या नहीं। निरुपम अपने जीजा से बात कर बाहर से ही लौट जाता है। आज भीतर आते ही उसने अपनी बात कही।

शाश्वती रुँधे स्वर से बोली, "क्या बताऊँ भैया ?...बस एक ही उद्देश्य है...कौन-सा लक्ष्य ?...लक्ष्य नहीं लाख...एक लाख रुपये...कम्पनी देगी ?...मेरे बेटे की कम्पनी ?"

कोई सवाल नहीं, हैरानी नहीं, जैसे ये सारे शब्द शाश्वती नामक स्त्री के दिमाग से नहीं निकल रहे बल्कि उसकी जबान से टप...टप...टपक रहे हैं।

...भावशून्य, और फीका उदास-सा चेहरा।

"एक लाख रुपये से लड़के की कमी पूरी हो जाएगी, भैया ?"

अचानक...एक अप्रत्याशित ढंग से उस भावशून्य चेहरे पर चिनगारियाँ-सी फूट पड़ती हैं, "ओह, इसीलिए ये इतने दिनों से प्रमाण-पत्र जुटाने की दौड़धूप में लगे हैं।"

पथरीली प्रतिमा के मुँह से पहली बार इतनी बातें सुनने को मिलीं। इतने दिनों तक जो आँखें मरी मछली की आँखों की तरह बुझी-बुझी थीं, उनमें अचानक ही जैसे आग चमक उठी थी।

इस जोरदार दलील को सुनकर मालव्य सेन ने सिर झुका लिया। लेकिन निरुपम को लगा कि यह ठीक ही हुआ। पत्थर में प्राणों का संचार हुआ है। वह यह भी समझ गया कि इस प्रमाण-संग्रह के कार्य में भले ही उसने मालव्य की कोई मदद न की हो लेकिन शाश्वती की अनुभूतियों के घेरे में वह है।

जबकि शाश्वती झुकने को एकदम तैयार नहीं।

"दस्तखत ? उस कागज पर दस्तखत करूँ मैं ? भैया, तुम लोग क्या कुछ कर सकते हो और क्या नहीं ? ओह, जिसने इतनी मेहनत करके यही साबित किया कि मेरा बेटा नहीं है ?" शाश्वती का चेहरा और कठोर हो गया, "वही जाकर भिखारी की तरह माँग ले, खमियाजे की रकम।"

"इस तरह की बातें क्यों कह रही हो, शाश्वती ?" निरुपम का स्वर बुझा हुआ था। "दिव्य के चले जाने का दुख क्या सिर्फ तुम्हें ही है ? उन्हें नहीं ?"

शाश्वती उदास स्वर में बोली, "क्या पता ?"

"पता कैसे नहीं ! लेकिन मर्द को कलेजे पर पत्थर रखकर अपना कर्तव्य निबाहना पड़ता है।"

"अच्छा। कर्तव्य हाँ...होगा।"

मालव्य ने तब इशारे से कहा, "कोई लाभ नहीं, बेकार ही कोशिश कर रहे हो।"

निरुपम भी बोला, "तुझे तो कुछ भी नहीं करना, शाश्वती। सिर्फ एक जगह दस्तखत भर चाहिए। अकेले इनकी सही से जब काम नहीं हो रहा तो तू कर क्यों नहीं देती ?"

"कभी नहीं।" शाश्वती की आँखें फिर जल उठीं, "किस हैसियत से दस्तखत करना होगा ? स्वर्गीय दिव्यकुमार सेन की माँ बताकर ? क्यों ? छी-छी, भैया ! रुपया क्या इतनी बड़ी चीज है ?"

निरुपम ने गम्भीरता से कहा, "भई, रुपया तो हमेशा ही बड़ी चीज रहा है। हाँ...उसे गलत रास्ते से नहीं आना चाहिए, बस। नहीं लूँगी, कह देने या इनकार कर देने से वह कम्पनी क्या तेरी भावना की कदर करेगी ? बल्कि उन्हें तो बड़ी सहूलियत हो जाएगी। ये रुपये तू अपने लिए ही खर्च करना, यह तो मैं नहीं कह रहा। बेटे के नाम से चाहे तो किसी मिशन को या अस्पताल को दान में भी दे सकती हो।"

"दान में ?..."

"हाँ। रुपये कुछ कम तो नहीं हैं। किसी अस्पताल के लिए बेड दिया जा सकता है...यूनिवर्सिटी के किसी तेज विद्यार्थी के लिए स्कॉलरशिप की व्यवस्था हो सकती है जो कि दिव्य के नाम से बराबर जुड़ा रहेगा।"

शाश्वती शान्त स्वर में बोली, "ठीक है, लाओ कहाँ क्या लिखना है, बता दो। तुम लोगों के बार-बार कहने पर अब मैं यह सोचने की आदत डालूँगी कि मेरा कोई बेटा नहीं रहा, वह मर चुका है।"

...और वह शान्त नहीं रह पाती। आँसुओं की धारा में बह जाती है।

जैसे पत्थर को छेदकर रुलाई फूट पड़ी हो।...

निरुपम को फिर यह सोचकर अच्छा लगा कि यह जीते-जागते आदमी की निशानी है।

दस्तखत का काम खत्म होते ही मालव्य ने आभार व्यक्त करते हुए निरुपम का हाथ थाम लिया। उम्र में वह उनसे छोटा है, फिर भी जैसे उनके साथ बराबर की आत्मीयता हो। अपनी भावुक बहन के इस असहाय पति के प्रति निरुपम की बराबर ही सहानुभूति रही है।

अभी हाल में एक मार्मिक घटना घट गयी है इसलिए शाश्वती को अबूझ मान लिया जाए, ऐसा नहीं है। वह शुरू से ही इस तरह की है। मालव्य के पास कभी भी बहुत ज्यादा सम्पत्ति नहीं रही। बड़ी तकलीफें उठाकर ही उन्होंने अपने बेटे को ऊँची शिक्षा दिलायी थी। लेकिन शाश्वती उसे मानने को तैयार नहीं थी। लड़के की पोशाक और खान-पान सब कुछ के प्रति वह बराबर एक तरह का असन्तोष व्यक्त करती रही है।

दिव्यकुमार को अच्छी नौकर मिल जाने के बाद पैसे का अभाव कम हुआ था लेकिन वह भी कितने दिनों के लिए ? विधाता के एक छोटे-से खेल ने ही सब तमाम कर दिया !

2

शाश्वती ने सोचा था, सिर्फ उसके दस्तखत की देर है वरना पैसा तो मालव्य के हाथ में ही है। उसे पता नहीं था कि इतना कुछ होने के बाद भी एड़ी-चोटी का पसीना एक करना अभी बाकी है। इसी बीच वह किसी योजना की रूप-रेखा बनाकर बैठी हुई थी। रुपये मिलने में हो रही देर के कारण वह निर्मम हो उठी थी।

एक दिन आजिज आकर वह बोली, "क्या हुआ ? तुम लोगों के वे एक लाख रुपये क्या सिर्फ कागज-कलम तक ही रह गये ?"

मालव्य को बड़ी हैरानी हुई।

उन्हें उम्मीद नहीं थी कि ऐसा कोई सवाल वह पूछेगी।

वह छूटते ही बोले, "अगले ही सप्ताह मिल जाएगा।" शाश्वती की दिमागी हालत मामान्य होती जा रही है, यह देखकर वह बोले, "क्या सोचा तुमने ? अस्पताल के लिए बेड या फिर यूनिवर्सिटी को स्कॉलरशिप देने के बारे में...इसके लिए भी तो बहुत पापड़ बेलने पड़ेंगे।"

"नहीं, यह सब कुछ नहीं।" शाश्वती ने दृढ़ता के साथ कहा, "मैं अपने बेटे के नाम पर एक 'स्मृति मन्दिर' बनवा दूँगी।"

मालव्य चौंक पड़े, "स्मृति मन्दिर ?"

"चौंक क्यों पड़े ? तुमने कभी स्मृति मन्दिर शब्द सुना नहीं है ?"

"नहीं, ऐसा तो नहीं है...पर यह कैसे होगा ?"

इसी बीच शाश्वती के चेहरे पर से भावशून्यता का अंश काफी कम हो गया है। अभी-अभी जो आवेग और उत्साह उसके अन्दर उमड़ा है उससे उसके पीले चेहरे का फीकापन भी कम हो गया। वह बोली, "देख लेना, किस तरह होगा।"

इसके बाद ही वह बच्चों की तरह तेजी से अन्दर भागी गयी और कागजों का एक बण्डल उठाकर लौट आयी। अपनी योजना का ढाँचा साथ लिये।

"यह देखो, किस तरह बनाया है मैंने, जानते हो, स्कूल में मैं ड्राइंग में हमेशा फर्स्ट आती थी।"

मालव्य ने मन-ही-मन सोचा, शाश्वती अचानक इतनी जल्दी-जल्दी बातें कर रही है। आखिर बात क्या है ? कहीं नर्वस तो नहीं हो गयी ? शाश्वती अपने हाथ का नक्शा फैलाये बैठी थी।

"देखो, इस चित्र की तरह ही एक खूबसूरत-सी दो-मंजिली इमारत होगी। दुतल्ले पर तीन कमरे होंगे। लेकिन एक माप के नहीं। बीच वाला सबसे बड़ा होगा—रास्ते की तरफ कुछ आगे तक निकला हुआ। इस घर का ऊपरी हिस्सा मन्दिर के शिखर की तरह गोल और गुम्बदनुमा होगा। बाकी दोनों तरफ के दोनों कमरे कुछ छोटे तथा कुछ पीछे की ओर होंगे। इसमें से एक कमरा हमारा सोने का कमरा होगा और दूसरा मन्दिर का गीत-घर।"

"गीत-घर ?"

"हाँ, इसमें हैरानी की क्या बात है ? स्मृति-मन्दिर में इसी तरह की जगह होती है—भजन-कीर्तन आदि के लिए। मन्दिर के बीचोंबीच एक दरवाजा रहेगा। लेकिन यहाँ 'भज गोविन्द'... 'भज गौरांग' नहीं होगा। मेरा बेटा यह सब सुनकर कितना हँसा करता था। उसे रवीन्द्र संगीत, अतुल प्रसादी और राजनीकान्त के गीत पसन्द थे।...घर में सभी दीवारों पर फूलों की मालाएँ सजी रहेंगी—बीच में अगरबत्ती जलायी जाएगी। लोग बड़े शान्त भाव से यहाँ आकर बैठेंगे। गीतों के सुर हवा में उड़ते-उड़ते

आकाश तक पहुँच जाएँगे...''

शाश्वती का स्वर काँपने लगा। दोनों आँखें आँसुओं से तर हो उठीं। तो भी, कुछ रुककर वह आगे बोलने लगी, ''दुतल्ला को छोटी चारदीवारी से घेर देंगे। छोटी ही ठीक रहेगी। बाहरी बरामदा सिर्फ कामचलाऊ ढंग का होगा...वही बहुत है, क्यों ? बेकार जगह बर्बाद करने से क्या फायदा ? है न...!''

किसी सपने में डूबी उन आँखों की ओर एक बार देखकर मालव्य सेन ने एक गहरी साँस ली। शाश्वती कहाँ बनाएगी अपने इस स्वप्न-मन्दिर को ?

लेकिन तभी उसके चेहरे पर उत्साह की आभा चमकी। थोड़ी-बहुत हेर-फेर के साथ उसने इसी तरह के पाँच-सात नक्शे तैयार कर रखे हैं।

''इधर देखो न, नीचे के तल पर रसोईघर, भण्डारघर और भोजन का कमरा होगा। ठीक रहेगा न ? दरवाजा अन्दर से बन्द होगा। इससे चक्करबाजी भी कम होगी। रहने के लिए तो सारी सुविधा होनी चाहिए न ! और मैं तो अब धीरे-धीरे बूढ़ी हो होऊँगी।''

''किसने कहा ?'' मालव्य ने मुस्कराकर पूछा।

''भला कैसे नहीं होऊँगी ? तुम तो नथन की माँ की तरह बातें बता रहे हो। छोड़ो...वह सब इधर देखो, रसोईघर में सारा इन्तजाम कर रखा है मैंने। कोई आदमी न भी रहे तो अपने से भी सारा काम कर लेने में असुविधा नहीं होगी।''

शाश्वती के चेहरे पर पहले जैसी चमक जैसे लौट आयी है, मानो वह अपने बेटे को पसन्दीदा कपड़े खरीदकर लायी है या कोई आकर्षक बेडकवर या खूबसूरत-सा तौलिया लायी है। और प्रसन्न होकर कह रही है, ''लड़के के लिए लायी हूँ। इस बार जब वह छुट्टी में आएगा...।'' वह इसी तरह तो बोलती थी। दिव्य को होस्टल में रहना पड़ता था। शाश्वती उसकी छुट्टी के दिन गिनती रहती। बीच-बीच में कहती, ''पहले के लोगों को आठ-दस-बारह-बीस बच्चे होते थे, वही अच्छा था। एक लड़के की माँ के लिए बड़ी परेशानियाँ हैं। बेटा न हो, ईद का चाँद हो,'' यह सब कहती और हर छुट्टी से पहले एक-एक दूकान में जाकर देखती कि इस बार लड़के के लिए कौन-सी चीज खरीदी जाए। क्या उपहार दिया जाए उसे। लड़के कुछ बड़े हुए नहीं कि उनकी पसन्द की चीज खोजना भी एक समस्या हो जाती है। लड़कियों के मामले में यह सब झमेला नहीं होता। साड़ी हो या गहना या कि प्रसाधन का सामान—उनके लिए तो कोई उम्र नहीं होती।

मालव्य कभी-कभी हँसकर कहते, ''दूकान में आकर तुम्हारी जो हालत हो जाती है उसे देखकर तो यही लगता है कि दिव्य अगर लड़का न होकर लड़की होता तो तुम्हारे लिए यह कहीं अधिक प्रसन्नता की बात होती।''

शाश्वती तब कुछ गुस्से से बोलती, ''दुर...। अब वह सब नहीं भाता।''

''क्यों, अच्छी-अच्छी रंग-बिरंगी साड़ियाँ खरीदकर अपनी बेटी को नहीं सजाती।''

"बस भी करो।" यह कहकर वह बड़ी खुशी से उसके लिए शर्ट-पैण्ट के कपड़े देखने लगती।

अभी-अभी शाश्वती के चेहरे पर वही पुरानी चमक अचानक फैल गयी।

"इस स्मृति-मन्दिर के एक कमरे में दीवार से जुड़ा बुकसेल्फ होगा। बचपन से ही उस लड़के को इसका शौक था..."

थोड़ी देर के लिए रुकी फिर धीमे स्वर में बोली, "उसे शौक था कि एक कमरा ऐसा होगा जिसमें दरवाजा और खिड़की के बाद जो जगह बचेगी वहाँ सिर्फ किताबें होंगी। बीच में एक छोटी-सी चौकी बिछी होगी...उस पर एक खूबसूरत-सी चादर रहा करेगी। खिड़की के पास एक कुर्सी और एक मेज होगी।...स्कूल के दिनों से ही वह मुझसे इसी बारे में बातें किया करता। इस पुराने सड़े-गले मकान में बैठकर वह..."

"अरे वह तो विलायत और अमरीका की कितनी बड़ी-बड़ी इमारतों में रहकर आया था।" मालव्य का स्वर भीग आया था।

"रहा होगा, लेकिन वह तो परायी धरती थी न"...शाश्वती अचानक प्रबल आवेग में भरकर बोली, "यहाँ, उसकी अपनी जन्मभूमि पर मैं उसके लिए बनाऊँगी उसके सपनों जैसा एक भवन...जिसमें उसके सारे अरमान सजे होंगे और मेरे सपने भी।...पर ये रुपये कब मिलेंगे ? मुझसे देरी और सही नहीं जाती..."

निरुपम यह सारी बातें सुनकर हँस पड़ा। उसने मालव्य के चेहरे की ओर देखकर कहा, "अच्छा है, अगर इसी तरह वह खुश रहना चाहती है तो रहने दो। कोई आशा न हो...और काम न हो तो जिन्दगी बड़ी वीरान और डरावनी हो जाती है। खास करके शाश्वती जैसी भावुक औरतों के लिए। अस्पताल में बेड रखवाकर अगर हम अपना हाथ खाली कर लेते तो उस बेड पर सुलाने के लिए जल्दी-से-जल्दी हमें उसे ही भेजना पड़ता शायद।"

इसीलिए शाश्वती के जिम्मे सारा काम सौंप दिया गया।

आशा के रंगीन डोरे उसे पकड़ा दिये गये। ताकि उनसे बुनकर तैयार करे वह रंगीन फूलों का बूटा। इन धागों से बुनती रहे अपने सपने।

लेकिन सवाल यह था कि वह स्मृति-मन्दिर किस जगह स्थापित होगा ?

क्यों ? इस पुराने और टूटे-फूटे मकान को तोड़कर सात पुरखों के पुराने मकान पर। जमीन कुछ कम नहीं है, आसपास नाते-रिश्तेदार बस गये हैं। पूरा मकान ढहाना नहीं है, उसका कुछ हिस्सा ही तोड़ना होगा। आजकल के फ्लैटों की तुलना में यह जगह कम नहीं है।

निरुपम उसे रंगीन फूल चुनने देता है। तब भी मालव्य के असहाय चेहरे की ओर देखकर वह कहता है, "इस मकान को तोड़ने की बात कर रही है शाश्वती ? यह

भी तो एक स्मृति-मन्दिर ही है। सुना है, वह मालव्य के दादा-परदादा का पुश्तैनी मकान है।''

शाश्वती ने गर्दन टेढ़ी कर कहा, ''परदादा का है या लकड़दादा का—कौन जानता है ? शादी के बाद से तो मैं इसे इसी तरह देखती आ रही हूँ—पलस्तर टूटा, ईंटें उखड़ीं, फर्श सीली और...''

मालव्य के चेहरे पर एक उदास हँसी फैल गयी। वह बोले, ''मुझमें तो कभी इतनी क्षमता हुई ही नहीं कि टूटी दीवारों की मरम्मत ही करा सकूँ। बस पुरखों का गुणगान ही करता जा रहा हूँ।''

शाश्वती कुछ विरक्त होकर बोली, ''क्षमता नहीं हुई तो इसमें सिर्फ क्षमता की ही बात नहीं, इच्छा का भी अभाव है। घर से तुम्हारा लगाव तो सिर्फ खाने-सोने तक ही है। सारी कठिनाइयाँ तो मुझे ही झेलनी पड़ती हैं।''...

इन सारी बातों के बीच ही शाश्वती कभी-कभी पुराने दिनों की याद में खो जाती है। वह चाहती है कि ऐसा कोई दिन आए जबकि इस अभागे मकान को नींव से उखाड़कर फेंक दिया जाता और फिर नये सिरे से...एक नये चित्र की तरह बना दिया जाता।...

वह शायद आदमी के बूते की ही बात है कि वह आत्मविस्मृत हो उठता है। अपने पहले की स्थितियों को याद करते हुए वह आज की स्थिति को भूल जाती है। इसलिए वह उसी मानसिकता में कहती है, ''बहुत दिनों से इस उम्मीद में हूँ कि कभी तो मेरे भी दिन लौटेंगे...''

लेकिन मालव्य तो इसी कारण आत्मविस्मृत होकर नहीं कह सकते कि ''समझ लो तुम्हारे दिन फिरे हैं।''

''नहीं, ऐसी बात भला कोई कह सकता है ?''

इसीलिए जब शाश्वती मुग्धभाव से कह रही थी, ''मेरा नक्शा देख रहे हो, भैया ? कोई पक्का इंजीनियर भी इसमें खोट नहीं निकाल सकता। इसे मैंने कोई आज ही नहीं बनाया, जीवन भर, हर दिन, तिल-तिल कर इसे बनाती रही हूँ...''

यह सब दो पुरुष शान्त रहकर सुन रहे हैं।

शाश्वती अपने हाथों से तैयार नक्शे को एकदम निर्दोष मानकर निश्चिन्त है। इसलिए अब वह उठते-बैठते अपने इस इतने दिनों के आश्रयस्थल में यदि कोई दोष हो तो...निकाला करती है।

आश्चर्य है, इतने बड़े मकान को पीढ़ियों से एक रसोईघर बनाकर रख छोड़ा गया है—सिर्फ पीढ़ा बिछाकर खाना खाने के लिए। यह बात किसी के दिमाग में नहीं आयी कि खाना खाने के लिए एक घर अलग से ही बना लिया जाए। और सहन में बेडरूम जितना बड़ा चहबच्चा। कोई तुक है इसका ? दीवारों की चौड़ाई तीस इंच,

भला इसका कोई मतलब है ? इतना बड़ा सहन पार कर स्नानघर में जाओ, भला यह बेवकूफी नहीं तो क्या है ?

अब इन सारी बेवकूफियों की नये सिरे से जाँच-पड़ताल हो रही है।

तीन-तीन पीढ़ियों का मकान। स्वभावतः एक-दूसरे से जुड़े हैं सब। सहन पर पन्द्रह इंच की दीवार डालकर बँटवारा हो गया है। दरवाजा डालने की जरूरत नहीं समझी किसी ने। किसी दुर्घटना की खबर सुनकर पड़ोसी बाहरी दरवाजे से होकर यहाँ अन्दर आते रहे हैं। और मुलाकात कर गये हैं। लेकिन वे दिलासा किसको देते, शाश्वती तो तब पत्थर की प्रतिमा बनी बैठी थी ! मालव्य ने सौजन्य दिखाते हुए उन लोगों के प्रश्नों का उत्तर उदास स्वर में दिया था। सवाल...और सवाल जो कभी खत्म नहीं होते। ऐसे ही किसी की मौत कितने सारे सवाल पैदा कर देती है। अस्वस्थता से लेकर मृत्यु तक की स्थितियों का एक-एक खुलासा नाते-रिश्तेदार सुनना चाहते थे। और यह सब मरनेवाले के नजदीकी आदमी के सिवा भला और कौन बनाएगा ? अन्त में क्या हुआ, इसका जवाब तो वही देगा, जो उस वक्त मृतक के पास मौजूद रहा होगा।

फिर इस तरह की अभूतपूर्व मौत तो सवालों का पहाड़ खड़ा कर देती है। मालव्य ने भरसक सबको उत्तर दिया है...क्योंकि सवाल करनेवाले ज्यादातर लोग तो सेन परिवार के ही थ।

डर था तो अब एक ही। यह तीन परिवारों का सम्मिलित मकान है और उसकी दीवार जब तोड़ी जाएगी तो न जाने फिर कितने सवाल उठ खड़े होंगे। सवालों का सामना उन्हें ही करना होगा।

लेकिन हैरानी की बात है, उन लोगों को इसकी जरा भी चिन्ता नहीं। पता नहीं क्यों ? हो सकता है इस घटना से वे लोग पत्थर हो गये हों। क्षतिपूर्ति की रकम की बात तो छिपी नहीं रही है।

हो सकता है शाश्वती यह सब समझती हो। फिर भी मन-ही-मन वह कहती है, 'बाद में तुम सब भी समझोगे। उस इमारत का बनना खत्म होते ही समझोगे तुम लोग कि किसके लिए इस टूटी जान और सारा जहान लेकर मैं कमर कसकर कारीगरों और मिस्त्रियों से काम करवा रही हूँ। उनके साथ दिन-दिन भर बक-झक करती रही हूँ...'

बीच-बीच में थकी-चुकी शाश्वती बैठ जाती है।

आँखें बन्द कर वह मन की आँखों से देखती है 'दिव्य-स्मृति-मन्दिर' के गीतघर में ब्रह्म संगीत का आयोजन चल रहा है। प्रकाश से चमचमाते कक्ष में धूप-बत्ती की गन्ध फैल रही है। उसके पास ही दिव्य का कमरा है जिसके द्वार पर पीतल के पटल पर लिखा है—दिव्य-स्मृति।

राजहंस की तरह सफेद जयपुरी संगमरमर पर काले अक्षरों में लिखा हुआ एक मुख्य फलक भवन के द्वार पर लगा होगा। इस भवन के बनने के पहले ही यह सब

तैयार कर लिया जाएगा।...दिव्य-स्मृति...अपने स्वप्नमय साधना-मन्दिर के लिए यही नाम चुन रखा है शाश्वती ने।

साधना की सार्थकता है साध्य के प्रकाश में। और वह साध्य के अतीत में ही अपने को व्यक्त कर रही है।

दिन भर कारीगरों के साथ घूमती रहती है शाश्वती। जैसे पल भर के लिए आँखों से ओझल होते ही उसका सारा सपना धूल में मिल जाएगा।

मकान जब तोड़ा जा रहा था तब शाश्वती ने निरुपम से कहा था, "कुछ दिनों के लिए अपने यहाँ हमें आश्रय देना होगा, भैया ! मैं तो अभी शरणार्थी हूँ !"...और यह कहकर वह पहले की तरह हँस पड़ी थी। और ऐसा तो कई बार हो ही जाता है। क्या हर समय यह याद रहता है कि हमारे लिए यह हँसने की घड़ी नहीं है, हँसना हमारे लिए शरम की बात है!

निरुपम ने खुश होकर कहा था, "स्वागत है।"

अविवाहित भैया के घर में आकर ठहरने में जितनी असुविधाएँ हैं, उतनी ही सुविधाएँ भी। निरुपम के संसार में जूता गाँठने से लेकर चण्डी-पाठ करने तक का सारा काम करनेवाला एक ही आदमी था–सत्यचरण ! उसके ऊपर दो-दो आदमी का भी पूरा बोझ डालकर शाश्वती जब चाहे बाहर जा सकती थी। सुबह-ही-सुबह सबसे पहले थोड़ा-बहुत जो भी मिले उसे गले से उतार रिक्शा पर बैठकर वह अकेली ही कारीगरों से काम कराने के लिए जा सकती है। भाभी जैसी अगर कोई औरत होती तो क्या यह मुमकिन होता ?

तमाम असुविधाओं के बीच सत्यचरण जो भी खाना बनाता है वह चाहे और कुछ भी हो, खाने के योग्य नहीं होता।

पर इस समय इन सबसे कुछ बनता-बिगड़ता नहीं।

अगर भैया बारह महीनों यही सब खाकर जिन्दा रह सकता है तो क्या मालव्य कुछ दिन नहीं रह सकते ? शाश्वती के हाथ जैसा खाना भला और कितने लोग बना सकते हैं ? भाई के घर शरणार्थी होकर आने से पहले ही वह नयन की माँ को उसके गाँव भेज चुकी थी।

नयन की माँ को उसने भविष्य के ढेर सारे सुनहरे सपने दिखा रहे हैं ताकि वह अपने गाँव में ही न रह जाए। "इस सड़े-गले मकान में इतने वर्षों तक तुमने काम किया है नयन की माँ, लेकिन लौटोगी तो देखना रसोईघर में कितनी सारी सुविधाएँ होंगी।" शाश्वती ने अपने-पराये लोगों के घरों की रसोई में जितनी सुविधाएँ देखी हैं उन सबको वह अपने रसोईघर में सहेजने के लिए चेष्टारत है।

बीच-बीच में निरुपम को भी हाथ बँटाना पड़ता है।

शाश्वती स्वभावतः गुस्सा दिखाती हुई कुछ जोर से कहती है, "तुम्हारे जीजा जी

से अगर कुछ हो सकता। कहते रहे बाथरूम की दीवारों पर शीशे की टाइलें डलवाएँगे। अब भला यह कहाँ मिलेगा ? अच्छा, तुम्हीं बताओ भैया, यह सब सुनकर जी नहीं जलेगा ? यह भार तुम्हीं को लेना होगा। तुम्हें याद है भैया, बचपन में छोटी बुआ के ससुर के मकान के बाथरूम में शीशे की टाइलें देखकर हम लोग कितने हैरान रह गये थे ? उसके बाद कितनी ही चीजें देखीं हमने...लेकिन वह तो जैसे मेरे मन में ही बैठ गयी है। दुतल्ले पर जो सोने का कमरा बनेगा उससे लगे बाथरूम में यही टाइलें लगानी होंगी।

"ये पुराने ढंग के लकड़ी के स्विचबोर्ड, भला नये मकान में आज यह सब कोई डलवाता भी है ? आजकल तो सब कुछ पतला...स्लिक...शो..." कहते-कहते वह रुक जाती है। फिर गम्भीर लेकिन भर्राये स्वर में बोली, "विदेश से लौटने के बाद इन सब चीजों के बारे में लड़के ने कितनी-कितनी बातें की थीं। उसने कहा था—"अब देखना...तुम लोगों के लिए कैसा मकान बनवाता हूँ।" अचानक रो ही पड़ी वह,... "तो मैंने तो यही सोच रखा है कि मेरा बेटा ही यह मकान बनवा रहा है।"

कुछ देर बाद अपने को सँभाल लेने के बाद शाश्वती फिर टाइल का रंग समझाने लगी। "हल्का नीला, आसमानी नीले से भी फीका। छोटी बुआ के घर की तरह गाढ़ा नीला नहीं।"

इस तरह निरुपम के ऊपर ढेर सारे कामों का बोझ आ पड़ता है। दिव्य के कमरे में खाट के पास उसकी बड़ी-सी जो तसवीर लगायी जाएगी, उसके लिए देख-सुनकर एक अच्छा-सा फ्रेम भैया को ही लाना होगा। काफी चौड़ा-सा सफेद फ्रेम, और सफेदी के बीच उकेरी गयी नक्काशी।

मन्दिर-स्थापना के दिन उस तसवीर पर फूलों की बड़ी-सी माला लड़ी की तरह झूलेगी। कमरे की हर दीवार पर, बुकशेल्फ पर, मेज पर, जंगले के ऊपरी हिस्से पर...हर जगह दिव्य की अलग-अलग उम्र की तथा विभिन्न अवसरों की तसवीरें लगी होंगी। उसके लिए एक ही तरह के अनेक फोटोफ्रेम चाहिए। और यह सब भैया के अलावा दूसरा कौन ला सकता है भला ?

चूना, सीमेण्ट, रेत और धूल-मिट्टी के बीच घूमती शाश्वती को अचानक उस माला की सुगन्ध आ घेरती है। अगरबत्ती का धुआँ उसे स्पर्श करता है।

देखती है कि पूरे कक्ष में लोग चुप बैठे हुए हैं। गीत गाया जा रहा है—"तुम्हारे असीम में अपने मनःप्राण के साथ जितनी दूर मैं जाता हूँ, कहीं भी दुख, कहीं भी मृत्यु, कहीं विच्छेद नहीं पाता हूँ।"[1]

---

1. "तोमार असीमे प्राण मन लो जतो दूरे आमि जाय।
कोथाओ दुःख कोथाओ मृत्यु कोथाओ विच्छेद नाम।"
—रवीन्द्रनाथ का प्रसिद्ध गीत।

पड़ोस के मकान की एक लड़की यह गीत बहुत अच्छा गाती है। उसे ही बुलाना पड़ेगा। अपने सभी नाते-रिश्तेदारों के मकान से भी सबको बुलाना होगा।

जिन्होंने शोक और सन्ताप की इस घड़ी में शाश्वती के दरवाजे पर रेत, सीमेण्ट, ईंट की गाड़ियाँ आते देखकर घृणा से मुँह बिचका लिया है और उससे कभी मिलने तक नहीं आये हैं।...व्यंग्य-भरी बातें की हैं और तीखी नजरों से देखा है। ऐसा नहीं है कि शाश्वती को इस बारे में कुछ पता नहीं है लेकिन तो भी वह जबड़ों को भींचकर अपने आँसुओं को पीती रही है। सिर्फ उस शुभघड़ी की प्रतीक्षा के लिए जब वह मनोरम दृश्य साकार होगा।

उस दिन वह देख-समझ पाएँगे कि शाश्वती ने इतने दिनों तक कौन-सी साधना की है। आखिर वह शुभ दिन भी आ ही गया।

अन्त में लम्बी तपस्या की सिद्धि का दिन भी आ पहुँचा।

आश्चर्य ! क्या संयोग है ! भवन के तैयार होते-न-होते दिव्य का जन्मदिन भी आ गया है। कार्तिक की पूर्णिमा। मन्दिर-स्थापना के लिए पंचांग के अनुसार भी एक शुभ दिन। यह संयोग शाश्वती के लिए अतिरिक्त लाभ है।

यह समझा जा सकता है कि इस स्मृति-मन्दिर स्थापना का मतलब है बेटे के जन्मदिन का उत्सव।

"हाँ, बेटे ! एक टूटे-फूटे मकान के एक अँधेरे बुसे कमरे में तुम्हारा जन्म हुआ था। कल एक नये कक्ष-घर में तुम्हारा नया जन्म होगा।"

शाम के समय किसी भी दिन शाश्वती इस मकान में नहीं रही है।

दिन भर कारीगरों से काम करवाती रही है और शाम को उनकी छुट्टी करके वह भी लौट जाती रही है—अपने भाई के घर। एक रिक्शावाला तो जैसे माहवारी पर उसे ले जाने-ले आने के लिए लगा हुआ था।

मालव्य कुछ दिन पहले ही रिटायर हुए हैं। काफी समय है उनके पास। पर वह किसी तरह भी काम कराने के लिए नहीं आना चाहते। कह देते हैं, "यह सब तुम ही अच्छी तरह समझ सकती हो। मुझे कुछ पता नहीं।"

"आलसी लोगों के पास दिमाग होता ही नहीं कुछ जानने-समझने के लिए। पर एक बार के लिए तो जाओगे ?" शाश्वती टोकती।

"मुझे नहीं लगता कि वहाँ जाकर तुम्हारे काम में बाधा देने के सिवा मैं और कुछ कर पाऊँगा।"

लेकिन निरुपम जरूर आता है। सामान वगैरह लेने के लिए निरुपम ही साथ जाता है। कमरों में मोजाइक डलवाने के दिन, स्नानघर में टाइलें फिटिंग करवाने के दिन या छत पर लेण्टर डलवाने के दिन, निरुपम हमेशा हाजिर रहता है।

भवन का काम पूरी तरह समाप्त हुए बिना शाश्वती गृह-प्रवेश के लिए तैयार

नहीं हुई थी। इसलिए भाई के घर में लम्बे समय तक रहना पड़ा है उसे। और मालव्य सेन अपने साले के छोटे-से फ्लैट के तीन तल्ले वाले बरामदे में मानो खूँटा गाड़कर बैठ गये हैं।

उत्सव से एक दिन पहले शाम को शाश्वती इस नये मकान में इसलिए चली आयी ताकि फर्श के ऊपर अल्पना वगैरह आज ही बनाकर रख छोड़ दे। आने के समय वह बोली थी, "...तुम भी चलो न आज। शाम को क्या मैं अकेली जाऊँ ?"

मालव्य ने अनमने ढंग से कहा, "अकेली क्यों ? तुम्हारा रिक्शावाला तो बॉडीगार्ड ही है तुम्हारा। लेकिन शाम के समय क्यों जा रही हो ?"

"सोचती हूँ, अभी ही अल्पना तैयार कर आऊँ। सुबह हड़बड़ी में ठीक बन नहीं पाएगी और मोजाइक पर जल्दी सूखेगी भी नहीं।"

"कोई ज्यादा देर लगेगी ?"

"नहीं, देर किस बात की ? मैं क्या इतनी आलसी हूँ।" कहकर बॉडीगार्ड के साथ ही चली आयी थी शाश्वती। लेकिन पीतल की कटोरी हाथ में लिये रिक्शा से नीचे उतरते ही स्तब्ध रह गयी थी वह।

उसे जैसे काठ मार गया। सामने देखती रही।

यह क्या ?

यह किसका मकान है ?

पर सचमुच का यह मकान है न कोई अलौकिक दृश्य। नीलाकाश के नीचे दमकती चाँदनी में यह दृश्य जैसे अचानक ही फूट पड़ा है। यह कैसा चमत्कार है ?

कई पुराने काई लगे, टूटे-फूटे एक-मंजिले मकानों के बीच सिर उठाये खड़ा यह दोमंजिला भवन, सचमुच ही बड़ा आश्चर्यजनक-सा लग रहा है।

निर्जन रास्ते पर अकेली खड़ी शाश्वती को जैसे विश्वास नहीं हो रहा कि इतने दिनों में धीरे-धीरे उसने एक ऐसा खूबसूरत तिलिस्म खुद ही खड़ा कर दिया है। इस भवन को श्रीमती शाश्वती सेन ने ही रूप प्रदान किया है।

नहीं। हर रोज, हर पल देखने के बाद भी शाश्वती यह नहीं समझ पायी थी कि उसके सपनों का भवन इतना सुन्दर बन जाएगा।

यह शाश्वती के जीवन भर के ध्यान, ज्ञान, स्वप्न का साकार रूप है। सामने के कक्ष की छत मन्दिर के शिखर की तरह है। शायद इसी से यह अलौकिकता आ गयी है। भगवान यह सब तुम्हारी ही अशेष कृपा है। शाश्वती भला कब सोच पायी थी कि यह सब कभी सम्भव भी होगा।

"अन्दर नहीं जाओगी, मौसी ?"

लगता है बॉडीगार्ड को मौसी की इस खोयी हुई अवस्था का पता चल गया है। समझ लिया है कि खटते-खटते इनका शरीर बेदम हो गया है।

"हाँ, जाती हूँ।" शाश्वती जैसे अपने में वापस लौट आती है।

ताला खोलकर वह अन्दर आ गयी। द्वार के पास की उसने बत्ती जलायी। आज सारी रात इस बत्ती को जलने देगी। बहुत सारा सामान है मकान में।

इस मकान में भला वह कहाँ अल्पना बनाएगी ? चारों तरफ तो अल्पना ही अल्पना है। सबसे सुन्दर डिजाइन की मोजाइक पसन्द करके उसने सारे मकान में डलवाया है।

'क्षतिपूर्ति' की राशि से अगर यह सारा कुछ नहीं होता तो कोई बात नहीं। डी. के. सेन जिस कम्पनी में था, वहाँ से भी जो कुछ मिलना है उसके उत्तराधिकारी भी तो सेन दम्पती ही हैं।

अल्पना समाप्त कर मन्दिर-कक्ष में आ बैठी शाश्वती–दो तरफ की बत्ती जलाकर। नया बिस्तर नये तकिये उस पर सुन्दर-सा बेड-कवर। सिरहाने के सहारे रखी हुई है वही दिव्य सेन की खूबसूरत सफेद फ्रेम में मढ़ी हुई तसवीर।

विदेश से वापस आने के बाद ही उसने यह तसवीर खिंचवायी थी।

रोबदार चमकीला चेहरा। कसा और भरा-पूरा कद्दावर शरीर।

पलँग के पास सिर रखकर पागलों की तरह रो पड़ी थी शाश्वती। "...यह सब तू ऊपर से देख बेटे...तेरी पगली नासमझ माँ ने तेरे लिए क्या-क्या किया है। बेटे, सब तेरा है। हम सब तो इस मन्दिर के चाकर हैं...बस।"

रिक्शे की घण्टी सुनाई दे रही है।

तेज...और फिर उससे भी तेज।

आँखें पोंछकर, सभी दरवाजों पर ताला लागकर शाश्वती नीचे उतर आती है। बाहरी दरवाजे पर ताला लगाने जा रही थी कि तभी रिश्तेदारी में जेठ का छोटा नाती किसी दरवाजे से बाहर निकल आया और बोला, "सौ साल जिओगी दादी माँ, तुम्हारी एक चिट्ठी है। डाकिया यहीं डाल गया था।" और फिर अँधेरे में गायब हो गया।

लिफाफे पर अँग्रेजी में टाइप किया हुआ पता लिखा है।

घर लौटकर पढ़ेगी, यह सोचकर शाश्वती चिट्ठी को बैग में रखने जा रही थी, तभी उसे सन्देह हुआ कि इन लोगें ने इसे खोलकर पढ़ तो नहीं लिया ? पत्र को निकालकर देख ही लिया।

नहीं। भलमनसाहत है कि खोला नहीं है।

लेकिन पता टाइप करके शाश्वती को कौन चिट्ठी भेजेगा ? मोहर कहाँ की लगी है ? कौन-सा देश है ? कौन-सा शहर है ?

एक अनजाने भय से शाश्वती की छाती सिहर उठी। घर तक ले जाने का भी धैर्य उसमें नहीं रहा। दरवाजे के बल खड़ी होकर उसने लिफाफा फाड़ दिया।

लेकिन शाश्वती क्या इस तरह खड़ी रह सकी ? सख्त लोहे के दरवाजे का

सहारा लेने के बाद भी ? उसी दिन की तरह क्या वह रक्तहीन और भावशून्य होकर बैठ नहीं गयी ? उस दिन, तेरह नवम्बर उन्नीस सौ अठहत्तर के दिन, जब आकाशवाणी से यह खबर प्रसारित हुई थी कि श्रीलंका जानेवाला विमान अचानक ध्वस्त होकर समुद्र में जा गिरा है ?

पर किस तरह खड़ी रह सकती थी शाश्वती नाम की वह महिला,...अचानक यह देखकर कि समुद्र की अतल गहराई को दूर धकेलकर एक अपरिचित व्यक्ति इस पवित्र स्मृति-मन्दिर में आकर एक हलकी-सी चारपाई के सिरहाने रखे सफेद फ्रेम में मढ़ी तसवीर को हटाकर, उस जगह पर अपना कब्जा जमा लेना चाहता है।

वह कब्जा करके ही दम लेगा। क्योंकि वह लम्बा-चौड़ा कद्दावर-सा व्यक्ति जिसके कभी मजबूत चार हाथ-पैर थे, उनमें से तीन को खोकर, किसी तरह बायें हाथ से टेढ़े-तिरछे अक्षरों में लिखकर बता रहा है कि बहुत दिनों की नाकामयाब कोशिशों के बाद यह पत्र किसी तरह पोस्ट कर पा रहा है। दूसरी बार इस चेष्टा की भी कोई सम्भावना नहीं है शायद। इसलिए पत्र पाते ही उसका यहाँ से उद्धार करके ले जाने का तुरत इन्तजाम करो।

दरवाजे वाली बत्ती को आज सारी रात जलाकर रखना तय था। शाश्वती को इस बात की याद नहीं रही। उसने बत्ती बन्द कर दी। इसके साथ ही नीलाकाश के नीचे उभरा वह सुन्दर दृश्य भी समाप्त हो गया। शाश्वती के जीवन के केन्द्र-बिन्दु में एक लम्बे-चौड़े और चौकोर फ्रेम में जो एक ठहरी हुई तसवीर थी, वह एकाएक मिट गयी।

इसी अँधेरे में चिट्ठी को धीरे-से बैग में रखकर शाश्वती रिक्शे पर जा बैठी।

बेकसूर

"पाँचू...अरे तूने बुलाया क्या ?"

"पाँचू...बुला रहे हो...तुम ?"

बलराम साहा ने पीछे मुड़कर देखा। वैसे कोई किसी को नहीं देख रहा। तो भी उसने साफ-साफ सुना, 'साहा बाबू ! साहा बाबू !'

काफी देर हो गयी थी इसलिए बलराम, जो केड्स जूते का तसमा कसकर बाँधे तेजी से पाँव पटकता हुआ बहार निकल रहा था...अचानक रुक गया। खागड़ा बाजार में उसकी बर्तन की दूकान है...तीन पीढ़ियों से काँसा-पीतल के इसी कारोबार में है। घर से करीब तीन किलोमीटर पर है। पैदल ही जाता-आता है बलराम। दूकान से आते समय अगर कभी आकाश में बादल-बिजली हो और कोई टोक दे कि रिक्शा पर चले जाइए साहा बाबू...काफी लम्बा रास्ता है...तो बलराम बाबू बगल में दबायी छतरी को निकालकर सर पर डाल लेते और कहते, "भैया, जब रिक्शा-विक्शा नहीं था तब भी हमारे पुरखों—अभिराम साहा और हरिराम साहा—को मकान से दूकान तक का लम्बा रास्ता पैदल ही आना-जाना पड़ता था। और अब तो यह रास्ता पक्का बन गया है...पहले तो कच्चा ही था।"

बलराम के तेजी-से पैदल चले जाने के बाद लोग यही कहा करते थे कि खामख्वाह अपना-सा मुँह रह गया। पता था...वह किसी की नहीं सुनने वाला। अपने बाप की तरह ही एक बगहा है।

हालाँकि स्टील के बर्तनों के बाजार में आ जाने से दूकानदारी पर थोड़ा असर पड़ा है लेकिन कारोबार का कोई नुकसान नहीं हुआ है। पुराने ढंग के लोग-बाग अब भी बड़ी तादाद में हैं। इसके अलावा इन दिनों एक और नये ढंग का फैशन चल पड़ा है। शहर के 'अप-टु-डेट' कहे जानेवाले घरों में कमरे सजाने के लिए कई तरह की गढ़न के पीतल और काँसे के बर्तन, गिलास, कटोरी, तश्तरी, प्यालियाँ, फूलदान यहाँ तक कि लोटे भी खरीदकर ले जाते हैं। इसके अलावा बाहर के देशों से आनेवाले सैलानी भी ऐसे बर्तनों की छटा देखकर ठगे-से रह जाते हैं और 'गैसबाटि', कमलाकार, लहरिया तश्तरी, नक्काशीवाले गिलास और झबरे डिब्बे

खरीदकर ले जाते हैं। ये सारे नाम एक जमाने से चले आते रहे हैं तरह-तरह के आकार और पहचान के मार्फत।

दूकान की गद्दी पर बैठते ही बलराम का तन-मन जुड़ा जाता है। उसे लगता है कि उसके बाप-दादा उसे असीस रहे हैं...उसे प्यार से सहला रहे हैं।

वैसे बलराम साहा स्वभाव से बड़ा झक्की है। किसी ने उसके मुँह से कभी कोई मीठी बात सुनी हो...ऐसा नहीं जान पड़ता। लेकिन आदमी वह बहुत साफ दिल का है—एकदम खाँटी। लेकिन लोग उसके पीठ-पीछे कहा करते हैं, "स्साला झक्की बलराम।"

पीछे से किसी की पुकार सुनकर बलराम ने ऊँची आवाज में फिर पूछा, "अरे पाँचू है क्या ? तुमने पुकारा तो नहीं ?"

ऐसा कहने के बाद बलराम ने देखा कि तीन-चार गुण्डेनुमा छोकरे उसके घर की तरफ से ही चले आ रहे हैं...तेजी से।

इसका मतलब है वे सब घर पर गये थे और जब मुलाकात नहीं हुई तो यहाँ आये हैं और यही वजह है कि शोहदे इधर दौड़े आये हैं और बीच-बीच में पीछे आ रहे साथी को पुकार भी रहे हैं।

बलराम ने उन छोकरों को तिरछी नजर से देखा। उसे लगा...इन लोगों में सब अनजाने चेहरे हैं। इन लड़कों की मंशा क्या है ? चन्दा वसूलना ? बलराम को उन्होंने पैसे का पेड़ समझ रखा है ? और अब कौन-से देवी-देवताओं की पूजा होने वाली है ?

बलराम ने पलक झपकते यह सब सोच लिया। कदमों की चाल थोड़ी सुस्त जरूर हो गयी थी लेकिन पाँव रुके नहीं।

पंचांग में किसी पूजा का हवाला हो या न हो...किसी सार्वजनीन रक्षा-काली की पूजा का बहाना ही काफी है और हो गया धूम-धड़ाका।...और अगर ढाक-ढोल न पीटकर अगर कोई नाटक का, यात्रा का ही आयोजन कर लें तो कोई बुरी बात नहीं ! इसी का लालच दिखाकर अगर फुलिया को बुलाने की कोशिश की जाए। बहुत दिन हो गये, बिटिया घर में आयी नहीं है। उसकी खप्पर-तलवारवाली सास जरूरत पड़ने पर बहू को बाप के घर तक नहीं भेजती है। क्यों भेज देगी भला ? फिर तो खुद को ही घर के काम-काज में झोंकना होगा। और बेचारी फुलिया...बलराम के कलेजे का टुकड़ा...अपनी बेरहम सास के पल्ले में पड़कर कैसी सूख-टटा गयी है ! शादी को पाँच-छह साल हो गये आज तक कोई बाल-बच्चा भी नहीं हुआ।

एक चिन्ता से दूसरी चिन्ता का सिरा फूट पड़ता है।

"साहा बाबू...सुनिए...रुकिए...," पीछे से वे लड़के पुकार रहे हैं।

लेकिन इसके साथ-साथ दुश्चिन्ताएँ भी हैं। जो चल रही हैं।

आखिरकार लड़कों ने बलराम को पकड़ ही लिया।

"आपसे एक जरूरी बात करनी है।" झबरे बालोंवाले एक लड़के ने थूक घोंटते हुए कहा, "एक बहुत जरूरी बात।"

लेकिन बलराम ने उसे झिड़कते हुए कहा, "मेरे साथ भला तुम्हारी क्या बात है ?...और वह भी जरूरी। सगुन बना के घर से निकला था और पीछे से हंगामा कर रहे हैं। चलो...फूटो यहाँ से...भागो।...बाद को मिलना।"

तभी सारे छोकरे जैसे एक साथ चिल्ला उठे, "हमारी कोई बात नहीं है, बाबू साहब ! आपकी बेटी जहाँ ब्याही है उस घर पर बड़ी भारी मुसीबत आयी है। और यही वजह है कि हम अपनी गाँठ ढीली कर आपको यह बताने आये हैं।"

अच्छी मुसीबत है !

बलराम तो अच्छी मुसीबत में फँसा। उसने सभी शोहदों को सिर से पाँव तक देखा और त्योरी सिकोड़कर पूछा, "तुम लोग कहाँ से आ रहे हो ?"

"जी, कृष्णनगर से।"

कृष्णनगर...यानी फुलिया की ससुराल से...।

बलराम का कलेजा किसी अनजाने डर से काँप उठा।...पता नहीं...यह किस तरह की मुसीबत है। उसकी ससुराल का कोई आदमी इस बारे में कुछ बताने को नहीं आया। इन ढेर सारे लौण्डों को भेज दिया है...मेरे पास !

बलराम ने अपने को सँभालने की चेष्टा करते हुए पूछ लिया, "बात क्या है...? कहीं डाका तो नहीं पड़ा ? सब-कुछ लूट-खसोटकर तो नहीं ले गये ?"

"ऐसा हुआ होता तो फिर क्या बात थी ? कुण्डु महाशय का सारा कुछ तो बैंक में पड़ा है या फिर कारोबार में। घर में भला क्या रखा होगा ?"

"अरे भई...सारे मामले को इतना खोद-खोदकर मत बताओ, सीधे-सीधे यह तो बताओ कि क्या हुआ है। जल्दी से...फटाफट...अच्छा।"

झबरे बालोंवाला लड़का कुछ इस तरह तेजी से आगे बढ़ आया मानो वह टूट ही पड़ना चाहता हो। उसने पूछा, "कृष्णनगर में आपकी बेटी की ससुराल है न...?"

"कौन कह रहा है...नहीं है।"

"आनन्दमयी मोहल्ले के शशि कुण्डु की पतोहू थी न...वह...?"

बलराम की छाती धौंकनी की तरह चलने लगी...आखिर ये लड़के क्या बताना चाह रहे थे ? क्या शशि कुण्डु मर-मरा गये ? लेकिन किसी तरह अपने को सीधा रखते हुए उसने बताया, "हाँ...तो...!"

"जी, ऐसे ही...। दरअसल कल रात आपकी बेटी का कत्ल हो गया...हम यही बताने आये थे।"

ऐसा कहते-कहते लड़के के चेहरे पर लड़ाई जीतकर आनेवाली फौजी की मुस्कान खेल गयी, 'लो अब समझो...हम स्साले...बदनसीब गाँठ की कौड़ी

लुटाकर...जैसे...भी हो...बिना टिकट के ही सही...मरते-खपते तुम्हारी मुसीबत की दास्तान सुनाने आये और तुम हो कि लाट साहब बने...नाक ऊँची किये हमें दुतकारते-फटकारते रहे...अभी फालतू बातें सुनने का वक्त नहीं है...हंगामा मत खड़ा करो।...अब तो कलेजा ठण्डा हुआ ?'

बलराम के पाँव तले की जमीन खिसक गयी और उसकी आँखों के सामने यहाँ से वहाँ तक धुएँ का बगूला-सा फैला था। बलराम मुँह फाड़े खड़ा था...यह क्या ? उन लड़कों को देखकर अचानक फुलिया की चिन्ता किस बहाने मेरे मन में आ गयी थी...क्यों आयी थी ? आखिर मैं क्यों अनमना-सा हो उठा था कि बहुत दिनों से बेटी को देखा नहीं है। तो क्या यह नामुमकिन-सी बात सच है ?

दूसरे ही क्षण बलराम ने अपने मन को मजबूत किया...यह नामुमकिन है ? पागलों की-सी बात है। ऐसा क्या हो जाएगा कि तुम्हारी बिटिया की हत्या हो जाए। आखिर कौन उसका कत्ल करने आएगा...और क्यों ? और शशि कुण्डु तो उसकी बेटी को सगुनिया मानकर उसे लक्ष्मी बहू कहता अघाता नहीं। बेटे की शादी के बाद से ही उसके कारोबार में खासा मुनाफा हुआ है। सास अगर अपनी पतोहू को बाप के घर नहीं आने देती तो इसमें उसका अपना ही स्वार्थ है...और क्या ? बहू की हत्या से उसका कौन-सा भला हो जाएगा ? और जहाँ तक जमाई बाबू का सवाल है, उसकी बात न की जाए तो बेहतर है। सुना है कि वह बाप के कारोबार से जी चुराता रहता है। बस मौज-मस्ती की महफिलों में खोया रहता है।...इस बेसिर-पैर की खबर और कुछ नहीं, किसी दुश्मन के खेमे की कुटिल चाल जान पड़ती है।

यह सम्भव है कि इस दुश्मनी खेमे में शशि कुण्डु भी शामिल हो। बलराम के जानते आदमी तो भला है। लेकिन ऐसे सज्जनों के भी दुश्मन हो सकते हैं। और ऐसे बुरे लोगों की कम-से-कम इस दुनिया में कोई कमी नहीं है। गुड़ और कपड़ा इन दोनों ही के कारोबार में कुण्डु महाशय ने खासी कमाई की है। दुश्मनों के तन-बदन में आग न लगे...यह कैसे सम्भव है ?

लड़कों को हैरानी हुई...

भला कैसा है यह आदमी...?...न तो बुक्का फाड़कर रोया...न छाती पीटकर चीखा...ऐसा भी नहीं जान पड़ता कि बहुत परेशान हुआ हो। कैसा है यह पत्थर-दिल इन्सान ! लड़के एक-दूसरे का हैरानी से मुँह देख रहे थे।...हालाँकि इस खबर के साथ ऐसा जरूर लगा कि इसे बिजली का झटका लगा हो। बात क्या है...क्या वह इन लोगों की बात का विश्वास नहीं कर पा रहा है ?

हो सकता है।

बलराम ने उन सबको उड़ती नजर से देखा और कहा, "तुम लोग तो कुण्डु महाशय के घर-परिवार के ही आदमी हो न ?"

वे लोग उखड़े स्वर में बोले, "हम उनकी जात-बिरादरी के नहीं हैं...एक ही मोहल्ले के रहनेवाले हैं। अपनी आँखों के सामने ही हमने उसका कत्ल होते देखा था। हमें पता है, वह आपकी इकलौती बेटी थी...हमें ऐसा लगा कि आपको यह खबर पहुँचा देनी चाहिए...इसीलिए...। अब आप पर है कि आप इसे मानें या न मानें।"

अब की बलराम वहीं बैठ गया। एकदम बीच सड़क पर ही नहीं...पास ही एक मकान की ड्योढ़ी पर।...उसने उखड़े स्वर में पूछा, "तुम लोगों ने अपनी आँखों से देखा था...? खून किसने किया था ?"

"अब...आपको क्या बताएँ...आपके ही जमाई बाबू शरत ने।"

बलराम की आँखों के सामने अपने जमाई शरत की तसवीर उभर आयी। गोल गाल...भरा-पूरा चेहरा...गोपाल मार्का। घुँघराले बाल...उन्हें लच्छों की तरह माथे पर तह कर जमाये। गोरा शरीर...ताजा खोवे की तरह। विवाह के समय जिसने भी देखा था...उसकी आँखें जुड़ा गयी थीं। और...वही खीर-मलाई के पुतले जैसा लड़का...? असम्भव...।

बलराम ने अपने को सँभालने की कोशिश की। फिर कहा, "तुम लोगों ने जब यह देखा कि पति अपनी पत्नी की हत्या कर रहा है तो तुम लोग यह तमाशा देखते रहे ? कैसे मारा...भुजाली से या किसी छुरे-वुरे... ?"

झबरीले बालोंवाले लड़के को छोड़कर बाकी सारे लड़के मुँह बिचकाये और चुप्पे-से खड़े थे...गुस्से में भरे। उन्होंने सोचा था कि यह आदमी उन्हें बड़े प्यार और आदर से बिठाएगा...धन्यवाद देगा, फिर बड़ी उतावली के साथ एकदम से साथ चलने को तैयार हो जाएगा...लेकिन ऐसा कहाँ हुआ ? वह तो एक-एक बात कुरेद-कुरेदकर पूछ रहा है।

झबरीले बालोंवाला ठण्डे मिजाज का लगा। उसने कहा, "आप जिस तरह से बोलते चले जा रहे हैं, उससे तो हमारे लिए कुछ बताना या कहना ही मुश्किल है। लेकिन जबकि हम लोग इतनी परेशानी झेलते हुए कृष्णनगर से खागड़ा तक आये हैं...आपको सारी बातें बताकर ही जाएँगे।...आपको पता हो या न हो लेकिन बात यह थी कि इस बीच शरत कुण्डु की भाँग-चरस पीने की आदत बहुत ज्यादा बढ़ गयी थी। इसी लत के चलते वह आधी-आधी रात के बाद आने लगा था। और इसे लेकर बाप-बेटे में खूब कहा-सुनी हुआ करती।...खैर ! गर्मी और उमस की वजह से लगभग सभी घरों में छत पर बिछौने डाले जाते हैं। हमारे घरों में भी ऐसा ही किया जाता है। हमारा घर कुण्डु के घर के बगल में ही है। गर्मी कम हो जाने के बाद जब सभी सो रहे थे...अचानक कुण्डु के घर की छत पर पागलों की-सी भयंकर चीख-पुकार शुरू हुई। इसके बाद ही छत के किनारे चिनी दीवार के पास दो जनों के बीच आपा-धापी-सी दीख पड़ी।...और तभी स्त्री के गले की एक चीख...'अरे

मुझे मार डाला रे...' के साथ ही दोमंजिली छत के ऊपर से एक भारी-सी चीज नीचे गिरी...धम्म की आवाज के साथ ही शरत की माँ चिल्ला पड़ी...'अरे यह क्या...सर्वनाश हो गया रे'...और इसके साथ ही सब-कुछ एकबारगी थम गया। यह सारा मामला बस कुछ ही सेकेण्ड में खत्म हो गया...हम सब भी सवेरेवाली गाड़ी से आपको यह खबर देने के लिए निकल पड़े।...हमें पता है...वे लोग सारी बातें मूँद-तोप देंगे। कहेंगे...छत पर सो रही थी...नींद के नशे में उसने यह समझा होगा कि सीढ़ियों पर से उतरती आ रही है और टूटी मुँड़ेरवाली चारदीवारी के फाँक में उसका पाँव चला गया।...रात के आखिरी पहर में शशि कुण्डु की घरवाली यही सारी बातें बक रही थी और छाती पीट रही थी।

"अच्छा...तो अब हम सब चलते हैं। अभी साढ़े ग्यारह बजेवाली गाड़ी से ही हमें लौटना होगा।...हमने सोचा था कि अचानक उस बुरी खबर को सुनकर अगर जो आप कहीं अपनी सुध-बुध खो बैठे तो हम आपको साथ ही स्टेशन तक लिवा लाएँगे। लेकिन आप हैं कि हमारा विश्वास ही नहीं करना चाहते...खैर ! चलो भई...इस कलियुग में किसी का भला नहीं करना चाहिए।"

वे लोग रवाना होने को हुए।

दो सेकेण्ड बाद ही इस गिरोह का नेता वापस लौटा और बोला, "इसके बाद वाली गाड़ी साढ़े पाँच बजे है...पहुँचते-पहुँचते रात हो जाएगी। इसके बाद लाश सड़ने लगेगी...अगर आपको जाना हो तो...बताइए ! साथ में हम लोग भी रहेंगे।"

इन लोगों का आग्रह देखकर बलराम साहा के मन में जो सन्देह पैदा हो गया था वह एक बार फिर पक्का हो गया।...इस दुनिया में तरह-तरह के लफंगे और उचक्के हैं। आये दिन ऐसी घटनाएँ सुनने में आती हैं कि किसी परिचित के बारे में कोई बुरी खबर देकर लोगों को साथ ले जाया जाता है और उन्हें तंग किया जाता है।...

अनजाने में ही बलराम का एक हाथ कमर की गाँठ पर चला गया।...आज ही दूकान पर कुछ व्यापारियों और महाजनों के आने की बात है। वे माल लेकर आएँगे। साथ में साढ़े चार हजार रुपये हैं इन छोकरों को इस बात की टेर तो नहीं लगी कहीं ?

बलराम यह समझ नहीं पा रहा है कि क्या करे ? और इधर सीने में अजीब-सा तूफान मचल रहा था। उसे अपने चारों ओर अँधेरा-ही-अँधेरा नजर आ रहा था और इसके ऊपर भी सन्देह का घना कोहरा।

"ठीक है...आप चल नहीं रहे...अच्छा !..."

और इसके साथ ही लड़के बढ़ने लगे।

वे थोड़ा-सा आगे बढ़े ही थे कि बलराम ने हाथ उठाकर पुकारा, "अरे बच्चो...सुनो। थोड़ा-सा तो रुको...सुनो।"

झबरीले बालों वाला पास आ गया।

बलराम उसके हाथ को अपने हाथों से थामकर रोने लगा। फिर सुबकते हुए कहा, "धरम के नाम पर दुहाई है...सच-सच बताना...क्या मेरी बेटी सचमुच मारी गयी है ?"

"झूठ कहने पर हमें क्या मिलेगा ?"

"तो फिर चलो, तुम सबके साथ ही चलता हूँ। बिटिया को आखिरी बार देख तो लूँ... ।" कहते-कहते बलराम एक बार फिर रुका। उसने कुछ सोचकर आगे कहा, "अगर तुम लोगों में कोई एक आदमी मेरे घर जाकर मेरे जाने के बारे में बता आए तो बड़ा अच्छा हो। घर में मेरी माँ और विधवा बहन है। मेरे घर वापस न लौटने पर वे दोनों मारे चिन्ता के दम तोड़ देंगी।...उनसे कहना है कि मैं किसी जरूरी काम से रानाघाट जा रहा हूँ...वापस न लौटूँ तो चिन्ता न करें।"

एक लड़का तेजी से आगे बढ़ गया।

बलराम ने तीन रिक्शों को स्टेशन जाने के लिए ठीक किया।...नहीं...अपने साथ किसी को बिठाने की जरूरत नहीं।...अगर टेंट के साथ छेड़खानी करे।

उफ...अच्छी मुसीबत है... ।

हे भगवान ! आगे की तरफ बढ़ गये रिक्शों पर सवार ये छोकरे अगर जो कहीं झूठे और उचक्के हों। मुमकिन है ये सब शशि कुण्डु के घर के लड़के हैं।...कहने को तो कह रहे हैं कि पास वाले घर में ही रहते हैं लेकिन पुकार तो रहे हैं शशि कुण्डु...शरत कुण्डु... । एक टोले-मोहल्ले में ऐसा भी कहीं होता है ? लोग एक-दूसरे को आदर और प्यार से बुलाते हैं। बहुत लाग-लपेट न भी हो लेकिन भैया...चाचा...ताऊ कहकर तो बुलाते ही हैं।

...न्न...ये सब स्साले मतलबी हैं।

भगवान करे ऐसे ही हों।

लेकिन बलराम साहा को ठग नहीं पाएँगे।...यह ठीक है कि मारे घबराहट के इन सबके साथ जाना पड़ रहा है लेकिन ये उसका कुछ बिगाड़ नहीं पाएँगे। बिटिया रानी के लिए जी पहले से ही बेचैन हो उठा था इसलिए इनके साथ निकल पड़ा। हे माता आनन्दमयी...माँ काली ! वहाँ पहुँचकर मैं अपनी बिटिया फुलिया को राजी-खुशी देख पाऊँ। वापसी के समय तुम्हारे थान पर छेने वाला सन्देश[1] चढ़ाता आऊँगा। बलराम ने अपनी टेंट को अपनी उँगलियों से टोह लिया और मन को मजबूत कर तनकर बैठ गया।

सामने चल रहे दो रिक्शों पर चार छोकरे ठीक-ठाक ही जा रहे थे। कोई गलत

1. बंगाल की प्रसिद्ध मिठाई—जो दूध से बनती है।

मकसद होता तो वे किसी तरह की चाल-बाजी करने से बाज आते भला ? इस बीच वापस आकर कोई हंगामा खड़ा नहीं करते ? कहीं...स्टेशन पहुँचकर मेरे सीने में कटार तो नहीं भोंक देंगे और रुपये लेकर चम्पत हो जाएँगे... ?...या फिर रेलगाड़ी पर सवार होकर...इसी भरी दुपहरिया में ही सरेआम...हजारों लोगों के सामने... ।

कृष्णनगर पहुँचकर...ऐसा नहीं है कि बलराम साहा को ये गायब या अगवा कर सकें। कृष्णनगर तो वह बचपन से ही आते-जाते रहे हैं। और इधर पिछले कुछ वर्षों में बिटिया की शादी के समय से ही इतनी बार आना-जाना हुआ है कि जिसकी गिनती नहीं है। मिठाई की हाँड़ी, आम की टोकरी, और दादी के हाथों तैयार अचार-अमोट, बड़ी-पापड़ी तो आते ही रहे हैं। यहाँ उसके न जाने कितने लोग परिचित हैं।

तो फिर ?

ये लोग किसी साहस के बूते पर मुझे कोई चश्का देकर कहीं दबोच पाएँगे ?

लगातार एक-दूसरे को काटनेवाली चिन्ता के साथ बलराम साहा आगे बढ़ता गया। उसका इरादा एक बार मजबूत होता तो दूसरे ही क्षण ढह जाता।

बाजार में अकसर मिल जाने वाले शशांक की बात उसे याद आ गयी।

"दिनोंदिन यह क्या होता जा रहा है बलराम दा...आँय। अखबार खोला नहीं कि किसी की बीवी के कत्ल का समाचार...शहरों में...कस्बों में...बड़े-बड़े घरों में...ऊँचे घरानों में। और ऐसे हादसे बढ़ते-बढ़ते ही चले जा रहे हैं। बीवी को जान से मार डालना ही आजकल का लेटेस्ट फैशन हो गया है जैसे...आँय। है कि नहीं ?"

उस दिन शशांक की बात पर उसने बहुत ध्यान नहीं दिया था। लेकिन आज वह याद आ रही है।

ये छोकरे...स्साले...टिकट कटाकर ट्रेन में कभी नहीं बैठते लेकिन जब बलराम ने पाँच टिकट कटाने को रुपये बढ़ा दिये तो कोई चारा न था और न ही रुपये गायब करने की नौबत आयी।

ट्रेन के प्लेटफार्म पर रुकते ही बलराम हैरान रह गया। कैसे आश्चर्य की बात है ! जहाँ जो कुछ था...जैसा था...वैसा ही है। आम दिनों जैसा। यहाँ तक कि पान की दुकान में ध्यानस्थ महादेव वाले कटे-फटे कैलेण्डर के सामने गेंदे के फूलों की जो सूखी माला वह देख गया था वह अब भी वैसी ही झूल रही है। सौदा-सुलफ करनेवाले लोग उसी जानी-पहचानी शैली में आ-जा रहे हैं। ऐसा लगता है वह अभी-अभी यह सब देख गया है।...

आँखों के सामने ही साइकिल-रिक्शा का पड़ाव देखा जा सकता है। किसी-किसी साइकिल-रिक्शा की घण्टी के सिर पर नाईलोन वाले झालरनुमा नीले फूल उड़ रहे हैं। सब कुछ वैसा ही है...हू-ब-हू...जरा भी इधर-उधर नहीं। और ये कँगले दलिद्दर

स्साले...यही कहते हैं कि सारी दुनिया...धरती-आसमान-चाँद-सितारे सब बदल गये हैं। जमाना बदल गया है।

ये सब स्साले...शैतान की आँत हैं।

इन सबकी पूरी तरह अनदेखी करते हुए बलराम तेजी से रिक्शा-पड़ाव की तरफ बढ़ आया। वह एक रिक्शा पर बैठ गया और बोला, ''आनन्दमयी मोहल्ला चलो।''

''अरे, आप उधर कहाँ चल दिये, साहा बाबू ?'' वह अभागा झबरे बाल वाला जैसे उसके पीछे-पीछे ही चल रहा था।

''अब क्या बात है ?'' बलराम ने तमककर पूछा।

''मैं यह कह रहा था...पहले उधर जाना ठीक नहीं होता। अगर आप जल्दी निकल चलें तो कचहरी अभी खुली मिलेगी। पहले उनके खिलाफ मामला ठोक देते और उसके बाद...''

यह सुनकर झक्की बलराम कुछ ऐसा तिनक गया कि लगा वह इस छोकरे पर टूट पड़ेगा। उसने कहा, ''लगता है...मैं तो एक नासमझ के पल्ले में पड़ गया। अरे भाई...तुम लोग आखिर चाहते क्या हो ? 'कौआ तेरा कान ले जा रहा है...' यह सुनकर मैं कान पर हाथ न रखकर कौए के पीछे दौड़ने लगूँगा। अब जाओ भी...तुम लोगों के मेरे पीछे पड़े रहने की ऐसी कोई जरूरत नहीं।''

रिक्शे पर सीधे तनकर बैठ गये और बोले, ''अरे चलो भैया, आनन्दमयी मोहल्ला।''

रिक्शा थोड़ी दूर आगे बढ़ाने के बाद रिक्शावाले ने पूछा, ''आनन्दमयी मोहल्ला...? वहाँ किसके यहाँ जाय रहे हैं, बाबू ?''

बलराम का मिजाज अब भी उखड़ा हुआ था। उसने उसी कड़वाहट से कहा, ''बस रिक्शा चलाते जाओ। मैं बता दूँगा कि किसके मकान पर जाना है ?''

''बात यह नहीं है,'' उस आदमी ने पैडल चलाते हुए ही कहा, ''कल रात उस मोहल्ले के किसी घर में एक हादसा हो गया है। तभी तो हम पूछ रहे थे।''

बौखलाये बलराम का कलेजा अन्दर तक बर्फ जैसा सफेद हो गया। उसकी आवाज बैठ गयी। फिर भी उसने बड़ी मुश्किल से पूछा, ''आखिर क्या बात हो गयी, भाई ?''

रिक्शावाले ने उसी जोश में कहा, ''कुछ लोग बताय रहे हैं, पाँव फिसल गया होगा और लोग बोल रहे हैं कि कतल का मामला है।...हम तो बाबू यही समझते हैं कि खून-वून ही किया गया होगा।...घर की बहू...पतोहू को मार डालना तो आजकल कोई नयी बात नहीं रही...रोज का रिवाज हो गया है।''

ऐसा जान पड़ा कि बहुत दूर से और बहुत आहिस्ता से यह सवाल पूछा गया,

"किसके घर की बात है ?"

"अरे वही शशि कुण्डु के घर की बात है बाबू...गुड़ का कारबार करता रहा है। वैसे आनन्दमयी मोहल्ले में कपड़े की भी एक दूकान है। बात क्या है, बाबू...? आपकी कौनो जान-पहचान तो नहीं रही ?"

बलराम एक तरह से ढेर हो चुका था। अचानक उसने अपने को सँभाला और जोर से फट पड़ा, "हाँ...परिचित है...एकदम अपने घर का आदमी है। रिक्शा और तेजी से चलाओ। आज मैं सबका खेल तमाम करके ही दम लूँगा।"

शशि कुण्डु के मकान के सामने अब भी दो-चार लोग इकट्ठा थे। थोड़ी देर पहले ही पुलिस आयी थी और लाश ले गयी थी। उसने बाप-बेटे...शशि और शरत...दोनों को हिरासत में ले लिया था।

आसपास खड़े लोग इस दर्दनाक घटना को लेकर तरह-तरह के दोष मढ़ रहे थे। कुछ लोगों को इन सारी बातों में बड़ा रस मिल रहा था और ऐसे लोगों की तादाद कहीं ज्यादा थी।

"अरे इस शशि कुण्डु की अकड़ बहुत बढ़ गयी थी। सारी दुनिया उसके लिए छोटी हो गयी थी।...और उसका अभागा बेटा तो जैरो पागल ही हो गया है। जब देखो तब नशे में चूर रहता है। उस दिन बागानपाड़ा में...नशे की झोंक में कैसी-कैसी बदतमीजियाँ कर गया।...अब उसका बाप चाहे जितना झूठ गढ़े...किस्से गढ़े और मामले को सजाए...यह मामला दबेगा नहीं। अब तो बाप-बेटा दोनों ही जेल की चक्की पीसेंगे।"

"क्या कहते हो...हाँ ! जरा इसकी अकड़ तो कम हो।"

"अरे...कुण्डु के घर के सामने रिक्शा पर से कौन उतरा ?"

"शरत का ससुर ही तो जान पड़ता है। है न ?"

"उसे कैसे खबर मिल गयी ?"

"क्यों...इस मोहल्ले में उसके कुछ कम दुश्मन है ?"

रिक्शावाले को भाड़ा चुकाने के बाद जब बलराम इधर-उधर देखने लगा तो लोग छितरा गये। कोई जरूरत नहीं है बाबा...। अगर जो उनसे पूछ बैठे, कि आप लोग तो गवाह हैं न...? माफ करना...! यह तो सभी चाहते हैं कि हत्यारे को सजा मिले लेकिन कचहरी में गवाही देने को कोई राजी नहीं।

घर के सामने सन्नाटा-सा छाया था।

दरवाजा अन्दर से बन्द। बलराम ने उसी जोम में दरवाजा ठेला और इसी के साथ जैसे सारा घर झनझना उठा।

"कौन है ?" भीतर से एक बीमार-सी आवाज सुन पड़ी। यह सवाल किसी स्त्री का था, जो न केवल कमजोर था बल्कि सहमा हुआ भी था।

"दरवाजा तो खोलिए... । मैं हूँ बलराम साहा...खागड़ा का...?"

दरवाजा धीरे-से खुल गया।

घर की पुरानी नौकरानी...कनाई की माँ एक किनारे हट गयी थी।...कनाई की माँ, जो बलराम को घर आता देख दरवाजा खोलने के साथ ही कभी खिलखिला उठती थी और मारे खुशी के चीखकर कहती थी, "अरी ओ भाभी, देखो तो सही, कौन आया है ? बाबा...हँऽ...समधी बाबू ! लगता है, इससे बड़ी हाँड़ी आपके खागड़ा बाजार में नहीं थी शायद ? बिटिया रानी छेने की मिठाई कितना पसन्द करती है...यह तो आपको पता है ही...ही...ही... ।"

आज वह खिलखिलाहट गायब थी। वह एक चोरनी की तरह दीवार से सटकर खड़ी थी।

वह आदमी जो रिक्शा के ऊपर ही एक तरह से ढेर हो गया था...यहाँ शेर की तरह गरज रहा था। उसके हाथ में कोई हथियार तो नहीं था लेकिन स्थायी बन्दोबस्त के तौर पर छतरी तो थी ही। बलराम उसे ही ऊपर उठाये सदर दालान में दाखिल हो गया और ऊँची आवाज में चीखता रहा..."कहाँ है बे ? कहाँ है ? बाहर निकल हरामजादे...कमीने...निकल बाहर। आ मैं तेरा खून पीकर फाँसी के फन्दे पर झूल जाऊँ !...बाहर तो निकल...शैतान...सुअर की औलाद...शराबी...हरामखोर कहीं के !"

घर के अन्दर एक-एक कमरे के सामने बलराम पाँव पटक-पटककर चीखता रहा।

कनाई की माँ ने सहमी हुई आवाज में कहा, "बाप और बेटा दोनों को ही थानेदार पकड़कर ले गये हैं। लाश भी उठवाकर ले गये हैं और उनको भी... ।"

"थाने ले गये हैं ? अरे...फिर तो मेरी गिरफ्त से निकल गये स्साले ? उस हरामजादे को अपने हाथों मारने का सुख भी नहीं मिला।...ठीक है...अगर मैंने खूनी को फाँसी के तख्ते पर नहीं लटकवाया तो...! क्या ? क्या घर की मालकिन को भी थाना पकड़कर ले गये ?..."

"नहीं। औरतों को तो नहीं पकड़ा। बस पूछताछ भर करते रहे और चले गये।"

बलराम ने ऊँचे स्वर में कहा, "पुलिस ने छोड़ दिया तो क्या...बलराम साहा कभी नहीं छोड़ेगा। जाओ...बुलाओ अपनी मालकिन को। बलराम साहा ने ठान लिया है कि वह उसे भी जेल में सड़ाकर दम लेगा। यह उसका दो-टूक फैसला है। अरे...साहस है तो बाहर निकलकर आँख मिलाए। यह पता तो चले कि पराये घर की बेटी के साथ...उफ।"

बलराम की चीख-पुकार और फटकार पर शशि कुण्डु के परिवार के लोग कमरे

से बाहर निकल आये। घरवाली भी...। वह एक मटमैली-सी लाल डोरिया किनारे की साड़ी पहने हुई थी। कलाई पर शाँखा चूड़ी, लोहे की रूलि[1] और बाला। चेहरा आँचल से ढका था। कमरे से बाहर निकलकर वह जैसे बलराम के पाँव के पास ही औंधी पड़ गयी। रुँधे स्वर से सुबकते हुए उसने कहा, "नहीं...ऐसा कोई साहस नहीं है, समधी साहब ! आपको मुँह दिखाने का साहस नहीं। आप लोगों ने तो अपने घर की नीलमणि हम लोगों को सौंप दी थी...लेकिन हम उसे सहेज नहीं पाये, समधी बाबू ! मेरी कोख ही के जाए...जी का जंजाल...अभागे बन्दर ने सोने-जैसी लक्ष्मी बहू को एकदम खत्म ही कर दिया।"

"ओ, माँ !"

कनाई की माँ जैसे असन्तोष में फटकर बोल उठी, "मालकिन...यह उल्टी-सीधी बात कहाँ से कर रही हो तुम ! भाभी ऊपर अकेली सोयी थी...नींद में ही उठ पड़ी और वह समझ नहीं पायी कि पाँव कहाँ पड़ रहे हैं। सीढ़ी का दरवाजा है...यह समझकर टूटे मुँडेरे के सुराख में पाँव डाल दिया और नीचे गिर पड़ी। बस...इतनी-सी तो बात है।"

"चुप कर...। इस सिखाई-पढ़ाई गयी बात को अपने पास ही रख !" कुण्डु की घरवाली ने रोते-रोते ही उसे बुरी तरह झिड़क दिया। "तू क्या समझती है समधी साहब इतने बेवकूफ आदमी हैं ? उन्हें जो कहा जाएगा...वे वही समझ लेंगे ? समधी साहब अपनी बुद्धि के बल पर बड़े-बड़े वकीलों और बैरिस्टरों के कान काटते हैं।...क्या वह इतना भी नहीं समझेंगे कि सच क्या है और झूठ क्या ? अब तो इनके ही हाथ में हमारे जीवन-मरण की डोर है...।"

"हुँ..."

बलराम ने खोये-खोये ढंग से कहा, "बात और घात में आप भी कुछ कम नहीं हैं, समधन जी !...और अब काहे की समधन-वमधन ? भाड़ में गये सब सम्बोधन। कुण्डु की घरवाली...बस इतना ही काफी है। और आप इस बात को समझ रखिए...मैं उस हरामजादे...सूअर को खतम किये बिना छोड़ूँगा नहीं।...मेरी प्यारी अनाथ बिटिया को...जिसकी माँ उसे बचपन में छोड़ गयी...मेरे कलेजे के टुकड़े को..." बलराम साहा का गला बैठ गया था लेकिन उसने ऊँची आवाज में कहा, "और उस लतखोर की यह मजाल। उसे क्या मेरा डर नहीं ? उसकी खाल में भूसा भरे बगैर मैं नहीं मानूँगा...।"

कुण्डु की घरवाली का आँचल चेहरे से खिसका। उसका सुबकता हुआ स्वर

---

1. विवाह के समय स्त्री की बायीं कलाई पर लोहे की पतली-सी चूड़ी जिसके सिरे मिले नहीं होते।

अचानक फूट पड़ा। बिलखती हुई बोली, "मुझे पता है, भाई साहब ! इस पाप के युग में उसे सजा नहीं मिली। उसका बाप तो तभी उसकी गर्दन पकड़कर थाना ले जा रहा था। वह कह रहा था–तू तो ठहरा कुलनाशी। तूने मेरे घर की लक्ष्मी...शुभ लाभ वाली लक्ष्मी और दुर्गा जैसी सुन्दरी बहूरानी का खून कर दिया। चल...मैं तुझे फाँसी पर लटकाने का सारा इन्तजाम करता हूँ।...वह तो सिर्फ मेरा चेहरा देखकर थम गये। आप भी एक बार हो आइए, भैया...। चार-चार बेटियों के बाद यह जनमजला पैदा हुआ। उसे किसी तरह बचा लीजिए। आपके ही हाथों मेरा जीवन-मरण है।"

"आप आखिर कहना क्या चाहती हैं..." बलराम साहा ने गरजते हुए कहा, "भला मेरी ठकुरसुहाती किसलिए...। बलराम साहा कोर्ट में जाकर झूठी गवाही दे देगा...इसलिए ?"

कुण्डु की घरवाली के चेहरे से आँचल हट गया था...रोते-रोते उसकी दोनों आँखें लाल करमचे की तरह सुर्ख हो गयी थीं, जिन्हें उठाकर उसने कहा, "इसमें झूठ जैसी कोई बात ही नहीं है, भैया ! आप यही कहिएगा कि मुझे इस बात का यकीन नहीं होता कि शरत ऐसा काम भी कर सकता है।"

"जरूर...जरूर कहेगा...बलराम साहा...ऐसा ही कहेगा।...मेरी जीती-जागती बिटिया को..." कहते-कहते थम गया वह।

कुण्डु की घरवाली एक बार फिर दुहाई देने लगी, "क्या मैं वह सब नहीं समझती हूँ, समधी साहब...!"

"खबरदार...जो समधी साहब और भैया साहब कहा मुझे...।"

कुण्डु की घरवाली ने सहमते हुए कहा, "क्या उसके लिए मेरा कलेजा नहीं कचोटता है। मेरी देवी-सी पतोहू...घर की लक्ष्मी। लेकिन उस मुँहझौंसे बन्दर ने जान-बूझकर तो ऐसा कुछ नहीं किया भैया...उसने जो कुछ किया...नशे के झोंक में किया। लोग कहते हैं न...मद करे बद...शराब करे खराब...। ऐसे ही यार-दोस्तों के कुसंग में पड़कर मेरा बेटा इन्सान से हैवान बन गया...हाय राम...!"

"रुकिए, अरे रुकिए...भी" बलराम ने खीज-भरे स्वर में कहा, "अपने कुलांगार बेटे की वकालत करने की बहुत जरूरत नहीं। आग में हाथ डालेगा तो जलेगा नहीं ? आग को अच्छे या बुरे से कुछ लेना-देना नहीं। समझीं आप ! खून की सजा है फाँसी...मेरा दो-टूक जवाब है...फैसला है...इसे अपनी गाँठ में बाँध लीजिए...श्रीमती जी। कल घर जाते ही केस ठोंक दूँगा और मरते दम तक लड़ता जाऊँगा।"

श्रीमती कुण्डु ही नहीं...कनाई की माँ भी यह सुनकर सकते में आ गयीं। यह तो ठीक है कि इस आदमी की बाचतीत का ढंग शुरू से ही बड़ा ही उखड़ा-उखड़ा है

लेकिन यह अपनी ही बात पर टिका हुआ है...जौ भर टस-से-मस नहीं...हो रहा, "वाह, खूब कह रही हैं आप भी, समधन जी... ! अब आप ही मुझे जबरदस्ती खाने को कहें...सारा-का-सारा भोजन और माल-पकवान लाकर पटक दें...लेकिन पेट तो मेरा है न...है कि नहीं... । और खाइए...और खाइए...कहते हुए अगर आपने समधी जी का पेट ही फाड़ डाला तो मेरा कहना है, कुण्डु की धरम पत्नी जी...कि इस पेट को सिलने की जिम्मेदारी किस पर है...? वह भी इसी बदनसीब बलराम पर ?"

इस आदमी की बोली में अजीब-सी कड़वाहट घुली है। और उसमें कोई तालमेल भी नहीं है। इस पर उसने 'कुण्डु की धरमपत्नी' जिस विद्रूप ढंग से कहा है—लगता है किसी ने कनपटी पर तमाचा जड़ दिया है।

लेकिन स्त्रियाँ सारा अपमान पी जाती हैं। उसने भी अपने दोनों हाथों को जोड़कर सिर पर रखा और चिरौरी के स्वर में कहा, "अच्छा भैया..अगर मेरे बेटे को फाँसी हो गयी तो क्या आपकी बेटी वापस मिल जाएगी ? आप माँ की ममता की हाहाकार की बात सोचकर..."

बलराम तेजी से पाँव पटकता वहीं टहलने लगा था। इस बात को सुनकर वह वहीं थम गया और जैसे अपने शिकार पर टूट पड़ा, "अच्छा तो...यह सब सोच-समझकर ही बलराम साहा अदालत में अपना हलफिया बयान देगा...है न...! अरे मैं पूछता हूँ कि उसके कलेजे की जलती आग को किसने देखा है ?"

कुण्डु की घरवाली एकदम से बुझ ही गयी। सिर पर का आँचल खींचते हुए उसने बड़े ही ठण्डे ढंग से कहा, "मैं समझ गयी, आप अपने मन की ही करेंगे। मैं तो यही सोच रही थी कि अब कोई चारा तो है नहीं...वह लौटकर तो आएगी नहीं। ठीक है...जो उचित जान पड़े वही करेंगे।...मैं कह रही थी धूप-बतास में चलकर आये हैं, एक डाब[1] काटकर दूँ...आप पीएँगे न... ।"

बलराम साहा की उछल-कूद और बकझक थोड़ी कम होने को आयी थी। लेकिन इस बात से एक बार फिर भभक उठी। तमककर बोला, "क्या कहा...? आप डाब काट रही हैं ? बलराम साहा इस ड्योढ़ी पर बैठकर पानी पीएगा ?...अरे बलराम तो डाब उसी दिन पीएगा जिस दिन हत्यारे को फाँसी पर लटकाएगा।"

यह कहकर उसने दरवाजे का हुड़का खोला और दनदनाता हुआ बाहर निकल गया।

लेकिन यह समझ में नहीं आया कि बलराम रिक्शा पर बैठकर स्टेशन की तरफ क्यों रवाना हो गया ? क्या वह लाशघर नहीं जाएगा...एक बार और आखिरी बार अपनी बेटी फुलिया को देखने के लिए।

---

1. कच्चा नारियल।

नहीं...क्षत-विक्षत फुलिया को नहीं देखना चाहता बलराम। उसके मन में जो फूलकुमारी खिली रही है...वही जिन्दा रहे।...इतना ही काफी है।

इसके बाद तमाम अखबारों में 'फुलेश्वरी कुण्डु हत्या-काण्ड' के समाचार छपते रहे। कुण्डु बाप और बेटा हिरासत में सड़ते रहे, उनकी जमानत हो न पायी। यह भी पता चला कि मोहल्ले के कई लोग चश्मदीद गवाह की हैसियत से अपनी गवाही देने को तैयार हैं।

इस मामले में सबसे आगे है वही झबरे बाल वाला युवक और उसका वही गिरोह।...ये सब शशि कुण्डु के नाते-रिश्तेदार ही थे, उसकी बुआ के घर में पले-बढ़े। शशि कुण्डु उन्हें 'कुसंगी' कहकर बुलाता। उनकी आँखों में सुलगती जहरीली आग देखकर और गाहे-ब-गाहे उसके घर में धमकते हुए 'भाभी जी...भाभी जी...' कहकर ताक-झाँक किया करते तो वह उन्हें झिड़क दिया करता...। कहने का मतलब है कि उन्हें कोई शह नहीं देता था।

दूसरी ओर, शरत की चाल-ढाल के चलते विरोधियों की संख्या ही कहीं अधिक थी। लेकिन फुलेश्वरी का मामला कोई ज्यादा दिनों तक नहीं चला। और खुद मुजरिम फाँसी पर लटकने के बदले छाती ठोंकता हुआ साफ बच गया।

इस मामले को रफा-दफा करने में खुद बलराम साहा की गवाही ने बड़ी जबरदस्त भूमिका निबाही। हालाँकि यह मामला उसी ने दायर किया था।

लेकिन...

अदालत में अपनी गवाही देते हुए उसने ऊँची आवाज में कहा, "अब मैं क्या कहूँ, हुजूर...। मेरी बिटिया—बचपन में ही माँ जिसे अनाथ छोड़ गयी—की मौत की खबर सुनकर मेरे तो होश ही उड़ गये। और भला किसे होश रह सकता है? धर्मावतार...आपके यहाँ ऐसा कुछ होता तो आप होशो-हवास में रहते ?...क्या गुस्से में भरकर केस नहीं ठोंक देते ?"

भरी अदालत में अजीब तरह का सन्नाटा छा गया और गहमागहमी लेकिन बलराम अपनी रूखी आवाज में रुक-रुककर कहता चला गया। "अब मुझे उसकी बचपन की बीमारी की याद आ गयी है। मैं धर्म और विवेक की दुहाई देता हुआ उस बीमारी के बारे में बता रहा हूँ...। और अदालत को खामखाह परेशान करने के लिए जो भी सजा दी जा सकती है...मैं उसके लिए तैयार हूँ।...बलराम साहा इसे सिर-माथे लेगा।

"लेकिन यह बीमारी क्या थी भला ? जिसे फुलेश्वरी कुण्डु बचपन से ही भुगत रही थी। यह कोई दूसरी चीज नहीं, नींद में चलने की बीमारी थी।...बचपन से ही रात-बिरात उठकर फुलिया कितनी ही बार दरो-दीवार से टकरा-टकराकर अपना कपाल फोड़ चुकी है। सामने दीवार खड़ी है...यह समझकर कई-कई बार उढ़के हुए

दरवाजे के पल्ले से टकराकर चोट खाती रही है। ऐसा भी हुआ है कि उसे घर में बिछी चारपाई...बिछावन, आलना और दरवाजे का बहुत खयाल नहीं रहता था और रोशनी जलाते समय वह ठोकरें खाती रहती थी।...यही सब कुछ।...

"उसकी इस बीमारी को लेकर लोग उसकी हँसी उड़ाया करते थे। किसको क्या पता था कि हँसी-मजाक वाली बात ही फुलेश्वरी के लिए जानलेवा बीमारी साबित होगी।"

ऐसी गवाही की सच्चाई जानने के लिए 'धर्मावतार' जज साहब क्या कुछ करते यह बात दीगर है लेकिन सन्देह करने का कोई सवाल ही नहीं था क्योंकि गवाह कोई और नहीं, फुलेश्वरी कुण्डु का बाप ही था।

यही वजह थी कि शशि कुण्डु का बेटा शरत कुण्डु बेकसूर साबित हुआ और छाती ठोंकता हुआ अदालत से बाहर निकला। इसमें हैरानी की कोई बात न थी।

इज्जत

हालाँकि उसने बताया, ''यही कोई चौदह-पन्द्रह साल की होगी भाभी !'' लेकिन उसे देखकर यही जान पड़ा कि सत्रह-अठारह से कम की नहीं होगी। ये सब अपनी उमर कम कर बताते हैं लेकिन इस लड़की को अपनी बस्ती में कहाँ छुपाकर इतना बड़ा किया बासन्ती ने ? ऐसी भरी-पूरी सेहत कहाँ से चुरा लायी है ? ऐसा निखरा-निखरा रूप कहाँ से पाया है उसने ?

सुमित्रा अपनी हैरानी को छिपा भी नहीं पायी। बोली, ''तुम्हारी बिटिया तो बड़ी ही खूबसूरत है, बासन्ती ! ऐसा नहीं जान पड़ता कि यह तुम्हारी बेटी है !''

बासन्ती की मुसकान में लाज और अभिमान दोनों की ही रंगिमा खेल रही थी। बोली, ''जब यह छोटी-सी थी तभी से इसके बारे में सभी यही बात कहते रहे हैं। दरअसल, यह अपने बाप पर गयी है। इसका बाप भी बड़ा लम्बा-चौड़ा और कद्दावर आदमी था भाभी...साँप ने काट खाया। उसके गुजर जाने के बाद सास ने बड़ा सताया, भाभी ! ऐसा जान पड़ता था कि मैंने ही नागन बनकर उसके बेटे को डसा हो। उसी जलन भरी आग से मैं बेटी को लेकर निकल आयी थी और सबसे एकदम अलग-थलग रहने लगी थी। मैंने कहा था दूसरे की ड्योढ़ी पर मर-खटकर पेट पाल लूँगी...शायद इसी से तुम्हारी आन-बान-शान बनी रहे।...और यही वजह है कि मेरे मरद को किसी ने देखा तो नहीं। इसीलिए सब-के-सब मुझसे मजाक करते रहते हैं कि तूने किसी बड़े आदमी की बेटी को चुरा लिया होगा... ।''

सुमित्रा ने मुसकराकर कहा, ''मुझे भी ऐसा ही जान पड़ता है। तू इतने दिनों से मेरे यहाँ काम कर रही है लेकिन तेरी बिटिया इत्ती खूबसूरत है...ऐसा तो मैंने सोचा भी न था !''

बासन्ती का गर्व से खिला चेहरा थोड़ा मुरझा गया। उसने कहा, ''उसके छुटपन से ही मैं उसे साथ लिये काम पर निकल जाती थी, भाभी ! वह कितना हाथ बँटाया करती थी मेरे कामों में। अब बड़ी होकर साथ निकलना नहीं चाहती। कहती है, मैं यहीं घर का सारा काम-काज करूँगी, माँ ! बाबू लोगों के घर नहीं जाऊँगी...लाज आती है मुझे। मैं कहती हूँ...जाने का मन न करे तो मत जा। लेकिन अब तो बिटिया

को लेकर बड़ी मुसीबत हो गयी है...जैसा कि मैं आपको बता रही थी। अब आप अगर दया करके इसे थोड़ा-सा आसरा दे दें।''

सुमित्रा ने यह तो जरूर कहा था कि तू तो इतने दिनों से काम कर रही है। लेकिन तब ऐसा कुछ नहीं था। सुमित्रा की पुरानी नौकरानी गाँव चली गयी थी। तभी कोई चार महीने तक बासन्ती ने सुमित्रा के यहाँ काम किया था। बासन्ती स्वभाव से तो अच्छी थी ही, उसके काम में भी सफाई थी। इसीलिए सुमित्रा उसे भूल न पायी थी।

अब इसी बात के भरोसे सुमित्रा ने यह अनोखा प्रस्ताव रखा था। टोले-मोहल्ले में न जाने कैसे-कैसे उचक्के और आवारा छोकरे आकर जमा हो गये हैं, उनकी बेहूदगी से बासन्ती की बेटी का यहाँ टिकना मुश्किल हो जाएगा।

बासन्ती को तो मेहनत-मजूरी कर पेट पालना पड़ेगा।

बेटी को अगोरकर रखने से तो काम चलेगा नहीं।

दिन भर चक्कर-घिन्नी की तरह मेहनत किये बिना दो-दो प्राणी का पेट पालना और झुग्गी का किराया जुटाना...कोई खेल नहीं है।

अभी कुछ ही दिन तो हुए हैं जब भगवान ने अपनी आँखें उसकी तरफ उठायी थीं। तभी तो बासन्ती को एक अच्छी-सी चाकरी मिल गयी थी। एक बड़े घराने की वृद्धा की देखभाल। सत्तर रुपये महीना। ऊपर से खाना और कपड़ा। तेल-साबुन...मर्जी मुताबिक पान-जर्दा और चाय। काम था भी कितना...? वृद्धा की देख-रेख, दवा-दारू और उल्टी-सीधी फरमाइश। वृद्धा वैसे तो गठिया से पीड़ित थी लेकिन बड़ी शौकीन तबीयत की थी। साबुन लगाकर नहाओ-धोओ...तेल-फुलेल डालकर बाल बना दो... जोड़ों का दर्द दूर करनेवाले तेल से अच्छी तरह मालिश करने के बाद पाउडर लगा दो। घर की बहू और बेटियाँ भला यह सब कहाँ से कर पाएँगी ? और तब...जबकि घर में पैसे की कोई कमी नहीं हो।

यही वजह थी कि वहाँ बासन्ती को इतने रुपये देकर इतने ठाठ में रखा गया था।

''मैं तो सुख के सागर में तैर रही थी, भाभी,'' बासन्ती ने कहा, ''सुबह पाँच बजे निकल जाती थी और रात के दस बजे लौट आती थी। मेरी बिटिया तब तक कभी इसके घर, तो कभी उसके घर बैठी रहती। मैं जब घर वापस लौटती तो उसे अपने साथ लिवा लाती। रात का खाना मालकिन के घर नहीं खाती थी बल्कि साथ ले आती थी—दोनों माँ-बेटी का उसी में चल जाता था। यह कहा जा सकता है कि दुनियादारी का कोई खरचा ही नहीं था। दोपहर के बखत अपने लिए थोड़ा-सा भात उबाल लेती थी और वही खा लेती थी। जो पैसे मिलते थे...वह एक तरह से जमा हो जाते थे। बिटिया की शादी के लिए जमा करती थी।...

"लेकिन...अब क्या बताऊँ भाभी...," बासन्ती का स्वर धीरे-धीरे किसी दार्शनिक की तरह गम्भीर होता गया, "भगवान की नजर भी कंजूसों जैसी होती है, भाभी ! वह खुले मन से कुछ देना नहीं चाहता। अगर एक तरफ से कुछ देता है तो दूसरी तरफ से ले लेता है। मैं उस सुख को ज्यादा दिन भोग न पायी। बुढ़िया में अब एक नयी सनक पैदा हो गयी थी...रात-रात भर जगने की। रात को आँखें फाड़े बैठी रहती और फरमाइश करती रहती है। अपने बेटे और बहुओं को बुला-बुलाकर कहती है 'रोशनी जला दे...पंखा बन्द कर दे'...तो कभी कहती है 'पंखा चला दे...बत्ती बुझा दे...ला जरा पानी पिला...पान लगा दे, वही चबाऊँगी'...और जरा देर हुई नहीं कि गाली-गलौज शुरू। अब उसके लड़के-वाले जो दिन-दिन भर भाग-दौड़ करते हैं...लम्बा-चौड़ा कारोबार सँभालते हैं...रात को होनेवाले इस हंगामे को भला कैसे झेल सकते हैं ? अब उन्होंने मुझे पकड़ा। कहते हैं, 'हम तुम्हें दस रुपये ज्यादा देंगे...तू रात को रुक जाया कर।' साथ ही यह भी धमकी दी है कि अगर मैं राजी न हुई तो वे किसी दूसरे को रख लेंगे।...अब मैं क्या करूँ...किस तरफ देखूँ...अजीब उलझन है ! इस बीच लोगों के घर झाड़ू-बर्तन करने वाला काम भी गँवा बैठी हूँ...कोई उपाय नहीं रहा। क्या करती मैं ? बड़े लोगों का मामला है...एक ही बात में नौकरी जा सकती है। है न...भाभी... । आप ही बताइए ?"

सुमित्रा क्या कहे, समझ न पायी ! बस इतना ही बोली, "सो तो है।"

"सो तो है...कहने से ही यह आफत नहीं टलेगी। आपके दरवाजे पर खड़ी हूँ..., अब आप पर है कि मार डालिए या आसरा दीजिए।"

सुमित्रा बासन्ती की दिक्कत समझ रही है। उसके मन में बासन्ती के लिए सहानुभूति भी है। लेकिन आसपास इतने घर-द्वार होते हुए भी सुमित्रा के घर का दरवाजा ही क्यों ? यही बात वह समझ नहीं पाती। बासन्ती ने इतने लोगों के यहाँ काम-धाम किया है...सुमित्रा के पास तो वह कुछ ही महीने रही थी। अभी वह जिनके घर में है वे लोग बासन्ती को दस रुपये ज्यादा देने को तैयार हैं और इसके बदले रोगी की देखभाल करवाना चाहते हैं।

सुमित्रा भी इसी बात को आगे बढ़ाती हुई कहती है, "तो फिर उसी घर में ले जाकर क्यों नहीं रखती हो। उस बड़े आदमी की लम्बी-चौड़ी कोठी है। रोगी की दवा-दारू के साथ बेटी की देख-रेख भी हो जाएगी।"

बासन्ती ने हाथ ऊपर उठाकर माथे से लगाया और नाराजगी से बोली, "इस बात को कहने में भी कोई कोर-कसर नहीं उठा रखी है, भाभी जी ! लेकिन बाबू लोग बड़े कड़े मिजाज वाले हैं। इस बात के लिए राजी नहीं हुए। कहते हैं, घर में पहले से ही ढेर सारे नौकर-चाकर हैं। इसी मुसीबत के चलते पिछले दो दिनों से जितने भी जाने-पहचाने मकान हैं...उनके दरवाजे आसरे के लिए खटखटा रही हूँ। लेकिन किसी

ने भी मेरी चिरौरी नहीं सुनी। हर किसी ने कोई-न-कोई बहाना बना दिया। बेटी को साथ लिये घूम रही हूँ अगर इसको देखकर ही किसी को दया आ जाए।...इसीलिए।''

सुमित्रा ने मन-ही-मन कहा, ''अरी तुम तो गलत गोटी चल रही हो बासन्ती बाला। अच्छा तो यही होता कि तुम किसी को अपनी बेटी नहीं दिखाती...तब शायद कोई राजी हो भी जाता।''

''इस अंगारे को अपने घर में कौन रखेगा भला ? कौन इसे अपनी ओट देगा ? और तब...जबकि तुम भी उसके पास नहीं रहोगी। ऐसा भी होता है कहीं।''

बेटी उधर घर के बरामदे पर ही खड़ी है...कोने से लगी। एक सस्ती झीनी-सी साड़ी में और उसी से मिलता-जुलता लाल रंग का एक फुटपथिया ब्लाउज। इसी में वह ऐसी भरी-पूरी और खूबसूरत दीख पड़ती है कि एक बार नजर पड़ जाए तो दोबारा देखने की इच्छा जगती है। सोचकर यही लगता है कि अगर यह लड़की थोड़े-से प्यार और जतन से पली-पुसी होती, अच्छे कपड़ों में सजी-धजी होती तो पता नहीं...कितनी सुन्दर दीख पड़ती। सुमित्रा ने यह सोच लिया कि वह उसे अपनी कोई पुरानी साड़ी-चोली दे देगी। लाल फूल के छापे वाली जार्जेट साड़ी वैसे तो जगह-जगह से चस गयी है पर रंग वैसा ही लाल टूस है...वही दे देगी। नीले रंग की बंगलोरी साड़ी अब भी ठीक-ठाक है मगर एक जमाने की है और गदालखाने में पड़ी है...वह भी निकालकर दे देगी। इसके अलावा दो-एक और भी पुरानी सूती साड़ी। कुरती तो ढेर सारी हैं...उसकी कुरती इस छोकरी को ठीक आ जाएगी।

सुमित्रा ने अपनी मन की आँखों से इस लड़की को गहरे लाल और नीले रंग की साड़ी में सजाकर देख लिया।

ऐसे ही कभी घर-घर जाकर घरेलू माल बेचनेवाली किसी औरत से उसने एक बेनामी कम्पनी का सस्ता-सा पाउडर खरीद लिया था, वह भी ऐसे ही पड़ा है...वह भी दे देगी। उसने यह भी सोच लिया।

उसे देखकर सचमुच बड़ी दया हो आयी थी। जी कचोट रहा था...ओह...एक ऐसी खूबसूरत-सी लड़की...नौकरानी की बेटी बनी एक गरीब की झुग्गी में पड़ी है। इन उपहारों के बूते पर ही वह इस कचोट से मुक्त हो जाना चाहती थी।

बासन्ती ने कहा था, ''बस यही समझ़ लो भाभी, कि शेर की माँद में और साँप की बाँबी में दिन काट रही हूँ। इस लड़की का रूप ही हमारा काल हो गया है।''

सुमित्रा बाघ के पंजे और साँप के शिकंजे से उसे बचा पाने का कोई उपाय ढूँढ़े नहीं पा रही थी। वही काल रूप आगे बढ़ता चला जाय, वह इसके लिए तैयार थी। और मजे की बात तो यह है कि सुमित्रा अपनी बुद्धि के जोर से भी इस असंगति को पकड़ नहीं पा रही थी।

सुमित्रा को चुप देखकर बासन्ती ने शायद यह ताड़ लिया कि 'चुप्पी हामी का

ही दूसरा नाम है। इसे उसकी भाषा में 'मौनं स्वीकृति लक्षणं', और हमारी जुबान में 'नीमराजी' या 'आधी हाँ और आधी ना' कहते हैं।' इसलिए बासन्ती ने बड़ी उतावली से कहा, "तो फिर आज से ही छोड़े जा रही हूँ, भाभी ! आप लोगों की जूठन-कूटन खाकर गुजारा कर लेगी। जहाँ तक सकेगी...खटेगी। अगर रसोईघर में जाने दें तो आप सबों का खाना-वाना भी बना देगी। और भी जितने घरेलू काम कहेंगी...जरूर करेगी।"

इधर सुमित्रा अनमनी-सी हो गयी थी।

उसने आहिस्ता से कहा, "नहीं, काम की वैसी कोई बात नहीं है। काम करनेवाले लोग तो मेरे पास हैं। दो-तीन लोगों की रसोई होती ही कितनी है ! लेकिन मैं यह सोच रही थी कि पहले तुम्हारे भाई साहब से कहकर..."

बासन्ती ने समझा सुमित्रा का जी थोड़ा-सा नरम हुआ है। उसने इसी मौके को भाँपकर कहा, "इस बारे में भैया साहब से कुछ पूछने की क्या जरूरत है भाभी...आप जैसा चाहेंगी भैया वैसा ही करेंगे।...और गृहस्थी की रानी तो आप ही हैं। आपके घर में कोई मरद रसोइया या नौकर नहीं है...सिर्फ नौकरानी है। इसीलिए आपकी शरण में आयी हूँ, भाभी ! आप 'ना' नहीं करेंगी...जानती थी। अब आज तो नहीं...कल इसके कपड़े-लत्ते दे जाऊँगी।...जया...बेटी इधर आ...भाभी जी को परणाम कर। तू इनके यहाँ रहेगी। भाभी जी जैसा कहें...वैसा ही करना है। जब तक तेरी शादी नहीं हो जाती और तू पराये घर नहीं चली जाती तब तक यहीं...भाभी जी का घर ही तेरा ठौर-ठिकाना है।"

सुमित्रा अब भी कुछ तय नहीं कर पा रही थी। इसलिए बोली, "लेकिन मैं कह रही थी...इसका यहाँ जी लगेगा कि नहीं लगेगा।..."

"अब लेकिन-वेकिन की कोई बात नहीं है भाभी," बासन्ती ने चिन्ता भरे स्वर में कहा, "आप जैसी भली महिला के पास इसका जी नहीं लगेगा भला ? आप भी क्या कह रही हैं ? यमदूतों के सामने रहते-रहते इस लड़की का चेहरा मारे डर के सूखकर काठ हो गया है ! बस्ती के छोकरे इसको देखते ही सीटी बजाने लगते हैं। गन्दे-गन्दे फिकरे कसते हैं...नल पर जाते-आते गन्दे गाने गाते हैं...इशारे करते हैं...छेड़ते रहते हैं। अब आपको क्या-क्या बताऊँ भाभी...ये सारी बातें कहना-सुनना भी पाप है।" बासन्ती का स्वर 'पाप' कहते हुए बुझ गया। उसकी गर्दन जैसे झुक गयी।

इस बात को सुनकर सुमित्रा का चेहरा उदास और तनिक फीका पड़ गया।

बासन्ती ने पल्लू से अपनी आँखों को ओट में किया और कहा, "आपको मैं जान-बूझकर थोड़े ही न यह सब कह रही हूँ, भाभी ! गरीब हूँ...बर्तन माँजकर गुजारा करती हूँ। लेकिन लड़कियों की इज्जत तो होती ही है। आप लोग तो सब पढ़ी-लिखी

हैं...सब समझती हैं। उसकी इज्जत की हिफाजत करने का भार आप पर है...भाभी !"

सुमित्रा के कलेजे में एक अजीब-सी धुकधुकी उठी। इस सुन्दर बालिका को मानो बाघ खाने के लिए आ रहा है और सुमित्रा पर उसे बचाने की जिम्मेदारी है। वही उसे बचा सकती है। लड़की के ऊपर साँप कुण्डली मारे और फन काढ़े बैठा है। सुमित्रा अपनी दया-दृष्टि से चाहे तो उसकी रक्षा कर सकती है।

क्या सुमित्रा इतना भी नहीं करेगी ?

क्या सचमुच इसमें उसे कोई आपत्ति या असुविधा होगी...अगर गरीब घर की एक लड़की को उसके घर के एक कोने में आश्रय मिल जाए।

एक माँ का व्याकुल हृदय जो अपनी परेशान जवान बेटी की इज्जत बचाने का भार सुमित्रा को सौंपना चाहता है...क्या सुमित्रा उस दायित्व को अनदेखी कर देगी ? उसका अनुरोध अस्वीकार कर देगी ? सुमित्रा के दरवाजे पर मानवता की दुहाई दी जा रही है...क्या वह दरवाजा बन्द कर देगी ?

क्या सुमित्रा यह कहकर अपना दामन बचा लेगी कि तुम अपनी बेटी की इज्जत बचाये रखने का भार मेरे कन्धे पर क्यों डालना चाहती हो ? तुम्हीं जानो...यह मामला तुम्हारा है।

लेकिन सुमित्रा जो कह सकती थी...वही कह पायी।

बासन्ती की आँखों से खुशी के आँसू निकल पड़े। और तब उसे रोक पाना किसी के बस में नहीं रहा। वह भाभीजी के पैरों पर लोट गयी और उसके चरणों की धूल को अपने सिर पर लेती हुई बोली, "मुझे पता था, आप इस दुखिया पर जरूर दया करेंगी। आप तो साक्षात् देवी भगवती हैं। मैं एक-एक करके कई घरों में गयी लेकिन कोई मेरी बात सुनने को तैयार नहीं था।"

इसके बाद...बड़े संकोच के साथ बोली, "अच्छा तो भाभी, अभी मैं इसे छोड़े जाती हूँ...रात को आकर ले जाऊँगी। आज की रात हम माँ-बेटी साथ पड़े रहेंगे। फिर कल सवेरे इसे इसके कपड़े-लत्ते के साथ आपके हवाले कर जाऊँगी।"

"ठीक है !"

सुमित्रा ने मन-ही-मन सोचा जैसे कि कपड़े-लत्ते के अभाव में मैं तेरी बेटी को रख नहीं पाऊँगी। इसके बाद सुमित्रा अलमारी खोलकर पुरानी साड़ी और ब्लाउज वगैरह चुनने बैठ गयी। इसके बाद जब कभी भी बासन्ती आएगी अपनी बेटी को देखकर हैरान रह जाएगी। उसकी बेटी रूपवती ही नहीं है, उसका चेहरा एक खास तरह की शालीनता से दमकता रहता है। सुमित्रा उसे एक नया जीवन देगी। सुमित्रा उसे लिखना-पढ़ना भी सिखाएगी।

इस मामले में सुमित्रा जहाँ अपनी हैसियत से कुछ ज्यादा ही बढ़ गयी थी, वहाँ दूसरी ओर महीतोष भी सुमित्रा की कमजोरियों से अच्छी तरह परिचित था।

यही वजह थी कि उसने सुमित्रा के इस फैसले का जोरदार विरोध करते हुए डपट दिया, "यह क्या...एकदम से वादा ही कर बैठी...इसका कोई मतलब है ? एक बार पूछ तो लेती...या इसकी भी जरूरत नहीं थी...?"

"ऐसी चिरौरी करती रही...पाँवों पर पड़ गयी कि..." सुमित्रा सफाई देते हुए बुरी तरह सहम गयी।

"...पड़ेगी क्यों नहीं पाँवों पर भला !...काम निकालने के लिए पैर की धूल तक चाटने को तैयार हो जाएँगे ये लोग। लेकिन इसी बदौलत तुम इतना बड़ा बोझ उठाने को तैयार हो जाओगी...अच्छी मुसीबत है... ।"

"वह लड़की उनकी बस्ती में टिक नहीं पाएगी।" सुमित्रा ने अपनी बात पर जोर देते हुए कहा, "अच्छी-भली लड़की है...इसीलिए वहाँ टिक नहीं पा रही है। कोई ऐसी-वैसी लड़की होती तो उसी गन्दे माहौल को अपना चुकी होती। मैं जान-बूझकर उस लड़की को भेड़ियों के मुँह में झोंक दूँ ? यही चाहते हो तुम ?"

"इस दुनिया में न जाने रोज ऐसे कितने ही हादसे हो रहे हैं...क्या तुम उन सबका दायित्व अपने सिर ले पाओगी ?"

"सबका तो नहीं...लेकिन किसी एक का दायित्व तो ले सकती हूँ।"

"यह कविता और कहानी वाली बातें रहने भी दो," महीतोष उत्तेजित हो गया था, "आदमी को आगे-पीछे सोचकर सारा काम करना चाहिए। एक लड़की क्या देख ली...बस हो गया। झुग्गी-झोंपड़ी में रहने वाली वह लड़की अब रातों-रात ठाठ से रहने का ख्वाब देखने लगी है।"

सुमित्रा का चेहरा तमतमा गया, "वे लोग चाहे जैसे भी हों...तुम तो अपनी जुबान गन्दी मत करो। अगर ऐसा ही रहा होता तो वह इतनी उतावली न होती और इस तरह रोती-कलपती नहीं।"

"अरे इसमें कितनी ही तरह की चाल हो सकती है।"

"इसमें अब कैसी चाल ?" सुमित्रा ने धीमे स्वर में कहा, "सारी बातें सुनने पर तुम भी 'न' नहीं कह पाते। टोले-मोहल्ले के न जाने कितने ही गुण्डों ने उसकी बेटी को कैसे-कैसे सताना शुरू कर दिया है। उन बेहूदी हरकतों से तंग आकर बेटी ने माँ को रो-रोकर बताया कि माँ देखना...एक दिन मैं गले में रस्सी का फन्दा डाले झूल रही होऊँगी।..."

"तो फिर माँ को भी उसी नौकरी को करते रहने की क्या जरूरत है ?"

"अरे भई, रुपयों की जरूरत किसे नहीं होती है ? और गरीबों को तो और भी ज्यादा। अपनी बेटी की शादी के लिए बेचारी माँ ये रुपये जोड़ रही है।"

महीतोष ने रूखड़े ढंग से कहा, "अरे एक बर्तन माँजनेवाली की बेटी को ब्याहने के लिए कितने हजार रुपयों की जरूरत पड़ेगी आखिर ?"

सुमित्रा को इस सवाल से तकलीफ हुई। पति के मन में गरीबों के प्रति शुरू से ही जो उदासीनता भरा रवैया था, उसे वह एकदम झेल नहीं पाती थी। वह जैसे तन गयी और बोली, "जाने भी दो...इस सूखी बहस में क्या रखा है ? लेकिन बेटी की चौकसी करती हुई भी क्या बेचारी माँ उसे बचा पाएगी ? आखिर उसकी हैसियत ही क्या है ? हो सकता है कोई उसकी आँखों के सामने से ही उसे झपट ले जाए।"

महीतोष के तेवर में अब भी अवज्ञा का ही भाव था। उसने इसी के अनुरूप बिना कोई आग्रह जताते हुए कहा, "हाँ, भाभीजी के जी को मोम-सा पिघलाने के लिए लगता है वह ढेर सारे बहाने बना गयी है। उनकी ये सारी बातें घूरे पर डालो...इनमें कोई दमखम नहीं है। ऐसे ही चोंचलों से वह तुम्हारे गले अपनी बेटी मढ़ जाएगी। और उधर पुलिस को बुलाकर कहेगी, बाबू लोगों ने मेरी बेटी को बन्द कर रखा है।"

सुमित्रा तो जैसे ढेर ही हो गयी। बोली, "बातें बनाना सिर्फ उन्हें ही नहीं आता। ऐसी ऊल-जुलूल की बातें तुम्हारी खोपड़ी में भी उग सकती हैं।"

"क्यों नहीं उगेंगी ? तुम्हारी तरह मेरी आँखों में कोई मोतियाबिन्द तो उभरा नहीं कि कुछ नजर ही न आए। बड़े-बड़े शहरों में कितनी तरह की शैतानी...कितने तरह का उचक्कापन और लूट-खसोट है...पता है तुम्हें ? आये दिन ऐसी खबरें छपती रहती हैं। और तुम जब यह देखोगी कि उसी लड़की ने तुम्हारी भलमनसाहत का मुखौटा उतारकर फेंक दिया है और सरेआम यह कह रही है कि बाबू ने काम के बहाने बुलाया और जबरदस्ती हाथ पकड़े हुए हैं...। और बस चले तो मेरे नाम भी जोरदार इल्जाम लगाकर थाने में एक मामला ठोंक देगी।"

"इसमें उसका क्या फायदा होगा ?" सुमित्रा की आवाज बैठ गयी।

महीतोष ने व्यंग्यभरी मुस्कान के साथ कहा, "लगता है...तुमने अभी-अभी धरती पर अपनी आँखें खोली हैं। क्या फायदा है...यह तुम्हें नहीं मालूम ! कान उमेठकर भले लोगों से जबरदस्ती रुपये वसूलना। वह जिन गुण्डों और बदमाशों की बात कह रही है न...मुमकिन है वही सब उसे ऐसा करने पर उकसा रहे हों। और देखना...वही सब छाती पर सवार होकर भद्दी-भद्दी गालियाँ बकेंगे। हाय-तोबा करेंगे...हो-हल्ला मचाएँगे। नहीं भई...यह सब नहीं होगा। बस...जितनी जल्दी हो रफा-दफा करो। तुम्हें बताया न कि रात में बेटी को लेने माँ आएगी तभी कह देना...कि भैया साहब इस बात के लिए राजी नहीं हुए।"

सुमित्रा ने ठहरी हुई आँखों से देखा और कहा, "इसका मतलब तो यही हुआ न कि एक बर्तन माँजने वाली के सामने मुझे यह मान लेना होगा कि इस घर-संसार में मेरी कोई हैसियत ही नहीं है।"

महीतोष ने इस शिकायत पर कोई ध्यान ही नहीं दिया। उसने उसकी बात की अनसुनी करते हुए कहा, "अरे...बाप ! ऐसा...लगता है, न जाने कितने बड़े आदमी

के सामने तुम्हारी इज्जत चली जाएगी। कविताई छोड़कर दुनियादारी की तरफ लौटने की कोशिश करो जरा। और मान लो कि सारी बातें सही हैं...तो फिर क्या करोगी तुम ?''

''और मान लो कि ऐसा कुछ नहीं था...और खुश-किस्मती से बर्तन घिसने वाली नौकरानी जो कह रही थी वही सच हो तो...''

''तो क्या...यह वह लड़की और उसकी माँ समझे। बस्ती में और भी तो दूसरे लोग हैं, उन्हें बताकर रखे।''

''फिर तो तुम यह स्वीकारते ही हो न कि जब बस्ती के तमाम लोगों को इस बारे में बताया जाएगा तब वे उसकी लड़की की इज्जत बचाने की जिम्मेदारी ले लेंगे।''

महीतोष ने बड़े उत्साह में भरकर कहा, ''क्यों नहीं लेंगे भला ? उसमें से सभी लोग बुरे नहीं हैं। काफी सारे ऐसे हैं जो गृहस्थ हैं, बाल-बच्चे वाले हैं। अगर वे सब मिल जाएँ तो मुठ्ठी भर बददिमाग छोकरों को ठिकाने नहीं लगा सकते ?''

''इसका मतलब तो साफ है...तुम यह पूरी तरह विश्वास करते हो कि उस गरीब बस्ती के लोगों में तुम्हारे मुकाबले कहीं ज्यादा इन्सानियत है और शायद हौसला भी... ।''

''बोलती जाओ...जो जी में आए,'' महीतोष ने कहा, ''लेकिन चाहे जो हो जाए मैं तुम्हारी इस बासन्ती बाला की रूपवती बेटी को अपने घर में पनाह देने को रत्ती भर राजी नहीं। ऐसी-वैसी न होने पर भी वह लड़की इस घर में बैठे-बैठे ही खामखाह कोई-न-कोई हंगामा खड़ा कर सकती है।''

सुमित्रा के होठों के कोने पर मुस्कान की तीखी धार खेल गयी और वह बोली, ''आखिर किसके साथ ? इस घर में कोई नौकर-चाकर तो है नहीं।''

महीतोष हा...हा...कर हँस उठा, ''होने को तो इस अभागे मकान-मालिक के साथ भी हो सकता है ! और भगवान की दया से उसे जैसा चेहरा-मोहरा मिला है...''

''फिर तो उसे जरूर बुलाकर रखना चाहिए।'' सुमित्रा के होठों पर खेलने वाली वह तिरछी मुस्कान अब भी कायम थी, ''यह भी पता चल जाएगा कि वह खरा सोना है या पीतल।''

महीतोष ने पहले तो मजाक में ही वह सब कहा था। इस बार तिनक गया और बोला, ''ये फालतू की बातें उठा रखो। उसकी माँ आ जाए तो साफ-साफ कह देना कि यहाँ कोई आसरा-वासरा मिल नहीं पाएगा।''

''यह तुम्हीं बता देना।''

''मैं ! मैं भला क्यों बताने लगा ? मैंने तुम्हारी नौकरानी के संग कभी मुँह लगाया भी है ? जो कुछ कहना है...तुम्हीं कहना।''

‘‘मैं ऐसा कुछ नहीं कह पाऊँगी। मैंने उससे वादा किया है।’’

‘‘बात को समझे बिना वादा कर बैठी...अब इस मुसीबत से तो जूझना ही पड़ेगा।’’ महीतोष के स्वर में खीज थी, ‘‘एक नौकरानी पता नहीं कहाँ से आयी...अण्ट-सण्ट बक गयी और एक वादा ले गयी और उस बात को प्राण-पण से निभाने को महारानी जी तैयार बैठी हैं। ठीक है...तुम बैठी रहना...मैं ही कह दूँगा।’’

और महीतोष ने कहा दिया...सचमुच।

सुमित्रा अपने कमरे में बैठी सुनती रही...सब कुछ।

बासन्ती रुँधे गले से टूट-टूटकर कह रही है, ‘‘भाभी को एक बार बुला तो दीजिए, भैया साहब ! उनके साथ मेरी बात तय हो गयी थी। मैं बड़ी उम्मीद से उस घर के लोगों को यह बता आयी थी।’’

‘‘भाभीजी के सिर में जोरों का दर्द हो रहा है। वे सो रही हैं...’’ महीतोष ने उसे बताया।

‘‘मैं जरा...उनके कमरे के चौखट तक जाऊँ, भैया साहब...। भरोसा देकर विश्वास कभी नहीं तोड़ेंगी हमारी भाभी...।’’

‘‘नहीं...नहीं...उन्हें परेशान करने की कोई जरूरत नहीं। उनकी तबीयत बहुत खराब है...वे अपना सिर तक नहीं उठा पा रहीं।’’

बासन्ती कुछ देर तक खड़ी-खड़ी सुबकती रही।

और तभी उसे सुन पड़ा एक ऐसा स्वर, जिसमें आग भरी हुई थी।

‘‘जाने भी दो माँ...चली आओ। भाभी जी...भाभी जी...कहकर रोने की जरूरत नहीं। मैं समझ गयी किसकी कितनी औकात है। और तुम्हें बेटी की इज्जत का हौवा खड़ा कर इन बाबू लोगों के सामने गिड़गिड़ाने की कोई जरूरत नहीं। इन बाबुओं के लिए हम गरीब लोगों की इज्जत की कोई कीमत नहीं। ठीक है, हम लोग जब छोटे लोग हैं तब छोटे लोगों की तरह ही रहेंगे।...और इसमें चाहे जैसी भी दुर्गत झेलनी पड़े...हम झेलेंगे।...’’

सीढ़ियों पर तेज कदमों से चलने की जोरदार धमक सुमित्रा के कानों में पड़ी। और इसके बाद सब कुछ...खामोश हो गया।

महीतोष कमरे में तमतमाता हुआ आया और बोला, ‘‘सुन लिया न...अब तो मर गये न तुम्हारे कान के कीड़े ! उस लड़की को तुम बड़ा भला और बड़ा सभ्य कह रही थी।...हुँ हँ।’’

सुमित्रा कोई उत्तर नहीं दे पायी। एक लड़की की इज्जत बचा न पाने की उसकी हैसियत तक जवाब दे गयी थी और इसलिए वह अपना सिर तक उठा नहीं पा रही थी।

सवाल था कि वह कौन थी और सवाल किसकी इज्जत का था !

अधूरी तैयारी

ऊपर बैठे सज्जन की धारदार आवाज सुन पड़ी, "बस नीचे उतर आइए... शायद...फटाफट...।"

इस बात को स्वीकार करना ही होगा कि जो कुछ कहा गया था वह बड़े भद्र-भाव से कहा गया था। वह बड़े आराम से कह सकता था "अबे स्सालो...बस खाली करो।"

लेकिन नहीं। कहा गया था, "उतर आइए...।"

बस में भरी भीड़ हड़बड़ाकर नीचे उतर आयी। सीट पाने वाले खुशनसीबों के मुकाबले खड़े रहने वाले बदनसीबों की संख्या ही ज्यादा थी। अचानक पासा पलट गया। ऐसे ही बदनसीबों को पहले उतरना पड़ा और वे भाग्यवान यात्री जो धक्कम-धक्का और ठेलम-पेल करके अन्दर घुसे थे, उन्हें आखिरी ठिकाने तक जानेवाले मुसाफिर के रूप में वहीं टिके रहना पड़ा।

लेकिन त्रिभुवन चक्रवर्ती की तरह इतने पीछे कोई नहीं रह गया था। सारी बस एक ऐसी दियासलाई की तरह दीख रही थी, जिसकी सारी तीलियाँ खत्म हो गयी हों। त्रिभुवन अब भी गठियाग्रस्त घुटनों के साथ कसरत कर रहा था।

ऊपर बैठे आदमी की आवाज एक बार फिर सुन पड़ी, "क्या बात है दादा जी...आपका ट्विस्ट नाच पूरा नहीं हुआ...और कुछ बाकी है ?"

दूसरे ही पल उसने धमक दिया, "अच्छा मजाक है...? जल्दी नीचे उतरिए।"

त्रिभुवन नीचे उतर गये। वे हैरान थे कि सिर्फ दो ही मिनट के दरम्यान बस पर सवार इतने सारे लोग आतिशबाजी की चिनगारियों की तरह पता नहीं, कहाँ गायब हो गये। तमाम रास्ते सुनसान दीख रहे थे...खाली...बियाबान।

त्रिभुवन ने तय कर लिया कि जो हो सो हो। उन्होंने पीछे मुड़कर नहीं देखा। घुटने का दर्द भूलकर वे तेजी से आगे बढ़ चले। हालाँकि कदम-कदम पर उनके पाँव में जरब पड़ जाता लेकिन उन्हें ठीक-ठीक यह नहीं जान पड़ता कि दरअसल यह टीस है कहाँ ? घुटनों में ही...या कहीं और ?

त्रिभुवन के शरीर की जो हालत है उसमें ट्राम या बस की भीड़ को इस तरह

ठेलकर या भेदकर कोई काम करने जाना अब नामुमकिन होता जा रहा है। लेकिन उसके न चाहने से क्या होगा ? या कि न कर पाने से भी कोई फर्क पड़ने वाला नहीं है। यह तो परिस्थितियों पर निर्भर है। त्रिभुवन के ममेरे भाई की घरवाली अपने बाप की मौत के गम में पिछले तीन महीनों से बिछावन से उठ नहीं पायी है। जबकि त्रिभुवन की स्त्री को अपने गोद के बच्चे के छिन जाने के अगले ही दिन, दूसरे बच्चों के लिए चूल्हा-चौका सँभालना पड़ा था।

इसलिए कर पाना या न कर पाना जैसी कोई बात नहीं है।

अगर ऐसा न होता तो अपने सारे होशोहवास खोकर...और चारों ओर क्या कुछ हो रहा है...इससे बेखबर वह लगभग एक किलोमीटर रास्ता तय कर दौड़ा चला आता ? त्रिभुवन...जो उठते-बैठते 'माय रे' और 'बाप रे' किया करते हैं।

वह किसी तरह भागते-दौड़ते आये और गली में घुसते ही एक टूटे-फूटे मकान की ड्योढ़ी पर बैठकर हाँफने लगे। वह जोड़ों के दर्द की बात भूल ही गये थे शायद। उनके सीने में धौंकनी-सी चल रही थी और दिल गेंद की तरह बार-बार उछल रहा था। इस उछाल के थम जाने के बाद ही वह कहीं और जाने के बारे में सोच सकते थे।

लेकिन उनका दिल क्या इसलिए धड़क रहा है कि वह तेजी से दौड़कर आये हैं। उस आदमी के चलते नहीं जिसने चीखकर उनसे उतर जाने के लिए कहा था। ऐसी आवाजों से तो त्रिभुवन बुरी तरह परिचित हैं। उनके शरीर का एक-एक रोयाँ-रेशा...रक्त-मांस-मज्जा...मन-प्राण-आत्मा...सोच और सरोकार...सब परिचित हैं ऐसे तीखे कण्ठ-स्वर से।

तो भी,...अचानक यह स्वर बड़ा अनजाना और डरावना-सा जान पड़ा। जाने-पहचाने और अपरिचित स्वरों के इस अन्तर को झेल न पाने की वजह से ही त्रिभुवन...इस तरह हाँफ रहे थे।

उस मकान के अन्दर से एक आदमी बाहर निकल आया और ऊँचे स्वर में बोला, "कौन है ?"

ऐसी परेशानी की कोई बात न थी कि इस तरह गला फाड़कर यह सवाल किया जाए। लगता है सारी दुनिया का सरगम ही ऐसे पंचम में बाँधा गया है कि हर आदमी उसी सुर में सुर मिलाकर बोलने लगा है।

"यहाँ क्या हो रहा है ?" ऊँचे सुर में उस आदमी ने पूछा।

"कुछ नहीं..." त्रिभुवन बोले, "थोड़ा आराम कर रहा हूँ...।"

"इस तरह हाँफ क्यों रहे हैं... ? दमे का रोग तो नहीं ?"

"नहीं...नहीं...वो जरा जोड़ों में दर्द था...औ...," त्रिभुवन ने अपनी सूखी जुबान को हलक से बाहर निकालते हुए कहा था, "तेजी से दौड़ने की वजह से...।"

"क्यों," उस आदमी ने शक की नजर से देखते हुए पूछा, "दौड़कर आने की

क्या जरूरत थी भला ? पुलिस की जीप खदेड़ रही थी ?''

पुलिस ! जीप !!

त्रिभुवन ने हैरानी से पूछा, ''पुलिस की जीप तो कहीं नहीं दिखी !''

''नहीं दिखी...इसका क्या मतलब ? अभी-अभी तो मैंने घर की छत से देखा कि पुलिस की जीप चक्कर काट रही है और रास्ते पर लोग बेतहाशा इधर-उधर दौड़ रहे हैं। आप यहाँ कितनी देर से आकर बैठे हुए हैं ?'' उस आदमी के स्वर में अब भी सन्देह का काँटा चुभा हुआ था।

कितनी देर से ? त्रिभुवन ने इधर-उधर देखा। उसे लगा उसकी सारी दिशाएँ खो गयी हैं। कब से बैठे हुए हैं वे...शायद युगों से...युग-युगान्तर से। घुँघराले बालों वाले मोम के खिलौने जैसे एक शिशु के चिहुँकने की आवाज किस गलियारे से आ रही है, इसी बारे में सोचते-सोचते वह शायद यह भूल गये हैं कि कितनी देर हो चुकी है ?

त्रिभुवन उठ खड़े हुए।

अपने सीने को दबाते हुए।

उस आदमी ने तभी पीछे से कहा, ''अरे महाशय...आपको तो दिल की बीमारी है। जल्दी से कोई रिक्शा-विक्शा लेकर किसी डॉक्टर के दवाखाने या क्लिनिक जाइए। इस मोहल्ले में किसी दूसरे मोहल्ले का आदमी मर-मरा जाए तो बड़ी मुसीबत हो जाएगी यहाँ।''

त्रिभुवन ने कहना चाहा, 'अरे भाई...हम जैसे लोगों की किस्मत में मौत कहाँ बदी...?' लेकिन कह नहीं पाये। तभी...धड़ाम...धड़ाम...धड़ाम की आवाजें सुन पड़ीं। यह आतिशबाजी की नहीं...गोलियों के चलने की आवाज थी। वह इन आवाजों से परिचित थे...आये दिन ऐसी आवाजें सुन पड़ती थीं।

''हो गया न...सब निहाल।'' उस आदमी ने खीजकर कहा, ''गोली चल गयी। अरे अब भी तो निकल जाइए।'' और ऐसा कहते हुए वह घर के अन्दर घुस गया और उसने अन्दर से दरवाजा बन्द कर लिया।

लगता है, रिक्शों पर ही जाना पड़ेगा।...त्रिभुवन ने सोचा...पैसे के बगैर। लेकिन कोई रिक्शा तो मिले पहले और वह खाली हो...।

दो-तीन रिक्शे पर नजर पड़ी लेकिन सब सवारी समेत बेतहाशा दौड़ रहे थे। आखिर वे इतनी तेज क्यों दौड़ रहे थे और सिर्फ वाहन ही नहीं, लोग भी दौड़ रहे थे। इधर के लोग उधर और उधर की भीड़ इधर। खासी रेल-पेल थी।

त्रिभुवन भाग-दौड़ नहीं कर सकते। लगता है, ठीक से चल भी नहीं पा रहे। ऐसा जान पड़ता है उन्हें जैसे कोई पीछे से खींच रहा है...रस्सी से। उन्हें जमीन पर धकेलकर गिरा देना चाहता है।

हालाँकि ये सारी बातें एकदम नयी नहीं हैं। कई-कई बार सुनी जा चुकी हैं। बार-बार यही बात उठायी जाती रही है।

क्या कहा जाए...यह सब गलत इरादों का नतीजा है। ये सब बस जलाकर भाग रहे थे और अब पुलिस गोलियाँ चला रही है। और चाहे जो हो जाए...बस जलाने के समय कोई प्रभु या जनता-जनार्दन नहीं दीखते। बाद में सब कुछ फुंक जाने के बाद दीख पड़ते हैं। और...लाशें ? वे रहीं...सड़क पर पड़ी...उन्हें उठाकर कहीं ले जाने की तैयारी चल रही है। देख नहीं रहे ?

देख कैसे नहीं रहा ? कच्ची उमर का एक युवक सड़क पर औंधा पड़ा है...रंग गोरा...दूधिया...गाल पर काले बालों की फैली लटें और चेहरे पर घनी मूँछ-दाढ़ी।

दाढ़ी तो रहेगी ही...।

त्रिभुवन किस तरह भागे ?

दायें...बायें...आगे...पीछे...?

चारों तरफ से आग के बगूले छूट रहे हैं...। दौड़कर चला आ रहा है गोरा-चिट्टा और घनी दाढ़ी-मूँछवाला एक युवक...वह भागता हुआ आता है और त्रिभुवन के सामने औंधा पड़ जाता है...

उसे परे हटाकर त्रिभुवन किस तरह भागे ?

लेकिन बिना कुछ सोचे-विचारे त्रिभुवन भागने लगे। किस ओर...यह उन्हें पता नहीं। अगर वहाँ त्रिभुवन को जाननेवाला कोई होता तो वह यही कहता "यह आदमी जोड़ों के दर्द का बहाना किये हुए है। अगर इसके घुटनों में गठिया का रोग है...नामुमकिन...। अगर ऐसा होता तो इस तरह खूँटे तुड़ाकर न भाग रहा होता बेचारा।"

लेकिन यहाँ भला कौन है...उसका परिचित। सब-के-सब अनजाने हैं—ये रास्ते...दूकानें...मकान...लोग-बाग...।

उन्हें खुद यह मालूम नहीं कि कितनी देर बाद और कहाँ उन्हें एक खाली रिक्शा मिला। उस पर बैठ जाने के बाद उन्होंने बताया कि कहाँ जाना है उन्हें।

काफी देर के बाद...त्रिभुवन पूर्व परिचित दृश्य देख पाये—मकान...दूकान...सड़क और रास्ते पर चलनेवाले लोग।

लेकिन ये सब इतने धुँधले क्यों थे ? इस वक्त यह कोहरा कहाँ से छा रहा है ? तो भी—त्रिभुवन एक जाने-पहचाने मकान के सामने ही रुके। और यह देखकर किसी को भी हैरानी हो सकती थी कि रिक्शावाले को पैसे भी उन्होंने गिन-गिनकर ही चुकाये।

इसके बाद अचानक जोड़ों में उभरने वाला वह गठिया का दर्द सिर्फ घुटनों में ही नहीं पूरे शरीर में जैसे अपने पैने दाँत गड़ाने लगा।

वह जब अपने पाँव को सचमुच खींच पाने की स्थिति में न थे तब पुकार उठे, ‘‘विशु...’’

त्रिभुवन का बड़ा लड़का विश्वभुवन अबकी बार एम. ए. की परीक्षा दे रहा था। वह बाहर वाले कमरे में ही पढ़-लिख रहा था। तेजी से बाहर निकला और हैरानी में भरकर बोला, ‘‘पिताजी, आप ! बात क्या है ? क्या हुआ ? इतनी रात गये...आप कहीं गिर तो नहीं गये थे ?’’

त्रिभुवन ने इतनी सारी बातों के उत्तर में इतना ही कहा, ‘‘मेरा हाथ तो पकड़।’’ अपने बाप की आवाज भी विश्वभुवन को अनजानी-सी जान पड़ी। वे इस तरह उखड़े–और कड़वे ढंग से तो कभी बात नहीं करते। ऐसा कैसे सम्भव हो गया ?

त्रिभुवन को जान पड़ा कि उन्हें इतनी देर बाद रोशनी की एक किरण दीख पड़ी है। वे बोले–‘‘हाँ, गिर पड़ा था।’’

‘‘कब...कहाँ ?’’

त्रिभुवन की पत्नी रसोईघर से बाहर निकल आयी और लगभग चीखकर बोली–‘‘गिर पड़े थे...। कैसे...कहाँ ?’’

‘‘बस से नीचे उतरते हुए’’–त्रिभुवन ने कराहते हुए बताया, ‘‘मैं अपने घुटने हिला नहीं पा रहा।’’

बेटी-बेटे और पत्नी सभी आ जुटे–त्रिभुवन के घुटने के पास। नौवें दर्जे में पढ़नेवाली रुचि बिटिया ने कहा, ‘‘मैंने जैसे ही पिताजी को रिक्शे से उतरता देखा तभी समझ गयी थी कोई-न-कोई बात है जरूर। वर्ना पिताजी पैसे खर्च करने से रहे...’’

‘‘चुप भी रह...जब देखो जुबान चलाती रहती है,’’ पत्नी बोली, ‘‘हाँ जी...कहीं हड्डी-वड्डी तो नहीं टूटी ?’’

‘‘क्या पता ?’’ त्रिभुवन ने कहा।

वे तीनों ही त्रिभुवन को सहारा देते हुए सोनेवाले कमरे तक लिवा लाये और उन्हें चारपाई पर लिटा दिया। सभी निचली मंजिल पर रहते थे इसलिए कोई खास दिक्कत नहीं हुई।

बिशु ने पिताजी की धोती को ऊपर उठाकर पाँव का बड़े गौर से मुआइना किया। नहीं...कहीं टूटा-फूटा तो नहीं। कहीं जख्म लगा होता तो रास्ते की धूल से टिटनेस होने का खतरा होता।

और हड्डियाँ...?

लगता है हड्डियाँ सही-सलामत हैं शायद। अगर कोई हड्डी टूट या चटख गयी होती तो वे इतनी दूरी तय कर घर तक आ पाते ? कभी नहीं।

अब तो बेहतर यही होगा कि गरम पानी से सेंक देने पर और...आयोडिन या ऐसी ही कोई दवाई लगा दी जाए।

लेकिन इतनी देर तक त्रिभुवन रहे कहाँ ?

दफ्तर से तो सीधे घर जाना तय रहता है शाम के छह बजे तक। बहुत हुआ तो साढ़े छह-सात बजे तक। इसलिए कि बसों में देर हो ही जाती है। त्रिभुवन वैसे भी दफ्तर से इधर-उधर नहीं जाते, सीधे घर ही जाते हैं।

इस सवाल का जवाब देते हुए त्रिभुवन खीज उठे थे।

"अच्छी मुसीबत है...कहाँ जाएँगे भला ? खुद चलकर आने की स्थिति में नहीं थे...इसलिए एक मकान की ड्योढ़ी पर बैठ गये थे।"

लेकिन पत्नी का जी यह सब देखकर बड़ा ही खट्टा हो गया था। उसने पूछा, "हाँ जी...रास्ते पर आने-जानेवालों में से किसी ने थोड़ी-सी भी सहायता न की ?"

"सहायता...हुँ...। कौन किसकी सहायता करता है यहाँ ?..." त्रिभुवन एक बार फिर झुंझला उठे, "अरे किसको पड़ी है...?"

"पड़ी भले न हो...लेकिन..." त्रिभुवन की पत्नी ने न जाने किस जमाने की बात की, "मानवता के नाते...और किसलिए ? एक आदमी ठोकर खाकर सड़क पर औंधा पड़ा है और कोई उसकी तरफ देखेगा भी नहीं ? उसे सहारा देकर किसी गाड़ी में उसके घर नहीं पहुँचा देगा ? और उसका अता-पता न हो तो कम-से-कम किसी दवाखाने तक तो पहुँचा ही सकता है।"

त्रिभुवन को अचानक ऐसा लगने लगा कि वह खामखाह इस पचड़े में क्यों पड़े ? और पत्नी जो कि दर्द वाली जगह सहला रही है, उसे भी इस पचड़े में घसीट रहे हैं। "आखिर क्यों ? और कहीं ले जाएँगे ?...गाड़ी पर लिटाकर...ये सारी बातें तुम्हें कानों-कान कौन कह गया ?"

"कहेगा कौन ?...यह तो सदियों से लोग कहते रहे हैं," घरवाली ने गुस्से में भरकर कहा, "और जो मुनासिब है...मैं वही तो कह रही हूँ। कोई आदमी सामने सड़क पर गिरा-पड़ा हो तो क्या उसे दूसरा आदमी उठाएगा नहीं ? फिर तो आदमीयत जैसी तो कोई चीज ही नहीं रही ?"

हाँ...सामने किसी के गिर जाने पर।

त्रिभुवन भी तो दौड़ते रहे थे...इधर से उधर...क्योंकि उनके आगे-पीछे...बायें-दायें लोग बेतहाशा भागते चले जा रहे थे...। उनके ही बीच से एक आदमी दौड़ता हुआ आएगा और ठीक त्रिभुवन के सामने औंधा पड़ जाएगा...भला त्रिभुवन को कहाँ पता था। वे खुद भागते रहे थे...जी-जान से...

फिर उन्होंने अपने आपको रोका था...बलपूर्वक। वह उठ खड़े हुए थे...अपने तकिये का सहारा लेकर। और फिर खीजते हुए बोल पड़े थे, "आदमीयत...! इन्सानियत...!! मानवता...!!! तुम्हें इनके हिज्जों के बारे में मालूम भी है। चलो...फूटो यहाँ से...ज्यादा बक-बक मत करो...।"

एम. ए. पढ़ने वाले बेटे के सामने इतना अपमान। क्या इसके बाद और बावजूद...वह टीसते अंगों को अपनी हथेलियों से सहलाती रहेगी ? घरवाली चिढ़कर बोली, "वाह ! क्या खूब ! देख तो विशु...मैं ही हूँ जो कई सालों से यह झेल रही हूँ...घर-बार के सारे काम-काज सँभाल रही हूँ और ये बाबू साहब रोब गाँठे जा रहे हैं...लगता है सीधे लड़ाई के मैदान से आ रहे हैं।...जान तो यही पड़ता है कि मैंने इन्हें बस से धकेल दिया था।...है न...? अरे ये खुद उठकर अपने से हाथ-मुँह धो भी पाएँगे या नहीं ? या कि गरम पानी की पतीली यहीं ले आऊँ ?"

कमरे में पतीली मँगवाकर वहीं हाथ-मुँह धोनेवाली बात त्रिभुवन के लिए कोई नयी बात नहीं। कभी-कभी विवश होकर ऐसा करना पड़ता है।

लेकिन त्रिभुवन ने अचानक झिड़क दिया, "नहीं...इस नवाबी ठाट-बाट की कोई जरूरत नहीं। मैं आ रहा हूँ।" और कन्धे पर तौलिया रखकर वह बाथरूम की तरफ बढ़ गये।

रूबी ने कहा, "पिताजी तो बड़े आराम से चल रहे हैं...कोई खास चोट नहीं लगी है।"

विश्वभुवन ने भी, जो सारा कुछ देख रहा था, मुस्कराकर बोला, "चूँकि किसी वजह से आने में देर हो गयी थी इसलिए पिताजी ने एक कहानी गढ़ ली।"

विशु की माँ ने भी कहा, "जो भी हो...एक आदमी की चिन्ता तो मिटी... । अब दूसरा कब घर आएगा...यह तो वही जानता है या फिर भगवान।"

यह दूसरा विशु की माँ का सबसे छोटा बेटा जयभुवन था। इस बार कॉलेज के पहले साल में पढ़ रहा था। परीक्षा सर पर थी। इस बारे में कुछ कहा नहीं जा सकता कि वह नियमित रूप से कॉलेज जाता भी है या बिलकुल नहीं जाता। वह एकदम लापरवाह है। सबसे अलग-थलग और बेखबर।

विशु ने तभी दीवार पर टँगी पुश्तैनी घड़ी की ओर देखा और...और समय के पन्द्रह मिनट आगे किये जाने का हिसाब लगाकर बोला, "जय क्या अभी लौटेगा ? यह समझ लो कि उसके आने में अभी एक घण्टा और... ।"

"कोख से कैसा रतन पैदा हुआ है," त्रिभुवन की पत्नी ने मन-ही-मन कहा, "दूध के दाँत भी नहीं टूटे कि सर पर शैतान सवार। बकझक की बात तो दूर रहे, कोई अच्छी-सी सलाह तक देने की नौबत नहीं आती।...अब देर-सबेर जब भी आएगा तो उसके नाम से दुनिया भर की गाली-गलौज का एक दौर चलेगा। इधर एक तरफ पेट में आग लगी रहती है और दूसरी तरफ बेटा जब तक घर न लौट आए तब तक खाने पर बैठने को जी नहीं करता।...और सारा गुस्सा निकाला जाता है मुझ पर। मेरी तो जान पर बन आयी है... । तू भी तो मेरा बेटा है...एक ही जैसा साथ पला-बढ़ा...लेकिन..."

"सभी एक जैसे नहीं होते माँ...मैं ठहरा डरपोक...मेरी बात जाने दो..." और यह कहकर विश्वभुवन ने किताब में अपना मुँह छिपा लिया।

कमला ने रूबी को बुलाकर खाना लगाने को कहा। रूबी ने दो नक्काशीदार आसनी बिछाकर दो गिलास रखे। फिर उनमें पानी उँडेलकर पूछने लगी, "छोटे भैया का भी खाना परोसकर रख दूँ।"

"अभी रहने दे," कहकर कमला ने खिड़की से बाहर सड़क की तरफ देख लिया, इससे भी कोई राहत नहीं मिली। कमला को गाली-गलौज का वह दौर झेलना ही पड़ेगा। और इस दूकान पर पहुँचकर ही सारी दलीलों का खात्मा होता।

इस बीच त्रिभुवन बाबू बाथरूम से लौट आये थे और कमर में भीगा तौलिया लपेटे हुए थे। उन्होंने कहा, "रूबी, मेरी कोई फटी-पुरानी धोती हो तो ला दे। उसे पहनकर सो रहूँ। धूल-माटी से लिथड़े कपड़ों को मैंने उतार फेंका है।"

रूबी ने इधर-उधर ढूँढ़कर देखा और वापस आकर कहा, "धोती मिल नहीं रही है...लुंगी लाकर दूँ।"

"ठीक है...वही सही।"

इस बीच कमला भी रसोईघर से थाल में रोटी और तरकारी परोसकर ले आयी थी और आसनी के सामने रखकर उसने कहा, "इस लड़की की आँखें तो आसमान पर टँगी रहती हैं। उसे कुछ सूझे भी तो कैसे ? मैं हाथ धोकर देती हूँ।"

"...अरे रहने भी दो...हो गया" त्रिभुवन ने उखड़े स्वर में कहा और फिर पूछा, "मेरा खाना लगा भी दिया ?"

"मैं तो सोने जा रही थी।"

"सोने जा रही हो ?"

कमला ने त्यौरी चढ़ाकर पति की ओर देखा। अभी सोने जाना तो बड़ी अजीब-सी बात लग रही है। बात क्या हुई ? वह बुरी तरह चिढ़ गये और बोले, "यह आखिर बात क्या है ? तुम्हें हुआ क्या है ?"

किसी डर से अचानक त्रिभुवन सहम गये थे। उनके हाथ-पाँव ठण्डे हो गये।

कमला की आँखों में यह कैसी आग सुलग रही है ! त्रिभुवन के सीने की धड़कन रेल के इंजन की तरह धड़कने लगी थी—और वह उसी स्थान पर जाकर गिर पड़ना क्यों चाहने लगा था। त्रिभुवन उन आँखों के सामने से खुद को हटा लेंगे। वे तेजी से आगे बढ़े और आसनी पर बैठ गये। फिर होठ चबाते हुए बोले, "मजाल है किसी की जो यह कह सके कि मुझे आज भूख नहीं है...अच्छी मुसीबत है।" और ऐसा जान पड़ा कि वे गुस्से में रोटी के बड़े-बड़े टुकड़े तोड़कर मुँह में डालने लगे।

इसका मतलब यह हुआ कि गाली-गलौज का दौर आज के लिए मुल्तवी हो गया। एक तरह से अच्छा ही हुआ। कमला को भी लगा कि खाली पेट के मुकाबले

भरे हुए पेट की फटकार की चुभन थोड़ी कम होती है।

उसने खिड़की के बाहर अपनी गर्दन उचकाकर देखा। सारा रास्ता वीरान हो गया था। और आजकल की रातें पहले जैसी कहाँ रहीं कि रात के बारह बजे भी बत्तियाँ जलती रहें। अब तो रात के नौ बजने के पहले ही रात के चेहरे पर बारह का आँकड़ा लिखा जान पड़ता है।

अब भी यह लड़का पता नहीं कहाँ है...किधर है।

उसने अपने आपको सँभालते हुए जोर से पुकारा, ''विशु बेटे...आ जा...रे खाना खा ले आकर।''

विशु आ गया।

उसने देखा कि पिताजी खाने को बैठ गये हैं तो वह तनिक आश्वस्त हुआ। अगर पिताजी खाना न खाकर हाथ-पर-हाथ धरे बैठे होते तो विशु को मन मसोसकर खाने के लिए बैठना पड़ता।

''थोड़ी देर के बाद खाऊँगा,'' उसने कहा।

''क्यों,'' त्रिभुवन बाबू ने गर्दन उठाकर घड़ी की तरफ देखा और पूछा, ''क्या बात है ? बाद में क्यों खाओगे ? रात कितनी हो गयी ?''

''घड़ी भी तो पन्द्रह मिनट आगे है,'' विशु ने उखड़े स्वर में आगे कहा, ''मैं थोड़ी देर और पढ़ लेता हूँ, जय भी आ जाए तब तक...।''

''क्या कहा ?'' अचानक त्रिभुवन बाबू बम की तरह फट पड़े, ''कोई जरूरत नहीं है किसी के लिए इन्तजार करने की। सबके सब खाना खा लो।''

यानी कि कमला भी।

त्रिभुवन की बोली कमला को हद से ज्यादा कड़वी लगती है। उसका तेवर बड़ा उखड़ा-उखड़ा रहता है। गुस्सा आया भी नहीं कि हमेशा की तरह एकबारगी सातवें आसमान पर चढ़ जाता है।

त्रिभुवन बाबू का खाना लगभग समाप्त होने को है और कमला को थोड़ा इतमीनान भी हो चला है...। उसे मालूम है कि जब तक यह आदमी खाना न खा ले, इस बात का हमेशा खटका लगा रहता है कि पता नहीं कब बोल दे, ''धत् तेरे की...नहीं खाना।''

जय को लेकर भी कमला कुछ कम परेशान नहीं रहती थी।

''वैसे जब रात हो जाएगी तो खा लूँगी,'' कहकर कमला त्रिभुवन बाबू के खाने के अन्त में नियमानुसार दो रोटियाँ और थोड़ा-सा गुड़ लाकर रख देती है।

लेकिन त्रिभुवन इस नियम का पालन करने की बात अचानक भूल जाते हैं।

''तुम्हें किसने कहा देने को...'' कहते हुए वह यकायक चीख पड़ते हैं।

विशु को, जो पढ़ने के लिए जा रहा था, पिताजी की बेतुकी चीख पर खड़ा हो

जाना पड़ा। उसने अबकी बार ऊँचे स्वर में कहा, "जय तो कभी-कभी इससे भी देर करके आता है...आधी रात के बाद। आज ही इतनी जोर से चीखने-चिल्लाने वाली ऐसी क्या बात है !"

"मैं चिल्ला रहा हूँ !" ऐसा जान पड़ा कि बेटे की डाँट खाकर त्रिभुवन बाबू एकबारगी बुझ गये। उन्होंने दबी जुबान में कहा, "मैं चिल्ला कब रहा था ? ठीक है...खा रहा हूँ।" और इसके साथ ही थाल को अपनी तरफ खींच लिया और बड़े ही बेतरतीब ढंग से रोटी के बड़े-बड़े टुकड़े मुँह में डालने लगे।

यह आदमी तो बस नाम का ही त्रिभुवन था। यह आदमी जो कभी बड़ी शौकीन तबीयत का था, अपने नाम के साथ मेल बनाये रखने के लिए ही उसने अपने बेटे का नाम रखा था—विश्वभुवन और जयभुवन।

नागन की पूँछ

किसी जूते की दूकान के रैक पर जिस तरह जूते के डिब्बे रखे रहते हैं, उसी तरह से एक-दूसरे से गुँथे हुए, एक ही आकार के रेलवे क्वार्टर्स के ये मकान देखने में ऐसे कुछ खास नहीं थे, पर जब एक कतार में खड़े उन मकानों में से एक खास नम्बर वाले मकान के सामने यह रिक्शा रुका तो कानन को लगा, ऐसा खूबसूरत मकान उसने जीवन में पहले कभी देखा ही नहीं था।

मकान इस समय पूरे तौर पर खुला था, खाली था। जाड़े की आखिरी साँस भरती ठण्डी हवा बरामदे और आँगन के बीच आँख-मिचौली खेल रही थी।

इसी खाली मकान को एक तरफ कानन, अपने साज-सामानों से भर देगी, बर्तन-बिस्तर कपड़े और असबाबों से...और दूसरी तरफ कानन को भरपूर कर डाला खुद मकान ने।

यह मकान कानन का...उसके अकेले का है।

बिलकुल अपना।

कानन और अनिमेष का।

यह मनोभाव कितना सुखदायी है। यह बरामदा, यह आँगन, रसोईघर...और...ये दो-दो सोने के लिए कमरे, सब...सब कुछ कानन का ? पूरा एक साम्राज्य...इसके अलावा और क्या ?

रिक्शा से उतरते ही कानन ने मकान का कोना-कोना देख डाला। एक बार, दो बार, तीन बार। उसके चेहरे पर शिशु-सुलभ उत्सुकता थी...शिशुओं-सा आनन्द।

रिक्शावाले की मद से सारा सामान अन्दर रखवाकर अनिमेष उसे किराया चुका रहा था, जब बौखलायी-सी कानन दौड़ी-दौड़ी आयी—"सुनते हो !...जल्दी से यहाँ आओ, देखो एक चीज देख जाओ !"

अनिमेष हड़बड़ाया नहीं।

बोला, "जो देखना है उसे बाद में देख लेना, पहले सारा सामान तो देख-समझ लो।"

यह छोटी-सी बात कानन के उत्साह को कम न कर सकी। उसकी अनसुनी

करती हुई वह बोली, "देखना-समझना क्या है ? तुमने तो सब मिला ही लिया होगा। यह सब छोड़ो, पहले उधर चलो।"

"चलो ?" अनिमेष बोला, "मामला क्या है ? क्या आँगन के बेल के पेड़ पर दो-दो भूत सवार हैं ?"

"अहा, कैसी बात करते हो ? आँगन में बेल का पेड़ नहीं है। आम के पेड़ हैं आम के...दो-दो आम के पेड़। और उन दोनों पर छोटी-छोटी अमिया लटक रही हैं।"

यकायक अनिमेष ठिठक गया। फिर माथा ठोंककर बोला, "क्या कह रही हो ? यह तो गजब हो गया ! आम के पेड़ से आम लटक रहे हैं ?"

कानन पहले तो उसके कहने के ढंग पर घबरा गयी, उसके बाद तुरत ही समझ गयी कि मजाक है तो हँसते-हँसते उससे लिपट गयी—ओफ्फो, कितने शरारती हो तुम ! मुझको ऐसा डरा दिया। अच्छा...तो मजाक उड़ाया जा रहा है लेकिन यह बताओ, अपने ही घर में, अपने आँगन में, फल के पेड़ पर फल लटकते देखा है कभी ?

अनिमेष की आँखों के सामने तैरता-उतराता, उत्तरी कलकत्ता की सँकरी-सी गली में एक टूटा-फूटा पुराना-सा मकान उभर आया, जो नाते-रिश्तेदारों में बँट चुका था। उभर आया उसी मकान का कोनेवाला छोटा-सा कमरा। उसी के साथ याद आया कानन के अपने मायके का उससे भी अधिक छोटा, सीमेण्ट और पलस्तर गिरता एक मकान।

"हाँ, देखा नहीं है यह तो मानना ही पड़ेगा।" उसने हामी भरी।

यह क्वार्टर अनिमेष पहले ही देख चुका था।

फिर भी कानन ने उसको साथ घसीटते हुए पूरे घर का चक्कर लगवाया।

घर इतना बड़ा नहीं था कि कोई खास समय लगता। फिर भी कानन के लिए घर काफी बड़ा था।

अनिमेष बोला, "घर-बार तो देख चुका। अब जरा सब कुछ जल्दी से समेट लो। खाना-पीना भी है या नहीं ?"

कानन ने आँखें चढ़ाते हुए कहा, "खाना ? खाना खाओगे ? ऐसी शानदार घड़ी में तुम बस मामूली-सी खाने की बात कर रहे हो ?"

परन्तु फौरन हँसते हुए आँचल कमर में खोंसती हुई बिस्तरबन्द को लुढ़काती हुए बोली, "ठीक है, घण्टे भर में मैं तुम्हें तीन तरह की सब्जी और भात-दाल खिलाती हूँ। तब देखना और कहना कैसी घरवाली हूँ मैं तुम्हारी ?"

कानन चौकड़ी भरती हुई किशोरी बन गयी थी।

कानन के तन और मन से मानो आठ-दस साल झर गये थे।

शादी के बाद और उससे पहले—पच्चीस साल—किस तरह घुट-घुटकर जीती

रही थी वह ? अनिमेष रेलवे की नौकरी पाकर चला गया तो उसे छोटे-से कमरे की खिड़की के सींखचों पर सिर पीटती थी और भगवान से मनाती रहती थी, "भगवान, मुझे क्या इन लोगों से छुटकारा नहीं मिलेगा ? अगर नहीं मिलेगा तो इस जीवन से छुट्टी दिला दो। मुझसे अब सहन नहीं हो रहा।"

भगवान को सचमुच दया आ गयी।

छुटकारा मिला। अनिमेष को मिली पदोन्नति और इस क्वार्टर के मार्फत। जिठानी, ननद और भावजों की ईर्ष्यापूर्ण जलती आँखों के सामने सामान लादकर टैक्सी पर चढ़ बैठी कानन...और हावड़ा स्टेशन की ओर चल पड़ी थी।

रेल पर चढ़ना भी तो एक नयी बात थी। भगवन्, क्या सच है कि तुमने कानन के भाग्य के लिए इतने 'सुख' लिख रखे थे ?

अनिमेष कहता, "मैं तो देख रहा हूँ नया प्रेमी पाकर तुम मुझे भूल गयी हो।"

कानन कहती, "चलो, हटो भी...बेहया कहीं के...!"

अनिमेष कहता, "बेहयाई की क्या बात है ? सच्ची बात है। घर मिलने पर तुम मेरी इस तरह से अनदेखी करोगी, अगर पहले से मालूम होता तो दोबारा सोचकर देखता। यह तो मेरा दुश्मन ही बन बैठा है।"

"अरे नहीं जनाब, घर का मतलब है तुम और तुम्हारा मतलब है घर। समझे ?"

हमेशा ही सीधी-सादी कानन यहाँ आकर कवयित्री बनती जा रही है...या फिर विदुषी ?

ऐसी ही बातचीत के दौरान कभी-कभार अनिमेष कहता, "मित्रा साहब की पत्नी से एक बार मिलने नहीं गयी ? उनके यहाँ न जाकर कोई अच्छी बात नहीं कर रही हो। कुछ भी हो, हैं तो 'ऊपर वाले'। थोड़ा-बहुत खयाल तो रखना ही पड़ेगा।"

कानन बोली, "तुम भी चलो न !"

"अरे, मुझे क्यों घसीटती हो ? तुम सब औरतें आपस में...पता नहीं..."

कानन जरा तनकर कहती, "सारी औरतों से क्या मतलब ? तुम्हीं तो कहते हो वह बी. ए. हैं, एम. ए. पास हैं, सुन्दरी हैं आधुनिका हैं, और मैं ठहरी गँवई और गँवार..."

अनिमेष हँसकर टाल जाता, "लेकिन तुम उनसे होड़ तो लगाने जाओगी नहीं। तुम तो कुछ ऐसे जाओगी, जैसे राजा के पास प्रजा जाती है, स्वामी के निकट सेवक जाता है।"

कानन का चेहरा लाल पड़ जाता, "यह मैं न कर सकूँगी।"

"अरे भई, तुम तो मजाक भी नहीं समझती हो।" अनिमेष कहता, "जाओगी, थोड़ा मिल-मिला लोगी फिर चली आओगी। यहाँ 'ऊपरवाला'...'नीचेवाला' जैसी बातें

कुछ ज्यादा ही हैं। सूरज से ज्यादा गरम होती है रेत—इसी तरह साहब से ज्यादा मेमों की इज्जत करनी पड़ती है। थोड़ा-सा फूल-फल नहीं चढ़ा तो नाराज हो जाएँगी।''

कानन कहती, ''जाऊँगी। किसी दिन चली जाऊँगी।''

लेकिन तो भी जाना न हो पाया।

आज अनिमेष एक खबर ले आया। आकर बोला, ''अभी जाना हो तो जाओ। साहब कुछ दिनों के लिए टूर पर गये हैं। इस घड़ी विरहिणी को सखी का साथ भी अच्छा लगेगा।''

हारकर कानन को जाना पड़ा।

दोपहर को अनिमेष काम पर चला गया था—दूर से ही उनका घर दिखाते हुए। फागुन बीतने वाला था, इसलिए हवा भी शरीर को भा नहीं रही थी। इतना-सा रास्ता चलना भी अखर गया। चेहरा दिप गया।

लेकिन जब तक अनिमेष घर वापस आया, तब तक तो इसके लाल रहने जैसी कोई बात नहीं थी। वैसे कानन बहुत पहले घर लौट आयी थी तो भी उसका चेहरा तमतमा रहा था। होठों पर अजीब-सी मुस्कान खेल रही थी। तमककर बोली, ''हूँ बाबा, तुम्हारे साहब खूब बेवकूफ बनाते हैं। टूर पर जा रहे हैं, यह बताकर निकले और सीधे जाकर बीवी के आँचल में जा छिपे।...उफ...मैं वहाँ पहुँचकर ऐसी शर्मिन्दा हुई...''

अनिमेष को इस बात में कौतुक का कोई पुट नजर नहीं आया। लगभग चिढ़ते हुए ढंग से बोला, ''क्या बहकी-बहकी बातें कर रही हो? साहब गये या नहीं गये...यह क्या मैं नहीं जानता? मैं खुद ट्रेन पर बैठा आया था।''

कानन फिर भी हँसती रही।

कानन भी बड़ी भोली है...बल्कि बेवकूफ है...

''यही तो कह रही हूँ। दो स्टेशन के बाद ही घर लौट आये...''

''चुप भी रहो। यह तो बताओ कि जाकर देखा क्या? उनकी पत्नी से भेंट नहीं हुई क्या?''

डाँट खाकर कानन कुछ सकपका गयी। बोली, ''भेंट कैसे होती? जिस हाल में देखा...। तुम तो उनके घर घुसाकर चले गये। तेज धूप के कारण बगीचे की तरफ से जाने लगी। कौतूहलवश बगीचे की तरफ की खिड़की का पर्दा जरा-सा हटाकर भीतर झाँकते ही, उल्टे पाँव भाग आयी।''...

''भाग आयी?''

''और नहीं तो क्या करती?'' भौंहें नचाकर कानन बोली, ''साहब और मेमसाहब दिन-दहाड़े, रात का मजा...''

''चुप। चुप भी रहो।'' अनिमेष बोला, ''तुम जरूर गलत मकान में घुस गयी

होगी।"

पति का तमतमाया चेहरा देखकर कानन हक्का-बक्का रह गयी। फिर भी वह यह मानने को तैयार न थी कि उससे कोई गलती हुई है। उलटे वह पति पर इल्जाम मढ़ते हुए बोली, "हाँ, मैं जैसे कोई पागल हूँ। तुम खुद घर दिखाकर नहीं गये थे ? दूर खड़े रहकर तुमने हाथ नहीं हिलाया था ? उसके बाद क्या मैं गेट बन्द करके किसी और के यहाँ चली जाऊँगी ? साहब लोगों का क्वार्टर कोई हमारे क्वार्टरों की तरह एक-दूसरे से गड्ड-मड्ड तो नहीं होते कि गलती करती ? यहाँ से वहाँ तक तो क्यारी ही क्यारी है।"

बात तो सच थी !

अनिमेष चुप होकर पड़ गया।

मित्रा साहब की मेम साहब की जरूरत से ज्यादा लीपा-पोती और चटक-मटक पर दफ्तर में लोग हँसा करते हैं और मातहतों की जैसी आदत है, आलोचना भी खूब करते हैं। हर कोई...लेकिन यह तो बड़ी आफत वाली बात है !

बेवकूफ कानन भी दोपहरी में निकलकर साँप की बाँबी का पता लगा बैठी। एक गरीब और साधारण परिवार का लड़का अनिमेष सोचने लगा, "यह बात नामुमकिन है...हो ही नहीं सकता, इसमें कहीं कोई गलती है।"

मित्रा साहब की पत्नी के साज-सिंगार पर लोग जैसी टीका-टिप्पणी करते हैं ठीक वैसी ही टीका-टिप्पणी करते हैं साहब की...बीवी के पीछे-पीछे डोला करते हैं न।

खैर, बड़े लोगों की बड़ी बातें।

अनिमेष ने एक गहरी साँस के साथ कहा, "अब रहने दो, खूब हुआ है घूमना। अब तुम्हें कहीं नहीं जाना है। और एक बात याद रखना...जो कुछ देखा है उसे पूरे तौर पर भुला देना। यह भी भूल जाना कि उस रास्ते पर कभी कदम भी रखा है।"

कानन हँसना भूल चुकी थी...उसका दिल डर के मारे धड़कने लगा था।

अपने ऊपर से जैसे भरोसा ही उठ गया—बार-बार लगने लगा, क्या उसके देखने में कोई गलती हो गयी ? चिलचिलाती धूप के कारण क्या उसकी आँखें चौंधिया गयी थीं ? मेम साहब क्या अकेली ही थीं ?...लेकिन...भरी दोपहर में...जीता-जागता एक...कानन अन्धी तो है नहीं !

काफी देर के बाद कानन बोली, "सुनो जी...यह भी क्या मुमकिन है ?"

अनिमेष ने रूखे स्वर में कहा, "असम्भव क्या है ? दुनिया में ऐसी घटनाएँ घटती न हों, ऐसा भी तो नहीं।"

"तो क्या ऐसा इन्द्र देवता-सा पति रहते हुए भी..."

"उससे कुछ आता-जाता नहीं है। कहावत है न...जिसके साथ मन मिले उसके साथ खैर..." अनिमेष ने फिर एक साँस छोड़ी।

लेकिन अब कानन जैसे तैयार बैठी थी। तमककर बोली, ''बैठ-बैठकर लम्बी-लम्बी साँसें मत भरो। इस बात का विरोध तो करना चाहिए...''

''विरोध ?'' अनिमेष मुस्कराया, ''हम करेंगे विरोध ? भला कैसे ?''

''कैसे क्या ? साहब से कह दोगे। उस हरामी और पाजी को साहब बिलकुल खत्म कर डालेंगे।''

अनिमेष ने उसे एक झटके से रोक दिया। और कहा, ''चुप रहो, चिल्लाओ मत। मैंने कह दिया न कि तुम्हें भूलना होगा कि आज दोपहर को तुम उस घर की तरफ से निकली भी थीं। कौन जाने, साहब को इस बारे में पता हो।''

''साहब को पता है ?'' कानन गुस्से से बिफर उठी, ''तुम पागलों जैसी बातें क्यों कर रहे हो भला ?''

अपनी सादगी से भरी बेवकूफी पर कुछ देर तक सोचते रहने के बाद अनिमेष ने अपने को सँभाल लिया। बोला, ''मजाक कर रहा था बाबा, मजाक कर रहा था।''

''तो फिर ऐसा कहो न...!'' कुछ शान्त हुई कानन। लेकिन फिर बोली, ''अब जो भी कहो, हम क्या कर सकते हैं कहकर बैठ जाना इन्सानियत नहीं। बेचारे साहब...बेफिक्र होकर दफ्तर चले जाते हैं और...इधर...''

अनिमेष ने फिर फटकार लगाते हुए कहा, ''तुम चुप रहोगी भी कि नहीं ? अब तुम्हारे मुँह से मुझे ये बातें सुनाई नहीं देनी चाहिए। जो जैसा है, रहे।...''

''जो जैसा है रहे ?''

''हमारा क्या बिगड़ता है ? जो जैसा है, रहे।''

''यह भी कोई बात हुई ?''

कानन के मन में रह-रहकर ये ही बातें चक्कर काटने लगीं निश्चिन्त, बेफिक्र और बीवी पर भरोसा रखने वाला एक इन्सान उसे पता तक नहीं चल पा रहा होगा कि उसकी पीठ पीछे क्या हो रहा है ? क्या हम जानकर भी उसे सावधान नहीं करें ?

अगर यह बुरी औरत कहीं और भाग जाए ? या फिर साहब का सारा रुपया-पैसा लेकर खिसक जाए ?

अपनी बुद्धि के अनुसार कानन वैसा ही सोचती रही। अनिमेष होता तो यह सब न सोचता। वह जानता है भाग जानेवाली ऐसी औरतें इस तरह की बेवकूफी नहीं करतीं। घर में रहकर ही सेंध काटा करती हैं। जमा-जमाया थोड़ा-बहुत रुपया-पैसा लेकर भागने से फायदा ? इससे तो रोज की रकम मारी जाएगी।

कानन यह सब नहीं जानती।

शायद इसीलिए छटपटाती रही।

अनिमेष ने भी इस बात को छेड़ने के लिए मना कर दिया है, फिर भी पूछती, ''अच्छा, साहब कब आएँगे ?''

“परसों, परसों। क्यों ? क्या तुम जाकर साहब को होशियार-खबरदार कर आओगी ?” अनिमेष ने चुटकी ली, “तुम्हारी खोपड़ी में मेम साहब तो नहीं घुस गयी ? अब दया करो कानन, अब चुप हो जाओ वरना गुस्सा आ जाएगा।”

कानन को झक मारकर चुप होना पड़ा।

लेकिन इससे क्या कानन का मन भी चुप हो गया ?

कानन की भलमनसाहत उसको कोंचती रही। वह एक बार फिर जाएगी। अच्छी तरह से देखेगी—देखेगी, स्वप्न तो नहीं था ? सब कुछ देखभाल कर वह साहब के नाम बेनामी पत्र भी डालेगी।

दूसरे ही दिन चिलचिलाती धूप में दोपहर को कानन अपनी उसी मुहिम पर चल दी। लेकिन कल का निःशंक चित्त आज शंका में डूबा था। उसने तो कल बस कौतूहलवश ही मेमसाहब की खिड़की का पर्दा उठाकर झाँका था।

पर आज की बात कुछ और थी।

आज कानन का दिल इतनी जोरों से धड़क रहा था कि शायद उसी की आवाज ने मेम साहब को चौंका दिया।

“कौन ? कौन है ?” कहती हुई वह खुद खिड़की का पर्दा हटाती आ खड़ी हुई। “कौन है ?” उसने पूछा।

कमरे से बाग की तरफ चली आयीं मेमसाहब। फिर बड़े कड़े स्वर में पूछा, “तुम कौन हो ?”

धूप और गरमी से लाल हुए चेहरे से जितना बन सका, कानन ने बताया। कम-से-कम परिचय का मामला तो साफ हो गया।

“अच्छा...दफ्तर के अनिमेष बोस की पत्नी हो तुम ! यहाँ ताक-झाँक क्यों कर रही थीं ?”

बड़ी मुश्किल से साहस बटोरकर कानन बोली, “आपसे भेंट करूँगी...इसीलिए। देख यही रही थी कि आप सो तो नहीं रही हैं ?”

“ओह ! यह बात है ?” मेमसाहब का सुन्दर नाक-नक्श, आँख और होठों से सजा चेहरा अचानक हिंसा-भाव से विकृत हो उठा।

“लेकिन मुझसे भेंट करने क्यों आयी हो तुम ? क्या अनिमेष बोस अपनी नौकरी से हाथ धो बैठा है ?”

काटो तो खून नहीं कानन को। मेमसाहब का गुस्से से तमतमाया चेहरा...उसकी चुस्त और सुडौल देह को देखती हुई बोली, “नहीं, नौकरी भला क्यों जाएगी ? अभी उसी दिन तो तबादला होकर आये हैं, इधर ही...नया क्वार्टर मिलने पर।”

“ओ अच्छा ? तो...फिर यहाँ क्यों आयी हो ?” मेमसाहब ने पाँव पटककर पूछा। कानन की रक्षा के लिए भगवान क्या कोई दूत नहीं भेज सकते हैं। या फिर

इसी क्षण कानन की रक्षा करने खुद साहब नहीं आ सकते ?

शायद ऐसा हो पाना मुमकिन नहीं था।

और कानन की हिफाजत करने की गरज थी भी किसे ? जो बेवकूफ आसरा देनेवाले पर कुल्हाड़ी चलाता है उसे मौत के मुँह में जाने से खुदा भी नहीं बचा सकता।

इसीलिए कुछ नहीं हुआ। कानन ही को कहना पड़ा, "बस यूँ ही मिलने चली आयी थी।"

"मिलने चली आयी थी ? मुझसे ?" मेमसाहब के होठों के कोनों को हँसी छू गयी, "कहीं ताश खेलने तो नहीं आयी हो न ? या फिर पान-तम्बाकू खाने ?...खैर ! नागन की पूँछ पर पाँव रखने का क्या नतीजा होता है यह शायद अनिमेष बोस नहीं जानता।...और उसे यह बात सिखानी पड़ेगी। अब तुम जा सकती हो !"

अपनी काली लम्बी चोटी को लहकाकर, कसी और कसमसाती देह को मरोड़ती मेमसाहब पर्दा सरकाकर घर के अन्दर चली गयी।

उसके बाद ?

उसके बाद सचमुच अनिमेष को सीखना पड़ गया कि नागन की पूँछ पर पाँव रखने का परिणाम क्या होता है। दफ्तर के नियम बदल गये। यहाँ आने के डेढ़ ही महीने बाद उसके तबादले का ऑर्डर आ गया...अनिमेष बोस के लिए।

इस दफा हेड क्वार्टर्स नहीं। बहुत ही दूर...किसी रद्दी जगह पर। जहाँ किसी क्वार्टर के मिलने की बात सोची भी नहीं जा सकती है।

दो रिक्शे आकर खड़े हुए।

खीज, धिक्कार, अपमान और जलते गुस्से ने अनिमेष को पत्थर बना दिया था। अभी तक कानन के साथ एक शब्द नहीं बोला था। चौबीस घण्टे की नोटिस में तबादले के ऑर्डर के भीतर जो छिपा था—उस रहस्य को छिपाना आसान नहीं था।

तिरस्कार करने की भी इच्छा नहीं हो रही थी।

कानन तो जैसे बोलना ही भूल गयी हो। चुपचाप खड़े-खड़े देख रही थी, किस तरह अनिमेष के हाथों का एक झटका खाकर काँच के बर्तन झनझना उठे, किस तरह लात मार-मारकर वह बिस्तरबन्द इधर-उधर लुढ़काता रहा था।

सफेद संगमरमर के एक लोटे में कानन गंगाजल रखती थी। श्री रामकृष्ण की तसवीर के नीचे एक आलने पर। वह क्या असावधानी के कारण ही अनिमेष के हाथों से गिरकर इधर-उधर बिखर गया !

इस चूक के लिए अनिमेष कुछ शर्मिन्दा भी हुआ।

अभी तक कानन ने एक शब्द नहीं कहा था...अब कहीं जाकर बोली। बड़ी मुश्किल से उमड़ आते आँसुओं को रोकती हुई बोली, "पूजा की चीज है, उसे इस तरह..."

शायद वह चुप रहती तो अनिमेष को अपने किये का अधिक पछतावा होता रहता, लेकिन कानन की बात सुनते ही उसके तन-बदन में आग लग गयी। लोटे के छोटे-छोटे बिखरे टुकड़ों को बटोरकर फेंकते हुए वह झुँझलाकर बोल उठा–"टूटें और टूट जाएँ। सब कुछ टूट जाए। सारी चीजें टूटकर चकनाचूर हो जाएँ।...साहब का घर बरबाद हुआ जा रहा है, सोचते-सोचते तुमने मेरा घरौंदा रौंद डाला। इसीलिए तो कहते हैं औरत की बुद्धि...जाओ...फिर जाकर झामापुकुर वाली गली में पड़ी-पड़ी सड़ती रहो और झामा[1] घिसो। तुमको बार-बार मना किया था कि चुप रहना...वह सब भूल जाना। मगर... ।"

एक-एक कर और पटक-पटककर सारा सामान चढ़ाता रहा अनिमेष।

कानन इतने शौक से सजाये अपने घर की दुर्गत होते देखती रही, खड़ी-खड़ी... । लेकिन उसकी समझ में यह नहीं आ रहा था कि एक औरत, जो अपने पति को बेवकूफ बना रही है, बेवफा है...दुश्चरित्र है...पति का घर तोड़ रही है, यह बात जानकर भी चुप रहना...भला मुमकिन है कभी ?

सीमा-रेखा

सभी हारकर लौट गये थे।

आखिरकार सतीनाथ खुद तिमंजिले पर आये। तीव्र स्वरों में बोले—"बेहूदगी की भी एक सीमा होती है, छवि ! रहनी चाहिए। लेकिन ऐन शादी के मौके पर, मेहमानों से जब घर खचाखच भरा हुआ है, जैसी बेहूदगी तुमने की, उसकी कोई सीमा नहीं है। मेरी इज्जत इतने सारे रिश्तेदारों के सामने मिट्टी में मिला दी, अपनी भी कोई कम हँसी नहीं उड़वायी है तुमने। अब दया करके चलो।"

तिमंजिले की छत पर कमरा बनाने की इजाजत नहीं थी, फिर भी छवि के लिए यहाँ टाइल्स लगवाकर कमरा बनवाया गया था। छवि के इस टाइल्स लगे कमरे में बत्ती नहीं जल रही थी, फिर भी नीच पण्डाल में लगी अनगिनत बत्तियों की आड़ी-तिरछी रोशनी न जाने कैसे आकर दरवाजे के सामने वाले हिस्से को रोशन कर रही थी।

उसी दरवाजे के एक किनारे हाथ रखे खड़ी थी छवि। उस हाथ की पाँचों अँगुलियाँ और गाल का एक हिस्सा ही दिखाई पड़ रहा था, लेकिन उससे छवि के चेहरे के हाव-भाव का अनुमान नहीं लग पा रहा था।

यह समझ में नहीं आ रहा था कि वैसी ही, पहले जैसी अकड़ में है या कुछ ढीली पड़ गयी है।

सतीनाथ के बुलाने आने पर भी अगर पहले वाली हालत बनी रहे तब तो मानना ही पड़ेगा कि छवि भी अपने पति की तरह पागल हो गयी है।

लेकिन हालात बदल गये हैं, ऐसा नहीं लगता। अजीब-सी रूखी आवाज में छवि बोली, "तुम क्यों तकलीफ उठाकर ऊपर चले आये भैया, मैंने तो कह ही दिया है... ।"

"हाँ, जानता हूँ..." सतीनाथ अपनी खीज और नाराजगी को फेंटकर बोले, "मुझे पता है...एक-एक करके घर का हर कोई आकर तुम्हारी खुशामद कर गया है और तुमने सबको खदेड़ दिया है, यह कहकर कि 'नहीं खाऊँगी, नीचे नहीं जाऊँगी'। सुना, तुम्हारी भाभी ने हाथ तक जोड़े हैं तुम्हारे आगे। इस पर भी...तुम्हारा..."

छवि का चेहरा अभी भी नहीं दिखाई पड़ रहा है।

छवि अगर कमरे से थोड़ा बाहर निकल आती तो शायद उसका चेहरा दीख पड़ता, लेकिन छवि बाहर नहीं निकल रही है। लगता है, किसी ने सीता की तरह लक्ष्मण रेखा खींचकर उसी में रहने को कह दिया है। जैसे कि अगर उस रेखा को लाँघेगी तो रावण पकड़ लेगा।

लेकिन दरवाजा बन्द करके छवि बिस्तर पर लेट जाए, यह मौका ही नहीं मिल पा रहा था। शाम से ही एक के बाद एक आदमी चला आ रहा था छवि को बुलाने।

"अरी ओ छवि...पाँच सौ आदमी आ गये हैं नीचे, कितने ही लोग 'छवि-छवि' करके तुझे पूछ रहे हैं, आ एक बार।"

"ए छवि, तेरे बड़े भैया को कितना सुन्दर दामाद मिला है, आकर एक बार देख तो जा।"

"बुआ जी, कोहबर घर में न जाने तुमने क्या-क्या कुछ नहीं किया है, पिताजी बुरी तरह नाराज हो रहे हैं, जल्दी आओ।"

"तुम्हें बुलाया है, आओ।"

लेकिन छवि है कि जौ भर नहीं हिली।

छवि की जिद और कसम टूट ही नहीं रही है। छवि कह रही है उसके सिर में जोरों का दर्द है।

जबकि सारे दिन ऐसा कुछ भी नहीं था। और किसी भी दिन ऐसा कुछ नहीं था। शुरू से ही शादी का हर काम छवि के ही जिम्मे था।...रसोई, भण्डार, खाने-पीने का इन्तजाम, पूजा-घर वगैरह की देखभाल--चरखी की तरह छवि चक्कर काटती रही थी। और तभी ऐन शादी की शाम कैसे यह घटना घटित हो गयी, जिसे तूल देकर छवि अपने कमरे में जा घुसी है। इस छोटी-सी घटना से आहत होकर लेट गयी है, किसी को पता ही नहीं था। उसकी तलाश इसी समय...कन्यादान के वक्त शुरू हुई।

छवि ? छवि कहाँ है ?

गठबन्धन की चीजें...हल्दी और कौड़ी कहाँ है ? बगल ही में रखी थीं, जरूरत के वक्त पर कुछ नहीं मिल रहा। मिले कैसे ? कोई पास बैठकर देता रहे तो कितनी सुविधा होती है ? फिर केवल यही एक काम तो नहीं है ? गँठजोड़ वाली कौड़ी और हल्दी की ही बात नहीं, कन्या का अंगवस्त्र कहाँ है ? छवि ही तो सारा दायित्व सँभाल रही थी। लड़की की माँ क्या-क्या करे ? उसे आने वालों की खातिरदारी भी तो करनी है।

लेकिन सब कुछ जानते हुए सबसे 'चरम' समय पर ही गायब हो गयी ? छिः-छिः। इस वक्त गयी है, डाँट खाये पति के साथ दिल्लगी करने। और क्या। लेकिन इसके लिए यही वक्त था ? वह ठहरा पागल और बेवकूफ आदमी, फिर न

जाने क्या कर बैठे। उसे नींद की दवा खिलाकर आराम से चली आती। बाबा ? शादी हो जाए वर-वधू कोहबर घर में जले जाएँ तब न हो थाल सजाकर खाना, तिमंजिले पर ले जाना और पतिदेव को छेड़-छेड़कर खिलाना।

यह क्या ?

यह सब तो बरदाश्त करना मुश्किल है।

"लोगों से सारा घर भरा है और तू अपना रोब झाड़ती कमरे में पति के साथ जा बैठी है ? कह रही है 'वह नहीं खाएगा तो मैं भी नहीं खाऊँगी ?' छिः-छिः बड़े भैया को इतना बढ़िया दामाद मिला। सब-के-सब कितने खुश हो रहे हैं। और तूने देखा तक नहीं ? सोहागनों के नेगाचार के समय तक उतरकर नहीं आयी ? यहाँ तक कि अब न खाने की धमकी दे रही है ? इतना बड़ा हंगामा, इतना खाना-पीना, मछली-मिठाई का ढेर और तू कह रही है 'मैं नहीं खाऊँगी' ? दोनों जने नहीं खाएँगे। उपवास करेंगे और कोप-भवन में पड़े रहेंगे।"

"भतीजी के शुभ-अशुभ का तुझे ध्यान नहीं ? तू अपने भाई-भौजाई की इज्जत की हेठी करेगी ? बेहूदगी की भी एक हद तो होती है।"

"बड़ा भाई तुझसे उम्र में बीस साल बड़ा है, पिता के समान। पिता की तरह तुझे पाला-पोसा, तेरी शादी की। इतना ही नहीं, उसके बाद भी बारहों महीने तुझे और तेरे पागल पति का बोझ ढो रहा है। तेरे लिए कमरा तक बनवा दिया है। उसी बड़े भाई ने अगर पागल को बुरा-भला कह दिया और जरा-सा झिंझोड़ दिया तो क्या तू ऐसा सलूक करेगी ? तुझमें इतना-सा भी कृतज्ञता का भाव नहीं है ?"

आभार की इस घोर अनदेखी के बाद छवि देखने में कैसी लग रही है, शायद इसी दृश्य को देखने के लिए छवि के खपरे की छतवाले कमरे के दरवाजे पर रथ-यात्रा जैसी भीड़ जमा थी।

हालाँकि ऐसे भी बहुत लोग थे जो सहानुभूति का प्रदर्शन भी कर रहे थे। भले ही चोरी-छिपे।

क्योंकि जिनके घर वे आमन्त्रित थे उनके खिलाफ अगर कुछ कहना हो तो चुपके-चुपके कहना ही ठीक रहता है। चुपके-चुपके ही यह कहा जा सकता है—'हाय-हाय, छोटे बहनोई बेचारा पागल, समझता नहीं है तभी तो ऐसी नादानी कर बैठा था। इसी छोटी-सी बात के लिए, तुम-जैसा एक समझदार, पढ़ा-लिखा आदमी जो अपनी लड़की की शादी पर बैठा हो, ऐसे शुभ दिन पर उसे धक्के मारकर गिरा दिया ? चूँकि बहन बेचारी मजबूर होकर तुम्हारे पास पड़ी है, तभी न तुम ऐसी ओछी हरकत कर सके ? कोई पैसे वाली भाग्यवती बहन होती तो कर सकते ?"

लेकिन यही लोग नीचे पहुँचते ही कुछ और ही कहने लगते। गुस्से से आग-बबूला हो जाते। भला, होंगे क्यों नहीं ?

ये सब क्या ईसा मसीह हैं ? चैतन्य महाप्रभु हैं ? जो उन्हें गुस्सा नहीं आएगा ? इतनी सहानुभूति दिखाने-जताने पर भी अगर छवि यही कहती रहे 'यह सब बातें मुझे अच्छी नहीं लग रही हैं, आप लोग नीचे जाइए...'

तब ?

शायद ईसा मसीह और चैतन्य का भी गुस्सा आ जाता।

परन्तु ये सारी बातें तो शाम की ही हैं। रात को, देर रात गये, जब बाहर से आने वाले लोग-बाग विदा हो चुके और सिर्फ घरवाले ही खाने को बाकी थे, जब सतीनाथ दामाद के रूप और गुण पर रीझे हुए थे और अपनी हैसियत पर फूले नहीं समा रहे थे तब...तब, सहसा पूछ बैठे—"क्षितीश ने कुछ खाया है ?"

...और शायद तभी याद आया कि कैसे एक बदतमीज की तरह एक चीथड़े में ढेर सारी पूड़ी, मिठाई, कबाब, फ्राई वगैरह लेकर सभा के बीच में क्षितीश पाँव फैलाकर खाने बैठ गया था। यह देखकर एक जोरदार डाँट लगाकर गर्दन पकड़कर वहाँ से खदेड़ दिया था।

काम गलत किया था, सतीनाथ इस बात से इनकार नहीं करते लेकिन उनका शरीर भी तो हाड़-मांस से बने आम इन्सान का ही है ?

उसी घड़ी वर और बाराती आकर सभा-मण्डप में बैठे ही थे, कन्यादान करने के लिए सतीनाथ खुद भूखे-प्यासे बैठे हुए थे...अधीर, उतावले और चंचल बिलकुल ऐसे ही उत्तेजनापूर्ण, संगीन मुहूर्त्त में ऐसा घिनौना और बेहूदा दृश्य देखकर कौन गुस्सा रोक सकता है ?

सतीनाथ भी सहन न कर सके थे।

लेकिन इस बात से वह पागल अपने आपको बुरी तरह अपमानित महसूस करेगा, यह नहीं सोचा था उन्होंने। ज्यादा-से-ज्यादा हलवाई के पास जा बैठेगा, उन्होंने यही सोचा था। सही बात का पता उन्हें तब चला जब देखा कि छवि अनुपस्थित है। छवि के बिना सिर्फ उन्हें ही असुविधा का सामना नहीं करना पड़ रहा, सारे घर में तरह-तरह की बेतरतीबी दिखाई दी थी...चारों ओर से 'छवि' 'छवि' पुकार शुरू हो गयी थी।

और उसी समय बड़ी साली ने कन्यादान सभामण्डप के बीच सारी बात का खुलासा करते हुए कहा, "पता नहीं भाई, सुन रही हूँ तुमने अपने बहनोई को भला-बुरा कहा है। गर्दन पकड़कर धकेला है। इसीलिए तुम्हारी बहन दुखी होकर पति के साथ बन्द कमरे में बैठी है। तब से नीचे उतरी तक नहीं है। पता चला, बहनोई जी ने हलवाई से पत्तल भर खाना इकट्ठा किया था और वह सब भी आँगन, बरामदे, सहन और सीढ़ियों पर बिखरा दिया था। गुस्से के मारे सब कुछ फेंक-फाँककर फैला दिया था। माना कि वह पागल है पर तुम्हारी बहन तो पागल नहीं है न ?"

दलीलों से भरा ऐसा सवाल सुनकर सतीनाथ भी गुस्से से पागल हो गये थे। चूँकि वह वैवाहिक क्रिया सम्पन्न करवाने बैठे थे, इसीलिए तुरन्त कोई पहल नहीं कर सके थे। लेकिन इस समय उनके मन में प्रसन्नता से हृदय के तार बज रहे हैं, इस घड़ी यह पूछा जा सकता है, ''क्षितीश ने खाना खाया?''

ऐसी कोई बात कानों में नहीं पड़ी जो उन्हें अच्छी लगती।

सुना–शाम से ही कुछ नहीं तो भी पचासों लोग होंगे, जिन्होंने जा-जाकर छवि की खुशामद की है, आकर शादी देख ले, लोगों के पास आकर बैठ, पाँत में बैठकर खाना ही खा ले। लेकिन वह पत्थर की तरह बैठी है, टस-से-मस नहीं हो रही, उसे नीचे उतारा नहीं जा सका है।

इस बदतमीजी की पूरी-पूरी कहानी दोबारा पत्नी से सुनी। इसके बाद भी मन में प्रसन्नता और विह्वलता के तार झंकृत होते रहेंगे, ऐसी आशा नहीं की जा सकती। वह तेजी से तिमंजिले पर जा पहुँचे। और बोले, ''अरे मैं तेरे आगे हाथ जोड़ रहा हूँ–चलकर हमारे साथ खाना तो खा ले।''

क्या छवि की आवाज कँप रही थी ?

या कि सतीनाथ का वहम था।

शायद वहम ही था। छवि तो बड़े स्पष्ट स्वर में कह रही है–''ऐसी बातें क्यों कर रहे हो, बड़े भैया ? मैं तो कह चुकी हूँ कि भोज खाने की हैसियत मुझमें है नहीं। मुझसे खाया नहीं जा सकेगा। सिर में बड़ा दर्द हो रहा है।''

सतीनाथ को याद आया, एक पोटली में बँधा खाना, साथ ही वही दृश्य, कितना बीभत्स ! और इसी के साथ ही, कि भले ही पागल हो या जानवर–है तो पति ही।

भीगे स्वर में बोले, ''अच्छा ठीक है, खा सको या न खा सको, एक बार साथ बैठ तो जाना। मैं क्षितीश का खाना ऊपर भिजवा रहा हूँ, उसे खिलाकर तू नीचे चली आ।''

उसी तरह से पत्थर की मूरत-सी बनी छवि बोली, ''वह तो खाना नहीं खाएँगे, बड़े भैया !''

फिर उनके धीरज का बाँध टूट चला।

और ऐसा होना कुछ आश्चर्य की बात भी नहीं थी।

सतीनाथ नीचे उतर आये। उन्होंने बड़े रूखे ढंग से इतना ही कहा, ''जिसके मन में चोर हो, वही ऐसा कर सकता है।''

तभी ऊपर अमल आ गया।

उसने आखिरी पाँत को खिलाने-पिलाने का जिम्मा लिया है। और इधर एक साधारण-सी लड़की की धनुष भंग वाली जिद के कारण घड़ी की छोटी सूई बारह से

एक पर आ गयी है।

वह इन लोगों का नाते-रिश्तेदार कुछ भी नहीं है, पड़ोसी भर है। इस तरह की जिम्मेदारी सिर पर लादने की कोई वजह भी नहीं। लेकिन आदतन ही सही, ले ली है। लेकिन रात इतनी अधिक होने को आयी तो खुद उसके घर वाले क्या सोचेंगे ?

सीढ़ी पर सतीनाथ से टक्कर होते-होते बची।

सतीनाथ ने एक बार आँख उठाकर देखा, फिर खीज, उलाहने और मजाक के स्वरों में बोले, "ओह, लगता है तुम्हीं बाकी थे।" और नीचे उतर गये।

पड़ोस का लड़का है...जाना-पहचाना। इसमें हैरान होने की कोई बात नहीं थी। लेकिन किसी तरह की कोई उम्मीद नहीं थी। खुद अमल को भी आशा नहीं थी। वैसे वह सब कुछ सुन चुका था।

सारी घटना भी और उस बारे में होने वाली अच्छी-बुरी बातों से भी वह परिचित था। इसीलिए अमल को अपने पर भरोसा नहीं था। फिर भी उसे कौतूहल हो रहा था कि एक बार कोशिश कर देखे तो सही कि इतनी जिद पर उतारू छवि देखने में कैसी लगती है ? इसीलिए अमल अपने आपको रोक न पाया था।

छवि कमरे का दरवाजा बन्द करने जा रही थी। यह सोचकर कि अब शायद आराम से लेटा जा सकेगा।

अमल को देखकर हाथ रुक गये। दरवाजा अधखुला ही था।

अमल ने सोचा कि जल्दी से एक दियासलाई की तीली जला लूँ ? देखूँ छवि का चेहरा कैसा लग रहा है ? पर जलायी नहीं।

बोला, "बत्ती तो जलाओ।"

पहले जैसी ही सूखी-सूखी आवाज में छवि ने पूछा, "क्या बहुत जरूरी है ?"

"बहुत जरूरी तो नहीं है लेकिन तुम कुछ भूतनी-वूतनी-सी लग रही हो इसीलिए...।"

छवि ने कोई विरोध या उत्तेजना प्रकट नहीं की, न ही बचपन की यादों को बनाये रखने के लिए कही गयी इस मजेदार बात पर हँसी। छवि छवि की तरह ही उस धुँधलके अँधेरे में खड़ी रही।

अमल को छवि के कमरे के भीतर का कुछ भी दिखाई नहीं दे रहा था। छवि अधखुले किवाड़ के एक पल्ले को पकड़े खड़ी थी। इसीलिए भीतर झाँकने की नाकामयाब कोशिश करते हुए अमल बोला, "क्षितीश बाबू सो रहे हैं ?"

"हाँ," इतनी देर बाद उसकी हँसी सुन पड़ी।

"सुना सतीनाथ बाबू ने उन्हें बड़ा बुरा-भला कहा है। लेकिन छवि, तुम इतना नाटक न भी करती तो अच्छा होता। सुन-सुनकर इतनी शर्म लग रही थी..."

इसके साथ ही एक बार अमल को लगा, छवि आधी भूतनी तो लग ही रही है।

यहाँ तक कि उसकी हँसी भी। छवि मुस्कराकर बोली, ''मेरी बेशर्मी पर यकायक तुम्हें क्यों शर्म आयी, अमल ?''

अमल क्या सचमुच दियासलाई की तीली जलाए ? यह देखने के लिए कि न केवल बेशरम, एकदम ही बेरहम छवि का चेहरा कैसा लग रहा है ?

अन्धकार में अधछिपी छवि ठीक से पहचान में नहीं आ रही है।

छवि के बड़े भाई ने धोखा खाया था। बिना कुछ समझे-बूझे ही एक सिरफिरे पागल के साथ छवि की शादी कर दी थी। तो भी छवि ने बड़े भाई को इसके लिए कभी कुछ नहीं कहा। छवि के जेठ ने अपने पागल भाई और भौजाई को यहाँ चलता किया तो भी छवि ने उन्हें बुरा-भला नहीं कहा।

छवि ने अमल की कायरता को भी कभी नहीं धिक्कारा। वह सहज और स्वाभाविक ढंग से ही काम-काज करती रही। शादी के पहले जिस प्रकार हर काम का जिम्मा लेती थी, वैसे ही लेती रही। वैसे उसका ज्यादा वक्त पागल को सँभालने में ही चला जाता था।

तो भी हर बात पर हँसी-मजाक का जामा पहनाकर अपने आपको उसने छिपा रखा था। अमल को क्या ये सारी बातें नहीं मालूम ! वह तो हर रोज यहाँ आता है।

क्षितीश को बहुत देर तक न देखने पर वह बेचैन हो जाया करती थी, पर अपनी पीड़ा को मुस्कान में तब्दील कर। बातें करते-करते सहसा उठ जाती...''लो, बड़ी देर से मुझे मेरे बबुआ नहीं दिखाई दिये। जरा देख लूँ, कहीं साधु होकर न चले गये हों।'' कभी कहा करती, ''कितना बज रहा है ? अरे, यह तो काफी देर हो गयी है। देखूँ, कहीं महाप्रभु खुद ही रसोई में घुसकर खाना साफ न कर रहे हों।'' कभी कहती, ''लो देखो, अपना चेहरा छिपाकर के दयामय कहाँ चल दिये। हम लोग बातें कर रहे हैं, यह उन्हें बरदाश्त नहीं। मैं चली बाबा, वरना भोले बाबा रुद्र बनकर समाधि पर बैठ जाएँगे।''

पागल के पागलपन पर कोई अगर हँसी-मजाक करता या नाराज ही होता तो छवि को किसी ने दुःखी या गुस्सा करते नहीं देखा है। उन्हीं के सुर में सुर मिलाकर हँसती हुई कहती थी, ''कहो भई, तुम सब मिलकर कहो जरा। मेरा भी बोझ कुछ कम हो जाए। जीजा जी कहकर खातिर करने से कहीं बेहतर होगा पिटाई लगाना।''

ये सारी बातें वह हँस-हँसकर ही कहती थी।

फिर आज पति का आखिर ऐसा अपमान क्या हो गया कि चेहरा ही बदल गया ?

तब तो सतीनाथ की पत्नी का कहना ही ठीक है। मानना पड़ेगा कि मारे जलन के और जरा-सा मौका पाते ही छवि ऐसे नखरे कर रही है। बड़े भाई की लड़की की इतनी धूम-धाम से शादी हुई, इतना सुन्दर दूल्हा मिला, यह देख-देखकर ईर्ष्या से छाती

फट रही है।

छवि के बारे में ऐसी बातें सोचना भी गुनाह है। यह तो छवि ही है जो यह सब कहने-सोचने के लिए सामान मुहैया कर रही है।

जलन नहीं तो और क्या है ?

वरना छवि में ऐसी पतिभक्ति इससे पहले किसने देखी थी ? उसकी भाभी तो यहाँ तक कहा करती थीं, "छवि का पति पागल है, इस बात का दुःख कम-से-कम छवि को देखकर तो नहीं लगता। कैसा पत्थर का कलेजा है...बाप रे !"

वही पत्थर का कलेजा आज मारे जलन के टूट-फूटकर चकनाचूर हो गया है।

लेकिन अमल ने अपने मन में आ रही इन बातों को जाहिर होने नहीं दिया। बस इतना ही कहा, "तुम बड़ी निर्मम हो, छवि !"

"तुम्हें आज पता चला ?" छवि ने आगे कहा, "लेकिन तुम क्यों आये, यह तो बताओ ? कहीं खाना खाने के लिए तो बुलाने नहीं आये ?"

अमल ने बुझी-बुझी निगाह से फिर एक बार छवि को अच्छी तरह से देखना चाहा। फिर बोला, "नहीं, तुम्हें बुलाने आऊँ, मुझमें इतनी हिम्मत नहीं है। सिर्फ इतना ही सोच रहा था, क्षितीश बाबू को भूखा रखकर रोक रखने से बड़े भैया को कितनी सजा मिल सकेगी ? ये बेचारे भले आदमी ही बुरे फँसे। बड़े उत्साह से मुझे कहा था, 'देखो अमल, तुम मुझे परोसकर खाना खिलाना। ये लोग ठीक से खाना नहीं परोस पाते'।"

अपनी बात खत्म करके अमल मुस्कराया। बोला, "हालाँकि उन्होंने 'ये लोग' नहीं कहा था। कहा था 'साले लोग'।"

छवि भूखी-प्यासी पड़ी थी, इसीलिए क्या गला सूखा जा रहा था शायद या कि अपने बुरे बर्ताव के लिए शर्मिन्दा थी ? वैसे छवि का गला तो बड़ा सुरीला रहा है। है नहीं...था। इस समय सूखी आवाज में छवि बोली, "तो तुम्हारे परोसने का इन्तजार तक नहीं किया। खुद ही तो..."

"रहने दो छवि, इन बातों को छोड़ो।...तुम खाओ चाहे न खाओ, उन्हें जगा दो, मेरी बात रह जाएगी।"

छवि ने अपने बचपन की यादों की मर्यादा को मिट्टी में मिलाते हुए बड़े रूखे ढंग से कहा, "वह नहीं खाएँगे।"

"छवि, सचमुच ही तुम हद से ज्यादा आगे बढ़ रही हो। हर बात की एक हद होती है। आज नाराज हो इसीलिए उन्हें खाने नहीं दोगी, लेकिन कल तो देना पड़ेगा। तब ?"

छवि हँस पड़ी।

सचमुच की हँसी। खनखनाती हँसी। साथ ही बोली, "कल भी नहीं खाएँगे

अमल, परसों भी नहीं, किसी दिन भी नहीं।''

पता नहीं, अमल मामूली ढंग से कही गयी इस गुस्से की बात को सुनकर क्यों डर गया ? छवि, क्या उसे सचमुच ही भुतही लगी ? क्या इसीलिए सहसा वह चिल्ला उठा—'छवि !'

छवि ने इस पुकार का कोई उत्तर नहीं दिया। वह अपनी जगह से हिली तक नहीं।

और छवि की उस पत्थर-सी मूर्ति की ओर देखते हुए अमल बहुत दिनों से भूली हुई एक मूर्खता कर बैठा। बिलकुल पास आकर उसने छवि का हाथ पकड़ लिया जो दरवाजे पर था। बोला, ''छवि, बत्ती तो जलाओ।''

छवि ने धीरे-से हाथ छुड़ा लिया।

बोली, ''क्या होगा उससे ?''

''मैं देखूँगा।''

''देखने को कुछ नहीं है, अमल !''

''अपने को इतना काबिल मत समझो, छवि ! दरवाजे के सामने से हट जाओ, मुझे अन्दर जाने दो।''

फिर भी छवि नहीं हटी। वह उसी तरह डँटी रही और बोली, ''सचमुच ही देखने को कुछ नहीं है, अमल !''

और अब तक अमल भी क्या भुतहा हो गया ?

देखने में अमल क्यों ऐसा लग रहा है ?

क्या अमल भूल गया है कि इतनी लम्बी अनुपस्थिति पर लोग उसके बारे में क्या कुछ सोच रहे होंगे ? उन दोनों के बचपन के किस्से क्या लोग भूल गये हैं ?

काफी देर के बाद अमल को शायद याद आया कि नीचे भी एक दुनिया है। उसे नीचे वापस जाना है। इसीलिए बोला, ''छवि, यह सब हुआ कैसे ?''

अजीब और टूटे-फूटे स्वर में छवि बोली, ''पागल का पागलपन है और क्या ? 'साले ने मुझे खाने नहीं दिया' कहकर अपना सिर पीटने लगे...मुट्ठियों से...''

''छवि, क्या तुम पत्थर हो गयी हो ?''

''शायद।''

''मैं, नीचे जाकर उन लोगों से क्या कहूँगा, छवि...?''

''कुछ नहीं अमल, कुछ नहीं। दया करो। वर-वधू कोहबर घर में हैं, उनके रंग में भंग न करो। उनकी यह रात सजने दो...''

''छवि, यह सब तुम कैसे कर रही हो ?''

''करना तो पड़ेगा ही, अमल ! हमें सीमा-रेखा की अनदेखी करना ठीक नहीं है न ? उनकी इस खुशी के समय क्या मैं अपना...''

"सारी रात तुम इसी तरह से रहोगी ?"

"नहीं, सो जाऊँगी। नींद बड़ी जोरों की आ रही है, लग रहा है गिर जाऊँगी।"

बेहूदी और बदतमीज छवि ने यकायक अमल के मुँह के सामने ही दरवाजा बन्द कर दिया। खट से एक आवाज हुई...छिटकनी की आवाज।

हाँ, दरवाजा बन्द करना जरूरी था। अब उसे सतीनाथ की बात ही ठीक लग रही है—'हर बात की हद होती है और होनी भी चाहिए।'

कुछ घण्टे इस ठण्डे और स्याह अन्धकार में डूबी रहेगी छवि तो शायद थोड़ी-सी ताकत बटोर सकेगी ! फिर कल सुबह बड़े स्वाभाविक ढंग से नीचे उतर जाएगी और सहज भाव से कह सकेगी—"कल शादी के हंगामे में तुम लोगों को बताकर किसी परेशानी में डालना नहीं चाहती थी लेकिन अब तो डालना ही पड़ रहा है। अब जाकर देखो। जो भी करना है, अब तो तुम लोगों को ही करना है।"

अभिनेत्री

सहन के बीचोंबीच गलीचे का आसन बिछाकर आठ-दस कटोरियाँ और बड़ा-सा थाल सजाकर भोजन परोसा गया है। दामाद की खातिर नहीं, समधी के लिए।

नयी बहू के पिता विलायत से पधारे हैं। घर की मालकिन शायद बहुत लजीली हैं, इसीलिए मेहमान की मेजबानी का भार बहू पर ही है। योग्य अधिकारी के हाथों में यह अधिकार नहीं दिया गया, ऐसी बात नहीं। नयी बहू अभी कच्ची उमर की है तो क्या, तीन लोगों के खाने लायक सामान एक ही आदमी को भेंट करने के लिए जिस अध्यवसाय की जरूरत है, उसमें तो वह नहीं।

ससुराल में तो बाप-भाई सभी अतिथि जैसे ही हैं, इसलिए पिता पर अधिक भोजन के लिए अनुपमा दबाव क्यों न डाले ?

पिता ने हँसते हुए कहा, ''देखता हूँ तुम तो पूरी गृहस्थन बन गयी हो। मेरे साथ भी रिश्तेदारी ? भला इतना कभी मैं खाता हूँ ?''

नहीं ! यह बात क्या अनुपमा नहीं जानती ? लेकिन जोर डालने का रिवाज जो ठहरा। इसके अलावा सास सामने न होने पर भी किसी कोने-कतरे में जरूर खड़ी होगी और बाद में बहू की खोट निकालेगी। इसीलिए अनुपमा ने उत्साह से कहा, ''अगर मछली-वछली न खा सको, तो रहने दो। मिठाइयाँ और खीर तो खाओगे। यह सन्देश इनके गाँव से मँगाया गया है। इसे छोड़ देने पर मैं बुरा मान जाऊँगी...कोई बहाना नहीं चलेगा।''

''नहीं चलेगा, तो तुम ही बैठी-बैठी खाओ।'' यह कहकर पिता हँसते हुए उठ गये। भोजन की बर्बादी के बारे में उन्होंने कोई भाषण नहीं दिया।

साल और तारीख के हिसाब से बात बहुत पहले की है। बर्बादी के डर से थोड़े भोजन का आयोजन उन दिनों निन्दनीय था। एक आदमी को खाने के लिए बैठाकर एक ही आदमी के लायक परोसना—भला यह कैसे हो सकता था ? अगर जूठन ही न फेंकी गयी...तो आदर ही क्या दिखाया ? खाने की चीजों पर ममत्व तो मानसिक दरिद्रता ही हुई।

कल्पना-लोक में ऊँची उड़ान भरने वाले लोगों ने भी उस समय राशन के

बाजार का दुःस्वप्न नहीं देखा था, इसलिए कौवे या बिल्ली के बारे में कुछ सोचे-विचारे अनुपमा भी पिता के साथ उठ खड़ी हुई। थोड़ी दूर साथ-साथ चलकर धीमे स्वर में बोली, "मुझे ले जाने के लिए कहोगे न, बाबूजी ?"

अभी तक वह यह बात नहीं कह सकी थी, क्योंकि वह जानती थी कि भोजन के समय सबकी नजर इसी ओर टिकी होगी। पिता ने भी उसी तरह धीमी आवाज में कहा, "कहूँगा कैसे नहीं ? इसीलिए तो आया हूँ। यदि इस बार भी अकेला गया, तो क्या तुम्हारी माँ मुझे सही-सलामत रहने देगी ? सोच रहा हूँ, कल सवेरे की गाड़ी से ही लिवा चलूँ तुम्हें।"

आशा, आशंका, उद्वेग और उत्कण्ठा में उलझा उसका किशोर हृदय एक क्षण की भी प्रतीक्षा नहीं कर सकता। कल...सवेरे...मानो वह आगामी भविष्य की बात हो। लेकिन नयी-नयी बहू...मायके जाने के बारे में बात करे वह भी...पिछले-जमाने की बहू। मायके जाने की इच्छा करना तब बड़ा भारी अपराध माना जाता था। इसलिए पक्की गृहिणी की तरह अनुपमा ने फुसफुसाते हुए उपदेश दिया, "खूब समझा-बुझाकर कहना, बाबूजी ! पता ही है मेरे सुसर जी जरा क्रोधी स्वभाव के आदमी हैं।"

"जरा ?" पिताजी हँसे फिर बोले, "अजीब-अजीब बातें करते हैं। उनकी हवाई बातें सुनते-सुनते तो दिमाग खराब हो जाता है ! खैर...जाने भी दो। इस बार जैसे भी हो, कह-सुनकर... ।"

इन बातों से अनुपमा का थोड़ा धीरज बँधा। उसने पिता को चुप रहने का इशारा किया। कहीं पर शायद पैरों की आहट हुई। पिता से ले जाने का अनुरोध करने के अपराध में पकड़े जाने पर बचने का कोई रास्ता नहीं। सास भले ही लजीली हैं, लेकिन सहनशील भी होंगी, यह जरूरी नहीं।

एक-आध घण्टे बाद उसी सहन में सतरंजी बिछायी गयी। और चार-पाँच कटोरियों से घिरी थाली में गृहस्वामी भोजन कर रहे थे। सामने ही अनुपमा हाथ में पंखा लिये बैठी थी। वे कोई बाहरी रिश्तेदार न थे पर मेहमाननवाजी किसी रिश्तेदार की ही तरह हो रही थी। यह भी एक रिवाज है। लड़के की बहू सेवा-शुश्रूषा करे, यही साध तो बड़े-बूढ़ों के मन में रहती है। और इस साध को पूरा करना जानती है अनुपमा।

कुछ देर भोजन करने के बाद गृहस्वामी ने सिर उठाकर, मानो यकायक कोई बात याद आ गयी हो, कहा, "हाँ, ठीक ही तो है। तुम्हारे बाबूजी ले जाना चाहते हैं तुम्हें।"

"बाबूजी की बात...जाने भी दीजिए," यह कहकर अनुपमा पंखा और जोर-जोर से झलने लगी। दिल की तेज होती जा रही धड़कन कहीं पकड़ी न जाए, इसलिए और

भी परेशानी है।

''ऐसे कैसे चलेगा ?'' ससुर ने दोहरे ढंग से अपनी बात पूरी की। ''वे तो तुम्हें ले जाने पर तुले हुए हैं। सुना है, तुम्हें न ले जाने पर तुम्हारी माँ उनको घर में न घुसने देगी।''

''यही तो रोना है''...दही पर चीनी डालते-डालते अनुपमा ने कहा, ''माँ भी अजीब हैं। बेटी को देखने की इच्छा होते ही रोना-पीटना शुरू कर देती हैं। भला यह भी कोई बात हुई ? बाबूजी को क्या कम परेशानी है ! उस बार इसी दशहरे पर बड़ी दीदी के आने की बात थी। शायद आयी नहीं, बस इसी बात पर खाना-पीना बन्द। दशहरे के अवसर पर नयी साड़ी-वाड़ी पहनेंगी, सजेंगी-धजेंगी...वह सब कुछ नहीं हो पाया। अच्छा ! क्या हमेशा बुलाने पर जाना सम्भव हो पाता है ? घर की सुविधा-असुविधा भी तो देखनी होगी।''

ससुर के चेहरे से बादल छँट गये और वहाँ केवल कौतुकपूर्ण चमक ही दिखाई दी। ''मैंने तो तुम्हारे बाबूजी को वचन दे दिया है,'' यह कहकर उन्होंने खीर की कटोरी आगे खींच ली।

अनुपमा के चेहरे पर भी बिजली की चमक फैली लेकिन उसने उसे बड़ी सफाई से बनावटी बादलों से ढँक दिया। हाथ का पंखा नीचे रखा और गाल पर हाथ रखकर बोली, ''यह क्या ? वचन दे दिया ? यहाँ सासु माँ की तबीयत अच्छी नहीं। दो दिन बाद ननदजी आने वाली हैं। और इधर रसोइया भी घर जाने को कह रहा था।''

अनुपमा मानो किसी गहरी चिन्ता के भार से दब-सी गयी, ''ऐसा कहने से क्या होगा ?'' यह कहकर गृहस्वामी ने पानी के गिलास में दो-दो नीबू निचोड़े और हिला-हिलाकर पीने लगे।

अनुपमा की माँ नासमझ हो सकती हैं, लेकिन अनुपमा तो ऐसी नहीं हो सकती। वह नमकदानी और चीनी का डिब्बा तिपाई पर सहेजती हुई उदास-से स्वर में बोली, ''इस समय मैं यकायक मायके चली जाऊँगी तो ननदजी क्या सोचेंगी ? बाबूजी को यही बात आप समझा-बुझाकर कह दीजिएगा।''

''ऐसा नहीं होगा, बहूरानी !'' गृहस्वामी ने बायाँ हाथ जमीन पर रखा और उसके सहारे धीरे-धीरे उठते हुए कहा, ''मर्दों की बात और हाथी का दाँत। एक बार जब हाँ कह दिया, तो फिर सारी दुनिया ही उलट-पलट जाए, मैं तिल भर भी इधर-उधर नहीं हो सकता।''

तब और क्या कर सकती है बेचारी अनुपमा। चेहरे पर फैली आभा को समेटने में थोड़ा अधिक समय लगता है, इसीलिए झटपट ससुर को खड़ाऊँ, गमछा वगैरह देने के बाद अनुपमा ने कहा, ''अच्छी मुश्किल है ! समझ में नहीं आता। यकायक अभी ले जाने की क्या जरूरत पड़ गयी बाबूजी को, कहीं माताजी की तबीयत खराब... ।''

इसके बाद का दृश्य सहन का नहीं, कमरे का है। दिन में नहीं...रात में। तारानाथ को छोड़कर जाते हुए 'जी किस तरह घबरा रहा है', यही बात छलछलाती आँखों से अनुपमा बड़े विस्तार से समझा रही है। दोनों समधियों ने गुपचुप बात पक्की कर ली है। अनुपमा बेचारी क्या करे ? उसकी यों ही बेकार कहीं जाने की इच्छा न थी। हाँ, कोई मौका होता, कोई बात होती तो दूसरी बात थी।

बिलकुल नासमझ ठहरी अनुपमा की माँ, लेकिन बेहया है...ऐसा तो कह भी नहीं सकती अनुपमा। इसलिए तारानाथ को मनाने के लिए विरह-वेदना के जितने लक्षण हैं, उन्हें प्रकट करना पड़ रहा है।

चौथा दृश्य भी है। वह है अनुपमा के मायके की पृष्ठभूमि पर, लेकिन उस बात को रहने दीजिए। यह...दो युग के बाद की बात कही जाएगी, दो युग क्यों, उससे भी अधिक।

समय बदल गया है, लेकिन स्थान वही है। पात्र भी वही हैं, यह कहा जा सकता है। उसी सहन में ठीक उसी भंगिमा में बैठी हैं गृहस्वामिनी अनुपमा। हाथ में पंखा लिये। नाक-नक्श भी कुछ बदल गया है। शरीर की रंगिमा कुछ फीकी पड़ गयी है, लेकिन बाल जो सफेद हो गये हैं, उन पर यकायक नजर नहीं पड़ती।

सामने भोजन करने के लिए बैठे हैं वर्तमान गृहस्वामी तारानाथ।

पच्चीस में पच्चीस जोड़ देने पर जिस बदलाव का आना जरूरी है, उससे कोई ज्यादा परिवर्तन तारानाथ के चेहरे पर दिखाई नहीं पड़ रहा। आसन और बर्तन पिता के समय के ही हैं। हाँ, भोजन का तौर-तरीका ठीक वैसा नहीं है। उस पर इस युग की हल्की छाप है। गृहिणियों के सिर पर से आवभगत का बोझ अब हट गया है। इस समय उन बातों की चर्चा ही होती है। उस समय 'पानी' के साथ इस जमाने की 'आग' की तुलना करते हुए अनुपमा आये दिन हैरानी प्रकट करती रहती है। और यह इच्छा भी प्रकट करने से नहीं चूकती कि दुनिया भर के नवाबी रोब-दाब के साथ तारानाथ और कितने दिन निभा सकेंगे ?

लड़का तो एकदम लाट साहब का पोता हो गया है और लड़की जैसे राजकुमारी। जरा-सी चूक होते ही मुँह की खानी पड़ती है। लड़की और लड़कों की आँख बचा यह जरूर कहा जाता है, आजकल के लड़की-लड़कों का भरोसा नहीं।

आजकल बाजार के मोल-तोल पर बहस नहीं हो रही। पतिदेव नाराज रहते हैं और अनुपमा चुप।

थोड़ी देर तक खाते रहने के बाद मुँह उठाकर तारानाथ बोले, "किस बात पर इतनी देर बाबू साहब जिरह कर रहे थे ?" कहना नहीं होगा, बाबू साहब और कोई नहीं तारानाथ का जवान तथा बेकार बेटा था। ऐसी कडुवी जुबान और किसके लिए इस्तेमाल में लायी जा सकती है। अपने जवान बेटे के सिवा ?

अनुपमा ने काफी तिलमिलाकर जवाब दिया, ''अब क्यों टोक रहे हो दिल्ली जाने के बारे में ? दोस्त दिल्ली जा रहे हैं, तो वह क्यों न जाए ? कब से दिल्ली-दिल्ली की रट लगा रहा है !''

तारानाथ ने गुस्से में कहा, ''अभी भी वही जिद लिये बैठा है ? मैं एक बार फिर कहे देता हूँ—नहीं जाएगा...बस।''

''मैंने भी यही कहा था,'' अनुपमा ने पंखा रखकर हाथ हिलाते हुए कहा, ''पर वही जिद करता रहा था। भला क्यों नहीं जाऊँगा। मेरे जाने से आपका क्या नुकसान है ? लोग-बाग क्या कहीं जाते नहीं हैं ? जो जाते हैं, सब मर जाते हैं ? मना करने की कोई वजह तो...ऐसी ही बहकी-बहकी बातें।''

हाँ, मना करने की कोई वजह तो होनी चाहिए !

इतनी हिम्मत ! तारानाथ की मनाही ही सबसे बड़ी वजह है। बस, इसके अलावा और भी कोई वजह या हवाला देना होगा लड़के को। तारानाथ ने गुस्से में भरकर कहा, ''मैं उसका ताबेदार नहीं जो कारण बताऊँ। शोहदे लड़कों के हुजूम में कोई हंगामा खड़ा करने के लिए मैं उसे नहीं जाने दूँगा। रुपये जमा करने के लिए मैं हूँ। बच्चू को हजामत तक का पैसा तो हाथ फैलाकर इसी बूढ़े से लेना पड़ता है। इस पर से इतनी अकड़ ! सीधे मुँह बात तक नहीं की जाती, जैसे मैं कोई कीड़ा हूँ, कीड़ा।''

अनुपमा ने भी उसी स्वर में कहा, ''केवल तुम्हीं क्यों ? कौन नहीं है ? दुनिया में किसी की परवाह करते हैं वे लोग ? जरूरत के समय तुम्हीं तो हाथ फैलाने को कहते हो। यहीं तक होता, तो खैर थी। मुँह खोलकर माँगने से इज्जत चली जाएगी। इसलिए देना ही होगा और वे लेकर मानो बहुत बड़ी कृपा करेंगे।''

''हूँ,'' तारानाथ ने गम्भीर होकर कहा, ''कहूँगा, तो तुम्हें बुरा लगेगा। लेकिन सच बात तो यह है कि सब तुम्हारे लाड़-प्यार के चलते हुआ है।''

''लाड़-प्यार किस बात का ?'' अनुपमा से नाराज होते हुए कहा, ''तुम अपने बेटे का तेवर नहीं जानते ? गलती करता भी हो तो करे...पर एक बार भी लड़के से कुछ कहने की हिम्मत है ?''

''है या नहीं, यह तो मैं देखूँगा।'' तारानाथ धमकी देते हुए उठ खड़े हुए। ''मैं खूब कह सकता हूँ, हजार बार...पर कह नहीं सकता केवल तुम्हारे डर से।''

अचानक चालीस पार गयी अनुपमा के चेहरे पर वही हँसी खिल गयी, चौबीस साल की युवती की हँसी की तरह। लेकिन जवाब उसने अपनी उम्र के अनुसार ही दिया, ''हाय ! मैं मर जाऊँ ! मेरे डर से तो तुम भीगी बिल्ली बने जा रहे हो। डरना हो तो डरो आजकल के लड़कों से। मुन्ना ही तो उस दिन कह रहा था, उसके किसी दोस्त के भाई ने, बाप से फटकार सुनकर...। वहाँ कौन है ?''

तारानाथ ने उपेक्षा भरे स्वर में कहा, "मेघी होगा।"

"क्या पता ?" अनुपमा ने सन्देह भरे स्वर में कहा, "मुझे तो लगता है मुन्ना सीढ़ी से ऊपर गया।"

"मुन्ना कहाँ ? यह तो बड़े बाबू हैं, साहब बनकर जा रहे हैं। हाथ में बिना पोर्टफोलियो लटकाये बाहर नहीं निकल सकते...जैसे बड़े भारी अफसर हों।"

"हाँ, यह भी आजकल का फैशन हो गया है लड़कों का। अभी तक लौटकर नहीं आया।"

"लौटकर क्यों आने लगा ?"

"क्या पता, कुछ भूल गया है शायद ! परसों बहुत दूर निकल गया था...फिर दौड़ा-दौड़ा वापस आया। घड़ी यहीं भूल गया था।"

"आएगा क्यों नहीं ! कलाई में घड़ी बाँधे बिना घर से निकलने पर धर्म नष्ट नहीं हो जाएगा ? घर के लिए दौड़कर कोई चीज लाने को कह दो, लाट साहब के सिर पर आसमान टूट पड़ता है।" गुस्से से भरे स्वर में ये सारी बातें कहते हुए तारानाथ पानी में नीबू का टुकड़ा निचोड़ रहे थे। महँगे नीबू। बड़े-बड़े दो नीबू निचोड़कर पीने के दिन अब लद गये।

पतिगामिनी अनुपमा पतिदेवता के फतवे का कोई जवाब देने से पहले कमरे में इधर-उधर घूम आयी और अपना शक दूर कर इस बात का उदाहरण देने को तैयारी हो गयी कि आजकल के लड़के, लिख-पढ़ लेने पर भी मूर्ख और उजड्ड होते हैं।

उसने बहन, बहनोई—सभी को देखा है। अन्धी ममता के नाते अपने लड़के के सिवा और कोई बात करेगी, अनुपमा ऐसी बेवकूफ माँ नहीं है। तीन-तीन परीक्षाएँ पास कर जो लड़का बड़े इतमीनान से बैठकबाजी करता रहता है, सिनेमा देखता रहता है और इधर-उधर घूमता रहता है उसकी क्या कीमत है ? इधर-उधर थोड़ी कोशिश कर क्या कोई काम नहीं मिलता जिससे पिता को कुछ सुविधा होती ?

बहुत-सी और बढ़ी-चढ़ी बातें अनुपमा कहती है।

तारानाथ को भी छुट्टी के दिन खाकर जल्दी उठ जाने की कोई जल्दी नहीं रहती।

आराम से खा-पीकर उठने के बाद हाथ में पान का डिब्बा ले वे बाहर के कमरे में चले जाते। छुट्टी के दिन उसी मुहल्ले के हिमांशु बाबू के साथ शतरंज की बाजी जमा करती। उनके आने का समय हो चला था।

नौकर-चाकर सभी के भोजन का इन्तजाम कर अनुपमा खाने को बैठी ही थी कि उसकी लड़की शीला नीचे से दौड़ी आयी और रसोइये से बोली, "चूल्हा सुलगा हो तो उस पर चाय का पानी चढ़ा दो फटाफट..."

चाय का पानी...दोपहर को डेढ़ बजे।

अनुपमा ने हैरानी से पूछा, "इस समय चाय पियोगी ?"

शीला ने झुँझलाकर कहा, "मैं नहीं। भैया के सिर में बहुत दर्द हो रहा है। उन्हीं के लिए।"

"भैया ! मुन्ना घर में ही है ?" अनुपमा का दिल जैसे बैठ गया।

"हाँ, हैं। बाहर गये थे, लौट आये हैं। उनके सिर में दर्द हो रहा है, यह बताकर सो गये हैं। क्यों, महाराज पानी चढ़ा दिया ?" शीला की नजर में भैया ही तो हैं जो सम्माननीय व्यक्ति हैं। दो-चार निवाले गले के नीचे उतारकर अनुपमा दौड़ती हुई ऊपर गयी और एकदम लड़के के बिछौने पर बैठ गयी, "क्या हुआ रे, मुन्ना ? बाहर गया, फिर लौटकर आकर सो गया। क्या तबीयत ठीक नहीं ?"

कहना न होगा कि स्नेहातुर मातृकण्ठ का कोई भी उत्तर नहीं मिला। हालत जानने के लिए ज्योंही अनुपमा ने बदन पर हाथ रखा, त्यों ही हाथ हटाकर मुन्ना ने करवट बदली और सो गया।

इस अपमान पर ध्यान न दे अनुपमा ने फिर पूछा, "कब आये तुम ?"

मुन्ना चुप था।

इसलिए इसमें कोई सन्देह नहीं रहा कि माँ-बाप उसकी जो आलोचना कर रहे थे, वह उसके कान में पड़ चुकी थी। कुछ भी हो, अनुपमा हारकर लौट तो नहीं जाएगी। इसीलिए उसने रुँधे स्वर में कहा, "आज ही अपनी तबीयत खराब करनी थी। परसों ही तो तुम लोगों को बाहर जाने की बात है ?"

"बाहर जाने की" मुन्ना ने जिस तरह त्यौरी चढ़ाकर देखा, उससे और जो हो उसकी मासूमियत नहीं झलकती थी।

"बाहर जाने का मतलब ? मुझे कहाँ जाना है ?" उसने पूछा।

अनुपमा भी उतनी ही भोली-भाली बन गयी, एकदम खोयी-खोयी सी, मानो अभी भी उसका बचपन नहीं बीता। उसने ऐसी बालसुलभ सरलता से कहा, "क्यों ? तुम्हीं ने तो कहा था कि मंगलवार को हमारे साथी जाएँगे।"

"वे लोग जाएँगे, तो उससे मेरा क्या ? उनके पास ढेर सारा पैसा है, जो चाहें सो करें।"

अनुपमा यकायक शीला की तरह खिलखिलाकर हँस पड़ी। बीस बरस पहले दूध पीते और रूठे बच्चे को जिस तरह बातचीत कर मना लेती थी, ठीक वैसे ही भुलावा-भरे स्वर में बोली, "ओह ! तो यह कहो, बाबू साहब नाराज हैं। किसी ने मारा है कि फटकारा है या गाली दी है ? मालूम पड़ता है उनकी ही बातें तेरे कान में पड़ी हैं। अनुपमा केवल उनकी बात कर रही है। अपनी गलती का तिलभर निशान भी उसके चेहरे पर नहीं था। वह यही सोच रही थी कि मुन्ना को आखिर हो क्या गया है। तू उदास मत हो लाल...रुपये मैं दूँगी। मैं कह रही हूँ न...।"

"तुम रुपये कहाँ से ले आओगी ? आसमान से...जरा सुनूँ तो। तारानाथ राय के ही तो रुपये हैं। शौक पूरा करने की मेरी कोई इच्छा नहीं। मुझे सोने दो माँ, ये शौक...ये घूमना-फिरना सब बेकार है।"

अनुपमा ने चुटकियों में लड़के की बात उड़ा दी।..."हाँ, हाँ, तू तो अब बड़ा बुजुर्ग हो गया ? तेरे काम-काज की उम्र तो बीत गयी न ? इसीलिए बेकार का ठप्पा लगा ले अपने ऊपर। उनकी बात पर भी कहीं गुस्सा हुआ जाता है, बेटे ! उनकी बात का कहीं कोई सिर-पैर भी है ? उनकी बात कोई मानता रहे...तो न अच्छा खाए, न अच्छा पहने, न दोस्तों से मेल-जोल रखे। शौक-मौज सबको ताक पर रख बस तोला-माशा और केवल रुपये-पैसे का हिसाब रखे।"

"वही ठीक भी है, जब तक उनका अन्न-जल लिखा है।"

"यह भी कोई बात हुई ? मैंने तो अब तक उनका ही अन्न खाया है। और क्या वही कर रही हूँ जो वह चाहते हैं...कहते हैं ? वह तो मुँह पर दो-चार मीठी-मीठी बातें कर उन्हें बहलाये रखती हूँ, समझे ? अनाप-शनाप बककर काम बिगाड़ने से क्या लाभ ? तुम्हारे पिता ठहरे क्रोधी स्वभाव के आदमी। अगर किसी प्रकार उनके मुँह से ना निकल गया, तो हाँ कराने की ताकत किसी के बूते की बात नहीं। सिर्फ मैं ही उन्हें समझा-बुझाकर या खुशामद कर..."

मुन्ना यकायक उठ बैठा और उद्धत स्वर में कहने लगा, "क्यों करती हो ? यही तो ज्यादती है। उनकी किस बात की खुशामद ? पिताजी से हमेशा डरते रहने से यह हालत हुई है। लेकिन क्यों ? क्या तुम्हारी अपनी कोई औकात नहीं ? अच्छा-बुरा सोचने की ताकत नहीं ? कोई बात और जिरह नहीं ?"

अनुपमा के टेढ़े होठों पर हल्की-सी मुस्कराहट खेल गयी।

बात...बहस और तर्क अनुपमा में ये सब क्यों नहीं हैं ? ये सब इतने अधिक हैं कि उनका तेज प्रवाह समुद्र की लहरों की तरह बाप-बेटे दोनों को ही बहाकर ले जा सकता है, लेकिन बहाकर ले जाने से तो अनुपमा का काम नहीं चलेगा। विचार और वितर्क के हवाले देने पर तो अनुपमा का गृहस्थी चलाना मुश्किल हो जाएगा।

और उसकी अपनी औकात...।

वह चीज भी तो आम के रस की तरह पानी में घुलकर, धूप में सूखकर बिलकुल नष्ट हो गयी है। और खुशामद के खिलाफ तो खुद उसमें इतनी तड़प है जितनी बेटे के लिए उसकी तड़प, लेकिन उसके साथ ही इतनी देर तक वह क्या करती रही ?

लेकिन यह सब तो कुछ भी कहती नहीं अनुपमा। मुस्कराहट की हल्की-सी रेखा और भी फीकी पड़ती हुई होठों में ही खो जाती है।

उदास स्वर में उसने कहा, "क्यों नहीं ? और यह सब क्या तू समझता है बेटे ?

लिख-पढ़कर पण्डित हो जाने से ही क्या यह सब समझा जा सकता है ? तू मुझे और बहुत मत साल रे। तेरे सारे दोस्त सैर करने जाएँगे और तू पड़ा रहेगा—मैं यह नहीं सह सकती। खुद तो मैं कभी कहीं नहीं जा सकी। दुनिया में क्या-कुछ है कभी नहीं देखा, हमेशा कैदी ही रही, लेकिन तू तो जी भरकर यह सब देख ले। इसी में मेरी खुशी है।''

मुन्ना माँ को फटी-फटी नजरों से देखता रहा। ऐसा लगा मानो माँ उन दो आँखों की भाषा में न जाने कितने सालों की नाराजगी इकट्ठी हो गयी हो। एक वंचित जीवन की,...एक बन्दी जीवन की और विवशता-भरी नाराजगी।

इसके बाद कहानी की दिशा बदली है। हाथ में चाय लिये शीला आ गयी। मुन्ना के हाथ जब रुपये आएँगे, तो वह माँ को किन-किन जगहों की सैर कराएगा, इस पर बातचीत चल पड़ी। जो मुन्ना को पसन्द है, अनुपमा को वह पसन्द नहीं। उनके विचार से कितनी तकलीफों के बाद कहीं निकलना होगा, तो फिर मंसूरी ही क्यों ? पुरी और भुवनेश्वर ठीक रहेगा। शीला का आदर्श तो भाई है, इसलिए उसने माँ की पसन्द को खारिज कर दिया। लेकिन इतने में ही मुन्ना ने फिर विचार बदल दिया। पुरी, भुवनेश्वर क्या ऐसी-वैसी जगहें हैं ! भारत की स्थापत्य कला का बेजोड़ नमूना।...नहीं, माँ की पसन्द की तारीफ करनी चाहिए।

इसलिए यही तय हुआ। तभी शीला के लिए 'कटकी' साड़ी खरीदी जाने लगी और तीर्थ-क्षेत्र में बिकने वाले काँसे के बर्तन खरीदे जाने लगे। फिर दूसरी यात्रा के बारे में छान-बीन शुरू होने लगी।

अकस्मात् जैसे दरवाजे के पास बम फटा हो।

''पूछता हूँ, आज चाय-वाय नहीं बनेगी ?''

अनुपमा घबराकर घड़ी की ओर देखने लगी...चार बेजकर चालीस मिनट। बड़ी मुसीबत है। ठीक चार बजे होता है तारकनाथ का 'टी टाइम'।

समय गुजरते ही तारकनाथ के दिल की बीमारी बढ़ जाती है।

अचानक इस सवाल की मार से दिल की हालत कुछ भी हो, चेहरे को ठीक-ठाक रख, अनुपमा ने सहज खेद भरे स्वर में कहा, ''हाय राम ! इतनी देर हो गयी ! अरी शीला, तू तो अच्छी लड़की है। माधो की भी क्या मति-गति है ? बेसुध पड़ा सो रहा होगा।''

''सच,'' स्वर में जितनी भी सम्भव हो, उतनी कड़वाहट मिलाते हुए तारकनाथ ने कहा, ''दिहाड़ी पर रखे नौकर-चाकरों की अक्ल ही काम देगी।''

पति की बात के जवाब में अनुपमा की जीभ पर कोई बात आ गयी थी—बिना महीने की नौकरानी के विवेक की बात। लेकिन उसने कहा नहीं।

''देखो न, बेटा फिर तबीयत खराब है, कहकर सो गया है। क्या पता कहीं

बुखार-वुखार न हो जाए।"

इसके बाद का दृश्य दिन का नहीं, रात का है। बात इस कमरे की नहीं, उस कमरे की है।

...घर के दरवाजे से सिटकिनी लगाकर सोडा की दो टिकिया और पानी का गिलास पति के हाथ में पकड़ाने के बाद अनुपमा पान का डिब्बा हाथ में लेकर बिछौने पर बैठ गयी। पान लगाने के ढेर सारे सामानों से भरे डिब्बे को खोलकर पान बनाया और बीड़ा मुँह में डाला और कहा—"छाती की तकलीफ कोई ज्यादा तो नहीं ? तुम तो वक्त से जरा इधर-उधर होते ही बिगड़ जाते हो। सुन रहे हो न...? नाराज हो ? तुम्हें लेकर तो अब भारी मुश्किल है। अभी भी बच्चों की तरह नाराज होना, रूठ जाना अच्छा लगता है ? बेटा भी वैसा ही हुआ है। बाप की और कोई खूबी हो न हो, गुस्सा तो वही सोलहों आने है। उस समय मैंने तुमसे कहा नहीं था कि मुन्ना की तबीयत खराब है। तबीयत नहीं बिगड़ी, तेवर बिगड़ा है। दोस्त जा रहे हैं न, इसीलिए दिमाग खराब है। नाराज होकर मैंने भी जाने को कह दिया है।—मन की चाह दबा रखने से तो आखिर में बीमार हो ही जाएगा। सुधीर, श्यामल सभी जा रहे हैं, तो वह भी चला जाए एक बार। दिल्ली जाने से क्या कोई सींग निकल आएँगे, भला मैं भी देखूँ।...हाँ, अगर एक नौकरी का जुगाड़ बैठा सके तब कहूँगा कि लायक और बुद्धिमान है। श्यामल के मामा शायद वहाँ कोई बड़े अफसर हैं। अरे हाँ...तुम लोगों के सुबोध बाबू की बदली दिल्ली हो गयी है न ?"

"हो भी गयी तो क्या ?" तारकनाथ के स्वर में खीज थी तो भी हँसते हुए कहा—"तुम्हारे लड़के के वहाँ पहुँचते ही एक कुर्सी आगे बढ़ा देगा ?"

"जाओ भी !" हँसने लगी अनुपमा। वही दस साल पहले वाली हँसी। हँसकर तकिये का सहारा लेती हुई बोली—"तुम्हें तो हमेशा मजाक ही सूझती है। हटो भी जरा आराम से सोऊँ।...लो, सोचा था मसहरी लगा दूँगी...चलो हटो...लगा दूँ।"

"अब छोड़ो भी," तकिये पर कोहनी रखे अनुपमा का सिर हाथ से सहलाते हुए तारकनाथ बोले, "जाने भी दो...अब तो पड़ गया। लेकिन आज अचानक अपने फर्ज का खयाल कैसे हो गया ?"

"नहीं, तुम्हारी तबीयत आज ठीक नहीं है," यह कहती हुई अनुपमा उठकर बैठ गयी। तब तक तारकनाथ खड़े हो चुके थे। मूँछों के बीच से मुस्कराते हुए बोले, "अच्छा, बड़ी पति-भक्ति जतायी जा रही है ! इन सत्ताईस वर्षों में कितने दिन मसहरी लगायी गयी है !"

बीमार तारकनाथ को जल्दी नींद नहीं आती।

दिन-भर के काम और तमाशे से थकी अनुपमा क्षण-भर में सो गयी।...शायद अभिनय में एकदम खरी ठीक उतरी थी, इसलिए।

अभिनय ?

नहीं तो क्या ? बड़ा ही मँजा हुआ अभिनय। इतना सहज कि वह अभिनय जान ही नहीं पड़ता। यह समझना असम्भव है कि कौन-सा असली है और कौन बनावटी।

लेकिन अकेली अनुपमा ही क्यों ? नारी मात्र ही क्या अभिनेत्री नहीं है ? अभिनय की क्षमता ही तो उसके जीवन का मूल धन है। जन्म से ही प्राप्त इस पूँजी से उसका सारा काम-काज होता है।

शायद ये सारी बातें गलत हों ? उसका कोई भी अभिनय नहीं। नारी प्रकृति में सदा से ही पास-पास रहती आयी हैं दो अलग-अलग इकाइयाँ—जननी और प्रिया। इस मामले में वह स्वयं सम्पूर्ण है।

ममतामयी नारी अपनी इन दो अलग-अलग भूमिकाओं की ओट में बड़े जतन से उस चिरशिशु पुरुष को सहारा और सहयोग देती आयी है।

एक दिन...कभी तो

उनके बीच का प्यार ऐसा कोई खास प्यार न था कि...

दोनों ही परिवार के बीच दोस्ती के ताने-बाने पारिवारिक रिश्तों की तरह ही थे। दो घरों के बच्चों के बीच बचपन से ही आपसी प्यार का जो सहज सम्बन्ध बन जाता है...उतना ही।

इससे न ज्यादा...न कम।

इस घर के बच्चे उस घर में पतंग उड़ाते या फिर उस घर के बच्चे इन लोगों के घर आकर सहन में कंचे खेलते...इसमें किसी को न तो कोई हैरानी ही होती और न ही कोई शिकायत। और इसी तरह कोई इस बात को अन्यथा न लेता था कि इस घर की अलका ने उस घर के अशोक को एक जोड़ा रूमाल सिलकर दे दिया या कि उस घर के अशोक ने इस घर की अलका को उपहार में कोई चीज दे दी।

बस इतना ही। जैसा सुयोग और अवसर मिला वैसा और उतना ही सम्पर्क और निबाह।

उपहार में मिली पुस्तकों से कहीं भूख मिट सकती है भला !

यह अशोक का ही दायित्व था कि जैसे भी हो...अलका के लिए किताबें जुटा देना। लेकिन उस किताब की कीड़ी के लिए येन-केन-प्रकारेण...चाहे जितनी किताबें लायी जाएँ...कम पड़ती थीं।

''तेरी खातिर तो मुझे दो-चार पुस्तकालयों का सदस्य बनना पड़ेगा,'' अशोक ने चुटकी लेते हुए कहा, ''सिर्फ दो पुस्तकालयों की किताबों से इस कुम्भकरणा की भूख मिटाना मुश्किल है।''

अलका तन गयी, ''कुम्भकरणा...टरणा...जो मन में आए, मत कहना अशोक दा...वरना इस जनम में कभी तुम्हारे घर कदम नहीं रखूँगी।''

''आये बिना रह पाएगी ?'' अशोक छेड़ता।

''क्यों नहीं रह पाऊँगी...। घर में काली सिंह वाली महाभारत पड़ी है, बैठी-बैठी पढ़ती रहूँगी।''

''ठीक है...ठीक है''...अशोक उसकी खिल्ली उड़ाता हुआ कहता, ''ईश्वर ने

तुझे इतनी सुबुद्धि भी दी है...यह जानकर बड़ी खुशी हुई। और सच भी है...खामखाह ढेर सारे उपन्यास और नाटक पढ़ने की क्या जरूरत है...पागल होना है। 'परिणीता'...'परिणीता' रटती हुई कैसी जान देने को आमादा थी...वही जानलेवा उपन्यास ले आया था...मारो गोली...वापस लौटा दूँगा।''

बस...इसके बाद कुछ रुक नहीं सकता। और अलका हाय...हाय कर उठती, ''ओ माँ...तुम भी बड़े शरारती लड़के हो, अशोक दा... । तुमने उसे छिपा रखा है,'' और यह कहती हुई उस पर झपट पड़ती और उसे नोचना-खसोटना शुरू कर देती। ऐसी कोई भी जगह नहीं छोड़ती थी...जहाँ उसके मिलने की गुंजाइश हो सकती थी। इस छानबीन के दौरान तमाम बिखरी चीजों को सहेजने में उसे ही घण्टा भर परेशान होना पड़ता था।

ये सारी घटनाएँ घर के अभिभावकों की अनुपस्थिति में ही घटती हों...ऐसा भी नहीं था। घर के लोग इन चुहलों को हल्के-फुल्के ढंग से ही लेते थे।

हालाँकि ऐसा भी नहीं था कि उन लोगों के सामने न रहने पर कुछ घटित होता ही न था।

उदाहरण के लिए...उस दिन की बात ही ली जा सकती है।

यह पहले बैसाख की बड़ी अनमनी-सी शाम थी। अशोक तभी हड़बड़ाता-सा आया और उसने अलका की माँ से पूछा, ''अलका कहीं गयी है, मौसी ? कल ही बेचारी ने मर-खपकर किताबों की एक लिस्ट मुझे दी थी और मैंने...क्या बताऊँ मौसी...धोबी के यहाँ कमीज डलवा दी और उसके साथ ही... । बेचारी इस बात को सुनेगी तो खूब हाथ-पाँव पटकेगी।...वह गयी कहाँ ?''

''अरे जाएगी कहाँ ?'' अलका की माँ ने कुढ़ते हुए कहा, ''शाम हुई नहीं कि मजाल है बेटी की चोटी कहीं दीख जाए। वहीं छत पर जाकर बैठी हुई है।''

''सारा गुड़गोबर कर दिया...'' अशोक ने कहा, ''अब छत पर कौन जाएगा बाबा... । बैठी रहे...उसकी किताब नहीं आनेवाली। मारे गुस्से के जान दे देगी...और क्या ? अलका...अरी ओ अलका !''

यह बताने की जरूरत नहीं कि उसकी पुकार अलका के कानों तक नहीं पहुँची।

अशोक ने अपना रुख फिर सहन की तरफ किया और कहा, ''उसे इस घड़ी छत पर बैठने की क्या जरूरत है ? खाना-वाना पकाना, सब्जी काटना...यह सारा काम आपको ही करना पड़ता है ? आप बेटी को घर का कोई काम नहीं सिखातीं ?''

''अलका और घर का कोई काम ? फिर तो उद्धार ही हो जाए।'' और इस बात की किसी भी सम्भावना को छिन्न-भिन्न करते हुए अलका की माँ अपनी बिटिया रानी को बुलाने लगी, ''अरी ओ कलमुँही...उतर भी आ छत से। अशोक आकर कब

से खड़ा है। एक लिस्ट-विस्ट क्या कुछ देना है तुझे...आकर दे जा। अलका...! अरी...तू अब भी बहरी बनी बैठी है, कुछ सुन नहीं पा रही ?''

अशोक ने कहा, ''इसमें उसकी कोई गलती नहीं है, मौसी ! खींच-तानकर तीस-चालीस किताबों की लम्बी-सी लिस्ट बनाकर वह एकदम निश्चिन्त होकर बैठी है। उसे पता है कि मेरे आने भर की देर है। पता नहीं, एक ही दिन में दो-दो किताबें कैसे चाट जाती है ?''

''जुगाड़ हो जाए तो चाटेगी कैसे नहीं।'' अलका की माँ कहती है, ''तेरे जैसा भूतिया बेताल जो मिला है।...मैं कह रही थी...अरी ओ अलका...ठहर, ये रोज-रोज छत की मुँडेर पर इतमीनान से बैठे रहनेवाली आदत निकालती हूँ मैं।''

अशोक ने कहा, ''आपकी यह कमजोर-सी आवाज तिनतल्ले तक नहीं पहुँचेगी, मौसी ! आप खामखाह परेशान हो रही हैं। जब तक उसकी चुटिया पकड़कर घसीटते हुए नीचे नहीं लाया जाएगा...वह उतरेगी नहीं।''

उसकी चुटिया खींचने के लिए ही अशोक छत पर जा पहुँचा था।

''अरे...तुम।'' अलका की खुशी का ठिकाना न था, ''तुम अचानक छत पर !''

अशोक ने गम्भीर स्वर में कहा, ''क्या करूँ ? भूतिया बेताल जो बना दिया गया हूँ।''

''यह सब क्या अनाप-शनाप बक रहे हो'' अलका ने झिड़क दिया, ''जो जी में आता है...।''

''मौसीजी तो यही कहती हैं...और ठीक ही कहती हैं। मति है...गति है...आँखें हैं। लेकिन उनके हिसाब में थोड़ी-सी कसर रह गयी है। भूत-वूत नहीं...बल्कि चुड़ैल।''

''ओह...'' अलका परेशान-सी दीखी और उठ खड़ी हुई। इस छोटी-सी और बहुत ही सामान्य हँसी-मजाक से भी वह भयभीत हो गयी थी। दरअसल अशोक अपने होठों से ही नहीं, अपनी आँखों से भी वही बातें कह रहा था।

आँखों की भाषा बहुत बड़ी होती है...वह पल-भर में सामान्य को 'असामान्य' बना देती है। है कि नहीं ! और आँखों की अनदेखी करने की वजह से ही होठों पर इतनी-इतनी बातें रखी गयी हैं। फिर बातों का बतंगड़ होता है और उसकी ओट ली जाती है।

ऐसा नहीं था कि डर अशोक को नहीं था। और ऐसा न होता तो ऐसी बोलती-बोलती आँखें बिना कुछ कहे ऐसे ही चुप न हो जातीं।

अलका छत पर चटाई बिछाकर और कुछ नहीं...किताब ही पढ़ रही थी। अचानक उठते हुए उसकी गोद में रखी किताब नीचे गिर गयी...। रवीन्द्रनाथ की

चयनिका।

"क्या पढ़ रही थी? अच्छा...काव्य।" अशोक ने किताब को जल्दी से उठाया और फिर बीच से खोलते हुए उसने बड़े ही रोब से पूछा, "इन कविताओं के माने भी समझती हो?"

"कैसे नहीं समझती? खूब समझती हूँ...भगवान ने सारी-की-सारी बुद्धि तुम्हें ही नहीं सौंप दी है?"

"खैर, मेरी तो यही राय है...वैसे अगर बता सकती हो तो...अच्छा यह पढ़कर बताओ...जरा मैं भी तो देखूँ तुम्हारी सूझ और समझ।"

खुले हुए पन्ने की तरफ देखते ही अलका का चेहरा दिख गया। उसकी जुबान पर जैसे ताला लग गया।

"क्यों...क्या हुआ...? तू पढ़ नहीं पा रही? तू तो ठहरी भारी विदुषी। जो पढ़ना तक न जाने वह माने क्या जाने...खाक। अब मैं समझ गया दिन में दो-दो किताबें निचोड़ फेंकने का सारा करिश्मा। आँखें दौड़ा लीं...बस...यही न। अच्छा तो ले...मुझसे सुन...मैं तुझे इसका मतलब समझा देता हूँ। कवि कहता है—

बस तुमको ही चाहा मैंने
शत रूपों में शत-शत बार
पिछले कई-कई जनमों में
युगों-युगों से कितनी बार...[1]

...अलका में इतना साहस नहीं रह गया था कि वह सारी-की-सारी पंक्तियों को सुने और इनके माने गुने।...बेचारी अलका...चौदह-पन्द्रह साल की। दौड़कर नीचे भागी।

चौदह-पन्द्रह साल की नायिका की बात सुनकर हँसनेवाली कोई बात नहीं है। हालाँकि यह घटना इस जमाने की नहीं, उस दौर की है। तब सिर्फ तेरह साल की ललिता[2] अपनी कमर में चाबी का गुच्छा खोंसकर पाठकों का हृदय जीत लिया करती थी।

हालाँकि ऐसी सुविधा और सुयोग सबको नहीं मिल पाते।

"इसी जनम में युगल मिलन बिन मिथ्या होगा जीवन"—जैसी अजीबो-गरीब बात के बारे में दोनों में से किसी ने कभी नहीं सोचा था।...दोनों ही एक-दूसरे के विरह में सारा जीवन खामखाह गहरी साँसें और लम्बी आहें भरते रहे...ऐसी झूठी बातें

---

1. तोमारेई जेन भालोबासिया छि...शत रूपे शत बार
जुगे जुगे अनिवार। चिरकाल धेर...(—रवीन्द्रनाथ ठाकुर)
2. ललिता : रवीन्द्रनाथ की प्रसिद्ध नायिका।

इन पंक्तियों की लेखिका भी नहीं लिख सकती।

दरअसल बात यह है कि इसके बाद उन दोनों में फिर कभी मुलाकात ही नहीं हुई। दुनिया और दुनियादारी के जटिल जीवन-चक्र में एक चौदह-पन्द्रह साल की लड़की और एक अठारह साल का लड़का अपनी कोशिशों के बावजूद कभी आमने-सामने नहीं हो सके।

दोनों के ही मकान-मालिक ने इन दोनों मकानों को, मोटी रकम पाकर, किसी इम्प्रूवमेण्ट ट्रस्ट के हवाले कर दिया। दोनों ही किरायेदार एक-दूसरे से छिटककर शहर के दो विपरीत छोरों पर जा बसे।

अशोक के बारे में तो कुछ पता नहीं चला।

हाँ, अलका के बारे में मालूम है। उसके पिता खिदिरपुर डेक के आस-पास एक छोटे-से घर में आ गये थे। और यहाँ आते ही उस आदमी के तो जैसे नसीब ही खुल गये। पानी में डूबे एक जहाज को पानी के दाम खरीद लिया। और उसी पानी ने उसकी सारी रामकहानी ही बदल दी। बड़ा-सा मकान खरीदा गया। नयी चमचमाती गाड़ी आयी और बेटी का बड़े ही धूमधाम से विवाह किया गया।

विवाह की रात उस छोरवाले भी दावत खाने आये। सिर्फ अशोक ही नहीं आया। उसकी बी. ए. की परीक्षा चल रही थी। उसे दावत खाने जैसे वाहियात काम पर जाने की फुरसत कहाँ? चौबीसों घण्टे पढ़ता रहता है—कमरे की सिटकनी चढ़ाकर।

'विवाह के दिन अशोक से मुलाकात होगी,' ऐसी एक आशा अलका अपने मन में सँजोये हुई थी। उसके हृदय के आकाश में यह उजला-सा तारा टिमटिमाता रहा था...शादी की रात तक।

अशोक दा के साथ भेंट नहीं हो पायी...। निराशा के घने बादलों के साथ उसके दाम्पत्य जीवन की शुरुआत हुई।

पति सुन्दर था और स्वभाव का उदार।

प्रेम, उदारता और क्षमा में उसकी कोई सानी नहीं। प्रसन्न मुख और सुदर्शन और हँसने-हँसाने में बेजोड़। नयी-नवेली युवती पत्नी का हृदय किसी भी तरह के संशय से मुक्त था और सुख-भरे सोहाग से उसका जीवन आलोकित हो उठा था। बस...नीले आकाश के एक कोने में हल्के उदे बालकों की तरह ही उसके मन में भी निराशा के बादल छाये रहे।

साल-पर-साल बीतते चले गये।

यौवन के नये-नये उत्साह से तारुण्य छलकता रहता है और यौवन की परिणति अनिवार्य तौर से गम्भीरता में हो जाती है।...और अब आज की...चालीस साल वाली अलका में उस चौदह साल वाली बेवकूफ-सी अलका की तलाश करना उससे भी बड़ी

बेवकूफी होगी। उसका नाम 'अलका' था...यह बात भी अब किसी के मन में सहज ढंग से नहीं आती होगी। खुद उसके मन में भी नहीं। और नाम लेने-देने की जरूरत भी किसे पड़ी है।

लेकिन तो भी एक छोटा-मोटा पालगपन तो रह ही गया है।

आखिर इतने दिनों का...एक बेमतलब-सा ही सही...अभ्यास जो ठहरा। गाहे-ब-गाहे और नामालूम ढंग से इस बात की एक अछूती-सी याद... "उससे कभी मुलाकात नहीं हो पायी।"

है न...सचमुच एक अजीब-सी बात।

सोचते हुए भी अलका को बड़ी हैरानी होती है। समय के इस लम्बे अन्तराल में कभी...किसी दिन क्या कभी भेंट नहीं हो पाएगी? भाषा की दुनिया में अप्रत्याशित...आकस्मिक...सहसा...हठात्...अचानक जैसे शब्द आखिर हैं किसलिए? क्या किसी के साथ अकस्मात् भेंट नहीं हो जाती?

बहुत-से ऐसे लोगों के साथ जो थोड़े-बहुत परिचित हैं, चाहे-अनचाहे भेंट हो जाया करती है, जो वर्षों से नहीं दीखे या मिले...अचानक...बसों में, ट्राम में, सिनेमा हॉल में, सार्वजनिक पूजा-स्थलों में, दूकानों-पार्कों में, स्टेशन में, शहर के बाहर...।

लेकिन वही एक चेहरा...दुर्लभ हो गया? पिछले छब्बीस वर्षों के दौरान उस आदमी की छाया तक आँखों में नहीं पड़ी। और सबसे हैरानी की बात यह है कि दोनों एक ही शहर में रहते हैं। अगर कोशिश की जाए तो पता-ठिकाना भी प्राप्त किया जा सकता है। उसका पता जुगाड़कर अचानक उसके घर हमला बोल दिया जाए और पूछा जाए...क्या बात है अशोक दा...एकदम बिसरा ही दिया...अपने मन से!

इसमें बुराई क्या है?

"सचमुच...आखिर इसमें क्या बुराई है? चले चलते हैं। इतना तो तय है कि अशोक की बीवी क्या तुम्हें पीट नहीं देगी!"

यह राय अलका के पति देवेश की है। अलका के हृदय में अशोक के लिए जो कमजोरी रही है...देवेश को इस बारे में पता है। अपनी कच्ची उम्र में ही पति के प्रति पूरा विश्वास रखते हुए उससे एक बचपना हो गया था और अलका ने अपने प्रथम प्रेम की रंगीन कथा के बारे में देवेश को बता दिया था। और साथ ही यह आक्षेप भी करती रही थी, "हैरानी की बात नहीं...उस आदमी के साथ फिर कभी भेंट तक नहीं हुई?"

अभी भी जब कभी उसकी बात चलती है तो वह कहती है, "जो भी कहो...अब भी उसके साथ एक बार मिलने की इच्छा मेरे मन में जरूर है।"

और यह बात कभी-कभार उठ ही जाती है।

देवेश भी इस मामले में अलका को छेड़ता रहता है। अशोक दा नाम देवेश के

लिए एक चलता-फिरता मुहावरा बन गया है। अगर वह कभी खिड़की या बरामदे पर देर-अबेर खड़ी दीख जाती तो वह उसे कुरेद देता, ''बात क्या है...रास्ते पर अशोक दा तो नहीं खड़े ? दो नयन गड़े वातायन पर...कब से अपने साजन पर...''

अलका गुस्से में भरकर बोलती, ''हाँ, बात वही तो है। वह रोज इसी घड़ी चिलचिलाती धूप में फुटपाथ पर आकर खड़ा हो जाता है।...और मैं दया और करुणा की मूर्त बनी उसे दर्शन देती हूँ।''

रास्ते में...ट्राम या बस पर आते-जाते गाहे-ब-गाहे अलका को चिढ़ाना देवेश के लिए एक दिलचस्प-सी चीज हो गयी है। हालाँकि देवेश अलका पर हावी नहीं हो पाता लेकिन उसे छेड़ना नहीं छोड़ता। उन दोनों के इस स्वच्छन्द दाम्पत्य जीवन में अशोक को भी एक भूमिका मिली हुई थी। हालाँकि वह ऐसी कोई विशिष्ट नहीं थी लेकिन अपरिहार्य भी नहीं थी।...ठीक वैसी ही और उतनी ही जितनी कि भोजन में थोड़े-से नमक की और पान में चूने की होती है। कभी किसी बातचीत, छेड़-छाड़ को थोड़ी-सी दिलचस्पी बढ़ाने या बनाये रखने के लिए। और जितनी की जरूरत है, उससे थोड़ा-सा भी ज्यादा व्यवहार करने की कोई इच्छा भी नहीं है।

हो सकता है...ट्राम पर बैठी अलका अपनी ननद के यहाँ अलीपुर जा रही हो...सम्भव है एक तरफ की भीड़ छँट गयी हो और देवेश अचानक ही एकदम हौले से बोल उठे, ''देखो...वह...उस आदमी के पास खड़ा आदमी तुम्हारे अशोक दा तो नहीं ? कब से देख रहा हूँ...तुम्हारी तरफ मुँह बाये खड़ा है।''

अलका चौंककर उधर देखने लगती है। उसके सीने में आशा का तूफानी ज्वार-सा उठता है।...लेकिन दूसरे ही क्षण वह अपनी त्योरी चढ़ाकर कहती है, ''किसी भले आदमी की तरह अपनी बातों में थोड़ी-सी सचाई और सादगी लाना तो सीख लो।''

''ठीक है...वैसे यह मजाक बुरा नहीं है। मैं ठहरा असभ्य और जंगली...है न ! और वह आदमी जो लगातार तुम्हारी तरफ घूरे चला जा रहा है...वह बड़ा भला है। मैंने सोचा, हो सकता है वही तुम्हारा 'वो' हो। अगर वह 'वो' न होता तो इस तरह ताक नहीं रहा होता।''

अलका अपनी हँसी को रोकती हुई गम्भीर स्वर में कहती है, ''दरअसल मेरे घर से बाहर निकलने पर लोगों को बड़ी हैरानी होती है और वे मेरी तरफ मुँह फाड़े देखे बिना रह नहीं सकते। आखिर वही तो हैं जो अपना बड़प्पन बनाये हुए हैं जबकि मेरा 'वो' ऐसा नहीं है।''

''इस दौरान तुम्हें पता भी है...तुम्हारा 'वो' क्या से क्या हो गया हो।''

''रुको भी...ज्यादा बकबक मत करो। वह आदमी देख रहा है।''

इसी तरह किसी पूजा-मण्डप या ऐसे ही किसी समारोह-स्थल में या भीड़-भाड़

में अगर अलका आँखों से ओझल हो गयी हो...या कि देवेश थोड़ा आगे बढ़ गया या सम्भव है दोनों ही एक-दूसरे को ढूँढ़ रहे हैं...आगे-पीछे। और जब मुलाकात हो गयी तो देवेश मस्ती में यह बोल बैठा, "ओह...जान बची। मैं तो यही सोच रहा था कि मेले की भीड़ में अचानक तुम्हें अपना 'पहला-पहला खोया प्यार' मिल गया है और तुम मुझसे किनारा कर उसके साथ 'सटक सीता राम' हो गयी हो।"

"वाह...वाह..." अलका ने छूटते ही कहा, "तुम्हारी कल्पना-शक्ति बड़ी प्रखर है! मैं अपने पहले प्यार को भले ही भूलकर निश्चिन्त हो जाऊँ लेकिन तुम उसे भूल नहीं सकते। है न!"

"भला कैसे भूल सकता हूँ"...देवेश बहाने बनाता और गहरी साँस लेकर कहता, "क्या करने...कलेजे में नटसाल जो किरकती रहती है।"

देवेश ऐसा सरफिरा नहीं है कि अपने से आठ साल छोटे और हमेशा से ही अनुपस्थित एक बालक को अपना प्रतिद्वन्द्वी समझ लेने की गलती कर बैठे। और अलका भी पागल नहीं है। लेकिन क्या इस बात में कोई सच्चाई नहीं है कि मेले की भीड़ में और हजार-हजार की भीड़ में वह वहीं खो गया चेहरा नहीं ढूँढ़ा करती? राह चलते...अचानक उसके पाँव नहीं रुक जाते। सिनेमा या नाटक से लौटते समय क्या वह नहीं कहा करती है..."थोड़ी देर को रुको...जरा भीड़ छँट जाए" और सीढ़ी के एक ओर चुपचाप खड़ी-खड़ी एक-एक आदमी को बड़े ध्यान से निहारा नहीं करती है।

देवेश अगर देर होने की शिकायत करता तो वह जवाब देती, "दो-चार मिनट में ऐसा कौन-सा पहाड़ टूट पड़ेगा। मैं इस धक्कमपेल को नहीं झेल सकती।"

एक नशा ही है...और क्या?

यह तो मुमकिन था ही कि घर-गृहस्थी के हजारों बन्धन में पड़कर यह नशा कब का हिरन हो चुका होता, लेकिन ऐसा मौका मिला कहाँ? बच्चे-कच्चे हुए नहीं। जीवन का चेहरा और ढर्रा बहुत बदला नहीं...वह एक-जैसा ही रह गया।

निःसन्तान पति-पत्नी। हर जगह...साथ-साथ जाना-आना लगा रहता है। देवेश की ममेरी बहन की शादी के मौके पर सवेरे वाली गाड़ी से दोनों चन्दन नगर जा रहे थे। दूसरे दर्जे के एक डब्बे में सामान वगैरह सहेजने के बाद देवेश ने अलका से पूछा, "हाँ जी...उनकी शादी में दी जानेवाली साड़ी तुम कहीं घर पर ही तो नहीं छोड़ आयी?"

"हाँ...यह तो वहीं रह गयी।"

"हो गया न कबाड़ा...। अब क्या होगा...तुम्हीं बताओ?"

"ढेरों उपाय हैं। चन्दन नगर तो वैसे भी ताँत की साड़ी के लिए मशहूर है।"

"इसका क्या मतलब हुआ...वहाँ जाकर फिर एक साड़ी खरीदनी पड़ेगी?"

“अब जब गलती से रह गयी तो खरीदनी ही पड़ेगी।...लेकिन तुम उस बात को छोड़ो। मैंने तुमसे अखबार साथ लाने को कहा था...तुमने लिया था ? वह लिया नहीं। मुझे पता था। सारी गलतियाँ तो मैं ही करती हूँ।”

ये दोनों कोई नये शादी-शुदा तो हैं नहीं कि लोग इनकी बातों को ध्यान से सुनें या इन्हें कौतूहल भरी नजर से देखें। किसी ने देखा तक नहीं। लेकिन चूँकि बात अखबार की की गयी थी इसलिए उन दोनों के सामने जो सज्जन अखबार में अपना सिर दिये बैठे थे, उन्होंने अपने अखबार को एक बार तह किया...फिर लम्बा किया और फिर हिल-डुलकर उसी में डूब गये।

लगता है, वह यह सोच रहे थे कि बात अखबार की चली है, कहीं माँग न बैठें। उनका चेहरा साफ दीख नहीं रहा...इसलिए तेवर का पता नहीं चल रहा। अखबार के ऊपर से दीख रहा है, भौंहों के ऊपर तेल से चिकनाया गया एक चाँद।

पति और पत्नी के बीच अब भी रुक-रुककर दबी जुबान में बातें हो रही हैं।

“लगता है इस आदमी को कहीं देखा है...कहाँ ?”

“यह दीख भी कहाँ रहा है...चाँद-सा चेहरा तो अखबार में बन्द है।”

“तो भी...हाथ-पाँव-माथा-भौंह...ये सब जैसे पहचाने-पहचाने जान पड़ते हैं।”

“ध्यान से देखो...क्या पता...तुम्हारे ‘वही’ अशोक दा ही न हों”—देवेश ने वही अपनी पुरानी मीठी चुटकी भरी मुस्कान भरी।

अलका ने आहिस्ते से कहा, “लगता है...ठीक ही कह रहे हो। वह गंजा-सा बूढ़ा भला अशोक दा होगा। उसे फिर कभी देख ही नहीं पायी। मेरा नसीब ही ऐसा है। कैसे खूबसूरत बाल थे उसके ? रेशम जैसे। मैं क्या उसके प्रेम में ऐसे ही पड़ी थी ?”

“तुम क्या समझती हो उसके काले घुँघराले रेशमी बाल अब भी सही-सलामत हैं।”

“और नहीं तो क्या...सर एकदम चटियल मैदान हो जाएगा। मारे जलन के तुम ऐसा ही सोचोगे...और क्या ?”

थोड़ी देर तक चुप्पी बनी रही।

देवेश तो जैसे छटपटा रहा था। वह बोल उठा, “अच्छा...एक बार उससे अखबार तो माँगकर देखो।”

थोड़ी देर तक फिर खामोशी छायी रही। अलका रह-रहकर अचानक ही कुछ कह बैठती थी। पता नहीं क्यों...वह इतना ऐंठा क्यों है ?

समय बीता तो फिर उसने उखड़ी हुई टिप्पणी की...“आखिर ऐसी कौन-सी आफत आ पड़ी है अखबार में ?”

“अरे तुम समझ नहीं रहीं ? अखबार हटाने पर उसका चेहरा तो पूरी तरह से

दीख पड़ता।''

बात यह है कि देवेश घड़ी भर को चुप नहीं रह सकता। अलका गुमसुम बैठी रहे, यह उसे पसन्द नहीं। बात को आगे बढ़ाने लायक कोई नया मुद्दा है नहीं इसीलिए पुरानी बातों पर हँसी-मजाक को खींचा जा रहा है।

अलका उसे झिड़क देती है, ''इससे उसका क्या ? उसका चेहरा देखकर तुम्हें कौन-सा पुरुषार्थ प्राप्त हो जाएगा ?''

''मुझे भला क्या लेना-देना !'' देवेश की मुख-मुद्रा करुण हो आयी, ''सम्भव है इससे तुम्हारा ही कोई फायदा हो जाए। कहा गया है न...'कब से परिचित चेहरा तेरा लगता फिर भी अनजाना।'...मैं यही सोच रहा था''...

''मैं कह रही हूँ, चुप भी रहो। ऐसी उल्टी सीधी बातें मत करो। तुम्हें कुछ होश नहीं रहता कि कब और कहाँ कैसी बातें करनी चाहिए।...मेरे तो तन-मन में आग-सी लग जाती है।''

हालाँकि ये सारी बातें दबी जुबान हो रही थीं।

अखबार के पाठक ने इस बीच अखबार को उल्टा और तहाकर छोटा कर लिया था। लेकिन परे नहीं रखा...आगे पढ़ना शुरू कर दिया। अब उसमें झुके हुए चेहरे का अधिकांश दीख पड़ रहा था।

अलका ने उसकी तरफ एक बार देखा और फिर अपनी आँखें फेर लीं। अगले ही क्षण देवेश चुटकी लेना शुरू करेगा। सचमुच...एक बार अच्छी तरह से देखकर भी यह सोचने का अवकाश कहाँ मिला कि इस आदमी को कहीं देखा है...देवेश को इस बात से परेशान होने की नौबत नहीं आयी। हालाँकि उसे अब ऐसा लगने लगा है कि उसने कहीं उसे देखा तो नहीं है।

कब ?

कहाँ ?

इस बात में सन्देह नहीं रहा कि कहीं देखा है जरूर। वैसा ही गोल-गोल चेहरा...सलोना-सा...लेकिन उस पर यह गंज ?

काफी याद करने पर भी वह कुछ याद नहीं कर पा रही थी।

लेकिन तो भी जी में कुछ खटका-सा लगा रहा। बायीं भौंह के ऊपर उजले से कपाल पर वैसा ही काला-सा तिल ? कुछ परिचित-सा नहीं जान पड़ता ? ऐसा ही चेहरा और कहीं...किसी के यहाँ देखा भी है ?

देवेश की चुलबुलाहट शुरू हो गयी, ''पान वाली डिबिया तो साथ लायी हो न...?''

''अपनी जेब में हाथ देकर देखो।''

''और जर्दा ?''

"पता नहीं...। अपनी चीजें तुम ठीक से सहेज नहीं सकते ?"

"अरे बाप रे...एकदम फौजी मिजाज है। आखिर गयी कहाँ ? देखा न...तुमने मेरी बात नहीं सुनी ? एक बात कहूँ...उस भले आदमी के सूटकेस पर लिखा है...ए. मुखर्जी।"

मुखर्जी !

अलका जैसे मन-ही-मन चिहुँक उठी। और इसके बाद पूरी गम्भीरता से दोहराती रही...अजित...अमल...अवनी...असित...अपूर्व...अनिमेष...और...भी...अगड़म...अटकल...न जाने क्या-क्या...।

अ से शुरू होने वाले इन ढेर सारे नामों में से किसी एक नाम का अधिकारी तो किसी मुखर्जी परिवार में ही जन्म ले सकता है और अपनी सूटकेस पर 'ए. मुखर्जी' नाम लिखवाकर घूम सकता है।

गाड़ी जब श्रीरामपुर पहुँच रही थी तो वह भला आदमी भी, जिस पर काफी चर्चा होती रही थी, अखबार मोड़कर उठ खड़ा हुआ। उसने सूटकेस को बायें हाथ से उठाया और दाहिने हाथ में तह किया अखबार देवेश की तरफ बढ़ाकर मुस्कराया। आँखें मिलीं तो उसने तपाक से पूछा, "पढ़ेंगे ?"

उस आदमी की भद्रता के उत्तर में देवेश ने भी बड़े सौजन्य से मुस्कराया और बोला, "नहीं...इसकी अब जरूरत नहीं पड़ेगी। बस हम भी थोड़ी देर में उतर जाएँगे।"

चौड़े काले फ्रेम वाले चश्मे में खड़े इस लम्बे-चौड़े आदमी की मुस्कान उसके चेहरे पर बड़ी जँच रही है। इस मुस्कान को बार-बार देखने की इच्छा होती है। उसकी वही खूबसूरत-सी हँसी फिर एक सवाल करती है..."आप जा कहाँ रहे हैं ?"

"चन्दन नगर...मामा के यहाँ।"

"मामा के घर...फिर तो बड़ी प्यारी जगह जा रहे हैं ?"

ऐसा जान पड़ा कि अचानक अन्धकार का पर्दा नीचे सरक गया है...ठीक वैसे ही जैसे खिड़की के खुल जाने पर कमरे में प्रकाश फैल जाता है। अतीत की स्मृतियों को झकझोर देने वाली बिजली कौंध-सी...!

नहीं...अब शक की कोई गुंजाइश नहीं।

यह अशोक ही है।

दाहिनी भौंह के ऊपर काला और चमकीला तिल एकदम साफ नजर आ रहा है।

एक तिल भी...क्या कोई छोटी-सी चीज है ? एक भूले-बिसरे चेहरे की पहचान करा देने के लिए वह काफी नहीं ? हालाँकि अलका उस तिल को बराबर देखती रही थी लेकिन उस तिनके का सहारा पाकर भी वह यह नहीं समझ पायी थी कि वह कोई

और नहीं...अशोक ही है। इतनी देर तक...सामने बैठकर भी समझ नहीं पायी...उसके चेहरे की तरफ ताकती रही फिर भी ताड़ न पायी।

क्या अशोक उसे समझ पाया ?

फिर इस संसार में किसी का क्या बिगड़ जाता अगर अशोक अलका को नहीं पहचान पाता। अलका के साथ कोई मोटा या महीन मजाक नहीं भी करता तो इससे उसके भाग्य-विधाता का क्या आता-जाता ? अशोक अगर ऐसा कुछ न कहता तो इससे उसका क्या बिगड़ जाता ?

"अरे...अलका...तुम ?"

"अशोक दा...। तुम ?" मीठी मुस्कान के साथ उत्तर।

रेलगाड़ी की भीड़ और हिचकोले के बावजूद अलका ने नीचे झुककर अशोक को नमस्कार किया।

"अशोक दा !"

देवेश की आँखें—फटी की फटी रह गयीं, "अरे...सच...आप ही वह सुविख्यात अशोक दा हैं ?"

"सुविख्यात...या कुख्यात...? बात क्या है ?"

"लीजिए...गजब हो गया महाशय। आपको लेकर तो हम लोग...छी...छी... अलका...आखिरकार तुम ही हार गयी। आप समझे जनाब ! आपकी बचपन की सखी अभी मेरे साथ बहस कर रही थी कि अशोक दा भला इतने गंजे हो सकते हैं...कभी नहीं। लेकिन मुझे तो पहले से ही यह शक था...कि..."

"अच्छा !" अशोक ठठाकर हँस पड़ा, "लेकिन आपने तो कभी मुझे देखा नहीं ?"

आदत से मजबूर देवेश मजाकिया स्वर में यह कहने ही जा रहा था, 'देखा तो नहीं लेकिन बंसी की टेर तो सुनी है।'...लेकिन कुछ कह न पाया।

इस बीच गाड़ी की सीटी बज उठी।

रेलगाड़ी श्रीरामपुर स्टेशन पर लग रही थी।

सिर्फ एक मिनट का ठहराव। गाड़ी के प्लेटफार्म पर लगते ही अशोक उठ खड़ा हुआ और उसने जल्दी से हाथ जोड़कर कहा, "अच्छा...नमस्कार। आपके साथ मुलाकात हुई...बड़ी खुशी हुई...अच्छा तो अलका...मैं चलूँ। काफी दिनों बाद भेंट हुई...है न ?"

और भला आदमी तेजी से नीचे उतर गया।

इसके साथ ही गाड़ी चलने लगी थी।...और इसकी चाल के साथ ही पल भर में ही कलेजे में टीस पैदा करते रहने वाले संगीत की एक सुमधुर गूँज खामोश हो गयी। एक बारगी थम गया वह स्वर।

रंगमंच पर अभिनय के साथ पार्श्व में बजते रहने वाले संगीत की तरह। अलका के जीवन के नेपथ्य में बजने वाला वह अनाहत सुमधुर संगीत, जिसने उसके जीवन को बड़ी खूबसूरती से एक छन्द में पिरो रखा था, हमेशा-हमेशा के लिए थम गया।...बल्कि वह छन्द ही बीच से टूटकर बिखर गया।

नहीं...अब वह स्वर कभी नहीं बजेगा। वह छन्द फिर लौटकर नहीं आएगा। 'एक बार भेंट तक नहीं हो पायी...' क्षण भर एक गहरी आह भरने की जो खुशी थी...वह भी छिन गयी।

'शायद...कभी...किसी दिन...कहीं भेंट हो जाएगी,' ऐसी उत्तेजना भरी आशा भी खत्म हो गयी।

हाय...यह जरूरी नहीं था कि इस एक बार और भेंट हो ही जाती। अगर यह मुलाकात नहीं होती तो क्या कुछ बिगड़ जाता।

यह तो गनीमत है कि एक आदमी एक दूसरे आदमी के अन्दर झाँककर नहीं देख पाता। अपने बनाने वाले विधाता की सारी निष्ठुरता और सारी गलतियों की अनदेखी कर मनुष्य उसकी इस असीम दया के लिए माफ कर देगा शायद। अपने मन के अन्दर मचलने वाले तूफानों को आदमी अपनी मुट्ठी में जकड़ लेता है।

तभी...अलका ने हाथ बढ़ाकर देवेश की बगल से पान की डिबिया को उठा लिया और उससे पान का एक बीड़ा बाहर निकालते हुई बोली, "उसकी वह तोंद और गंज...। छी छी...मैं पहचान तक नहीं पायी। सचमुच यह बड़ी शर्म की बात है। क्या करती ? उसे पहचान पाने का कोई उपाय ही नहीं था।"

"और मुझे भला क्या पता था ?" देवेश हँसता हुआ बोला, "मैंने तो उसे कभी देखा तक न था।...यह क्या...तुम पान को इस तरह मसलती क्यों जा रही हो ? खाओगी नहीं ?"

"नहीं, सूख गया है यह।"

सचमुच...बुरी तरह और पूरी तरह सूख गया है। वर्ना क्या यह सम्भव नहीं था कि काम का नुकसान कर थोड़ी देर के लिए किसी का सहयात्री या हमसफर बन जाता ? अलका जहाँ जा रही थी...कम-से-कम वहाँ तक ?

एक जरूरी काम था। क्या कोई भी काम इतना भी जरूरी हो सकता है ?

डॉट पेन

सुबह से घर-गृहस्थी का काम ठीक-ठाक ही चल रहा है। कहीं से भी कोई बेसुरी आवाज नहीं आयी कि शान्ति में बाध पड़े।

सवेरे-ही-सवेरे लोड शेडिंग नहीं हुई (जैसी कि आये दिन हो जाया करती है) वर्ना पानी खींचने वाला पम्प अपाहिज पड़ा रहता। बर्तन माँजने वाली सुधा बाई सुबह के समय आ गयी है। वर्ना ज्यादातर होता यह है कि वह बिना नोटिस दिये गायब हो जाती है। और इसी तरह रसोई की गैस भी सही-सलामत है...वर्ना चाय गरम करने की केटली चढ़ाई नहीं कि वह अक्सर चीं बोल जाती है। और हाँ...असीमा और आनन्दी के बीच हर घड़ी चलने वाली ठण्डी और खामोश लड़ाई अचानक किसी छोटी-मोटी वजह से मुखर नहीं हुई है...जैसा कि जब-तब या कभी भी भड़क उठती है।

कहना चाहिए कि आसमान साफ है और बादलों का दूर-दूर तक पता नहीं है। यहाँ तक कि पराशर और परमेश दोनों के ही धीरज खो जाने के पहले ही अखबार आ चुका है। टुटुन और मिठुन की स्कूल बस घड़ी के काँटे से काँटा मिलाकर दरवाजे पर खड़ी है। स्कूल बैग में किताब-कापियाँ ठूँसकर और माँ के लाड़-दुलार से भरे टिफिन बॉक्स के बोझ से दबे बच्चों को अपनी गोद में उठाकर वह अपनी मंजिल की तरफ कूच कर गयी है।

इसके तुरत बाद ही, पराशर और परमेश का खाना भी मेज पर लग चुका है। होता यह रहा है कि दफ्तर जाने के पहले यह खाना कभी बिना डाँट-फटकार के परोसा नहीं गया है।

अपनी मस्त चाल और सुचारु ढंग से चलने वाले इस संसार-चक्र में अचानक 'खच्चाक', की आवाज सुन पड़ी और इसके साथ ही...झन्नाहट भरा जोरदार स्वर गूँजने लगा।

इसकी वजह तब समझ में आयी जब पराशर और परमेश दफ्तर जाने को घर से बाहर निकलने को ही थे। लीलावती सवेरे से ही घर से गायब थीं। इसकी भी एक वजह थी। लीलावती चाहे जहाँ भी हों और भले ही किसी जरूरी काम में उलझी

हों...या फिर पूजाघर में ध्यानस्थ बैठी हों बच्चों के दफ्तर जाते समय 'दुर्गा...जय दुर्गा' करती-करती दरवाजे पर आ खड़ी होती हैं।

आज वे दरवाजे पर खड़ी न थीं।

"माँ कहाँ है," परमेश ने पूछा।

"माँ...?"

बहुओं ने इधर-उधर देखा।

"कहाँ गयीं...इधर तो नहीं दीख रहीं।"

नहीं दीख रहीं...। इसके क्या मानी ? हम लोग खाने पर बैठ गये...यह बताया गया था उन्हें ?

सोनू पूजाघर तक जाकर बता दिया था उन्हें।

"अरे इतनी खुसर-पुसर क्या लगा रखी है ?" पराशर चीख पड़ा, "आज बताकर आयी थी ? अरी ओ सोनू ?"

सोनू ने छूटते ही जवाब दिया था कि वह तो अभी-अभी मदर डेयरी और दूध के डिपो से आकर खड़ी हुई है। दोनों काका बाबू कब खाने को बैठे, उसे भला क्या मालूम ?

"तो खड़ी-खड़ी मुँह क्या देख रही है। जा, दौड़कर देख आ पूजाघर और उनको जाकर बता दे कि हम लोग जा रहे हैं।"

परमेश ने तमतमाते हुए कहा, "ओह...यही सब तो मुसीबत खड़ी कर देती है आजकल माँ तीन-तीन घण्टे पूजा-पाठ ? अरे जाकर देख तो सही कहीं समाधि में डूब तो नहीं गयी हैं ?"

उसने दरवाजे की तरफ पाँव बढ़ाया था...सोनू ने आकर बताया, "नहीं ध्यान-व्यान में डूबी नहीं हैं। वे पूजाघर में हैं ही नहीं।"

"पूजाघर में नहीं हैं ?"

"तो फिर ? बात क्या हुई ? गयी कहाँ ? भण्डार घर में तो नहीं बैठी ? या अनाज वाले कमरे में...। तूने छत पर देखा...या फिर छत पर फूल के गमलों में खुरपी तो नहीं चला रही हैं।"

"नहीं बाबू...छत पर भी नहीं हैं।"

"तू एक बार जा और अच्छी तरह देख आ।"

सोनू भारी कदमों से ऊपर गयी और मुँह लटकाकर वापस लौटी।

"मैंने कहा न...कि छत पर नहीं हैं।"

"अरे कहीं अपनी चारपाई पर ही तो नहीं पड़ी हैं। वहाँ देखा तुमने ? कहीं उनकी तबीयत तो नहीं बिगड़ गयी ?"

सोनू ने पाँव पटकते हुए कहा, "यह क्या कह रहे हो...बाई के आने पर रोज

की तरह दादी ने ही तो दरवाजा खोला था। इसके बाद पम्प चलाया।''

''इसके बाद ?''

''इसके बाद नहाने-धोने को चली गयीं...बाथरूम।''

''फिर...?''

''फिर मैं क्या जानूँ...? मैं क्या दादी जी की सेवा-टहल में लगी थी...मुझे और अपना काम नहीं करना ?''

''और ये बहुएँ कहाँ थीं ?...असीमा...और आनन्दी ?''

और उन दोनों को ही इस बारे में क्या पता ? ये सब सवेरे से ही काम के दबाव से कहीं...किसी ओर आँख उठाकर न तो देख सकती हैं और न सुन सकती हैं। बच्चों को तैयार कर स्कूल भेजना, उनका नाश्ता तैयार करना। बाबुओं का खाना। दम मारने तक की फुरसत नहीं...वे भला कैसे जान पाएँगी कि सास कहाँ बैठी हैं...और कहाँ किस गोरख धन्धे में पड़ी हैं।

अब बेटों ने और भी जोरदार सवाल उछाला, ''तो क्या उन पर ध्यान नहीं रखना चाहिए ? बहाने बनाती हो...यह देखोगी नहीं कि कहाँ चली गयीं ?''

इसके साथ ही बहुएँ टूट पड़ती हैं, ''घर में हरएक आदमी के पास जोड़ी भर आँख और एक जोड़ा कान है।''

इस उतावलेपन में बुद्धिमति-गति भी जाती रहती है।

बहुओं के ऊपर दोनों ही गरज पड़ते हैं, ''यह सब देखना-सुनना हमारा काम है ?''

''क्यों नहीं है ?...हम सब घर की बहुएँ हैं, क्या यही हमारा गुनाह है ? सवेरे से ही वे पूजाघर में जाकर बैठ जाती हैं...?''

''बस तो ठीक ही है। लेकिन आज तो ऐसा कुछ नहीं हुआ।''

अचानक आनन्दी ने जोड़ा, ''हो सकता है गंगा-टंगा स्नान को निकल गयी हों।''

सोनू अपनी हँसी रोक न पायी। बोली, ''यह टंगा क्या होता है, चाची ? टाँगा !''

''चुप भी रहा कर !'' पराशर ने उसे डपटते हुए छोटी बहू की तरफ देखकर पूछा, ''अचानक गंगा-स्नान की बात कहाँ से आ गयी ? आज कोई पूजा-पार्वन तो नहीं है ?''

''यह तो नहीं मालूम। लेकिन कभी-कभार तो निकल ही जाती हैं।''

''कभी-कभार। बराबर तो नहीं ? क्या अकेली ही जाती हैं ? किसी को बताकर नहीं जातीं ?''

''इसमें पूछने और बताने की क्या जरूरत है। सामने अगर कोई दीख गया तो

बता देती हैं। लगता है आज कोई दीखा नहीं। और अकेले तो कभी वैसे भी नहीं जाती हैं। मोहल्ले की औरतों के साथ ही जाती रही हैं। कल शाम को भी दत्ता साहब की पत्नी के साथ खूब हिलहिलकर बातें कर रही थीं।"

पराशर एक सरकारी दफ्तर में नौकरी कर रहा है। वह ज्यादा देर रुक नहीं सकता। उसने कहा, "सोनू, तू जरा दत्ता बाबू के घर जाकर देख तो आ।"

"...चलो...अब और ढूँढ़ती रहो...ढेर सारी जगहें तो ढूँढ़ ली गयीं।" कहकर थोड़ी-बहुत राहत के साथ पराशर जल्दी से चला गया।

चूँकि परमेश की नौकरी आधी सरकारी है...बल्कि कहना यह चाहिए कि बे-सरकारी है। इसलिए वह थोड़ा इन्तजार कर सकता है।

वह जमीन पर पाँव पटकता हुआ सोनू के आने की प्रतीक्षा करता रहा।

सोनू ने आते ही मुँह बिचका दिया और बोली, "दादी माँ उनके घर नहीं गयीं। दत्ता बाबू की माँ साग बीन रही थीं। उन्होंने बताया कि गंगा नहाने की बात कब और कहाँ से आ टपकी ?"

असीमा इतनी देर तक रसोईघर में खाना पकाने का काम निपटा रही थी। आज खाना पकाने की उसकी बारी थी। और जिस दिन उसके जिम्मे खाना पकाने का काम होता वह दिन को ही शाम का भी ज्यादातर खाना पकाकर रख देती और फ्रीज में डाल देती।

वैसे खाना पकाने का काम तो वह हाथों से ही कर रही थी। कान तो इधर ही लगे थे। वह बाहर निकल आयी और पल्लू से हाथ पोंछती हुई बोली, "तूने जब देखा कि उनके घर में नहीं है तो तूने टुनटुनी के घर और गोपाल के घर जाकर क्यों नहीं देखा ? उनकी काकी के साथ भी तो वे कभी-कभी ठाकुरबाड़ी या झूलाबाड़ी चली जाती हैं। टाबू की बुआ के साथ भी..."

"हाँ," सोनू ने झुँझलाकर जवाब दिया, "और मुझे कोई काम तो करना है नहीं। इसीलिए सुबह-सवेरे तुम लोगों की लावारिस और भटकी हुई गाय खोजती फिरूँ।"

सोनू वैसे तो फ्रॉक ही पहनती है इसलिए उसकी बातचीत का तेवर उसकी माँ सुधावासिनी से कम हो, यह जरूरी नहीं है।

कोई और दूसरा मौका होता तो लोग इस बात को हँसी में उड़ा देते या उस पर ध्यान न देते। लेकिन अभी लीलावती देवी के छोटे बेटे परमेश की नसों में दूसरे ही तरह की उत्तेजना थी। उसकी नौकरी सरकारी नहीं थी लेकिन ऐसा न था कि वह इसकी अनदेखी कर पाये। भैया तो बहाने बनाकर पहले ही खिसक चुके थे।

इसलिए इस घड़ी परमेश को उस छोटी-सी छोकरी की गज भर जुबान पर हँसी नहीं आयी। उसने उसे बुरी तरह डपट दिया, "चुप शैतान कहीं की ! जो जी में आता

है...बक देती है।''

असीमा को ऐसा जान पड़ा कि कहीं कोई बम फटा। दरअसल गुस्सा तो किसी और के लिए था और गाज कहीं और गिरी थी। उसका दिमाग मारे गुस्से के सातवें आसमान पर चढ़ गया।

लेकिन इस समय उस गुस्से को जाहिर करना ठीक नहीं होगा। जब मौका आएगा तब देखेगी। उफ...बड़ा रोब झाड़ा जा रहा है। तुम सबकी माँ कहाँ-कहाँ जाती है तो क्या हमें कभी बताकर भी जाती है।

घर में रात-दिन अपना थोबड़ा इस तरह लटकाये रखती हैं मानो फाँसी की सजा सुनाई गयी हो लेकिन कोई मिलने-जुलने वाली आयी नहीं कि...खैर!

असीमा ने साड़ी के आँचल को पीठ पर फैलाया और चप्पल में पाँव घुसेड़कर बोली, ''ठीक है...मैं देखकर आती हूँ।''

परमेश ने घर के पास वाली स्टेशनरी की दूकान से नकद रुपये देकर दफ्तर को फोन करके यह बता दिया कि किसी खास काम की वजह से वह अटक गया है। दफ्तर पहुँचने में थोड़ी देर होगी।

'सबका साथी' दूकान का मालिक है अरविन्द। परमेश का लँगोटिया यार। लेकिन बचपन का यह दोस्त ऐसा बेशरम है कि टेलीफोन करने के पैसे पहले ही रखवा लेता है। उधार के पैसे तो बहुत दूर की बात है। बेशरमी की हद तो इसी से देखी जा सकती है कि उसने टेलीफोन के स्टैण्ड पर एक नोटिस लगा रखी है जिस पर लिखा है—''पैसा फेंक...तमाशा देख।''

और मजा तो तब आता है जब वह किसी की नजर में न आए...।

परमेश वापस लौटा तो भाभी वापस आ चुकी थी। वह अपनी देवरानी को बता रही थी कि वह तीन-तीन घरों का चक्कर लगाकर आ रही है। सारी घरवालियाँ तो घर में ही बैठी हैं। बस इसी घर की मालकिन सवेरे से ही हवा हो गयी हैं। आखिर गायब कहाँ हो जाएँगी। जरा दौड़कर तो देख रिक्शा-स्टैण्ड तक। हो सकता है...

घड़ी की तरफ देख-देखकर उसके तलवे की आग सिर पर सुलगने लगती है।

परमेश अपनी माँ समान भाभी के लिए मन-ही-मन एक भद्दी-सी गाली उचारता है और अपनी पत्नी की तरफ ताककर उखड़ी आवाज में पूछा, ''आखिर माँ अकेली और कहाँ-कहाँ जा सकती हैं?''

''और कहाँ जाएँगी? या तो तुम लोगों की छोटी मौसी के यहाँ...या फिर घण्टू मामा के घर। हो सकता है बुबु बुआ से मिलने चली गयी हों।''

''और कहीं?''

''ना...और तो कुछ याद नहीं पड़ता।...और हम लोगों को कुछ बताकर जातीं भी नहीं? जाने के समय कोई दीख गया तो बस इतना भर कहकर निकल जाती हैं

कि अभी आयी। जब लौटकर आती हैं ढेरसारे किस्से फदकती रहती हैं...'उनके यहाँ का यह बड़ा अच्छा है...वह बड़ा खूबसूरत है। अमुक के सारे बाल-बच्चे गुणों की खान हैं...बोधिसत्त्व के अवतार हैं।' तभी पता चलता है कि किसके यहाँ चरणों की धूल देने को गयी थीं।''

पत्नी तेजी से क्या-कुछ बड़बड़ाती चली जा रही थी लेकिन परमेश ने उसकी आखिरी बातों पर कोई खास ध्यान नहीं दिया। अगर औरतों की सारी बातों पर कान दिया जाए तो मर्दों के लिए जीना दुश्वार हो जाए।

वैसे शुरू की बातों को सुनकर परमेश को थोड़ी-बहुत तसल्ली हुई। डूबते को तिनके का सहारा मिला। ऊपर जिन तीन घरों के बारे में बताया गया था, उनमें से दो के यहाँ टेलीफोन थे...और तीसरा बस टर्मिनल के पास था।

उसने कहा, ''ठीक है। मैं एक रिक्शा लेकर सबसे पहले बुबु मौसी के यहाँ निकल जाता हूँ। मैं वहाँ से देख-सुनकर बाकी दो घरों में फोन कर देखूँगा।''

उसने मन-ही-मन सोचा...इससे ज्यादा और क्या किया जा सकता है ? थाना-पुलिस कर पाना तो सम्भव नहीं होगा अभी। हो सकता है परमेश के घर से निकलते ही वे वापस आ जाएँ। इन बहुओं के साथ ठन गयी होगी इसलिए जी खट्टा हो गया होगा और वे किसी के घर जा बैठी हैं। ऐसा ही कुछ हुआ होगा...बल्कि हुआ है। वह बड़ी बहू तो छोटी-मोटी तोप ही है।

लेकिन बात यह नहीं थी...लीलावती किसी के घर जाकर नहीं बैठी थीं। बुबु बुआ ने हैरानी से कहा, ''ओ...माँ...यह क्या कह रही हो...? लीला भाभी अकेली तो कभी भी...कहीं भी घूमने-फिरने नहीं निकलती हैं। यहाँ तो बहुत दिनों से नहीं आयी हैं।''

छोटी मौसी ने भी कुछ ऐसा ही जवाब दिया, ''नहीं तो...। पिछले सोमवार को थोड़ी देर के लिए हाल-चाल पूछने को आ गयी थीं। रुकीं ही नहीं, बस...अपने घर-संसार की चिन्ता में ही घुलती रहीं...और नहीं तो क्या ?''

और घण्टू मामा का भी यही जवाब था।

''लीला ? महीनों से यहाँ नहीं आयी। सुबह से ही घर में नहीं है वह...इसका क्या माने ? घर के लोग तक नहीं जानते कि कहाँ गयी ? धन्य है बेटे...तुम्हारा घर-संसार। कहीं किसी मठ मन्दिर में भी जाती है ? वहाँ अगर कोई उत्सव या समारोह हो रहा हो...पता नहीं। क्या खूब। वैसे ज्यादा परेशान होने की बात नहीं है। हो सकता है अब तक आ गयी हो। मैं शाम के समय घर आऊँगा तो उससे मिल लूँगा।''

परमेश ने मन-ही-मन कहा, हमारा सर खाने...और क्या ? उसने फोन का चोंगा नीचे रख दिया। उसने सोचा, उससे बड़ी भूल हो गयी है। उसे घर में बता आना

चाहिए था कि माँ जब वापस आ जाएँ तो उसे इस बात की सूचना दे दी जाए। घर में दफ्तर का फोन रखा है। लेकिन इस बात की चिन्ता घर की बहुओं को होगी ? और सारी बातों में तो बड़ी बहूरानी जरूरत से ज्यादा चौकस हैं। लेकिन कोई काम की बात...।...

तभी फोन की घण्टी झनझना उठी।

"कौन है हाँ...बात क्या है। वापस आ गयीं ? नहीं लौटी...? अच्छा तो आकर...सुनूँगा...। भैया को यहीं से बता दूँगा। लेकिन बात क्या हुई। हाँ...हो गयी।...हैलो...हैलो...चलो...चली गयी।"

इधर घर की तसवीर कुछ इस तरह की है...

सवेरे मोहल्ले में जिन-जिन घरों में श्रीमती लीलावती की तलाश की गयी थी उन घरों की महिलाएँ एक-एक घर आने लगी थीं। उनमें से सब-की-सब अपने गालों पर हाथ टिकाये बैठी थीं और जिरह में व्यस्त थीं।..."अच्छा...तो कब से लीलावती दीख नहीं रहीं। उनको सबसे बाद में किसने देखा था...! किसी से कुछ बताया भी नहीं ?...सवेरे किसी ने उसे पूजाघर में आते या वहाँ से निकलते नहीं देखा ? आखिर बात क्या हुई ?"

यह लीलावती नाम की महिला अचानक सबकी आँखों में धूल झोंककर...बेटे-बहू को बताये बिना इस तरह कहाँ चली जाएगी ! सबकी सब इस पहेली को सुलझाने में लगी हैं।

लेकिन इन तमाम सवालों के जवाब ढूँढ़ने में सोनू ने बड़ी सहायता की है। और इस मामले में उसकी भूमिका ही सबसे अहम है।

सोनू...पूरा नाम स्वर्णमयी...सुधाहासिनी की बेटी। एकदम मुँह-अँधेरे अपनी माँ के साथ चली आती है। पूरे दिन इस घर में रहती है। काम-धाम करती है। खाती-पीती है। रात के समय उसकी माँ उसे साथ लिवा ले जाती है। उसका घर पास ही है।

पहले-पहले तो सोनू अपनी शानदार भूमिका निबाहते हुए उसमें जरा भी रद्दोबदल करने को तैयार न थी। और बार-बार एक जैसे सवाल उत्तर देते-देते वह तंग आ गयी थी, "मैंने बताया न नहाने के लिए बाथरूम में घुसी।...मैंने अपनी आँखों से देखा। इसके बाद कहाँ बिला गयीं...मैं क्या जानूँ ? मैं तो यही सोच रही थी कि तिनतल्ले पर पूजा वाले घर चली गयीं। और सवेरे-सवेरे तो हमारे लिए दादी माँ ही दरवाजा खोलती हैं। बन्द घर की चाबी भी उन्हीं के पास रहती है।"

मोहल्ले भर की स्त्रियाँ विदा होने के बाद, मोहल्ले भर की बुआजी श्रीमती बुलबुल उर्फ बुबु बुआ भी पधारीं। एक बार फिर सारी राम-कहानी सुनाई गयी।

बहुओं ने अपने होठों को चबाते हुए कहा, "सारा दोष तो हमारे ही मत्थे मढ़ा

जाएगा। लेकिन वे कहाँ-कहाँ गुलछर्रे उड़ाने जाती हैं...हमें कभी बताती भी हैं।"

"ठीक है...कभी-कभार...शाम या दोपहर को थोड़ा-बहुत जरूर घूम-फिर आना चाहिए। लेकिन यह क्या...सवेरे-सवेरे पूजा-पाठ किये बिना निकल गयी...हाँ...चाय-वाय पी भी थी उसने...?"

"चाय क्यों नहीं पीएँगी भला ? जब पूजा-घर से उतरती हैं, तब पीती हैं। हम जैसे म्लेच्छों के हाथ बनी चाय थोड़े ही गले से उतरेगी। खुद ही बनाती हैं और पीती हैं।"

"अच्छा...थोड़ी देर और देख लेती हूँ। वैसे घर पर भी..." बुबु बुआ के घर में आज क्या खास बात है...यह सुन लेने के पहले मिठुन और टुटुन के स्कूल-बस का हॉर्न सुनाई पड़ा। सोनू दौड़ती हुई गयी अपनी जिम्मेदारी निभाने। उन दोनों के स्कूली बैग उठाकर लाने का भार सोनू पर ही था।

उन दोनों के अन्दर आते ही उनके ऊपर सभी एकबारगी टूट पड़े, "अरे तुम दोनों ने सुबह के समय स्कूल जाने के पहले दादी को देखा भी था ?"

मिठुन की उम्र साढ़े तीन साल है और टुटुन की पाँच। इसलिए निशाने पर मिठुन ही था।

"दादी माँ को !...हाँ, क्यों नहीं देखूँगा...? मुझे मुँह धोने में थोड़ी-देर हो गयी थी...। मैंने बाथरूम के दरवाजे पर जब धक्का दिया। वे गीले कपड़े में बाहर निकल आयीं और बोलीं, बाबा...ह...इत्ते छोटे-से हाथ में इत्ता जोर।"

"अच्छा...। तो फिर...इसके बाद ?"

"बस...इसके बाद क्या ? बुबु बुआ...। कब आयीं," और वह हँसने लगा।

बुबु बुआ वैसे तो इन दोनों के बाप की मुँहबोली बुआ थीं लेकिन ये सब भी उसे बुआ कहकर बुलाते थे।

"बस...! अभी थोड़ी देर पहले।...तेरी दादी माँ कहीं मिल नहीं रही हैं...यह सुनकर।"

"क्या ?"

टुटुन जैसे उछल पड़ा। उसने बताया, "इसके बाद दादी ने मुझसे एक कागज और पेन्सिल माँगा था।"

"अच्छा, कागज और पेन्सिल माँगा था ?"

"हाँ फिर...मैंने कहा अभी कागज कहाँ मिलेगा ? तो फिर ये..." टुटुन ने उस समय की सारी बातों को याद करते हुए कहा, "हाँ...ये कहा कि तो फिर पेन्सिल ही दे दें।...ही...ही...दादी डॉट पेन को पेन्सिल ही कहती हैं।"

"जाने भी दो...। जो चाहें कहती रहें। इसके बाद तुमने क्या किया ?"

ऐसा लगा कि रहस्य और रोमांच की गिरह खुल रही है।

"इसके बाद मैंने एक बालपेन निकालकर दिया। दादी ने...ही...ही...पता नहीं ठोंगे के कागज पर क्या कुछ लिखा। फिर गुस्से में कहा...क्या खाक पेन्सिल है...। इससे तो कुछ लिखा ही नहीं जाता। अब...ठीक उसी समय रिफिल खतम हो गयी तो इसमें मेरा दोष...अँ...ही...।"

लीलावती की बहुओं की नाक और आँख से आग की लपट-सी निकल रही थी। और ठीक ऐसी ही नाजुक घड़ी में काल-चण्डी की साक्षात् अवतार घर आकर बैठी हुई थीं। लीलावती ने रहस्य का कैसा उलझा हुआ जाल फैला रखा है और उसी की एक साक्षी दी जा रही है।

टुटुन थोड़ा परेशान दीख पड़ा। उसने अपनी हाफ पैण्ट की जेबों में हाथ डाला और इन्हें टोहते-टटोलते बोल उठा, "फिर तो दादी माँ गंगा में डूब मरने को ही चली गयीं।"

"अंऽ...ऽ क्या कहा तूने ? इसका क्या मतलब...? आखिर तू ऐसा क्यों कह रहा है ? बात क्या है ?"

आसपास घिरे लोगों ने एक साथ यह सवाल किया था..."उन्होंने तुमसे कुछ कहा था ? बता तो सही...बता...जल्दी बोल...?"

टुटुन के गले से हकलाती और सूखी-सी आवाज निकली, "वह बोलीं...टुटुन...अगर मैं ना रहूँ...तो तुझे बड़ा दुख होगा न...?"

"अच्छा...ऐसा कहा ? तो फिर तूने क्या कहा ?"

टुटुन ने थूक घोटते हुए कहा, "मैंने कहा था...कि...मुझे भला क्यों दुःख होगा...? तुम क्या कभी मेरे जूते...किताब...कॉपियाँ सहेजकर रखती भी हो। मेरी टिफिन में खाने-पीने की चीजें डालती हो ?"

"तूने ऐसा कहा था ? हाँ...तू तो बड़ा ही बेहूदा है रे...तुझे अपनी दादी माँ से जरा भी प्यार नहीं।"

यहाँ बेहूदा गाली का प्रयोग टुटुन पर ही किया गया था। टुटुन बौखला गया। उसने बड़ी बहादुरी से पाँव पटकते हुए कहा, "मैं क्या झूठ कह रहा हूँ। दादी यह सारा कुछ करती है कभी ? बस, जब देखो...तब पूजाघर में बैठी रहती है। और तुम मुझे बेहूदा...। ठीक है...मैं भी दादी की तरह।"

टुटुन ने अपनी जेब से टूटी चॉक, टूटी रंगीन पेंसिलें, आधी खायी और खुली कैडबरी चाकलेट, कागज में तुड़ी-मुड़ी चुइंगगम निकालीं।...और पता नहीं क्या-क्या ढूँढ़ता रहा था इस जंगल में।

"यह लो"...कहता हुआ उसने कटा-फटा-सा चार तहों में लिपटा एक भूरे रंग का कागज उछालकर फेंक दिया और फटाफट जूते फटकारता सीधे कमरे में घुस गया।

आनन्दी दौड़ती हुई चली गयी उस 'बेशरम' अरविन्द की दूकान पर।

चाकलेट से गीली और लिसलिसी, भूरे रंग के ठोंगे के एक टुकड़े पर रिफिल के खत्म हो जाने पर, डॉट पेन से टेढ़े-मेढ़े अक्षरों में इस सम्बोधनहीन पर्ची से जितना कुछ पढ़ा जा सकता और समझ में आया वह यह था कि लीलावती घर छोड़कर जा रही हैं। अगर वह नहीं लौटें तो कोई भी उन्हें ढूँढ़ने न जाए। उन्हें ढूँढ़ना बेकार होगा...वह...

"वह क्या...?"

क्या खाक...यह तो लिखा न था।

बुबु बुआ दीवार से पीठ टिकाये बैठी थीं, बोलीं, "अब इसमें समझ में न आने वाली कोई बात ही नहीं है।"

लेकिन यहाँ भी जमे बैठे रहने का कोई उपाय न था...। आज उनके घर में नये-नये जमाई बाबू के आने की बात थी। वे चली गयीं।

आड़े-तिरछे अक्षरों में लिखे गये सन्देश को बार-बार पढ़ने और कुछ नया पकड़ पाने की कोशिश करती हुई पराशर ने उस पर्ची को अपनी मुट्ठी में दबाते हुए बड़ी गम्भीरता से कहा, "माँ जी एक दिन इस तरह हंगामा खड़ी करेंगी...मालूम न था।"

सचमुच बड़े आश्चर्य की बात थी। लेकिन इस तरह की आपत्तिजनक बात का भी सारे रंगमंच पर तनिक भी विरोध नहीं किया गया। न तो प्रखरा बड़ी बहू और न मुखरा छोटी बहू के गले से। यहाँ तक कि पराशर का चिरविरोधी परमेश भी चुप ही खड़ा था। परमेश जो बचपन से ही भैया के हर—बात चाहे वह ईस्ट बंगाल हो या मोहन बागान, कांग्रेस हो या सी. पी. एम., नजरुल गीति हो या अतुल प्रसादी गान—किसी भी बात या विषय को काटना ही जिसका शौक रहा था...वह भी आज गूँगा बना हुआ था। एक शब्द तक बोल न पाया। ऐसा लगता था कि सारी दुनिया को ही काठ मार गया हो।

हालाँकि लीलावती ने मना कर दिया था कि उन्हें कहीं से ढूँढ़ निकालने की कोशिश न की जाए लेकिन ऐसा कैसे हो सकता था ! लेकिन तो भी...इस घड़ी...कोई कुछ समझ न पा रहा था कि क्या किया जाए ? घर का माहौल एक भारी लेकिन खामोश चट्टान की तरह इन चारों के सीने पर अड़ गया था।

इसी चट्टान के नीचे से परमेश किसी तरह देख पा रहा था—दो बच्चे स्कूल से लौट आये हैं और इधर-उधर धमाचौकड़ी मचा रहे हैं...उछल-कूद रहे हैं और रंगीन साड़ी में मुस्कराती एक बहू उन्हें बार-बार पुकार रही है, "अरे तुम दोनों को कुछ खाना-पीना नहीं है...बाबा...अरे तुम्हें भूख-वूख नहीं लगती ? घर आये नहीं कि चोर-सिपाही का खेल शुरू...।"

वह देख रहा है काँसे की दो तश्तरियों में रोटियाँ और थोड़ी-सी सब्जी रखी है।

एक लड़का ऊँचे स्वर में बोल उठता है, "मैं रोज-रोज यही रोटी...नहीं खाऊँगा...छोड़ो...।"

बहू उसे बड़े प्यार से मनाती है। उसकी खुशामद करती हुई कहती है..."अच्छा कल पराँठे बनाकर रखूँगी...आज तो खा ले।..."

वह देख रहा है कि दोनों बच्चों में से एक रसोईघर के सामने खड़ा होकर चीख रहा है। "...सारे दिन तुम यही सड़ी-गली चीजें लेकर बैठी मत रहो...। चलो...अब जल्दी से एक कहानी सुना दो।"

बहू के चेहरे पर उजास-सी फैल जाती है...वह कहती है, "बस बेटे...अभी आयी...पाँच मिनट और...हँ...।"

यह बहू नहीं है...माँ है।

सचमुच...! उसकी माँ इतनी सुन्दर थी...उसकी हँसी इतनी प्यारी थी...इस बात को परमेश क्योंकर भूल गया ?

उसकी माँ दुनिया भर के काम-काज के बीच भी थोड़ा-सा समय निकालकर उनके पास बैठ गयी। बच्चे क्या यूँ ही खाली बैठे रहेंगे ! और इन बच्चों की सारी देखभाल और साल-दर-साल उनका खयाल केवल माँ ही करती रही थी।

अच्छा...तो !

इसके बाद क्या हुआ ?

लेकिन पराशर नाम का आदमी अपने मन-मानस में माँ नाम के साथ जुड़े गौरव या उसकी उजली तसवीर को अपने इर्द-गिर्द नहीं पा रहा। परमेश की आँखों में उभरती है बस एक ही तसवीर...काली और बीमार—थान के कपड़े से लिपटी एक मूर्ति। वह उनके खाने की मेज के पास आकर खड़ी हो गयी। लेकिन उसकी तरफ किसी ने नहीं देखा। पराशर ने भी नहीं। वह मूर्ति भी धीरे-धीरे आँखों से ओझल होने लगी थी।

इसके बाद उसने पाया कि...उस छाया में विलीन होती हुई मूर्ति के होठ हिले और उसने एक सवाल किया कि तभी किसी बहू की तेज आवाज सुन पड़ी। पराशर ने कहा, "तुमने बहुत ज्यादा खाना बना लिया है, माँ ! अब तुम इनके बीच अपना दिमाग खराब करने क्यों आयी हो...? अब इस घड़ी इससे ज्यादा और कुछ खाया जा सकता है ?"

छाया मूर्ति पीछे सरक गयी।

लेकिन वह पूरी तरह गायब भी नहीं हुई। वह दरवाजे के पास जाकर खड़ी हो गयी थी। उसने पराशर की ओर ताके बिना कहा, "अच्छा...मैं चली।"

इसके बाद इतना ही सुन पड़ा, 'दुर्गा...दुर्गा...।'

अच्छा...कितने दिन पहले और कब पराशर ने अपनी माँ को माँ कहकर

बुलाया था और कोई बात की थी। कुछ याद नहीं आ रहा। माँ के कुछ कहने पर या कुछ पूछने पर...हाँ-हूँ...करके उसने अपना दायित्व भर टाल दिया है।

माँ के पास आने पर ही उसे एक तरह का डर लगने लगता था...बेचैनी-सी होने लगती। क्या पता, माँ कोई बेसिर-पैर की बात कर बैठे और इनके साथ ही कोई बिफरी नागन अपना फन उठाकर फूत्कार भरने लगे।

आखिर ऐसी कौन-सी बातें माँ किया करती थीं ?

पराशर अचानक परेशान हो गया। अभी...इसी घड़ी...इतनी जल्दी वह माँ के लिए 'अतीत' सूचक शब्द या क्रिया की बात सोच रहा था।...माँ कहती थी। लेकिन ऐसी कभी कोई उल्टी-सीधी बात की हो या दबाया-छिपाया हो...ऐसा नहीं जान पड़ता। हाँ...एक दिन की बात उसे याद है। माँ ने अचानक उससे कहा था, ''अरे तू इतना कमजोर-कमजोर-सा क्यों लग रहा है रे...तेरी हँसली दीखने लगी है...बात क्या है ?''

बस...इतना ही तो कहा था।

बस...इसी बात पर कैसा तूफान बरपा था...कैसा हंगामा खड़ा किया गया था।

असीमा ने भण्डार-घर की चाबी (जो पहले माँ के आँचल के छोर से बँधी रहती...पता नहीं कब और कैसे असीमा ने उसे लपक लिया था) माँ की तरफ फेंककर कहा था, ''कल से आप पर ही इस घर-संसार का भार रहा। बेटों का खान-पान, लाड़-जतन और रख-रखाव...सब आप ही करिए-धरिए।...ओह...दूसरे के हाथ का खिलाया-पिलाया उनकी देह को लग नहीं रहा...हँसली उभर आयी है।''

उस चाबी को दोबारा असीमा के आँचल के हवाले करते हुए माँ को न जाने कितनी चिरौरी करनी पड़ी थी। और तभी पराशर ने माँ को बुरी तरह डपट दिया था, ''हर घड़ी वही बेवकूफी भरी बातें।'' माँ चुपचाप...और असमय ही पूजाघर में जा बैठ गयी थीं।

पराशर नाम के आदमी की आँखों के सामने ऐसी कोई हँसती-मुसकराती और उजली-सी तसवीर नहीं थी। इसके बदले वहाँ एक उदास और मलिन-सी छाया बिखेरने वाली मूर्ति खड़ी थी जो मूर्ति भी नहीं कही जा सकती...क्योंकि उसके कोई चेहरा नहीं था। दरअसल उसके चेहरे की तरफ ठीक से देखा भी कहाँ गया ? पिछले कई-कई दिनों से।...तो भी।

इसी उदासी भरी छाया से एक गहरा और गम्भीर स्वर गूँज उठता है : ''माँ एक दिन ऐसा कुछ कर गुजरेगी...मुझे पता था...।''

''तुमने ठीक ही कहा,'' किसी ने समर्थन करते हुए कहा, ''छोटी बहू कभी-कभी तो बिना वजह ही मेरे मुँह सामने ऐसी कुछ जली-कटी सुना देती थी कि दुःख या

अपमान से तंग आकर...वह किसी-न-किसी दिन कुछ कर बैठेंगी।''

दूसरे ने कहा, ''भैया की बात गलत नहीं...मैं भी कभी-कभी यह सोचकर घबरा उठता था। बड़ी बहू धीरे-धीरे घर-संसार पर अपना अधिकार और आतंक बढ़ाती चली जा रही है। जिसके हाथों यह सारी घर-गृहस्थी फली-फूली, उसके हाथों से सारा कुछ छीन लिया गया। किसी भिखारी को एक मुट्ठी दाना देने के लिए भी हजार बार सोचना पड़ता था। पूछना पड़ता था...बहूरानी किस डब्बे में से लेना होगा...ऐसा जान पड़ता था कि वे इस घर-संसार की कोई नहीं हैं...कहीं बाहर से आ टपकी हैं।''

इस बात को सभी जानते थे। वर्ना एक पाँच-साढ़े पाँच साल का बच्चा भी उसके लापता हो जाने की खबर सुनते ही ऐसा क्यों कह उठा, ''लगता है कि दादी गंगा में डूब मरी।''

और लीलावती का छोटा बेटा।

वह अपनी आदतों के चलते या अपनी इन्हीं मजबूरियों के नाते अपनी माँ को डपट दिया करता था या बात-बात पर झिड़क दिया करता था...अपनी हथेलियों में सिर को छुपाये कुछ सोच रहा था...माँ क्या खाती थी...क्या पहनती थी...माँ की तबीयत किसी दिन बिगड़ तो नहीं जाती थी...क्या ऐसा कभी किसी ने सोचा है...? उनकी तरफ देखा है ?...

''हाँ...माँ ने उससे एक बार कब यह कहा था...कि तेरे साथ एक जरूरी बात करनी है।''

इसका जवाब परमेश ने दिया था, ''बात क्या है...कुछ चाहिए ? ऐसा है कि तुम एक लिस्ट तैयार कर रखो। क्या माँ ने ऐसी कोई लिस्ट दी थी कभी ? नहीं। और अभी उस दिन...शायद उस दिन कोई पूजा या व्रत-उपवास था...''

तभी पराशर ने आकर कहा था, ''परम भई...मैं तो कुछ नहीं जानता कि क्या करना चाहिए। कुछ समझ नहीं पा रहा। क्या एक बार थाने में रिपोर्ट देने की जरूरत है...या फिर रेडियो या टी. वी. में...परम...। मेरे तो हाथ-पाँव फूल रहे हैं रे...। कहीं जाने के पहले इन बहुओं से सारी सूचनाएँ इकट्ठी कर ले जाना...।''

''सूचनाएँ...कैसी सूचनाएँ ?''

''यही कि कितनी उम्र है...रंग कैसा है। लम्बाई कितनी है...पहचान के लिए शरीर पर कोई निशान है या नहीं...लापता होने के समय क्या पहने हुई थी...''

''माँ के बारे में ये सारी बातें बहुओं से पूछनी होंगी ?'' परमेश ने गुस्से में पूछा।

लेकिन भैया ने बड़ी बेबसी से इस बात का उत्तर दिया, ''तो फिर...? तुझे पता है इस बारे में ? मैं तो कुछ भी नहीं जानता।''

"पहनने में और क्या होगा...थान की धोती और सफेद कुरती के सिवा ? और देह का रंग..."

बात खत्म नहीं हुई। तभी कहीं शोर-गुल हुआ। दोनों भाई घर के बाहर निकल आये।

लीलावती की कहानी यहीं खत्म हो जानी चाहिए।

और किसी मनोरंजनधर्मा कहानीकार के हाथ पड़ने पर इसका अन्त यहीं पर हो जाता।

इस संसार में इन चार स्त्री-पुरुषों के घोर अपराध-बोध से पीड़ित और विवेक के अंकुश से छलनी किये गये हृदय की अनुभूति के ऊपर अभिमानिनी लीलावती का एक गौरवमय स्थान होता। साथ ही, लोक और समाज की आँखों से उस भूरे रंग की पर्ची के ऊपर लिखा वह सारा इतिहास ओझल ही रहता।

लेकिन लीलावती की कहानी किसी रसज्ञ-रंजक कहानीकार के हाथ में नहीं पड़ी। वह पड़ी एक अकुशल, अक्षम और रसबोधहीन लेखक के हाथ में। इसीलिए बाहर हो-हल्ला की आवाज सुनकर दोनों भाई, जो आपस में सलाह-मशविरा कर रहे थे, बड़ी बेचैनी से बाहर निकले। उन्होंने देखा माँ—एक रिक्शे से नीचे उतर रही है और रिक्शावाले से भाड़े के सवाल पर उसे डाँट-फटकार रही है।

बेटों को सामने पाकर उसे बड़ा सहारा मिला और वह खुले गले से बोली, "देख तो...श्याम बाजार के मोड़ से यहाँ तक आने का कितने पैसे माँग रहा है !...कैसी लूट मचा रखी है !"

माँ के हाथ में सिन्दूर से पुता शाल पत्ते का एक दोना था और कमाची की डाली में पूजा की सामग्री थी...फूल...बेल-पत्र और प्रसाद।

इसके बाद ?

इसके बाद और क्या ? कई-कई बार हुई झड़प-बहस और अपमान के घूँट पीने के बाद, जवाब में यही सोचा गया, कि आखिर इन सारी बहुओं को अकेले ही बेलुड़, दक्षिणेश्वर, मैके, कालीतला, घूमते देखती रहेंगी लीलावती। क्या वह जीवन भर इनका ही मुँह जोहती रहेंगी ? इसीलिए उन्होंने सोचा कि एक बार साहस कर देखने में क्या हर्ज है ? क्या बिगड़ जाएगा ? ऐसा उन्होंने कर दिखाया...आस-पास दिखने वाले लोगों से पूछ-ताछकर। कैसा अच्छा लग रहा था उन्हें। न जाने कितने साल पहले दक्षिणेश्वर जाना हुआ था।

हाँ...यह ठीक है कि वह किसी को बताकर नहीं गयी थीं।

लेकिन किसी को बताकर जाने की फुरसत कहाँ मिली ? बस अचानक जी में आया और निकल गयीं। उन्होंने सुन रखा था कि सुबह साढ़े छः बजे ही श्याम बाजार के मोड़ से दक्षिणेश्वर को बस जाती है। दौड़ते-गिरते-भागते जाना हो पाया था।

लेकिन तो भी...जैसे-तैसे ही सही, एक पर्ची तो किसी तरह छोड़ जाने का समय तो मिल ही गया था ? क्या सूझ थी।

"हाँ...सूझ ही तो थी...ही ही...। बस उल्टी खोपड़ी की सूझ थी। तेरे बेटे ने जो डॉट पेन दिया...क्या कमाल का था। इससे तो अच्छा था कि मैं झाड़ू के तिनके से कुछ लिख जाती। क्या टेढ़ा-बोकचा लिखा...वह भी उलटकर नहीं देखा।"

"सब चालबाजी है," विरोधी खेमे में खड़ी दोनों बहुओं ने एक साथ कहा, "बकवास की बातें हैं। बहू और बेटे को धमकाने और धकियाने की एक चाल। छी...छी...।"

तभी एक पुरुष-स्वर धीरे-धीरे उच्चरित हुआ। ऐसा भी हो सकता है कि खुद से भी वह सहमा हुआ हो।

"और इसके सिवा बात भी क्या होगी ? लीलावती जैसी महिलाओं की कहानियों का अधिकांश 'रिफिल' खत्म हो जाने के बाद सस्ते डॉट पेन से ही लिखा जाता है।"

किर्चियाँ

अँधेरा...सब कुछ अँधेरा...अँधेरा...

दिन भी रात की तरह स्याह...बस आँखों के सामने कुछेक रंगीन किर्चियाँ... कभी बसन्ती...कभी लाल...कभी बैंगनी...फिर बसन्ती...फिर...पहले तो आँखों के सामने अजीब धुन्ध-सी छा जाया करती थी...अब ऐसा नहीं होता। धीरे-धीरे ये किर्चियाँ भी परिचित-सी जान पड़ने लगीं। रात में जब घर-घर में तेज पावर वाली रोशनी जलती है तब चिनगारियों की तरह छूटती ये लाल किर्चियाँ चौंध भरी लड़ियाँ बिखेरने लगती हैं...और जब तेज दुपहरी की धूप में शरीर तपने-सुलगने लगता है तब उस पंखे वाले कमरे में जाकर बैठ जाने की इच्छा करती है...तब बसन्ती रंग के फूल खिलते रहते हैं।...

जब नींद आ जाती है...और जब आँखें खुल जाती हैं तब...मुलायम बैंगनी रंग के छींटे...आँखों के रेशों और रंगों को अपनी तरल फुहारों से दुलरा देते हैं।

ये किर्चियाँ। ये तीन-तीन रंगों की किर्चियाँ ऐसी जान पड़ती हैं मानो अखिल विश्व के न खत्म होने वाले प्रकाश की आखिरी आहुतियाँ हैं। हो सकता है... यह भी समाप्त हो जाएगा...तब सरोजवासिनी को कुछ पता नहीं चल पाएगा कि घर में उन लोगों ने रोशनी को जलाकर रखा भी है या अँधेरा कर रखा है।...और उन्हें यह भी पता न चलेगा कि आकाश में धूप उगी हुई है या बदली-सी छायी हुई है।

तब उन्हें केवल यही एहसास होगा कि वक्त भागता चला जा रहा है।...यह भी सिर्फ एक ही इन्द्रिय से समझ पाती है...कानों से। सारा कुछ उन्होंने इन्हीं के सारे समझ लेना सीख लिया है।

सरोजवासिनी की आँखों की रोशनी छिन गयी है लेकिन इसका मतलब यह नहीं है कि संसार की गतिविधियाँ थम गयी हैं। सरोज इस बात की उम्मीद भी क्यों करने लगीं ? जब चारों ओर अनन्त आलोक के रचाव में यह धरती उन्मुक्त भाव से फैली थी तब क्या उन्होंने इसे देखा न था ? और क्या उस परम सत्य के स्वर को गुना न था...सुना न था...

"तब ऐसे ही बज उठेगी बंसी–
इस घाट पर...इस छिन...
कट जाएगा आज का दिन भी
जैसे बीत गये हैं दिन..."

ढेर सारी बातें जान-बूझकर और सुनकर और न जाने कितना कुछ देखने के बाद अब वे दीवारें टोह-टटोलकर चलने की भूमिका निबाह रही हैं। और यही वजह है कि इस दुनिया के घर्र...घर्र घूमते चक्के की आवाज से वह समझ लेती हैं कि कहाँ क्या घटित हो रहा है...किधर क्या-कुछ हो रहा है ?

हाँ...सरोजवासिनी की अनगिनत जिज्ञासाओं पर...वे लोग हर घड़ी खिन्न हो उठते हैं। कहते हैं, "सारी बातों को जानना जरूरी है ? नहीं जान पाओगी तो सारी दुनिया क्या रसातल में चली जाएगी ?" सचमुच...बड़े अचरज की बात है ?

हालाँकि वे दबी जुबान इस बात को स्वीकार करते हैं कि अरे सरोजवासिनी को इस बात का पता कैसे चला ! लेकिन तो भी...उन सबकी खिन्नता और हैरानी के बावजूद, उनकी जिज्ञासा और मासूम सवालों का सिलसिला चलता रहता है और वे सब बेमतलब-से जान पड़ने वाले सवालों से और भी जल-भुन उठते हैं।

जूते की आहट कानों में पड़ी नहीं कि सरोजवासिनी कमरे से ही चिल्लाकर जानना चाहती हैं, "कौन है रे...कौन घर से जा रहा है ?"

घर के लोगों के सिवा अगर किसी दूसरे की हल्की-सी आवाज का कोई सिरा उनके हाथ लगा तो वे गला फाड़कर पूछेंगी, "बाहर से कोई आया है...है...न... । अरी ओ बहू...अरी कमला...लीला... ।"

वैसे इन सारे सवालों का जवाब उन्हें कोई देता नहीं। तब अचानक सरोजवासिनी ठिठककर रह जाती हैं। अपनी अन्धी आँखों से टपक पड़नेवाले आँसुओं को पोंछते-पोंछते वह मन-ही-मन कसम खाती हैं कि अब किसी से कोई पूछताछ नहीं करेंगी...कभी नहीं ! इससे उनका क्या आता-जाता है ? उनकी दुनिया है...घर-संसार है, उसमें कौन आया, कौन गया...मुझे क्या ? किसी ने खाया कि बिन खाये सो गया...उससे भला मुझे क्या लेना-देना ?

दो-एक घड़ी को चुप और दम साधे बैठी रहती हैं...लेकिन फिर वही गलती हो जाती है। उनकी कसम टूट जाती है...टूटती रहती है। उनके दौड़ती-भागती जिन्दगी की छोटी-मोटी खबरों को जाने बिना उनकी बेचैनी और बेबसी बढ़ती चली जाती है। वे फिर सवाल कर उठती हैं, "अरे तू सब एक साथ कहाँ चली रे...सिनेमा...है न ?" सबसे छोटी पोती शीला वैसे भी बड़ी शरारती है। वह पास आती है और उनके कान के पास चीखकर बताती है, "तुम्हें किसने बता दिया कि सभी जा रहे हैं ? सिर्फ माँ ही तो जा रही है।"

"तू मुझे उल्लू बना रही है..." सरोज को जैसे पता है। वह बड़े इतमीनान से कहती हैं, "क्यों सब-के-सब सज-धज जो रहे हैं ?"

शीला हँसते-हँसते लोट-पोट हो गयी। बोली, "माँ, तुम्हारी फुफेरी सास तो अन्धी होने का ढोंग रचाती हैं। दरअसल सब देख रही होती हैं। सचमुच...सब कुछ। ऐसा न होता तो सारी बातें जान कैसे लेती हैं ?"

माँ प्रतिमा...वह न जाने कब से...किस युग से...फुफेरी सास की ज्यादती सहती-सहती एकदम आजिज हो उठी हैं। वह बड़ी नाराजगी से कहती हैं, "उनकी चाल-ढाल देखकर तो ऐसा ही जान पड़ता है। लगता है...सब दिखावा ही है। आँखें चौपट हैं लेकिन कहाँ क्या हो रहा है...सब जानने की पड़ी रहती है।"

इनकी तो सारी इन्द्रियाँ हाथ-पाँव सभी सही-सलामत हैं...मजबूत हैं इसीलिए उनकी अनुभूतियों में सारी हलचलें उतर नहीं पातीं...ऐसा क्यों है ? वह समझ नहीं पाती। ये छोटी-छोटी खबरें ही सरोजवासिनी के लिए जीवन की रफ्तार हैं...उसकी धड़कनें हैं। यही तो रोशनी की दुनिया से अँधेरे के समन्दर के बीच के नन्हे-नन्हे पुल हैं।

इस पुल के गिर पड़ने पर सरोजवासिनी अपने पाँव-तले की जमीन कहाँ से पाएँगी भला ? फिर तो एकदम गहरे अन्धकार में ही डूब जाएँगी।... और यही वजह है कि उनकी कसम बार-बार टूटती रहती है।

दो-चार घड़ी के लिए छायी चुप्पी तोड़कर अचानक वे कुछ बोल उठती हैं, "अरे मुझे पता है रे...मेरे पूछने पर भी तुम लोग कोई जवाब न दोगे लेकिन बिना पूछे मुझसे नहीं रहा जाता है रे...। लगता है...आज मांस बन रहा है...कोई आ रहा है खाने पर आज ?"

लीला जरा मुँहफट है। जोर से चीख पड़ती है, "क्यों ? जब तक बाहर से लोग खाने पर बुलाये न जाएँ...घर में मछली-मांस पक नहीं सकते। क्या हम लोग खाना नहीं जानते ?"

"तू तो रणचण्डी है..." सरोजवासिनी झिड़क देती है उसे, "अब अगर पूछ लिया तो क्या पहाड़ टूट पड़ा ?"

"हर मामले में इतनी पूछताछ सबको अखरती है। दुनिया भर के लोगों को बुलाकर और उन्हें दावत खिलाकर तुम्हारे भतीजे की तमाम दौलत उड़ा नहीं रहे हैं हम लोग...यह बात गाँठ में बाँध लो।"

तो भी...सरोजवासिनी को जान पड़ता है कि लीला के दोनों मामा आये, उन्होंने खाना खाया...गपशप की और चले गये।

सरोजवासिनी का जी भीतर से भिन्ना गया। वे चुप ही रहीं।

इतिहास अपने आपको दोहराता है...एक बार फिर।

हालाँकि उन पर भी दोष मढ़ना ठीक न होगा ? वे लोग भी इस बेवजह की पूछताछ और छानबीन से तंग आ गये हैं। जब तक आँखें थीं...सब कुछ उनकी मुट्ठी में बन्द था। मजाल क्या थी किसी की...कि कोई चूँ-चपड़ करे। अब आँखें तो रहीं नहीं लेकिन आदत है कि वैसी ही बनी हुई है। क्या...क्यों...कब...कौन...कहाँ... किसलिए...उफ...। इनके जवाब देते-देते तो बस सबकी जान ही निकल जाती है।

अब कोई बड़ा है...बुजुर्ग है तो आखिर कब तक उसकी ठकुरसुहाती चलती रहेगी ?

अगर वह सिर्फ बूढ़ी बुआ या मौसी होतीं तो क्या उसका इतना खयाल रखा भी जाता ? नहीं रखा जाता ? यह तो चूँकि सरोजवासिनी के बाप, लीला और कमला के दादाजी..., यह बड़ी-सी हवेली अपनी विधवा बेटी के नाम लिख गये थे, इसलिए खानदान के सभी लोग एक तरह से विवश हैं। ऐसा न होता...तो...

अब जब तक बुढ़िया मर-खप नहीं जाती तब तक उसे कुछ कहा नहीं जा सकता। क्या पता...गुस्से में अगर बौखला जाए और इस हवेली को किसी और के नाम दान कर जाए। कोई ठीक है ?

लीला की माँ प्रतिमा मन-ही मन 'भूत हो गये' दादा ससुर को गाली देकर उसका भूत भगाती रहती थी और बंजर गुस्से में जलती रहती थी जो आदमी अपने बेटे को परे रखकर बेटी को कोठी का मालिक बना देते हैं, उनके नसीब में 'बलि का पिण्ड' नहीं जुटता...गाली देने वालों का झुण्ड मिलता है...इस बात को कौन नहीं जानता भला ?

सरोजवासिनी के प्रति स्नेह सहानुभूति या सम्मान का भाव अगर किसी के मन में था तो वह था विनय।...सरोज का भतीजा। वह उनके पास बैठकर पूछा करता...तबीयत कैसी है...जोड़ों का दर्द कैसा है ? अगर अखबार में कोई खास खबर होती तो उस पर उनसे बातें करता। लड़कियों को बुलाकर डपट देता, "अरे तुम लोगों ने बुआजी के कमरे के सामने कटोरियाँ और लोटे क्यों बिखेर दिये हैं...जब वह बाहर निकलेंगी तो ठोकर खाएँगी कि नहीं ?...सब-के-सब अपने-अपने कमरे में बैठे पता नहीं क्या गुल खिलाते रहते हैं...वहाँ आकर उनके पास बैठ नहीं सकते...शैतान कहीं के ?"

यह बताने की जरूरत नहीं है कि पिताजी की बात पर बच्चे बहुत ध्यान नहीं देते। विनय को इसकी बहुत फिक्र भी नहीं और ना ही इसकी आशा ही है। बस आदतन बोल-बक देता है।

लड़कियाँ कहा करतीं, "पिताजी की आदत ही है, एकदम दादी जी की तरह...बस...बक-बक करते रहेंगे।"

कभी-कभी कहा करतीं, "सारे घर में फैले सामान को कौन सहेजता रहेगा

भला ! तुम्हारी बुआजी कभी कहना मानती हैं...किसी का...हमेशा इधर से उधर डोलती रहती हैं। उस दिन सीढ़ियों के सहारे ऊपर छत पर चढ़ रही थीं...यह भी कोई बात हुई !...कौन समझाए उन्हें ?''

''अरे डॉक्टर की गलती से आँखें गँवा बैठी हैं बेचारी,'' विनय सफाई में कहता, ''लेकिन हाथ-पाँव...दिल और दिमाग तो ठीक-ठाक है। एक आदमी कितनी देर तक चुपचाप और हाथ-पाँव मोड़े बैठा रहेगा ?''

बच्चे तर्क देते, ''हम यह थोड़े न कह रहे हैं। हम तो उनसे यही कहते हैं कि हमें बुला लिया करो। जहाँ जाना हो, बता दिया करो।...हम तुम्हें वहाँ पहुँचा देंगे...बिठा देंगे। लेकिन नहीं...उन्हें तो बस एक ही 'पोज' में अन्धी और लाचार वाले पोज में, पड़े रहना है और दीवार के सहारे घिसटते रहना है।''

उनकी इस बात का विरोध कर नहीं पाता है विनय। वह सोचता है कि गलती सचमुच बुआजी की ही है। वे इस बात की भी अनसुनी कर देती हैं कि कोई उनका हाथ पकड़कर थोड़ी देर के लिए टहला दे। यह कोई अच्छी बात नहीं।

लेकिन जो ठीक नहीं है, सरोजवासिनी वही काम करती हैं।

अगर कोई उनका हाथ पकड़े टहलना भी चाहता है तो वह हाथ छुड़ाकर ऊँचे स्वर में कहती हैं, ''चल...परे हट। मैं चल तो रही हूँ...मेरा हाथ छोड़ दे। यह कोई अनजानी जगह थोड़े न है...कि तुम लोग मुझे बताओगे ? हाँ...पाँव के पास कोई गड्ढा है तो बता दो या कोई चीज पड़ी है तो हटा दो...''

उनका कोई प्रस्ताव सरोज बुआ के लिए अपमानजनक क्योंकर हो जाता है।

वह मन-ही-मन यही समझती है कि इस तरह के अनुरोध में भी कोई चाल है...कोई राजनीति है।

हाथ पकड़कर...कहीं ले जाकर बिठा देने पर क्या पता किधर निकल जाएँगी ये छोरियाँ...और सरोज बुआ बैठी-की-बैठी ही रह जाएँगी। उस खास इलाके को छोड़कर पात नहीं किधर जाकर किस-किस की आलोचना कर सकती हैं—माँ की, नौकरानी की और कानी बुढ़िया की...। बात यह है कि उनकी आँखों से परे सरोज बुआ की अनजानी चहलकदमी से पता नहीं...कब किसके सामने...इन लोगों की वे बातें उजागर हो जाएँ...जो नहीं होनी चाहिए।

यही वजह है कि सरोज बुआ दीवार का सहारा लेकर सहन या बरामदे में जाकर बैठ जाती हैं...विनय के दफ्तर चले जाने के बाद। भले ही वे रास्ता देख नहीं पातीं लेकिन आस-पास गुजरने वाली गाड़ियों की आवाज और दूसरे वाहनों की चहल-पहल उनके कानों में पड़ती है...शब्द और स्वर का जो संसार है...उसे अपनी मुट्ठियों में बाँध रखने के लिए।

आज लौटते समय स्टूल के पाये से पाँव का अँगूठा बुरी तरह टकरा गया...लेकिन

सरोज बुआ ने डर से उफ तक नहीं की। उन्हें पता है...चूँ नहीं की कि वे सब-की-सब दौड़ी आएँगी और जो मन में आएगा...बकती रहेंगी। हो सकता है अपने बाप को नमक-मिर्च लगाकर इस बारे में बताएँ...और फिर 'हाथ पकड़ बुढ़िया' बनाकर ही छोड़ें।

ओह...आह...को अपनी जिद के तले कुचलते हुए उन्होंने अँगूठे के पोर के उँगलियों से टटोलकर देखा...खून तो नहीं निकल रहा ? नहीं अँगूठे ने खून नहीं उगला...। अगर वह चोट से काला पड़ गया तो...इसका भला किसको पता चलेगा...? और सरोज बुआ के पैरों में...कौन है जो अपनी आँखों से कुछ टोहना चाहेगा ?

आँखों के आगे बासन्ती रंग की किर्चियाँ छूट रही हैं...धूप सर पर सवार होगी। लड़कियाँ कॉलेज या स्कूलों में पढ़ने चली गयी होंगी।

सुबह से ही...कोई भी सरोज बुआ के पास नहीं आया। आज के अखबार में छपी खबरों के बारे में जानने की इच्छा होती है। अगर किसी में पढ़कर सुना देने का आदर भाव हो...तो वह कुछ जान पाए।

और तुम लोग तो पढ़ती ही हो ? अगर जरा जोर से ही पढ़ लिया तो तुम लोगों का क्या बिगड़ जाएगा भला ?

सरोजवासिनी तीन-चार दिनों के बाद अखबार की कोई खबर न पाकर बेचैन हो उठती हैं। बुरा कैसे नहीं मानें ?

सब-के-सब बड़े निर्मम हैं।

लिखना-पढ़ना बन्द हो जाने की वजह से सरोजवासिनी की दुनिया कितनी सूनी हो गयी है, वे यह नहीं समझते। इसके ऊपर से, प्रतिमा की माँ कल वैसे ही अनाप-शनाप बक गयी है, "अरी बहन तुम्हारी तो सिर्फ आँखें ही गयी हैं। तुम्हारे हाथ-पाँव-दाँत-दिल और दिमाग तो सही-सलामत हैं। कानों से सुन रही हो...जो खाती-पीती हो हजम भी हो जाता है...चल-फिर लेती हो। अगर मेरी बड़ी दीदी का हाल देख लो न...तो पता चले। तुम्हारे ही उमर की होगी...और क्या ? लेकिन एकदम अपाहिज बनी बैठी है। न तो कानों से कुछ सुन पाती है...न आँखों से देख पाती है...चबाकर कुछ खा नहीं पाती...तिनटंगी बुढ़िया बनी बैठी रहती है।"

अकेले बैठकर सरोजवासिनी आतंक पैदा करने वाले आगामी दिनों की कल्पना करती रहती हैं। उन्हें अपने विधाता पर भी गुस्सा आ रहा था और वह उसी आक्रोश में अपने होठ चबा रही थीं। दी हुई चीजें छीन लेना सबसे घिनौना और नीचता से भरा काम है। और विधाता नीचता से भरा यह काम क्यों और कैसे करता है। उसे लाज नहीं आती। जो थोड़ा-बहुत दिया है उसे फिर एक-एक कर छीनने क्यों लगता है ? पहले अपने पास बुला ले और फिर एकबारगी सब छीन-झपट ले...किस्सा तमाम।

लेकिन ऐसा तो करेगा नहीं...जिन्दा रहते ही...

अचानक...उसकी सोच में खलल पड़ गया।

कोई कुछ कह रहा है...

लगता है वीणा आयी हुई है...सरोजवासिनी की बहन की बेटी...सगी बहन-बेटी। यह बात और है कि उसकी यह अभागी मौसी उसके नाना की हवेली की इकलौती वारिस है इसलिए उसे फूटी आँखों नहीं सुहाती तो भी मर्यादा की रक्षा के लिए सबसे पहले प्रणाम तो कर जाती है। इसके बाद दो-एक जली-कटी बातें सुनाकर दफा हो जाती है। घर से तो नहीं जाती पर उन छोकरियों के साथ खुसर-पुसर करती रहती है।

लेकिन आज तो इधर आयी तक नहीं।

सरोजवासिनी आहिस्ता-आहिस्ता कदम बढ़ाती हुई उनके कमरे की तरफ बढ़ चली। उनके कान पहले से ही चौकन्ने थे।

और सचमुच...जो बातें सुन पड़ीं उनसे तो वह पत्थर बनकर ही रह गयीं। वह वहीं दीवार से टिककर और गर्दन टिकाकर बैठ गयीं। सबसे पहले वीणा ने एकदम दबी जुबान से कहा, "अरे रहने भी दो...अभी...इसी घड़ी उसे मेरे आने के बारे में बताने की कोई जरूरत नहीं है। बुढ़िया के शिकंजे से निकल पाना बड़ा कठिन है।...जाते समय एक बार सलाम ठोंककर निकल जाऊँगी।"

सबकी सब खूब ठठाकर हँस पड़ीं।

इसके बाद प्रतिमा की आवाज सुन पड़ी, "अरे बहन...कुछ न पूछ...जिन्दगी तो एकदम तबाह हो गयी है जैसे...चौबीसों घण्टे...वही किच-किच। क्या हुआ...कब हुआ...कौन आया...क्यों आया था ? बाप रे...बाप ! नाक में दम कर देती है। अरे भगवान ने जब आँखें छीन ली हैं तो काहे की इतनी ललक ? इतने दिनों तक तो राज करती रहीं...पता नहीं अब भी क्यों दुनियादारी की बातों में इतना रस मिलता है ? सबकी नकेल थामे रखना...रत्ती भर को छोड़ना नहीं चाहतीं।"

"छोड़ने की बात कर रही हो...।" वीणा ने टपकते हुए कहा, "इन बूढ़ों में छोड़ने की जरा चाह नहीं होती...मेरे ससुर को भी ठीक यही रोग लगा है। बूढ़े तो हो गये हैं लेकिन बचपना बढ़ गया है। दूसरे, कान से कुछ सुन नहीं पाते। चीखते-चीखते गला फट जाता है। तो भी और जैसे भी हो समझाने की कोशिश करती हूँ तो ठीक समझ लेते हैं। फिर छूटते ही कहेंगे...बहू...तुम हुक्का बनाकर नहीं दोगी। मैं मन-ही-मन कहती हूँ...इसके बाद तो चिलम में दम लगाकर देना होगा।"

एक बार फिर खिलखिलाहट की लहरें कमरे की दीवारों से टकराने लगीं...और भी जोर-जोर से। लगता है सारी की सारी छोरियाँ यहीं इकट्ठी हुई हैं।

"वीणा दीदी भी खूब मजाक करती हैं।"

"हमारी ननद जी तो शुरू से ही बड़ी रसीली रही हैं...।"

अपने बारे में यह सब सुनकर वीणा को एक दूसरे प्रसंग के साथ इस अखाड़े में उतरना पड़ा...अपने प्रशंसकों को हँसाने।

"हमारी मौसी का हाजमा तो फिर भी ठीक-ठाक है। लेकिन हमारे ससुर...कुछ मत पूछो, हजम-वजम तो होता नहीं...लेकिन रात-दिन एक ही रट लगाये रहते हैं...यह खाऊँगा...तो वह खाऊँगा..."

"ले खाओ...और भकोसो...और अपनी गीली धोती सँभालते रहो।"

"अरे बाबा...पिछले बहत्तर साल से तो पेट में झोंकते ही रहे हो..."

"न जाने कितने तरह के माल-मिठाई और पूए-पकवान उड़ाते रहे हो और उस महा-पापी पेट के हवाले करते रहे हो। पर क्या मजाल कि हथियार डाल दें। कभी कहेंगे, 'बहू रानी...बहुत दिनों से पनीर के पकौड़े नहीं खाये...तो ताल के बड़े नहीं खाये...। बहूरानी, इधर कई दिनों से चने की दाल भरी कचौरियाँ नहीं बनीं ?' लगता है हम लोगों की कोई घर-गिरस्ती ही नहीं है...शौक-मौज ही नहीं है। बस...उनकी फरमाइशें ही पूरी करते रहो...। मैं तो तंग आ गयी हूँ...।"

लेकिन अब की बार जो हँसी की किर्चियाँ छूटीं उनमें बातचीत का अन्तिम सिरा सरोजवासिनी के हाथ नहीं लगा।

इसके बाद भी न जाने कितनी बातें होती रहीं। सरोज बुआ को भी जी भरकर कोसा गया। सभा में सर्वसम्मति से यही अभिमत व्यक्त किया गया कि बूढ़ों को अपनी सारी इच्छाओं का त्याग करना चाहिए। इस सच्चाई को स्वीकार न कर पाने की वजह से ही दुनिया में इतनी अशान्ति है।

सरोजवासिनी के दिमाग में कोई बात ठीक से बैठ नहीं पायी।...वहाँ से वह उठकर जाने लगीं। लेकिन तभी वीणा की खरखराती आवाज में एक बात तीर की तरह बाहर छूटती आयी...काफी दूर तक...

और सरोजवासिनी की तेज श्रवण-शक्ति को वह सनसनाता हुआ तीर एकबारगी बींध गया।

तो क्या सरोजवासिनी के लिए वीणा के मार्फत विधाता का जवाब भेजा गया था...ऐसा न था तो वीणा ने इस तरह कहा ही क्यों ?

"अरे भाई...अगर हमेशा के लिए सब कुछ भोग ही करना है तो भगवान एक...एक...करके आँख...कान...दाँत...और फिर कमर क्यों छीन लेते हैं ? अगर अस्सी साल तक बचे रहोगे...तो क्या उतने साल तक सारा-का-सारा भोग ही करते रहोगे ? तो फिर आने वाले लोग क्या करेंगे। तुम्हारी आँखें नहीं रहीं तो भी हम लोगों की तरफ क्या दीदा फाड़-फाड़कर देखते रहोगे ? कान फूट गये तो भी सारी बातें सुनना चाहोगे ? अगर ऐसा ही है तो हम लोग कब जी खोलकर हँस-गा सकेंगे ? कभी इतमीनान के साथ बातें कर सकेंगे ? अपना घर-बार सँभाल सकेंगे...?"

सरोजवासिनी को यही जान पड़ा कि उनका कलेजा किसी भूकम्प के झटके से बुरी तरह हिल गया है। उन्हें जान पड़ा कि उनके मन में जो कुछ भी था, वह सबका सब बिखर गया है।

नगर-संकीर्तन में बजनेवाले मंजीरों की गूँज उसके कानों के पर्दे फाड़ रही थी।...यह गूँज नहीं थी एक अन्तहीन शोर था। कहीं ऐसा तो नहीं है कि आज के दिन सरोजवासिनी की सबसे तेज इन्द्रिय जवाब दे जाएगी ?

'हे भगवान...' उन्होंने मन-ही-मन दोहराया, 'अगर ऐसा ही होना है तो वह होकर रहे। मैं तुम पर व्यर्थ ही भरोसा किये बैठी रही। तुम्हारी दया का सचमुच कोई अन्त नहीं है। ढेर सारे अपमान और अपमान से बचाने के लिए ही तुम अपने हाथों दान में दी गयी चीजें छीन लेते हो...अपने ही हाथों से...।'

'कान हैं तभी मैं उनकी बातें सुन पाती हूँ...अगर आँखें सलामत रहतीं तो मुँहफट ठहाकों से छितरे और हँसोड़ चेहरों को भी मुझे देखना पड़ता !'

परिशिष्ट

समय, साहित्य और समाज के जुड़े सवालों पर आशापूर्णा देवी के विचार

□ प्रस्तुति : रणजीत साहा

प्रश्न : साहित्य का संकल्प क्या होना चाहिए ?

उत्तर : सामाजिक परिवेशगत और मनोवैज्ञानिक परिवर्तनों के चलते साहित्यकारों की भूमिका बहुत महत्त्वपूर्ण हो गयी है। क्योंकि उनकी सकारात्मक एवं रचनात्मक अवधारणाएँ ही साहित्य या समाज को नयी दिशा दे सकती हैं।

प्रश्न : लेकिन समाज का रवैया और सरोकार भी तो बदलते रहते हैं ?

उत्तर : यह ठीक है कि बदलते सामाजिक और राजनीतिक परिवेश में व्यक्ति की प्राथमिकताओं का क्रम बदल जाता है और ऐसी स्थिति में अन्यान्य दबावों के चलते श्रेष्ठ साहित्यकार भी अपने दायित्व का पालन नहीं कर पाता। समाज और साहित्य के रिश्ते पर लम्बी बहस की जाती रही है। और कोई भी जेनुइन लेखक इस बात से आश्वस्त या कि सन्तुष्ट नहीं हो सकता कि सिर्फ साहित्य ही विरोध का एकमात्र या कि सर्वश्रेष्ठ हथियार हो सकता है। दूसरी तरफ वह सामाजिक मनोरंजन या नैतिक मानदण्ड का। समाज के इस छद्म रूप को उजागर करने के साथ-साथ उसके सुष्ठु और श्रेष्ठ मानवीय संस्कार को बनाये रखना बहुत जरूरी है।

प्रश्न : क्या इसी आदर्श को लेकर साहित्यकारों को लेखन में प्रवृत्त होना चाहिए ? यह पत्रकारिता का आदर्श नहीं है।

उत्तर : एक का आदर्श दूसरे के लिए कोई विरोध या अवरोध पैदा नहीं करता। वह सहायक हो सकता है अगर दृष्टि साफ रहे और आग्रह रचनात्मक हो। मेरा जोर बराबर इस बात के लिए रहा है कि साहित्य को एक बँधे-बँधाये दायरे में रखना और फिर आदर्श की बात करना बेमानी है। इस विपुला पृथ्वी, इस अजीबोगरीब दुनिया और इसके विचित्र पात्र-संसार को, इनकी धड़कनों को

और इन सबको जोड़नेवाली किसी धारा की अजस्रता को बाँध पाना बहुत मुश्किल है। साहित्य की सीमाओं को आदर्श के घाट से बाँध रखना भी शायद इतना ही मुश्किल है।

ऐसा इसलिए कहा जा रहा है किसी एक व्यक्ति की किसी वस्तु या सत्ता के प्रति जो निष्ठा है, सम्भव है दूसरे किसी व्यक्ति या पात्र के लिए उसकी इयत्ता या पात्रता का वैसा मोल न हो। बहुत सम्भव है वह उसके लिए तुच्छ या मूल्यहीन हो। और यह भी हैरानी की बात हो सकती है कि एक ही जीवन में इस मूल्यबोध का रूपान्तर घटित हो और एक बार निश्चित किया गया मूल्य या सत्य परवर्ती घटनाओं और मनःस्थितियों के आलोक में एक नये रूप में परिणत या पुनर्वार निर्धारित हो।

साहित्यकार इसी प्रवहमान जीवन के कार्यव्यापार को रेखांकित और रूपायित करता है। वह हमेशा के लिए एक ही केन्द्र-बिन्दु पर स्थितियों को स्थापित या मनःस्थितियों को स्थिर नहीं कर सकता। युग, काल और समाज की मानसिकता लगातार बदलती रहती है और इनके साथ ही साहित्यकार की जिज्ञासा भी। साहित्य का स्वर और तेवर ही नहीं बदलता, रचनाकार की रचना का रूप, छन्द, शब्दचयन, भाषा का मुहावरा और प्रयोग उसके युग-संकल्प को नया विस्तार देता है। यह सब कुछ इसलिए बदलता है कि उसके तमाम आयोजन और प्रयोजन बदल जाते हैं। इस परिवर्तन को रचनाधर्मिता के सातत्य में उसकी अजस्रता में देखा जा सकता है पर इस प्रवाह को लौटा पाना जहाँ एक ओर असम्भव है दूसरी ओर वह अवांछनीय भी है।

प्रश्न : आपकी कहानियों में इस आदर्श के सातत्य को लक्ष्य किया जा सकता है। लेकिन क्या इससे आपके वक्तव्य पर भी कोई प्रभाव पड़ा है ?

उत्तर : मैं पिछले पचास वर्षों से लगातार और नियमित रूप से लिख रही हूँ और अब भी थोड़ा-बहुत लिखना जारी है। उपन्यास या दूसरी विधाओं की बात जाने भी दें तो इतना कहा जा सकता है कि मेरी कहानियों की संख्या भी हजारों में पहुँच गयी है और जब उनकी याद आती है या मैं याद करती हूँ तो लगता है किन-किन समस्याओं, पात्रों और क्षणों के सम्मुखीन होकर मैंने उन्हें लिखा था। उन कहानियों के पचीसों संस्करण कई-कई नामों से प्रकाशित हो चुके हैं। उन कहानियों को लिखे हुए जैसे एक अरसा हो गया और कलम के ऊपर से न जाने कितनी ही आँधियाँ गुजर गयीं। समाज के कल-पुर्जे बदल गये। समाज की मानसिकता में बदलाव आ गया। शाश्वत मूल्य-बोध में भी परिवर्तन हुआ है। रचनाकार के भाव बोध को भी यह

आँधी विचलित करती रही है और यह स्वाभाविक ही है। पिछले पचास-साठ वर्षों में दूसरे लेखकों के साथ मेरी भी कलम की भाषा बदल गयी है, उसके रूप और न्यास-गठन में अन्तर आया है। लेकिन ये सारे परिवर्तन आंगिक हैं। मूल बात तो यह है कि लेखक के दृष्टिकोण में भी परिवर्तन आया है।...मैं अपने कथा-संसार की ओर नजर दौड़ाती हूँ तो पता चलता है कि निश्चित भावधारा या उद्देश्य को लेकर लिखी गयी अमुक कहानी में मैंने तब जो कुछ कहा था, आंशिक तौर पर ही सही, क्या वह आज भी प्रासंगिक रहा। मैं अपनी बात समुचित और प्रभावी ढंग से और यथायोग्य पात्रों द्वारा करवा सकी या खुद कह पायी। आज के पाठक अगर उन कहानियों की सीढ़ियों से गुजरेंगे तो पिछले 5-6 दशकों में जो अन्तराल आया है, जिनका जिक्र मैंने ऊपर किया, तो शायद ठोकर भी खाएँगे और घुटने भी फोड़ लेंगे। मेरी आरम्भिक कहानियों में से भी कुछ ऐसी रहीं...जो तब के सम्पादकों और पाठकों को प्रिय लगी थीं लेकिन उनका स्वर या तेवर निश्चय ही कठोर और रूखा था। लेकिन वे स्वीकार की गयीं और तब उन कहानियों का कड़वा सच भी सबको भाया था।

प्रश्न : आपके लेखन की मूल प्रेरणाएँ क्या रहीं ?

उत्तर : मेरी लेखनी का प्रमुख आधार तो वही साधारण लोग थे जो घर की चारदीवारी में बन्द रहने के आदी हैं। यानी कि जो मैं हूँ और जो वे हैं। और मैं यह स्वीकार करती हूँ कि मेरी लेखनी का दायरा वही रहा, जो उनकी छोटी-बड़ी सीमाएँ हो सकती हैं। इसलिए मेरी कहानियों में कहानी का ढाँचा, जितना भी है और जैसा भी है...वह उनके द्वारा मुहैया किया गया है। और तय है कि वह ढाँचा बड़ा ही साधारण होता है। लेकिन सवाल यह है कि क्या यह सारा कुछ, सचमुच, इतना ही साधारण है ? क्या सब कुछ बाहरी ही होता है ? क्या इसकी ओट में चलनेवाली जीवन और जगत् की लीला इतनी ही साधारण है कि उसकी सरासर अनदेखी कर दी जाए ? वहाँ कितनी विचित्र और विशिष्ट रंगों और स्वादों की दुनिया है। वैचित्र्यपूर्ण जटिल विपुल और विशाल के साथ-साथ तुच्छ और क्षुद्र के बीच का न जाने कितना और कैसा संघात और अपघात। ऐसा भी होता है कि उस क्षणांश में, कोई प्रेरणा पाकर व्यक्ति या पात्र का जीवन एकबारगी और एकदम से बदल जाए। उसकी सत्ता बदल जाए, जीवन-दर्शन बदल जाए। और यह भी सम्भव है कि थोड़ी-सी आँच पाकर, कहीं से ठोकर पाकर, वह अचानक ऐसा महसूस करने लगे कि अपने टुच्चे अभिमान के चलते, उसने सारे जीवन को दाँव पर लगा दिया था और जिस झूठ या मिथ्या कवच को उसने

चरम-परम सत्य की संज्ञा दी थी—उसका खोखला अहंकार मात्र था। ठीक वैसे ही जैसे कि कोई काँच के टुकड़े को हीरा समझकर स्वर्ण मंजूषा में सहेजकर रखे। या फिर पत्थर के छोटे-से टुकड़े को शालिग्राम समझकर पूजता चला आया है। यह ऐसे ही 'साधारण' लोगों के बूते की बात है कि वे पल भर के आवेग में एक कानी कौड़ी के पीछे अपने आपको बेच दें...मिटा दें।

प्रश्न : लेखक क्या इन सारी स्थितियों का मूक दर्शक या प्रस्तोता भर होता है ? वह किसी तौर पर उनकी असहायता में सहायक हो सकता है या सहानुभूति प्रदान कर सकता है ?

उत्तर : क्यों नहीं ? जब ये सारी बातें निगाह में पड़ती हैं तो कोई भी रचनाकार महसूस करता है कि मनुष्य कितना असहाय है। उसकी यह असहायता केवल उसके दारिद्र्य या गरीबी के हाथों गिरवी नहीं है। वह कभी अपने हृदय के हाथों तो कभी लोगों के सामने और कभी कोरी भावुकता या आकुलता के हाथों अपने हित और अहित की बातें भूल जाता है। जबकि ये सबके सब, मोटे तौर पर घरेलू किस्म के गृहस्थ या संसारी लोग होते हैं। बाहर से देखकर यह नहीं जाना जा सकता कि वह आदमी जो अपने हाथ में एक सस्ता-सा झोला लेकर बाजार की तरफ जा रहा है या कि जो यह साँवली-सी युवती नोन-तेल-लकड़ी की दुनिया में खोयी है—

मोटे अनाज को मुट्ठी-मुट्ठी तौलकर चूल्हा-चौका और रसोई सँभाल रही है—उसके मन में कैसा तूफान मचल रहा है...कैसी झंझा हहरा रही है। और इसी हाहाकार से कोई चिनगारी फूट पड़ती है और फिर जिसके भीतर की आग और उत्तेजना जल उठती है। छोटी कहानियों का काम इसी के आलोक में उस क्षण और पात्र की पहचान कराना है। इसके फलस्वरूप यह देखा जा सकता है कि जो तुच्छ हैं, हीन हैं, अधःपतित हैं—वे उपहास या तिरस्कार के पात्र प्रतीत नहीं होते।...नहीं, तब सचमुच उन पर क्रोध नहीं किया जा सकता। उन्हें स्नेह, करुणा और ममता भरी नजर से देखा जा सकता है। शायद यही एक कहानीकार और उसकी रचना की सार्थकता है कि 'साधारण' में भी सभी सामान्य या आम नहीं हैं।

प्रश्न : सवाल यह नहीं रह जाता कि जिनके लिए या जिनको लेकर आप इतने सालों से लिखती रही हैं, वे कितने प्रबुद्ध या जागरूक हुए हैं ?

उत्तर : हमारा समाज निश्चित रूप से जागरूक हुआ है। अपनी वंचना और अधिकार के प्रति उनमें चेतना का संचार हुआ है। और इसमें सभी संस्थाएँ समान रूप से कारगर भूमिका अदा कर रही हैं...साहित्य भी उसका एक

अभिन्न और अन्तरंग घटक है। इस शताब्दी के शुरू के दशकों में साहित्य ने जबरदस्त भूमिका निबाही थी। वे सारे स्वनामधन्य साहित्यकार, जिनका एक-एक कर नाम गिनाने की जरूरत नहीं है, अपने समय और समाज को राजनीतिक स्वतन्त्रता की चेतना और मानवीय सरोकार से जोड़ते रहे। वे सफल भी हुए। तब के पाठक भी, साहित्य को अधिक गम्भीरता से लेते थे और उनके जीवन के केन्द्र में वाद-विवाद और परिवाद में...साहित्य को केन्द्रीयता प्राप्त थी। अब स्थिति बदल ही नहीं गयी, जटिल भी हो गयी है।

प्रश्न : क्या इसके लिए आज का पाठक समुदाय दोषी है ?

उत्तर : दोष तो सबका है। और यह दृष्टि-दोष है। समाज में सुधी पाठक, समझदार लोग और दायित्व-सम्पन्न लेखक मौजूद हैं पर उनमें परस्पर संवाद कायम नहीं हो रहा। किसी भी कथ्य या वक्तव्य का सकारात्मक पक्ष ग्रहण किये बिना ही उसे नाकारा घोषित कर दिया जाता है। आखिर लड़ना तो किसी विरोधी पक्ष से ही होगा। हम अपनी कुण्ठा में खुद से लड़ रहे हैं। और लड़ना अपने आप में कोई मूल्य नहीं। हमें अपने आपको इतना चौकस और सतर्क रहना होगा कि हमारी भावुकता, गरीबी, जाहिली और काहिली हमें न ले डूबे। हमारे समाज की महिलाओं पर इस बात की बड़ी जिम्मेदारी है कि वे इन चुनौतियों का सामना कैसे करती हैं। अपने आपको साम्प्रतिक और प्रस्तावित सामाजिक सन्दर्भों में किस तरह रखना-देखना चाहती हैं। कहानियों और उपन्यासों के द्वारा उनके जीवन के एक पक्ष या परिस्थिति को उकेरा जा सकता है लेकिन जीवन को समझने और उसमें सकारात्मक या रचनात्मक बदलाव के लिए उन्हें खुद को तैयार करना होगा और ऐसा समाज प्राप्त करना होगा—जो उसके सोच और समझ को स्वीकृति प्रदान करे।

प्रश्न : आपको क्या लगता है कि इस भावबोध के जगाये रखने में आपकी कहानियाँ अधिक सहायक रही हैं या आपके उपन्यास ?

उत्तर : कहानियों में गहन और सघन क्षण मुखरित होते हैं। और ये मुझे अधिक प्रिय हैं। पाठकों ने भी इसमें रस लिया है। अगर कोई कहानी मेरे मन के अनुकूल लिखी गयी हो, सार्थक जान पड़े तो मेरे आनन्द की सीमा नहीं होती। यह प्रसन्नता किसी बृहत उपन्यास को समाप्त करने की खुशी से कुछ कम नहीं होती। कम-से-कम मेरे लिए। बृहत में अगर 'निर्माण' की सफलता की प्रसन्नता होती है तो छोटी कहानियों में 'सृष्टि' का आनन्द या आह्लाद।

प्रश्न : यह प्रसन्नता या कि आनन्द वस्तुगत है या आत्मगत ?

उत्तर : एक रचनाकार के लिए जीवनगत और रचनारत होकर जीना ही सबसे बड़ा

गौरव है। समाज द्वारा प्राप्त सम्मान इस प्रसन्नता को द्विगुणित करता है। समाज या संस्था भी जीवन के ही अनुषंग या पूरक हैं। और मेरे लिए सबसे मूल्यवान क्षण तब रहा है जब जीवन और रचना एक-दूसरे के परिपूरक हो उठते हैं—इनमें से कौन कब महत्त्वपूर्ण हो जाएगा, यह नहीं कहा जा सकता। वे एक-दूसरे को समृद्ध और धन्य कर सकें और समाज में स्थान पा सकें—यही उनकी सार्थकता है। जहाँ तक मेरा प्रश्न है, लम्बे समय तक साहित्य-सृजन के दौरान ऐसा भी हुआ है कि हताशा और निराशा मिली है लेकिन मैंने इस ह्रास और पतन को जीवन का अन्तिम वक्तव्य कभी नहीं माना। मैं जानती हूँ कि अतृप्ति के साथ-साथ पूर्णता भी है। यही समग्रता जीवन की रिक्तता और तिक्तता को पूर्णता प्रदान करती है। वैसे अन्य रचनाकारों की तरह मैं भी न तो पूरी तरह सफल हूँ और न ही पूरी तरह सन्तुष्ट।

प्रश्न : मूल्यों के विघटन की वजह से आज का आदमी कमजोर हो गया है या इसके लिए वह स्वयं कितना जिम्मेदार है ?

उत्तर : कोई भी मूल्य अपने-आप में मूल्यवान या प्रासंगिक नहीं है। मूल्यवान है मनुष्य। मनुष्य का जीवन। वह स्वर्गच्युत है...स्वर्गभ्रष्ट है। अपने आर्थिक शोषण और सामाजिक दुरवस्था के चलते वह नगण्य हो गया है। प्रगति, आधुनिकता और गत्यात्मकता जैसी बातें कहने को ही रह गयी हैं। ये किताबी बातें हैं और अखबारी सुर्खियों में ही अच्छी लगती हैं। हमारे जीवन के रंग-रेशों में ये नहीं पैठीं। यहाँ मनुष्य का जीवन सहमा और डरा हुआ है, वह कु-संस्कारों के आगे घुटने टेक देता है। जीवन को उनके अकृत्रिम, सहज और प्रकृत रूप में दिखा पाने का साहस न तो उसमें है और न साहित्य में। संस्कार है तो आस्था नहीं, आस्था है तो आत्मविश्वास नहीं, आत्मविश्वास है तो निर्णय नहीं, निर्णय है तो आगे बढ़ने का साहस नहीं। और तब मुझे लगता है कि आज का आदमी कितना कमजोर है, उसमें कितनी कमियाँ हैं, खामियाँ हैं। वह अपने माहौल के चलते कितना लाचार है और अपनी मानसिकता की वजह से कितना असहाय और कातर। उसकी हालत पर कभी गुस्सा आता है तो कभी तरस। कभी खीज होती है तो कभी हताशा का भाव मन में आता है। बाहरी चमक-दमक और शानो-शौकत की ओट में ऐसा जान पड़ता है कि कहीं कोई पीड़ा है, चोट है, कचोट है—जो निरी आँखों से दिखाई नहीं पड़ती। लेकिन आदमी है चुपचाप तिल-तिलकर गलता-जलता और पिघलता रहता है। और इसीलिए किसी व्यक्ति या पात्र के अचानक फट पड़ने पर या विद्रोह कर देने पर हम

विचलित हो जाते हैं या इसे अन्यथा ले लेते हैं। दरअसल ऐसा नहीं होता। यह अप्रत्यक्ष या अगोचर जगत् में निरन्तर उठने वाले तूफान का ही प्रत्यक्ष या इन्द्रियगोचर झंझावात होता है।...मुझे ऐसा जान पड़ता है कि आज समाज के लोगों में परस्पर सम्पर्क का जो बन्धन है केवल अभ्यास या अनुशासन मात्र है। जिन वस्तुओं के प्रति मनुष्य सचमुच लगाव का अनुभव करता रहा है—जिस स्नेह-प्रेम या प्यार को श्रेष्ठ मूल्य के तौर पर सहेजता रहा है—वह एक ही क्षण में शून्य के अंक में बदल जाता है। अवसर विशेष पर ये सारे सहारे और सम्बन्ध पहाड़े और आँकड़े में तब्दील हो जाते हैं और उसकी गुणवत्ता और विशिष्टता खो जाती है। लेकिन मनुष्य इस अभ्यास के संस्कार को परम मूल्यवान समझकर गले में लटकाये फिरता है।

प्रश्न : आपका लेखक नारी की मर्यादा, आत्म-गौरव और आत्म-विश्वास के पर्याय रूप में प्रतिष्ठित हो चुका है। आप उनके अधिकारों की प्रखर प्रवक्ता रही हैं। आखिर किन बातों से उत्साहित होकर आपने नारी को अपने लेखन का केन्द्र-बिन्दु बनाया ?

उत्तर : लेखन-कार्य में मेरी अपनी व्यक्तिगत पसन्दगी-नापसन्दगी का सवाल कभी नहीं उठा। जो पात्र पहले बहुत प्रभावी ढंग से सामने आते हैं वे कभी-कभी कमजोर और कातर हो उठते हैं। महिलाओं या स्त्री-पात्रों में अधिकांशतः ऐसा देखा जा सकता है कि वे आरम्भ में बड़ी असहाय, अबला और अभिशप्त जान पड़ती हैं लेकिन स्थितियों के दबाव और अपनी निर्णयात्मक मानसिकता के चलते उनमें यथोचित बदलाव आता है और उनकी पात्रता को निश्चित गति और दिशा प्राप्त होती है।

इन तमाम पात्राओं में मुझे अपनी 'सुवर्णलता' सर्वाधिक प्रिय है। बात यह है कि प्रत्येक लेखक अपनी रचना में अपना जीवन-दर्शन पिरोना चाहता है। सुवर्णलता के माध्यम से मैंने कमोबेश अपनी बात कहने की कोशिश की है। मुझे कभी-कभी उसमें अपना प्रतिरूप दीख पड़ता है। ऐसा जाने-अनजाने हो गया है। पिंजरे में बन्द किसी पंछी की तरह छटपटाती और आकाश में उड़ने को फड़फड़ाती जिन्दगी की तरह। मैंने इस स्थिति को एक प्रतीक के रूप में लिया और नारी-जीवन के अनन्त और अन्तहीन संघर्ष को वाणी देने का प्रयास किया। और मुझे लगता है कि मैं इसमें कमोबेश सफल भी हुई क्योंकि इसमें नारी-मन की अन्तहीन छटपटाहट और संघर्ष को स्थापित किया गया था।

प्रश्न : हमारे देश में नारी की बहुविध समस्या की प्रकृति में तरह-तरह के बदलाव आते रहे हैं और इसकी एक वजह सामाजिक शक्तियों का रूपान्तरण है।

आप इस बदलाव को किस रूप में लेती हैं ?

उत्तर : सवाल यह है कि क्या आज का समाज नारी की समस्याओं को पूरी सहानुभूति के साथ स्वीकार कर रहा है ? या इन समस्याओं को अलग से देखा जा रहा है ? दरअसल नारी की मूलभूत समस्याएँ एक जैसी हैं और हमेशा से रही हैं सिवा इसके कि इसका बाहरी रूप और स्वभाव समय के साथ-साथ बदल गया है। 'प्रथम प्रतिश्रुति' की नायिका सत्यवती को एक खामोश लेकिन प्रभावी ताकत के रूप में देखा जा सकता है, जो रूढ़िवादी समाज के खिलाफ लड़ती है। इसी तरह सुवर्णलता भी एक क्रान्तिकारी...कहना चाहिए स्वभाव से ही एक विद्रोहिणी है। हैं तो दोनों एक ही जमीन और आसमान के नीचे लेकिन समय और सन्दर्भ के चलते दोनों की अभिव्यक्तियाँ बदल जाती हैं।

प्रश्न : लेकिन आपकी कहानियों में पात्रों को एक प्रतीक या आदर्श के रूप में स्थापित करने की कितनी गुंजाइश रहती है?

उत्तर : उपन्यास अपने फलकीय विस्तार में ही बड़ा होता है उसमें सन्दर्भगत प्रकरण और शृंखलाएँ अधिक होती हैं। जहाँ तक पात्रों की बात है—मैं अपने पात्र साधारण या उन लोगों में से ही चुनती हूँ। बल्कि वे मुझे पकड़ लेते हैं। इन पात्रों में से भी अधिकतर महिलाएँ होती हैं। एक विशृंखल समाज में स्त्रियाँ ही शोषण की पहली शिकार होती हैं। मैं उनकी दुर्दशा से विचलित हो उठती हूँ और उनकी वंचना के विरोध में अपनी लेखनी उठा लेती हूँ।

प्रश्न : नारी की जागरूकता से आपका तात्पर्य क्या है ? इसकी परिभाषा और प्रस्ताव को आप किस रूप में लेना चाहेंगी ?

उत्तर : मुझे इस बात का समुचित या सन्तोषप्रद उत्तर अब तक नहीं मिला है। जहाँ तक मेरी अपनी बात है, मैं समझती हूँ एक जागरूक नारी अपने आत्म-गौरव और आत्म-सम्मान को बनाये रखती है। लेकिन उसे याद रखना होगा कि मुक्ति या स्वतन्त्रता और स्वच्छन्दता में फर्क है। उसे अपने गौरव और मर्यादा का बोध रखना ही होगा। आज बीसवीं सदी के आखिरी दौर में भी हम एक पुरुष वर्चस्व वाले समाज में जी रहे हैं। हमें अपनी कमियों और दुर्बलताओं की ओर देखना पड़ेगा और अगर हम इनसे उबर न पाए तो ये हम पर हमेशा की तरह शासन करते रहेंगे। दूसरी तरफ नारी है जीवन और जगत् से उसने जितना कुछ पाया है और अन्दर से भी वह जितनी समृद्ध है, उसके अनुपात में अपनी ओर से भी वह कुछ दे पायी है...जोड़ पायी है ? आज इस बात की जरूरत है कि दोनों आपसी समझ और विश्वास का आधार तैयार करें और सम्मान से रहें लेकिन मैं इसमें एक बात और जोड़ना

चाहूँगी कि केवल पुरुष-वर्ग के साथ अपनी समकक्षता की दुहाई देते रहने में उसकी सार्थकता नहीं है।

प्रश्न : क्या यह सवाल आपसे व्यक्तिगत तौर पर पूछा जा सकता है कि आप जो एक लम्बे अरसे से रचना के क्षेत्र में पूरी तल्लीनता और सक्रियता से जुड़ी हुई हैं, घर-गृहस्थी के दायित्व को कैसे सँभाल पाती हैं ? क्या आपके रचनाकर्म में इससे कोई अवरोध पैदा नहीं होता ?

उत्तर : नहीं। मुझे इन दोनों दायित्वों को निबाहते हुए किसी तरह की असंगति नहीं झेलनी पड़ी। दोनों ही तरह के कार्य समानान्तर पटरियों पर चलते रहे हैं। बल्कि एक-दूसरे के सहायक जान पड़ते हैं। लेकिन मैं यह भी स्वीकार करती हूँ कि आरम्भ में मुझे अपने घरेलू दायित्वों का पालन करने में काफी समय देना पड़ता था और वह मेरे लिए महत्त्वपूर्ण भी था। लेकिन इससे मेरी रचनात्मकता में कोई बाधा नहीं आयी। और मैं लम्बे समय तक इसलिए लेखन-कार्य से जुड़ी रही कि मुझे हर हाल में वह सब लिखना था, जो मैं अन्दर और बाहर से महसूस करती रही।

प्रश्न : आपका लेखन दूसरे लेखकों—विशेषकर बाँग्ला के और भारतीय भाषा के अन्य साहित्यकारों से कितना महत्त्वपूर्ण और विशिष्ट माना जा सकता है, अपने रचनात्मक स्वभाव के नाते ?

उत्तर : यह एक जटिल सवाल है। दूसरी भाषाओं में क्या लिखा जा रहा है, इसकी छोटी-मोटी जानकारियों के सिवा मेरे पास कुछ करने का नहीं है। मैं अपने साधनों पर विश्वास करती हूँ—साध्य तो सभी लेखकों का कमोबेश एक जैसा ही होता है अगर प्रेम और करुणा की दृष्टि आपके पास है तो कुछ भी मूल्यहीन नहीं, तुच्छ नहीं, अन्यथा नहीं। मनुष्य के मन से समस्त दुर्गुणों और दुष्प्रवृत्तियों के साथ-साथ तमाम विकृतियों, धूल-कादो-कीचड़ को धो-पोंछकर उस अमृतमय सत्ता को अपने बीच पाना, और उस अमृत सन्तान के प्रति अपनी आस्था को जगाये रखना ही साहित्य का काम है।

—डॉ. रणजीत साहा

साहित्य अकादेमी
रवीन्द्र भवन
नयी दिल्ली-110001